Aussi loin qu'elle se souvienne, **Suzanne Wright** a toujours inventé des personnages et raconté leurs aventures. Lectrice passionnée de récits fantastiques, elle apprécie particulièrement l'œuvre de Christine Feehan, Nalini Singh ou encore Stephen King. Elle vit à Liverpool avec son mari et leurs deux enfants, et ne fait pas mystère de son incapacité totale à cuisiner quoi que ce soit, ni de son allergie à toute forme de ménage. Cela dit, elle a un répertoire sans fin d'histoires drôles et est toujours prête à partager son chocolat.

De la même autrice :

La Meute du Phénix :
1. *Trey Coleman*
2. *Dante Garcea*
3. *Nick Axton*
4. *Marcus Fuller*
5. *Ryan Conner*
6. *Tao Lukas*
7. *Patrick Hardy*
8. *Dominic Black*

La Meute Mercure :
1. *Derren Hudson*
2. *Jesse Dalton*
3. *Zander Devlin*
4. *Bracken Slater*
5. *Eli Axton*

Olympus :
1. *Alex Devereaux*

Noirs démons :
1. *Tout ce qui brûle*
2. *À feu et à sang*
3. *Des cendres en enfer*
4. *Entre deux feux*
5. *Le Feu sous la cendre*

CE LIVRE EST ÉGALEMENT DISPONIBLE
AU FORMAT NUMÉRIQUE

www.milady.fr

Suzanne Wright

Tout ce qui brûle

Noirs démons – 1

Traduit de l'anglais (Grande-Bretagne)
par Jocelyne Bourbonnière

Milady

Milady est un label des éditions Bragelonne

Titre original : *Burn*

Originellement publié en Grande-Bretagne en 2016
par Piatkus.

ISBN : 978-2-8112-0457-0

Bragelonne – Milady
60-62, rue d'Hauteville – 75010 Paris

E-mail : info@milady.fr
Site Internet : www.milady.fr

Pour mes petits démons

Chapitre premier

Comme tous les autres spectateurs réunis dans l'immense dôme, Harper Wallis ne put retenir une grimace en voyant un des combattants percuter violemment le plafond à l'issue d'un vol plané pendant que son adversaire le regardait d'un air parfaitement indifférent.

— Ce mec est impitoyable, observa son cousin Ciaran. Il est vraiment génial.

Il parlait de l'Ankou qui participait, contre rémunération bien entendu, à des duels entre démons organisés dans la Cité souterraine.

On aurait dit Las Vegas, mais gonflé aux stéroïdes. Il y avait des restaurants, des bars, des boîtes de nuit, des casinos, des hôtels, des manèges et plein d'autres choses encore. Les démons étaient connus pour leur impulsivité, leur fébrilité, leur recherche de sensations fortes et de satisfaction immédiate, et c'était exactement ce que leur offrait la Cité souterraine. Un véritable paradis pour eux.

En plus d'être un des seuls endroits au monde où les démons pouvaient se montrer tels qu'ils étaient réellement et se détendre sans être obligés de jouer la comédie.

Harper grimaça en entendant le craquement d'un os qui se brisait. Les combattants ne ressortaient jamais indemnes de ces combats. Ils récoltaient des blessures, des fractures ou même des hémorragies internes et, bien que les démons guérissent plus vite que les humains, certains d'entre eux mouraient pendant le combat ou peu après. Harper ne se réjouissait donc pas à l'idée que sa cousine Khloë allait bientôt entrer dans l'arène. Elle risquait fort d'être amochée même si elle remportait la victoire.

Harper suivait le combat avec une fascination morbide. Le perdant avait beau multiplier les coups contre l'Ankou, c'était à peine si ce dernier le remarquait. Il se contenta d'empoigner son adversaire par la gorge, de le soulever et de le balancer à travers le dôme. Les yeux de Levi, l'Ankou, virèrent au noir, signe que son démon intérieur avait pris le contrôle.

Tous les démons avaient cette dualité de l'âme, un peu comme les métamorphes, qui partageaient leur enveloppe charnelle avec un animal intérieur. Pour leur part, les démons étaient des prédateurs sombres, dépourvus de conscience et d'empathie, incapables de nouer des liens d'amitié, persuadés d'avoir tous les droits. Ils étaient dotés du pouvoir d'émerger, de parler et de prendre le contrôle de la personne qui les hébergeait, et cela se décelait dans leurs yeux qui devenaient alors entièrement noirs.

— Levi va vite mettre fin au combat, déclara Ciaran. Je me demande à quoi pensait Franklin quand il a accepté de se battre contre lui. Vas-y Levi, massacre-le ! hurla-t-il, partageant l'enthousiasme de la foule en délire.

Harper tressaillit en voyant l'Ankou faire exactement cela. Il utilisa son pouvoir de télékinésie pour envoyer Franklin heurter le plafond encore une fois.

Certains démons étaient assez inoffensifs, leurs pouvoirs se limitant à donner des cauchemars ou à lire dans les pensées. Les plus puissants d'entre eux cependant étaient capables de posséder les autres et même de voler leur âme.

Bien qu'elle soit très forte, Harper ne s'intéressait pas à ce genre de chose. Elle préférait gagner sa vie à la sueur de son front. Elle était simplement née avec des pouvoirs démoniaques qu'elle n'avait ni choisis ni mérités.

— Tu es censé encourager Franklin, dit-elle en lançant un regard mauvais à Ciaran. Mais tu as parié sur Levi, non ? déduisit-elle en remarquant le regard évasif de son cousin.

— J'aime bien Franklin, rétorqua-t-il d'un air contrit, c'est un chouette pote, mais bon, je préfère encore le fric. Alors j'ai misé sur Levi.

— Que fais-tu de ta loyauté envers ton ami ?

— Ouais, mais bon… je suis un elfe après tout, expliqua-t-il en se désignant lui-même du doigt. On est égoïstes, sournois, volages, pas du tout fiables, tu le sais bien…

Il avait raison en ce qui concernait cette espèce. Les membres de la famille de Harper, comme tous les démons elfes, avaient la réputation d'être « polyvalents », comme disait sa grand-mère. Les humains les considéraient plutôt comme des criminels. En effet, ils s'adonnaient à toutes sortes d'escroqueries, vols, fourberies, ou tricheries. Ils étaient capables d'entrer n'importe où et de ressortir sans être vus et cela ne leur posait aucun cas de conscience.

Jolene avait veillé à donner la même éducation polyvalente à Harper qu'à tous les autres Wallis, même si sa petite-fille n'était pas une elfe. Il n'y avait pas d'hybrides parmi les démons. Par conséquent, quand deux espèces s'unissaient, l'enfant tenait soit de son père, soit de sa mère. Pour sa part, Harper était de la même espèce que sa mère absente.

— Regarde. Levi s'apprête à lui donner le coup de grâce, dit Ciaran, très excité, en lui tapotant le coude.

L'Ankou se pencha sur Franklin et lui posa la main sur son torse. Ce dernier arqua le dos et hurla de douleur. Après quelques secondes d'une souffrance intolérable, il fit un geste de la main pour indiquer qu'il se rendait. La foule en délire criait et scandait le nom de Levi. Celui-ci se redressa, leva les poings en signe de victoire et inspira profondément, luttant manifestement contre son démon pour ne pas lui laisser le contrôle. Puis ses yeux redevinrent humains et ses muscles se détendirent à mesure que son démon se retirait.

Levi ne se pavana pas tout autour de la scène comme beaucoup d'autres démons. Il était trop occupé à adresser un regard noir à Franklin. Harper eut l'impression qu'il en voulait à son adversaire d'avoir capitulé trop tôt.

— On comprend que Knox l'ait choisi comme sentinelle, affirma Ciaran.

Et qui était ce Knox ? Eh bien, Knox Thorne était non seulement le créateur de la Cité souterraine, mais aussi un démon dont le clan s'étendait sur presque tout le Nevada et une bonne partie de la Californie. Ce Grand Maître était un milliardaire impitoyable, propriétaire de chaînes d'hôtels, de restaurants, de sociétés de sécurité, de bars, et de casinos. C'était comme cela que fonctionnaient les démons. Ils se dissimulaient à la vue de tous, se mêlaient aux humains qui ne se doutaient de rien, occupant parfois des postes qui leur procuraient beaucoup de pouvoir, de contrôle, de respect et des défis intéressants. Un certain nombre d'entre eux étaient devenus des entrepreneurs, des hommes politiques, des traders, des journalistes, des chefs cuisiniers, des chirurgiens, ou même des célébrités. Harper, par exemple, était copropriétaire d'un studio de tatouage qui recevait beaucoup de clients humains inconscients de sa véritable nature.

Knox se mêlait si facilement aux humains que Harper pensait que certaines espèces d'êtres surnaturels ne le soupçonnaient même pas d'être un des leurs. En revanche, tous les démons au monde avaient entendu parler de Knox Thorne, réputé être le plus puissant d'entre eux, ce qu'il n'avait apparemment jamais confirmé ni infirmé.

Beaucoup d'autres rumeurs circulaient sur son compte. On le disait dangereux, calculateur, play-boy, un homme qui vivait selon ses propres règles. Certains prétendaient qu'il contrôlait les flammes des enfers, ce qui était extrêmement rare en plus d'être assez effrayant, puisque rien ne leur résistait.

Harper entendit sonner son téléphone et le sortit de sa poche. Elle fronça les sourcils en découvrant que l'appel provenait de Khloë.

— Ne devrais-tu pas être en train de t'immerger dans « ta zone » ? lui demanda-t-elle en décrochant.

— Il faut que tu viennes. Tout de suite, lança-t-elle, son ton de voix trahissant une grande souffrance.

— Qu'y a-t-il ? s'enquit Harper, qui s'était raidie en l'entendant.

— Dépêche-toi, ajouta-t-elle avant de raccrocher aussitôt.

— Khloë a besoin de moi, expliqua-t-elle à Ciaran en lui refilant son hot-dog, sachant qu'il allait le manger. Je reviens tout de suite.

La jeune femme se précipita jusqu'au bout de la rangée de sièges puis descendit les gradins à toute vitesse et se dirigea vers la porte des coulisses, que surveillait un vigile.

— Khloë est dans la salle douze, l'informa le gardien, qui connaissait bien la famille Wallis. Tu ne vas pas apprécier ce que tu vas y trouver.

Merde ! Harper se hâta dans le couloir jusqu'à la porte de la pièce où se trouvait sa cousine. Elle entra et s'arrêta net à la vue du spectacle qui s'offrait à elle.

— Khloë, putain ! mais que s'est-il passé ? éructa-t-elle, furieuse.

La petite jeune femme au teint mat essaya de sourire mais ne réussit qu'à esquisser une grimace en effleurant de la main sa lèvre gonflée et fendue. Elle était recouverte d'ecchymoses et d'écorchures et ses vêtements étaient en lambeaux.

— C'est pas ma faute, déclara-t-elle en regardant Harper de son unique œil resté valide.

Ce serait bien la première fois alors. En effet, la cousine de Harper se mettait assez souvent dans de sales draps.

— Qui t'a fait ça ?

— Les copines de Mona m'ont attaquée dans les toilettes il y a quelques minutes.

— Quoi ?

Mona était l'adversaire que Khloë devait rencontrer en duel. Une salope qui lui en voulait à mort depuis longtemps pour avoir couché avec un gars qu'elle convoitait. Les démons étaient plutôt rancuniers de nature.

— Je me demande si c'est Mona qui leur a demandé de me tabasser, lança Khloë. Pense-t-elle vraiment que je vais laisser passer cela ?

Oui, sans doute. Mona était une Prophétesse de malheur qui se croyait intouchable parce qu'elle était l'*alter ego* d'un démon membre des forces défensives de Knox. Les démons étaient des créatures très spéciales. Ils avaient tous un *alter ego* qui n'était pas vraiment leur âme sœur, mais plutôt un compagnon ou une compagne qui renforçait leur pouvoir et leur donnait la stabilité nécessaire pour les empêcher de sombrer dans l'aliénation mentale.

Quand des *alter ego* fusionnaient leurs psychismes, un lien indestructible se nouait entre eux. Ce lien était uniquement psychique et n'avait rien de sexuel ou d'émotionnel. Les démons se sentaient toujours très protecteurs envers leur *alter ego*, mais Harper se fichait éperdument de savoir qui était celui de Mona. Personne ne s'en prenait impunément à sa famille.

— Est-ce que tu sais où sont les copines de Mona, ces petites pétasses ? demanda Harper en faisant les cent pas.

— Le portier est allé voir, répondit Khloë, l'air maussade. Mais il ne les a pas trouvées, comme par hasard. Elles ont eu ce qu'elles voulaient. Je ne suis pas en état de combattre.

Effectivement. Même si elle guérissait plus vite qu'un humain, Khloë ne retrouverait jamais sa forme normale à temps pour l'imminent duel.

— C'est vrai, convint Harper. Mais moi, si, et je vais te remplacer.

Knox tourna le dos au grand miroir sans tain avec une vue parfaite sur l'aire de combat en entendant frapper à la porte.

— Entrez, dit-il.

Trois de ses sentinelles, Tanner, Keenan et Larkin, pénétrèrent alors dans la pièce. En constatant que Tanner serrait les mâchoires, Knox sut immédiatement qu'il n'allait pas aimer les informations qu'il leur avait demandé d'aller glaner.

— Dites-moi tout, ordonna Knox en posant son verre de gin tonic sur le bureau.

— Il y a eu beaucoup plus de disparitions de marginaux qu'on le pensait, expliqua Tanner, qui se tenait juste devant Knox avec une sentinelle de chaque côté. On a vérifié s'il y avait eu d'autres cas semblables ailleurs, mais, pour l'heure, cela semble se limiter à Las Vegas.

Knox n'avait été mis au courant que quelques jours plus tôt parce qu'il n'avait aucun contrôle sur les marginaux, des démons qui préféraient ne pas faire partie d'un clan. Ils semblaient s'être simplement évanouis dans la nature. Knox n'était pas responsable de leur protection, mais cela ne voulait pas dire pour autant qu'il acceptait que des truands considèrent Las Vegas comme leur terrain de chasse. Contrairement aux métamorphes, les démons ne revendiquaient pas de territoires. Par contre, ils protégeaient les lieux où résidaient les membres de leur clan.

Keenan sortit de sa poche une flasque remplie de vodka. Knox était au courant du penchant de sa sentinelle mais ne lui en parlait jamais. En effet, même si l'incube buvait beaucoup, sa consommation d'alcool n'affectait pas la qualité de son travail

— Il y a une grosse population de démons à Las Vegas, expliqua Keenan. C'est la ville idéale pour la chasse aux marginaux.

La ville attirait en effet les démons friands de lumières, de jeux de hasard, de sensations fortes et de poussées d'adrénaline.

— Ceux à qui on a parlé vivent dans la peur, dit Larkin en allant s'asseoir sur le canapé près du grand miroir sans tain. D'habitude, quand il y a une disparition, on trouve toujours au moins un témoin ou une victime d'un kidnapping raté qui se fait connaître. Mais là, rien du tout. Les marginaux qui ont disparu n'étaient pas nécessairement faibles, mais ils semblent avoir été enlevés sans peine.

— Je ne peux pas faire autrement que me demander si Isla a quelque chose à voir avec ça, dit Knox en s'appuyant contre le bureau.

— Isla ? répéta Keenan, perplexe, avant de boire une gorgée de vodka.

— Elle réclame des changements depuis un bon moment et personne n'y faisait attention jusqu'à maintenant. Elle m'a parlé justement de la protection des marginaux. S'ils prennent peur…

— Ils seront plus disposés à l'écouter, conclut Keenan.

— Exactement.

Les démons n'avaient pas de chef suprême, ils se regroupaient en clans régis par un Grand Maître. Il n'y avait pas de structure hiérarchique à l'intérieur du clan. Les démons n'obéissaient qu'à leur Grand Maître. Isla avait proposé que l'un d'eux, elle-même de préférence, soit élu pour diriger tous les clans des États-Unis. Personne n'avait fait attention à ses propositions jusque-là, mais elle avait maintenant quelques partisans et elle savait se montrer convaincante.

— La rumeur veut qu'elle loue les services de ses démons à des adeptes de magie noire pour les aider à jeter des sorts. Elle n'hésiterait pas selon moi à kidnapper des marginaux en plein jour, supputa Larkin en jouant avec sa longue tresse brune.

— Pourquoi est-ce qu'Isla réclame cette élection ? demanda Keenan en secouant la tête. On a déjà eu une structure comme ça et cela s'est terminé en chaos. Que veut-elle ?

— Le pouvoir, dit Larkin.

Elle avait raison. Il y avait toujours quelqu'un qui cherchait plus de pouvoir, de contrôle ou d'argent. Knox avait vu tellement d'êtres cupides et calculateurs au fil des ans qu'il trouvait tout cela beaucoup trop prévisible, ennuyeux et inintéressant. Son démon et lui-même commençaient même à ressentir une certaine torpeur.

— J'ai reçu un coup de fil de Raul, annonça Knox à ses sentinelles. Il a organisé une conférence samedi à Manhattan pour que tous les Grands Maîtres des États-Unis puissent discuter de ces propositions. (Le clan de Raul était éparpillé dans la ville de New York.) Personnellement, je trouve que c'est une bonne idée d'aborder ces questions dans un cadre officiel.

— Penses-tu qu'Isla a une chance d'obtenir ce qu'elle demande ? s'enquit Keenan, l'air de ne pas y croire.

— Je pense qu'elle est très astucieuse, très calculatrice et qu'il ne faut surtout pas la sous-estimer, répondit Knox. Les démones savent se montrer impitoyables.

— Justement, en parlant de démone impitoyable, intervint Tanner en esquissant un petit sourire narquois, tu seras peut-être intéressé d'apprendre que Kendra s'affiche partout avec son nouveau mec. Elle espère sans doute te rendre jaloux.

Tanner, un chien des enfers, avait l'air de s'en amuser franchement.

— La dernière fois que je lui ai parlé, répondit Knox, elle a juré que je finirais par regretter de l'avoir laissée partir et que je la supplierais de la reprendre.

— Elle avait senti que ton démon se désintéressait ? dit Tanner en riant.

— Oui.

C'était toujours comme cela pour Knox. Son démon faisait une fixation sur une fille mais se désintéressait rapidement et ses engouements ne duraient jamais longtemps. Knox se retrouvait alors avec une fille vexée sur les bras.

En règle générale, les démons intérieurs ne connaissaient pas le sentiment amoureux, mais ils étaient capables d'attachement. Quand cela arrivait, les liens étaient encore plus forts parce qu'ils y mettaient toute leur intensité. Dans le cas de Knox, son démon était attaché à ses quatre sentinelles, mais à personne d'autre. Il lui arrivait d'être obsédé par une femme, mais sans jamais souhaiter la « garder », même s'il souffrait autant de la solitude que la plupart de ses semblables.

Knox fut tiré de ses pensées par un autre coup frappé à sa porte annonçant l'arrivée de Levi, qui avait manifestement pris le temps de se laver et de se changer.

— Tu ne t'es pas privé de donner des coups bas.

— Je ne connais pas d'autre façon de me battre, rétorqua Levi en souriant.

— C'est le tour de Mona, on dirait, annonça Larkin en se tournant vers le miroir sans tain. Voici l'arbitre.

— Il y a un changement de dernière minute, annonça l'homme aux cheveux gris dans un microphone, audible jusque dans le bureau de Knox. Mlle Wallis étant souffrante, elle sera remplacée par…

— Attendez, cria Mona en pénétrant dans le cercle de combat. C'est contraire au règlement ! Quand un des participants déclare forfait, l'autre est automatiquement reconnu vainqueur du combat.

— Oui, confirma l'arbitre, sauf que Mlle Wallis n'a pas choisi de se retirer du combat. Elle n'est pas en mesure de combattre pour des raisons en dehors de sa volonté. Elle est donc autorisée à désigner une remplaçante.

Les traits de Mona révélèrent une telle colère que Knox comprit que cette affaire revêtait un caractère très personnel pour elle. Ce fut tout autre chose cependant qui attira son attention. Il s'approcha du miroir sans tain pour mieux scruter la jolie brune qui s'approchait de l'aire de combat. Elle mesurait à peine plus d'un mètre soixante mais elle ne paraissait pas fluette pour autant. Toute en muscles, elle était manifestement très en forme sous son jean et son tee-shirt orange fluo. Tout à fait du genre à faire fantasmer un mec avec ses formes épanouies.

— C'est qui cette fille ?

— Je l'ai déjà aperçue dans les parages, répondit Tanner. Mais je ne l'ai encore jamais vue combattre. C'est une Wallis.

— Elle n'est pas très grande. Mona n'en fera qu'une bouchée, déclara Larkin, la harpie, l'air déçue, sans doute parce qu'étant plutôt misanthrope elle n'appréciait pas tellement cette Mona, ni personne d'autre d'ailleurs.

Mona était plus grande, très forte, et sembla prendre très vite l'avantage.

— Je n'en suis pas si sûr, déclara Knox.

Il y avait quelque chose dans le port de tête de l'autre démone, dans sa manière de regarder Mona. C'était une vraie prédatrice à la recherche des points faibles de son adversaire. Elle n'était pas une proie facile. Cette fille attisa soudainement son intérêt. Cela lui arrivait rarement et il trouvait cette sensation des plus agréable.

— Tu penses que cette petite chose a des chances de remporter le combat ? lui demanda Levi.

Ce n'était pas impossible. La cloche annonça le début du duel.

— C'est ce qu'on va voir.

Selon toutes apparences, Mona se délectait des cris de la foule.

— Tu as fait une grave erreur en venant m'affronter en combat, Harper, dit-elle, l'air dégoûtée et très sûre d'elle.

Ouais, elle était loin d'être la seule à la toiser ainsi. Beaucoup de gens trouvaient vraiment étrange, anormale même, ce petit sphinx sans ailes. Certains pensaient que sa malformation en faisait une proie facile. Grossière erreur ! Mona partageait manifestement cette idée fausse.

— Vas-y, prouve-le-moi, la provoqua Harper.

Mona esquissa alors un sourire narquois en faisant apparaître une boule de feu des enfers, un don assez banal que possédait la majorité des démons, et la lança sur Harper. La jeune femme l'esquiva facilement mais elle ne riposta pas malgré la colère qui montait en elle et menaçait de lui faire perdre son self-control. Son comportement intrigua Mona. La Prophétesse de malheur n'avait pas compris que Harper ne souhaitait pas l'affronter en duel, ne la trouvant pas digne de cet honneur. Elle désirait simplement contrôler la pouffiasse.

Elle aurait pu bien entendu la faire souffrir de loin. Mais elle avait besoin de la toucher pour lui infliger une vraie douleur. Malheureusement, Mona semblait déterminée à garder ses distances. Harper allait donc devoir ruser pour attirer son adversaire jusqu'à elle. Elle commença donc par la titiller et l'agacer exprès. Elle avait beau être calme de nature, elle était également dotée d'un tempérament chaud bouillant.

— Je n'arrive pas à comprendre que tu aies pensé que tes petites copines pouvaient s'en prendre à Khloë en toute impunité, ironisa Harper. Est-ce que par hasard tu aurais une sorte de vide en toi ? Dans ton crâne, je veux dire ?

— Salope ! lui lança Mona en crispant les mâchoires, tout en lançant un flot continu de boules de feu vers la tête, la poitrine, les jambes et le ventre de son adversaire.

Harper les esquivait presque toutes. Elle en laissa une ou deux cependant lui effleurer l'épaule puis la jambe. Elle préférait que Mona ne sache pas à quel point elle était rapide. Elle voulait l'attirer plus près d'elle.

— Tout ça parce que Gaël a préféré Khloë il y a de ça trois ans ? Vraiment ? Mais c'est lamentable.

— Il ne l'a pas choisie, c'est elle qui l'a séduit, par la ruse.

Khloë était capable de contrôler presque tout le monde, mais elle n'était pas du genre à utiliser ses dons pour attirer un mec qui ne voulait pas d'elle.

— On sait bien toutes les deux que c'est faux. Mais même si c'était vrai cela ne changera rien à rien de t'en prendre à elle aussi longtemps après. Il faut apprendre à tourner la page.

Mona grogna et lança deux boules de feu en même temps. Harper les esquiva facilement. Puis elle s'empara rapidement du stylet qu'elle cachait dans sa botte, le saisissant par son manche en marbre rouge écarlate.

— Tu penses que ce petit poignard va te sauver ? ironisa Mona.

L'objet en lui-même ne suffirait sans doute pas.

— Il est presque mignon, ajouta-t-elle.

Harper évita une nouvelle boule de feu. La jeune femme n'avait jamais réussi à en créer. Elle pouvait faire apparaître le feu des enfers, mais elle était incapable de lui donner une forme. Elle avait d'autres dons cependant.

Elle tendit le stylet qu'elle tenait dans la main gauche et la lame se para subitement de flammes qui la transformèrent en une arme parfaitement létale. Mona s'immobilisa, abasourdie. La foule se tut pendant un bref instant. Les spectateurs croyaient sans doute que Harper ne ripostait pas parce qu'elle ne possédait pas de véritable don. Mais ils venaient de découvrir que c'était faux.

Arborant un sourire condescendant, Harper fit tourner la lame dans sa main.

— Personnellement, je trouve que c'est mieux que les boules de feu, déclara-t-elle.

Elle pouvait faire apparaître le feu des enfers avec n'importe quel objet : une lame, mais aussi un stylo, une barrette ou autre chose, et le transformer en une arme redoutable.

— Est-ce de la peur que je lis sur ta face de chimpanzé ?

Mona attrapa alors une dague que lui envoya une de ses amies et se jeta sur Harper. Exactement ce que souhaitait cette dernière. Harper évita la lame, donna un coup de stylet à la cuisse de Mona et assena une grande tape du plat de la main sur le ventre de son adversaire. Parcourue de frissons, Mona tomba à genoux et ouvrit la bouche dans un grand cri silencieux de douleur insupportable. Ce n'était pas la morsure du feu des enfers qui la faisait souffrir ainsi mais quelque chose de bien pire encore.

La foule se tut de nouveau, sans doute incapable de comprendre comment un seul coup de couteau et une tape avaient suffi pour vaincre Mona.

— Personne n'a le droit de s'en prendre à ma famille, déclara Harper en s'accroupissant devant Mona. Ose encore lever la main sur un de mes amis et tu trouveras que la douleur que je te viens de t'infliger ressemble à une tape sur les doigts par comparaison à celle que je te ferai connaître. C'est compris ?

Sanglotant, Mona tomba sur le côté et se roula en boule. L'arbitre se précipita à son côté.

— Que se passe-t-il ? s'enquit-il.

— Elle n'a eu que ce qu'elle méritait, lâcha Harper en rangeant son stylet dans sa botte.

Puis elle quitta l'aire de combat. Il lui fallut quelques minutes pour traverser la foule qui se pressait pour l'acclamer et la féliciter, et rejoindre ses cousins près de la sortie du dôme.

— Je suis si heureuse que j'en pleurerais presque, déclara Khloë en lui emboîtant le pas et en s'éventant.

— Je n'arrive pas à croire que cette pétasse a envoyé ses amies…, commença Ciaran, l'air fâché.

Ils furent interrompus par deux démons qui leur coupèrent la route. L'homme avait les épaules larges, les cheveux sombres et des yeux dorés qui lui donnaient un peu l'air d'un loup. La femme était grande, mince, les cheveux ramassés en une somptueuse et très longue tresse qui lui redescendait le long de l'épaule. Harper les avait souvent vus patrouiller dans la Cité souterraine et savait exactement qui ils étaient : des sentinelles.

— M. Thorne souhaite vous parler, dit l'homme en s'adressant à Harper.

Merde !

— C'est vrai ? Mais je n'ai pas très envie de parler.

— Vous accepterez bien de lui accorder quelques minutes de votre temps, insista la femme, l'air sincèrement amusée.

En fait, Harper n'en avait vraiment pas très envie. Avec tout ce qu'elle avait entendu dire sur Knox Thorne, la perspective de le rencontrer ne la réjouissait pas. D'autant plus qu'il y avait un petit truc qui les gênait tous : personne ne savait à quelle espèce de démon il appartenait. Harper n'aimait pas les zones d'ombre. Il valait mieux cependant ne jamais montrer de faiblesse à un prédateur et, si elle reculait devant ses sentinelles, sa réputation risquait d'en souffrir.

— D'accord, dit-elle.

— Vous seule, insista l'homme.

— Attendez-moi à l'*Xpress Bar*, lança alors Harper à ses cousins en inclinant la tête. Je vous y rejoins tout de suite.

Puis, sans leur laisser le temps d'exprimer une objection, elle suivit les deux sentinelles vers l'arrière du dôme. Ils empruntèrent un escalier, s'arrêtèrent devant une porte marquée « Bureau » à laquelle l'homme frappa. Harper sentit la puissance de l'occupant des lieux même à travers la porte. Sa force l'enveloppait presque. Une voix hautement sensuelle les pria d'entrer, et l'homme ouvrit la porte et l'invita à obtempérer d'un signe de tête. Puis les deux sentinelles se retournèrent et s'éloignèrent, la laissant seule avec Knox Thorne.

Harper inspira longuement en entrant dans la pièce. Elle eut du mal à résister à la tentation de rester là à dévisager, la bouche grande ouverte, la silhouette imposante debout derrière la table de verre. Knox Thorne avait des cheveux foncés et des yeux sombres sous une arcade sourcilière proéminente. Il dévisagea longuement la jeune femme et l'intensité qu'elle perçut dans son regard la fit tressaillir. Son corps réagit violemment : elle sentit un désir brûlant monter en elle, ses tétons se durcirent au point d'en avoir mal et chaque petit centimètre carré de sa peau devint hypersensible. *Eh ben dis donc!*

Tous les démons avaient du sex-appeal et Harper avait souvent entendu dire que Knox Thorne en possédait plus que tous les autres. Mais elle avait été surprise par son fort impact sur elle. Il dégageait une énergie de chef, projetait une aura sexuelle capable de faire craquer toutes les filles. Harper examina plus attentivement son regard, sa façon de se tenir et l'assurance qu'il dégageait, et les mots qui lui vinrent à l'esprit furent: *puissance, force, confiance, contrôle, intrépidité, détermination.*

Merde! cet homme l'intimidait.

Refusant de flancher sous la pression, Harper referma la porte et attendit. Il ne dit rien. Ne la salua pas. Ne l'invita même pas à s'asseoir. Il se contenta de la dévisager de son regard sombre, comme s'il l'évaluait, et elle sentit monter la tension. Elle n'avait aucune intention cependant de détourner les yeux. C'était sa manière à lui d'évaluer sa force et elle refusait de lui montrer quelque faiblesse que ce soit.

Enfin Knox, qui semblait sortir tout droit d'un magazine de mode, contourna lentement son bureau et marcha vers elle. « Marcher » n'était peut-être pas le bon mot pour décrire ce qu'il fit. Il s'avança vers elle avec une grâce animale qui captait toute son attention et la conservait sans mal.

Sa démone intérieure se raidit, se sentant menacée par cet homme qui exsudait le danger. Et dangereux il l'était, sa démarche le prouvait, ainsi que sa posture, et la tension qu'elle imaginait dans ses muscles que laissait deviner son costume noir qui, elle l'aurait parié, avait sans aucun doute coûté plus cher que toute sa propre garde-robe.

— Knox Thorne, se présenta-t-il en inclinant la tête, son regard sombre toujours plongé dans celui de la jeune femme, encore plus imposant de près. Et vous êtes… ?

— Harper Wallis, répondit-elle.

Elle s'alarma qu'il trouble à ce point sa démone intérieure que rien ne perturbait habituellement. Elle n'arrivait pas à déterminer de quelle espèce de démon il était et s'en sentit très frustrée. Tous ses instincts lui dictaient cependant de faire très attention, qu'elle était en présence d'un prédateur extrêmement puissant.

— Harper Wallis, répéta-t-il.

Il n'avait pas dit son nom, il l'avait savouré, l'avait énoncé d'une voix faite de fumée, de whisky et de velours. Elle allait certainement fantasmer sur lui plus tard dans l'intimité de son appartement. Il ne lui restait plus qu'à espérer qu'il ne lise pas dans ses pensées. Elle en aurait été fort gênée.

Elle ne s'offusqua pas qu'il ne lui tende pas la main pour serrer la sienne. Les démons étaient dotés d'une importante sensibilité tactile. Leur psychisme et leur sexualité étaient très développés et, pour cette raison, ils acceptaient rarement d'être touchés.

— Ravie de faire votre connaissance. Enfin, je pense.

Sa voix n'était pas des plus sincères. Pour une raison qu'elle ne s'expliqua pas, sa déclaration lui fit esquisser un petit sourire un peu tordu qui lança sa libido dans une danse effrénée. Génial.

Eh bien. Cette petite démone l'avait surpris encore une fois.

Quand elle était entrée dans son bureau, ses yeux ressemblaient à ceux d'un chat, grands, clairs et brillants, et ils avaient la couleur du miel. Mais quand il s'approcha d'elle cette couleur se mit à tourbillonner comme un liquide en ébullition et ses iris virèrent au gris brumeux. Il avait l'impression qu'ils allaient encore changer de couleur et il se demanda comment ils seraient. Il était très intrigué.

Voilà.

C'était une sensation toute simple mais qu'il n'avait pas éprouvée depuis bien longtemps, jusqu'à ce qu'il aperçoive cette petite démone dans l'aire de combat. Ses traits étaient doux et féminins. Exception faite de sa bouche. Pulpeuse, brillante, elle était couleur cerise, correspondant parfaitement à ses fantasmes. Il s'imaginait enfouissant son membre entre ces lèvres tout en empoignant cette magnifique chevelure sombre aux reflets dorés.

Son démon intérieur s'était redressé en la voyant entrer dans son bureau. Il s'était assoupi avant son arrivée mais il était à présent bien réveillé. Il avait toujours été attiré par tout ce qui était joli, brillant, unique, et cette description convenait parfaitement à Harper.

— Comment allez-vous ?

— Ça va, répondit-elle.

Ses blessures étaient déjà presque toutes guéries, mais elle les sentait encore. Les démons ne craignaient pas le feu normal. Mais les flammes des enfers étaient extrêmement dommageables. Elles pouvaient réduire n'importe qui ou n'importe quoi instantanément en un petit tas de cendres. Et cet homme en face de Harper avait peut-être le don de les faire apparaître. Le destin vous réservait parfois de ces surprises !

— Vous êtes une Wallis, alors vous êtes sans doute membre du clan de North Las Vegas, non ? Êtes-vous une parente de Jolene ?

Tout en parlant, il s'était approché un peu plus de Harper avec sa démarche de grand fauve et la démone de cette dernière se raidit encore davantage.

— C'est ma grand-mère, répondit-elle.

Jolene Wallis était la Grande Maîtresse de son clan et une vraie garce. Elle était complètement cinglée et avait par le passé réduit des bâtiments en tas de gravats simplement parce qu'elle était de mauvaise humeur. Jolene, elle, préférait le titre d'« experte en démolition ».

— Je suis un de ses alliés, expliqua Knox.

Il avait toujours aimé les elfes. Pourquoi ? Eh bien, parce qu'on savait à quoi s'en tenir avec eux. Ils étaient capables de vous subtiliser tous vos biens si vous n'étiez pas vigilant. Avec eux, il fallait poser les bonnes questions pour avoir les bonnes réponses. Pas la peine non plus d'espérer qu'ils vous obéissent, vous finiriez par vous sentir totalement frustré ! Mais cette jeune femme, là devant lui, qui mettait tous ses sens en alerte…

— Vous n'êtes pas une elfe, dit-il.

Il ne parvenait pas à deviner de quelle espèce de démon elle était. Pourtant, la famille Wallis était très connue et il avait toujours pensé qu'elle ne comptait que des elfes.

— Non, c'est vrai, confirma Harper, impressionnée qu'il l'ait senti.

Knox fut très étonné de constater que cette réponse vague, typique d'une elfe, l'amusait énormément. Harper avait tout de cette espèce.

— Asseyez-vous, lui dit-il en indiquant la chaise en face de lui.

La jeune femme balaya la pièce de ses yeux étranges avant d'obtempérer. Knox devina qu'il ne lui avait fallu que ce bref instant pour déterminer la valeur de ses biens, détecter l'endroit où se trouvait son éventuel coffre-fort ainsi que toutes les issues existantes. C'était une question d'instinct pour une Wallis.

Il remarqua qu'elle se déplaçait silencieusement. C'était un talent d'elfe qu'elle avait acquis même si elle n'en était pas une.

— Qu'est-ce que vous êtes ?

— Et vous, qu'est-ce que vous êtes ? lui demanda-t-elle, lui renvoyant la balle en le regardant s'installer dans son fauteuil.

La vivacité de la jeune femme fit glousser le démon intérieur de Knox. Comme lui, il n'appréciait pas beaucoup les faibles et les timorés. Cette fille n'était pas du genre facile à intimider. Il aurait pu la mettre un peu plus à l'épreuve, mais il aimait bien l'idée de l'observer, de l'étudier et de chercher à percer son mystère.

Harper fut étonné de le voir prendre un air amusé, s'attendant plutôt à de la colère de sa part. Il ressemblait à un grand félin qui avait décidé de bien se comporter pour l'instant mais qui risquait de changer d'humeur à tout moment. Cela ne l'empêcha pas de se demander sottement si les cheveux courts et noirs de Knox étaient aussi doux qu'ils en avaient l'air. Ouais, bon, elle n'était pas nécessairement très maligne.

Constatant que le grand miroir au verre sans tain donnait sur l'aire de combat, Harper devina que Knox avait assisté à son duel contre Mona.

— Si c'est de Mona que vous vouliez m'entretenir, laissez-moi vous dire qu'elle n'a eu que ce qu'elle méritait.

— Et qu'a-t-elle eu exactement ? Vous avez la capacité d'infliger une douleur à l'âme par simple contact, devina-t-il quand il vit que Harper ne répondait pas à sa question. C'est formidable.

Cette fille possédait donc un don exceptionnel.

Cela avait toujours été facile pour Harper. Quand elle était en colère ou qu'elle se sentait menacée ou effrayée, elle sentait monter en elle une sorte de force sombre et protectrice qui lui donnait des picotements dans les doigts. Elle avait eu du mal à contrôler son pouvoir quand elle était petite mais cela ne lui posait plus aucun problème.

— Si vous pensez qu'elle méritait de souffrir autant, dit-il en tambourinant sur le plateau de son bureau, j'en déduis que Mona vous a fait quelque chose de grave. Pouvez-vous me révéler ce qu'il en est ?

— Non, répondit-elle.

Elle n'était pas du genre à balancer à un Grand Maître.

— Non ? répéta Knox, incrédule.

Il ne devait pas souvent se voir refuser quoi que ce soit. Mais bon, Harper aimait bien faire découvrir de nouvelles expériences aux autres. C'était presque une vocation pour elle. L'atmosphère se refroidit sensiblement quand les yeux du Grand Maître virèrent au noir, communiquant le vif mécontentement de son démon. Elle aperçut l'enfer dans ses prunelles noires et un frisson d'appréhension courut le long de son échine.

— Si un de mes démons a fait quelque chose qu'il ou elle n'aurait pas dû faire, il m'appartient d'intervenir.

— Le problème est déjà réglé, déclara Harper en haussant les épaules.

— Ce combat était personnel. Je veux savoir pourquoi.

Ce mec était vraiment tenace.

— Posez la question à Mona.

— C'est à vous que je le demande.

— Et moi, je refuse de répondre. Tant pis pour vous.

Son démon était très impressionné. Il aimait bien qu'elle se défende ainsi et il pensa qu'elle ferait pour lui une proie délicieuse. Elle n'était ni faible ni sans défense. Ce serait très amusant.

— Vous êtes très têtue.

— Oui, acquiesça-t-elle.

C'était d'ailleurs une de ses plus grandes qualités.

— Vous êtes un sphinx, lança alors Knox, ses instincts lui ayant soufflé la clé du mystère.

La réponse lui était venue spontanément et il en était sûr, comme du fait que le douloureux besoin de la posséder ne s'évanouirait pas de sitôt.

Un point pour le Grand Maître.

— C'est vrai, répondit-elle.

Pas étonnant qu'elle soit aussi têtue, pensa Knox. Comme les oiseaux, les sphinx avaient des ailes. Ils étaient donc rapides, gracieux et difficiles à cerner. Et du lion ils avaient la force, la témérité, et le courage. Ils étaient capables de traquer leur proie sans jamais dévier de leur route. En d'autres termes, il n'y avait pas de démon plus persévérant, insaisissable et téméraire que le sphinx.

Knox se releva alors et s'approcha de Harper. Elle se leva aussi et lui rendit son regard avec impudence. La couleur de ses yeux changea encore une fois. De gris brumeux, ils passèrent au bleu argent. C'était fascinant.

— Vous refusez de répondre à ma question sur Mona mais peut-être accepterez-vous de me dire si vous êtes en couple avec le démon qui vous accompagne ?

Knox ne partageait jamais ses conquêtes amoureuses et il était bien déterminé à remporter Harper Wallis.

— Pourquoi voulez-vous le savoir ? demanda-t-elle, perplexe,

Ce type semblait aimer poser des questions sans aucun lien entre elles.

La jeune femme et sa démone s'immobilisèrent en constatant que ses yeux viraient de nouveau au noir. Le démon intérieur de Knox la dévisagea et lui fit froid dans le dos. Ces yeux étaient si glacials, si menaçants, et si terriblement vieux. La pièce sembla se refroidir d'au moins cinq degrés en un seul instant.

Le démon s'approcha d'elle à la toucher et lui tapota la joue d'un doigt.

— Répondez, petit sphinx, dit-il d'une voix froide, désincarnée, menaçante même. Cessez d'éluder mes questions.

Le démon intérieur de Knox avait beau être effrayant, il n'était pas question pour Harper de se laisser intimider. Personne n'avait le droit de la traiter comme si elle n'était qu'une petite proie sans défense.

— Ma vie privée ne regarde que moi. Dites-moi d'abord de quelle espèce de démon vous êtes et on verra pour le reste.

Il ne dit rien pendant un long moment et elle sentit une certaine tension. Le regard d'obsidienne de Knox n'était plus aussi froid. Elle y détecta une lueur d'amusement et de défi. Puis le démon disparut et Knox reprit sa place.

— Votre démon refuse de répondre à ma question, déclara Harper. Vous éludez les questions autant que moi, n'est-ce pas ?

L'audace de la jeune femme le fit sourire.

— Vous pouvez toujours essayer de deviner.

— Me le direz-vous si je trouve ?

Elle sentit son ventre se nouer en voyant le sourire tordu qu'il lui adressa de ses lèvres magnifiques. Il était tellement canon que c'en était injuste.

— Non.

— Mon petit doigt me dit qu'il vaut mieux que je ne sache pas à quelle espèce de démon vous appartenez.

Son démon intérieur lui semblait en effet beaucoup trop dangereux.

Cette démone avait apparemment le chic pour le surprendre.

— Vous avez entièrement raison.

La sonnerie de son téléphone les interrompit, et Knox le sortit de sa poche.

Il s'éloigna pour prendre son appel et Harper put se détendre un tantinet. C'était étrange, mais sa démone avait commencé à se tranquilliser quelque peu. Elle était intriguée par sa grande assurance, sa virilité sombre, la puissance qu'il dégageait et son aura de fruit défendu. Quelle idiote ! Vraiment !

Knox revint vers elle et Harper sentit ses muscles se raidir de nouveau. Il parlait toujours au téléphone, promettant à son interlocuteur d'arriver tout de suite. Tant mieux, parce que Harper ressentait le besoin de s'éloigner le plus vite possible.

— Je dois partir, déclara Knox en lui ouvrant la porte de son bureau. J'ai trouvé notre rencontre des plus intéressantes, Harper Wallis.

Son démon enrageait de devoir la quitter. Il désirait ce joli petit sphinx et son corps affriolant sous lui, ou sur lui, ou plaqué contre un mur tandis qu'il le baisait sauvagement. Peu importait la position.

— Pareillement, dit-elle.

Elle fut abasourdie de le voir lui tendre la main. C'était une invitation. Il l'autorisait à franchir la barrière du contact physique. Si elle acceptait même une seule fois, elle lui rendrait son invitation. Elle lui donnerait la permission de la toucher quand il le souhaitait, pas uniquement sur le plan physique mais aussi psychique. C'était très sérieux, mais Harper n'avait jamais reculé devant le danger.

Elle rencontra son regard sombre et lui serra la main. Elle ne s'était pas attendue à la décharge de chaleur intense qui l'assaillit quand leurs paumes se rencontrèrent. Son cœur s'emballa quand il posa le pouce sur son poignet et il sentit vraisemblablement l'accélération de son rythme cardiaque. Elle n'avait pas l'intention de se reprocher ce petit moment de faiblesse. Il lui relâcha la main et elle sentit son esprit – le sien ou celui de son démon, elle n'était pas sûre – caresser le sien.

Puis quelque chose d'incroyablement bizarre se produisit.

Une sorte de pression ou d'énergie magnétique lui traversa l'esprit comme si quelque chose titillait son cerveau, cherchant à fusionner avec lui. Elle fut certaine d'avoir vacillé, et pas uniquement parce qu'elle se sentit désorientée tout d'un coup, mais plutôt parce qu'elle comprit ce qui lui arrivait. Elle croisa le regard de Knox et y vit la confirmation de son intuition.

Oh, merde!

— Mon *alter ego*, lâcha Knox, persuadé d'avoir l'air aussi étonné qu'elle.

Il l'avait dit comme une accusation, comme s'il la mettait au défi de le nier.

— Votre *alter ego*, répéta Harper calmement.

De nombreux démons auraient sans doute été ravis que cela leur tombe dessus. C'était une bonne chose après tout de trouver son *alter ego*, non ? Mais pas vraiment. Ce n'était pas toujours facile. Sa démone intérieure n'était pas inquiète. Cet homme lui appartenait et elle souhaitait nouer des liens psychiques avec lui.

C'était étrange de voir Knox perdre un peu de son sang-froid tant il semblait partagé entre l'envie de rester avec elle pour discuter de la situation entre eux et celle de partir régler le problème, quel qu'il soit, dont il avait discuté au téléphone.

Après un long silence, il eut un soupir et déclara :

— Je dois partir. Nous en reparlerons demain. J'irai vous trouver.

Puis il disparut avant qu'elle ait eu le temps de répondre à ce qui ressemblait à une promesse mitigée d'une menace. Harper comprit que toute sa vie allait être chamboulée.

Merde !

Chapitre 2

Harper entra chez elle, referma la porte de son appartement et s'adossa au mur en soupirant longuement. Elle avait trouvé son *alter ego* mais cela était loin de lui être agréable. Sa réaction était plutôt étrange et elle en avait conscience. Tout comme les métamorphes avaient besoin de leur âme sœur pour se sentir complets, les démons avaient besoin de leur *alter ego*, du compagnon ou de la compagne que le destin leur réservait. L'*alter ego* jouait un rôle très important : il équilibrait le démon intérieur, le rendait plus facile à contrôler et l'empêchait de sombrer dans l'aliénation mentale.

Il arrivait qu'un démon s'égare sur une mauvaise voie parce qu'il contrôlait mal ses pulsions, qui risquaient alors de prendre le dessus. Surtout si son psychisme n'était pas suffisamment dominant. Les démons qui ne trouvaient pas leur *alter ego* finissaient parfois par souffrir d'aliénation mentale ; ils perdaient complètement la boule et certains allaient jusqu'à se suicider tant le combat était ardu.

Or ceux qui avaient trouvé leur *alter ego* n'avaient pas besoin de lutter autant puisqu'ils possédaient désormais la stabilité, la force et la puissance nécessaires pour contrôler leur démon. Cela ne signifiait pas pour autant que le démon intérieur ne pouvait plus émerger, mais plutôt que ses pulsions ne pouvaient plus prendre le dessus à moins d'y être autorisées.

Il y avait plusieurs autres avantages liés à l'*alter ego*. Comme le fait d'avoir quelqu'un à qui se fier, une personne dont la loyauté serait toujours sans faille. Dans la plupart des cas, les *alter ego* devenaient des amis intimes ou des confidents. Ils se protégeaient, se soutenaient et se défendaient mutuellement. C'était une question d'instinct.

Il existait néanmoins quelques inconvénients. Certains *alter ego* devenaient possessifs et surprotecteurs, allant même jusqu'à s'immiscer beaucoup trop dans les affaires de l'autre, ce qui pouvait devenir gênant. En outre, quelques démons supportaient mal l'éloignement de leur *alter ego*, ce qui leur occasionnait un malaise psychique. Et puis, quand un démon mourait, l'*alter ego* souffrait terriblement, surtout s'ils avaient noué un lien entre eux. Cette douleur était terrible et durait parfois très longtemps.

Toute son enfance, Harper avait aspiré à trouver son *alter ego*, quelqu'un qui la protégerait et serait toujours là pour elle, en toutes circonstances. Sans doute parce que ses parents n'étaient pas exactement responsables. Elle n'avait jamais imaginé cependant qu'il s'agirait d'un homme de la trempe de Knox Thorne.

Qui aurait pu deviner que son *alter ego* serait l'homme le plus puissant du monde ? Personne.

Même si elle connaissait toute la puissance de Knox Thorne, Harper n'avait pas peur de lui. Il la perturbait et, ça, elle ne pouvait pas le nier. Elle le trouvait un peu intimidant, mais, même avant de découvrir qu'il était son *alter ego*, elle ne l'avait pas craint, ce qui aurait pourtant été rationnel et raisonnable. Alors soit son subconscient avait pressenti la vérité, soit c'était là une autre preuve de son ineptie.

Mais bon, elle n'était pas pressée de nouer un lien psychique avec lui. Pas uniquement en raison de toutes les rumeurs sur son compte, mais surtout parce que Knox Thorne risquait de ne pas être un *alter ego* de tout repos. Un petit quart d'heure en sa compagnie lui avait suffi pour comprendre qu'il voulait toujours tout contrôler, qu'il était autoritaire et s'attendait à ce que tous ses désirs soient satisfaits sur-le-champ. Il allait sans aucun doute vouloir s'ingérer dans sa vie et lui dicter sa conduite. Avec son caractère têtu, déterminé et son esprit de contradiction, elle allait le faire tourner en bourrique.

Harper avait, presque toute sa vie, vécu en nomade avec son père. Elle prenait donc ses propres décisions depuis très longtemps. Elle était tellement indépendante qu'elle avait énormément de mal à accepter qu'on lui rende service. Elle s'était habituée à sa solitude et la trouvait même agréable. Son mode de vie était incompatible avec un *alter ego* comme Knox Thorne.

Il y avait autre chose qu'il ignorait sans doute et qui risquait de lui ôter toute envie de nouer un lien psychique avec elle. Mais bon, elle le verrait bien assez tôt.

Dans l'intervalle, elle avait besoin de se renseigner un peu plus sur lui. Elle s'installa donc sur son canapé et sortir son téléphone pour composer un numéro qu'elle connaissait par cœur.

— Bonjour, mamy !

— Bonjour, ma chérie, répondit Jolene Wallis.

La grand-mère de Harper avait beau être tellement tyrannique, indiscrète et manipulatrice que même Lucifer trouvait difficile de traiter avec elle, elle n'en demeurait pas moins indéfectiblement aimante et protectrice à l'endroit des membres de sa famille. Elle avait aussi formé Harper pour la remplacer un jour au poste de Grande Maîtresse de son clan, même si cette perspective n'enchantait pas vraiment la jeune femme.

— Comment vas-tu ?

— Bien, répondit Jolene. Et toi ? Tu m'as l'air fatiguée.

— La journée a été dure au travail.

Sans parler de sa soirée.

— Je t'ai appris à mentir, soupira la grand-mère, excédée, à cambrioler, à extorquer des fonds, à escroquer, à voler des identités et à pirater des comptes en banque, mais toi, qu'est-ce que tu fais ? Tu travailles.

— Je t'appelle, expliqua Harper en levant les yeux au ciel, parce que j'ai trouvé mon *alter ego*.

— Ah oui ? Et qui est l'heureux élu ?

— En fait, tu le connais déjà.

— Ne me fais pas languir. J'ai horreur de cela et tu le sais.

— C'est Knox Thorne, répondit Harper, qui s'inquiéta du silence qui accueillit sa déclaration. Tu es encore là, mamy ?

— J'aurais dû deviner, je suppose, soupira Jolene, que ton *alter ego* serait quelqu'un de têtu et de puissant. Vous n'auriez pas été assortis, sinon.

— Tu ne vas pas t'y opposer ?

— Knox Thorne est un démon très puissant capable de tout pour protéger les siens et tu fais maintenant partie de cette catégorie. Pourquoi veux-tu que je m'oppose ? Un petit conseil par contre : il n'acceptera jamais que tu refuses d'être son *alter ego* s'il a suffisamment envie de nouer le lien psychique avec toi.

— Ouais, je sais. Mais bon, il y a encore plein de choses que j'ignore sur lui. J'ai entendu des rumeurs, mais c'est tout. J'ai besoin de connaître les faits.

— Son clan est un des plus importants et, d'après ce que l'on en dit, Knox Thorne est un Grand Maître très protecteur qui contrôle bien ses démons et gère parfaitement son clan. J'ai beaucoup entendu parler des « punitions » qu'il lui arrive d'infliger. On m'a raconté qu'un de ses démons a été enlevé par des vampires il n'y a pas bien longtemps. Thorne a retrouvé la kidnappeuse et lui a administré une forme de torture particulièrement horrible : il l'a enfermée dans un cercueil de laiton et a allumé un feu dessous.

— J'en avais entendu parler aussi.

— Il est parfois impitoyable et brutal. Et, si tu veux mon avis, il est encore plus puissant qu'on le croit. Je dois dire à sa décharge qu'il n'a jamais causé d'ennuis à notre famille, Il ne fait pas la guerre aux autres clans. Il aurait pu se servir de son pouvoir pour essayer de contrôler tous les clans américains, par exemple, mais il ne l'a pas fait. Au contraire d'Isla, cette garce qui fait beaucoup de bruit depuis un certain temps. Elle est froide et avide de toutes les formes de pouvoir possibles. Knox ne lui ressemble pas du tout, c'est tout dire.

— Sais-tu de quelle espèce de démon il est ?

— Je l'ignore. Certains pensent qu'il est tout simplement un très puissant incube, vu son apparence.

Harper ne partageait pas cet avis. Il était beaucoup plus que cela, forcément d'une espèce inconnue d'elle jusque-là.

— Enfin, ne te laisse pas intimider par lui ou par son démon. Il profitera de la moindre faille. Non pas que je te conseille de l'asticoter ni de lui faire confiance d'emblée. Il faut faire preuve de la plus grande prudence avec quelqu'un d'aussi dangereux. N'aie pas peur et garde la tête bien haute.

— Je risque de le faire enrager.

— Bien sûr, gloussa Jolene. Tu es une Wallis après tout. C'est notre nature. Carla ne va sans doute pas apprécier que tu sois l'*alter ego* de Knox Thorne, ajouta-t-elle après un bref silence. Avec ou sans lien psychique.

— Surtout ne va pas croire que je n'ai pas deviné que cette perspective te fait sourire.

— Tout ce qui peut énerver cette pouffiasse me fait sourire. N'hésite pas à m'appeler si elle t'agace.

Pour que Jolene transforme la maison de cette femme en un petit tas de gravats ? La perspective l'enchantait mais cela risquait de lui attirer des ennuis.

— Elle n'en vaut pas la peine, mamy.

— Allez, tu peux bien m'accorder ce petit plaisir.

— Ta notion de « plaisir » risque d'attirer l'attention des humains.

— Qu'est-ce qui te donne le droit être aussi critique à mon endroit ? soupira-t-elle, vexée.

— Tu es incroyable ! s'exclama Harper, sidérée.

— Merci, rétorqua Jolene, l'air d'apprécier sincèrement ce qu'elle considérait comme un compliment.

— Il faut que j'y aille, lança Harper en riant malgré elle. À bientôt !

— J'y compte bien, ma chérie. N'oublie pas, ne recule jamais devant Knox Thorne.

Elle obéirait à l'injonction de sa grand-mère mais surtout parce qu'elle ne se laissait jamais intimider. Même pas par un mec capable d'entrer dans sa tête et de jouer avec son corps sans même la toucher.

— Soit ton tampon est mal inséré et te fait mal, soit quelque chose t'embête. Alors crache, qu'est-ce que tu as ?

— Je te l'ai déjà dit cent fois : je vais très bien, insista Harper, occupée à faire le ménage de son poste de travail au studio de tatouage.

— Oui, bien sûr, lança Devon en lui adressant un joli sourire. Mais cela ne signifie pas pour autant, ajouta-t-elle sans une once de sarcasme, ayant entièrement confiance en sa collègue, que tu n'as pas de souci. Allez, dis-moi ce que tu as. Tu es préoccupée depuis ce matin et je n'en peux plus du suspense. (Le plus grand défaut des chats des enfers était sans nul doute leur curiosité maladive.) J'ai même attendu que Khloë s'en aille pour le cas où il s'agissait d'un truc dont tu préférais ne pas parler devant un membre de ta famille. Ils sont tous tellement curieux.

C'était vrai qu'il n'y avait pas plus indiscrets que les elfes de la famille Wallis.

— Ce n'est pas Royce qui t'a mise dans cette drôle d'humeur, j'espère ? s'enquit Devon, une lueur d'inquiétude visible au fond de ses grands yeux verts de félins. Si tu veux mon avis, tu aurais pu trouver beaucoup mieux que lui.

— Non, non, rien à voir avec lui, même si ce n'est pas très facile de travailler de l'autre côté de la rue.

D'autant plus que son ex se comportait comme un salaud alors que c'était lui qui l'avait trompée.

— De quoi parlez-vous ? demanda Raini, une camarade de clan de Harper, en s'approchant d'elles.

Harper et Raini étaient toutes deux des professionnelles du tatouage et copropriétaires du studio. Spécialisée dans les piercings, Devon était leur apprentie et Khloë, leur réceptionniste.

Une ambiance artistique rock et Harley-Davidson régnait dans le studio. Les démones avaient bien décoré les lieux. Les tableaux tendance *heavy metal* exposés sur les murs blancs étaient en fait des agrandissements de modèles de tatouages, des flammes, des tourbillons, des animaux et des dragons chinois, pour n'en nommer que quelques-uns. Des photos de tatouages complétaient la décoration.

La salle d'attente était meublée d'un canapé d'angle et de tables basses à chaque extrémité ainsi que de vitrines où étaient exposés des bijoux variés. Le comptoir d'accueil circulaire en chrome était très spacieux et extrêmement bien rangé. Khloë protégeait jalousement son territoire. Pleine de contradictions, la jeune femme était obsédée par le rangement, chaque chose devant être à sa place, ou elle pétait un câble. Et pourtant Harper ne connaissait personne de plus mal attifé qu'elle.

— Harper allait justement me raconter ce qui la met de si mauvais poil.

— Allez, vas-y, dis-nous tout, insista Raini avant d'avaler une gorgée de café.

Avec elle, ce geste simple devenait une expérience hautement sensuelle. Comme tous les succubes, elle exsudait la sexualité. Elle était célibataire pour le moment.

— Est-ce que je t'ai dit combien j'aime ton nouveau look ? s'enquit Harper en admirant les mèches roses que la jeune femme avait ajoutées à sa chevelure blond-blanc et qui faisaient penser à des fraises à la crème.

— Tu ne réussiras pas à détourner mon attention, déclara Raini en levant la main.

— D'accord, rétorqua Harper, résignée, en soupirant. J'ai trouvé mon *alter ego*.

— Et c'est une mauvaise nouvelle ? s'enquit Devon en fronçant les sourcils après avoir esquissé un grand sourire heureux.

Raini avait l'air tout aussi perplexe.

— Si j'avais eu envie d'un *alter ego*, je n'aurais jamais choisi ce mec.

— Mais pourquoi ? s'exclama Devon, dévorée par la curiosité, ce qui était tout à fait prévisible.

— C'est Knox Thorne.

— Sérieux ! s'exclama Raini qui en était demeurée bouche bée. Waouh ! si je m'attendais. Mais je ne comprends pas pourquoi tu n'en veux pas comme *alter ego*.

— Il veut toujours tout contrôler. Je vais le rendre fou.

— Tu rendrais fou n'importe quel mec, gloussa Raini. C'est un talent que tu as et que je t'envie.

Sans doute parce que, même si elle essayait vraiment de repousser un homme, il n'en demeurerait pas moins séduit par son physique affriolant, son teint de porcelaine, sa sensualité innée et ses yeux brillants couleur d'ambre. Les succubes dégageaient une forte sexualité, c'était leur nature. Une nature que Raini cherchait à camoufler avec des tenues simples et couvrantes parce qu'elle n'aimait pas attirer l'attention.

— C'est super, insista Devon. Knox est incroyablement puissant. Tu n'auras plus jamais rien à craindre avec un *alter ego* comme lui. Le monde des démons est parfois brutal et c'est formidable de bénéficier de ce genre de protection. Personne ne cherchera à te nuire avec Knox pour te défendre.

— Ouais mais bon, intervint Raini en fronçant les sourcils. Ce n'est pas facile non plus d'assumer la responsabilité de la stabilité mentale du démon le plus puissant du monde.

— Sympa de me le rappeler, merci, lança sèchement Harper.

— De rien, rétorqua le succube en esquissant un grand sourire aimable.

Harper fut prise d'une envie d'étrangler les deux démones.

— Il y a une chose que vous semblez oublier. C'est vrai que la plupart des gens vont avoir peur de s'en prendre à l'*alter ego* de Knox Thorne. Je dis bien « la plupart ». Mais il a beaucoup d'ennemis aussi. Je parie qu'il y en a d'assez stupides ou furieux pour chercher à l'atteindre en s'en prenant à moi.

— N'oublie pas que notre clan est plutôt petit et composé en majorité d'elfes, rétorqua Devon en manifestant son accord d'un signe de tête. Et les elfes n'aiment rien de moins que d'asticoter les autres. Si ta grand-mère n'était pas cinglée au point d'avoir failli détruire le Golden Gate quand un clan de San Francisco a décidé de nous chercher noise, on aurait encore plus de problèmes. En d'autres termes, on est toujours en danger. Avec Knox comme *alter ego*, tu auras moins de soucis, c'est sûr, pas plus. Et puis tu réussiras peut-être à percer le mystère et à apprendre de quelle espèce il est.

— Je n'aurai pas accès à ses pensées à moins qu'il ne m'y autorise, répondit Harper en secouant la tête.

La fusion des esprits des *alter ego* n'était pas totale. C'était comme si deux sphères étaient placées côte à côte et que seule une petite surface de chacune d'elles entrait en contact. Ils demeuraient entiers mais leur lien les renforçait sur le plan psychique. Ils ne pouvaient pas lire dans les pensées de l'autre, ni sentir ses émotions ou découvrir ses secrets. Le lien n'était pas envahissant émotionnellement parlant.

— Je le sais bien, convint Devon, en secouant impatiemment ses bouclettes ultraviolettes sur ses épaules. La plupart des *alter ego* passent beaucoup de temps ensemble, ils en ont besoin. Tu finiras peut-être par découvrir quelques indices sur son espèce.

— Personnellement, je pense que tu devrais accepter de nouer ce lien avec lui, déclara Raini. Tu bénéficierais d'une telle protection ! Et tu serais plus forte et plus puissante. Il sera sans doute insistant mais tu n'es pas du genre à te laisser faire. C'est assez positif en fin de compte.

L'était-ce vraiment ? Harper en doutait. Elle avait l'impression que sa vie se détraquait complètement.

— Vous ne le dites à personne, d'accord ? Surtout pas aux membres de notre clan ou de ma famille. Cette situation est trop… compliquée.

Raini et Devon avaient toutes deux acquiescé solennellement de la tête mais Harper n'était tout de même pas trop rassurée.

L'arrivée intempestive de son ex au studio n'améliora pas du tout son humeur. Royce était beau gosse, du genre cow-boy, avec quelque chose de sauvage dans l'apparence. Leur relation avait été relativement courte. Elle y avait mis fin quand il l'avait trompée. Harper n'avait pas eu le cœur brisé pour autant, leur relation n'ayant jamais été de tout repos. Royce la trouvait trop indépendante, ce qui était le cas. Elle était obstinée, n'avait jamais eu besoin de personne. Et puis elle était réservée et n'accordait pas facilement sa confiance. Elle avait quelques défauts qu'il lui faudrait s'atteler à corriger, elle le savait. Mais Royce l'avait insultée en essayant de la changer, de la transformer en quelqu'un d'autre, le signe qu'ils n'étaient pas faits l'un pour l'autre. Le fait qu'il ait couché avec une autre fille le prouvait.

Il lui en voulait d'avoir mis fin à leur relation. Elle avait aussi du mal à comprendre pourquoi il avait demandé à sa sœur de leur interdire l'accès, à elle et à ses collègues, au café de sa famille de l'autre côté de la rue.

Se retrouver en sa présence était comme se souvenir du peu de physique quantique qu'elle avait étudiée. Elle se rappelait qu'elle avait consacré une partie de son temps à Royce et ne pouvait s'empêcher de se demander pourquoi.

— Qu'est-ce que tu viens faire ici ? lui demanda-t-elle en soupirant et en se tournant vers lui, entourée de ses amies.

— Je veux juste te parler, lança-t-il en levant les deux mains.

— Du fait que tu nous as fait interdire l'accès du café ?

— Ce n'est pas comme cela que ça s'est passé.

— Un peu, oui.

— Alors vas-y, crie-moi après, dit-il en ébouriffant sa chevelure brune d'une main.

— Quoi ? dit Harper en clignant des yeux, interloquée.

— Vas-y, crie-moi après. Insulte-moi. Dis-moi de régler le problème, cria-t-il en agitant les bras.

— Tu as fait ça pour me faire réagir ? s'exclama-t-elle, abasourdie, comprenant enfin son manège.

— Je voulais savoir si tu tenais encore à moi, expliqua-t-il en rougissant quand il entendit Raini et Devon ricaner.

Il était incroyable.

— Pourquoi est-ce que cela t'intéresserait ? Tu en as baisé une autre.

— Je m'en suis excusé un million de fois, dit-il en inspirant profondément. Tu me manques, c'est tout.

— Normal, je suis assez formidable.

— Tu dois avoir encore des sentiments pour moi, insista-t-il, exaspéré.

— Oui, rétorqua-t-elle en inclinant la tête. J'éprouve tout un tas de trucs pour toi : de l'énervement, de la colère, du dégoût, et, oh ! oui, de la pitié aussi, conclut-elle.

Elle ressentit alors soudainement une sensation étrange et se raidit. C'était comme si un autre esprit était venu caresser le sien ; quelque chose de familier, comme si…

Puis elle vit, par-dessus l'épaule de Royce, la porte s'ouvrir lentement et aperçut un homme extraordinairement beau et à l'air richissime entrer lentement dans le studio. Knox balaya la pièce des yeux avant de poser un regard comme un rayon laser sur Harper. Elle se sentit littéralement fondre et sa démone intérieure se mit en état d'alerte. Elle se sentit assaillie par une forte envie de nouer un lien psychique avec lui. Elle parvint pourtant à continuer à respirer normalement et à garder son calme.

Royce se retourna et s'immobilisa, plein d'appréhension. Les humains voyaient en Knox un homme dangereux, même sans savoir qu'il était un être surnaturel. Harper aperçut Raini et Devon qui se raidissaient de nervosité mais fondaient aussi en même temps devant lui, deux réactions parfaitement instinctives.

— Harper, la salua succinctement Knox en mettant néanmoins dans le nom de la jeune femme une lourde promesse d'intimité. Il est temps pour nous de parler.

— Qui êtes-vous ? le somma Royce.

Knox toisa l'humain qui se tenait un peu plus près de Harper qu'il l'aurait souhaité. Assez proche même pour laisser deviner qu'ils se connaissaient plutôt bien. Knox n'appréciait pas du tout cela. Son démon intérieur détesta cet humain d'emblée.

— Knox Thorne, se présenta-t-il.

— Royce Yardley, répondit le jeune homme. J'ai beaucoup entendu parler de vous, ajouta-t-il en tendant un index vers lui. Vous êtes propriétaire de la plupart des…

— Harper et moi avons à parler, monsieur Yardley, déclara Knox en se déplaçant pour libérer le passage vers la porte, donnant à comprendre à Royce qu'il souhaitait son départ.

Le jeune homme obtempéra, l'air quelque peu éberlué.

— Je me sens défaillir, chuchota Raini en s'appuyant contre Harper, avec les vibrations de domination qu'il dégage.

— On va aller dans le bureau, dit Harper à Knox en levant les yeux au ciel.

Elle se dirigea directement vers le fond de la pièce et entendit Knox la suivre d'un pas déterminé. Harper envisagea un instant d'aller se réfugier derrière le bureau pour maintenir une certaine distance entre eux mais cela risquait de lui donner l'impression qu'elle avait peur. Elle préféra donc rester devant et se retourna en croisant les bras.

Il avança lentement vers elle, de sa démarche silencieuse et souple de grand fauve mais sans envahir son espace personnel. Sa grande assurance était apparente dans sa manière de se planter là comme si tout lui appartenait. Il irradiait une grande puissance et une force démesurée qui impressionnèrent la démone de Harper et déclenchèrent des fourmillements sur tout le corps de la jeune femme.

— Je ne vais pas vous demander comment vous avez trouvé mon lieu de travail.

Il avait sans doute effectué des recherches sur elle immédiatement après avoir découvert qu'elle était son *alter ego.*

Knox sourit presque de la voir ainsi sur la défensive. Manifestement, son petit sphinx n'était pas très à l'aise de l'avoir comme *alter ego.* Il avait été aussi un peu perturbé au départ. En tant que Grand Maître, il était toujours très entouré. Il était responsable des membres de son clan, les protégeait, les soutenait, mais il avait l'habitude de le faire en gardant ses distances. Il ne laissait pas ses démons, ni d'ailleurs ses sentinelles, entrer dans son espace personnel.

La relation avec son *alter ego* serait bien différente, en revanche. Les *alter ego* finissaient par devenir intimes sur le plan psychique et jouaient un rôle important dans la vie l'un de l'autre. À l'exception de ses sentinelles, Knox ne laissait personne entrer dans sa vie. Et ses sentinelles existaient en périphérie de celle-ci. Elles n'en faisaient pas partie et c'était bien ainsi. Il savait cependant que ce serait différent avec Harper, au vu de la violente envie de la protéger et de la posséder qui l'avait assailli quand il avait compris qu'elle était son *alter ego.*

Knox ne savait pas s'il était prêt à accepter ce changement dans sa vie. Contrairement à la majorité des démons, il n'avait jamais été impatient de connaître son *alter ego.* Il ne pensait pas en avoir besoin. Il ne voyait pas comment sa vie en serait améliorée. Mais quand leurs esprits s'étaient effleurés il avait appréhendé tout ce qu'elle représentait pour lui et il avait pensé… *mienne.* C'était simple. Instinctif. Un besoin primal. Et ce sentiment semblait persister.

Il avait pris le temps de réfléchir à tout cela et de s'habituer à l'idée, et n'était plus dérangé par cette découverte. C'était aussi simple pour lui que pour son démon. Cette fille lui appartenait, lui était destinée et il était de son devoir de la protéger. En revanche, Harper ne semblait pas partager son point de vue.

— Vous hésitez à nouer un lien psychique avec moi.

— Vous devriez en faire autant. Je suis beaucoup trop enquiquinante pour quelqu'un comme vous.

— Quelqu'un comme moi ?

— Soyez honnête, je ne suis pas du tout l'*alter ego* que vous aviez imaginé, n'est-ce pas ?

Ils n'avaient rien en commun, leurs modes de vie étaient on ne peut plus différents.

Knox Thorne ne s'était pas attendu à un *alter ego* comme Harper mais cela n'avait pas énormément d'importance pour lui.

— Je ne corresponds sans doute pas non plus à l'idée que vous vous faisiez de votre *alter ego*, mais cela ne change rien à la situation.

Il examina la jeune femme d'un peu plus près et fut troublé par quelque chose.

— Vous portez des lentilles de contact, remarqua-t-il.

Il aurait aimé admirer les yeux étranges de la jeune femme, les voir changer de couleur.

— Évidemment. Je ne vais pas montrer mes yeux aux humains. Mais revenons à cette histoire d'*alter ego*. Vous êtes assez puissant tout seul. Vous n'avez besoin de personne pour vous donner plus de force.

— Ah, petit sphinx ! pensez-vous vraiment que je ne sens pas votre grande force ? Mais cela importe peu. Je n'ai pas besoin de vous pour cela, ni pour que vous m'empêchiez de sombrer dans l'aliénation mentale.

— Que me voulez-vous alors ?

— Vous êtes mienne et je ne repousse pas ce qui m'appartient.

Harper sentait monter la pression dans sa tête, qui commençait à la faire souffrir, et, terriblement agitée, elle se mit à faire les cent pas.

— Ça ne peut pas marcher.

La réponse de la jeune femme vexa le démon de Knox Thorne mais ce dernier décida de faire preuve de patience. Il sentait en effet que, s'il insistait, elle ne le repousserait que davantage. Il allait attendre qu'elle lui dresse la liste de ses problèmes et les réfuterait un à un parce qu'il était hors de question pour lui de la lâcher.

— Pourquoi pensez-vous cela ?

— Je ne vous connais pas, c'est vrai. Je sens cependant que vous aimez tout contrôler et toujours tout faire à votre tête. Vous allez vouloir m'imposer votre loi.

C'était vrai, Knox avait besoin de tout contrôler. À une certaine époque très lointaine, chaque instant de sa vie avait été entièrement administré par d'autres. On lui avait dicté comment s'habiller, quoi manger, où et quand dormir et même combien de temps. Toute possession personnelle lui était interdite et il n'avait pas le droit de prendre des décisions. Quand il s'était enfin libéré, il avait repris la maîtrise de sa vie et acquis tout ce dont il avait été privé : le pouvoir, le contrôle, les possessions, l'indépendance, les connaissances, et la liberté.

Il avait besoin de tout cela, mais surtout du contrôle. C'était le seul moyen pour lui de contenir ses pouvoirs et de soumettre son démon.

— J'aime le contrôle, convint-il. Je ne vais pas nier que je vais m'immiscer dans votre vie mais seulement pour essayer de l'améliorer et cela ne vous plaira pas, bien sûr. Vous résisterez. Ce ne sera pas facile et nous devrons donc apprendre l'art du compromis et tenter de trouver un certain équilibre.

Comment pouvait-il avoir l'air aussi calme, mûr et raisonnable ? Elle se sentit d'autant plus bête avec ses jérémiades et son hésitation. Mais bon, il y avait un autre problème qu'elle devait aborder.

— Il y a encore une autre chose qui risque de compliquer la donne.

— Quoi ?

— Vous protégez les membres de votre clan, ils ont droit à votre loyauté, plus qu'aucun étranger, n'est-ce pas ?

— Où voulez-vous en venir ? demanda-t-il en plissant les yeux.

— Ma mère fait partie de votre clan.

Il ne s'y était pas du tout attendu. Il avait fait des recherches sur Harper mais n'avait trouvé aucune trace de sa mère.

— Et vous pensez que ce n'est pas une bonne chose, c'est ça ?

— Nous ne nous voyons pas. Elle risque d'être très mécontente d'apprendre que je me rapproche d'un membre de son clan. En tant que Grand Maître, vous lui devez votre loyauté. Vous êtes responsable du bien-être émotionnel et physique de chacun de vos démons.

— C'est Carla Hayden, n'est-ce pas ? demanda Knox, qui avait vite deviné l'identité de la mère de Harper, son clan ne comptant qu'un très petit nombre de sphinx.

Harper acquiesça d'un signe de tête.

Knox Thorne éprouva alors une colère intense, que partagea son démon, à l'endroit de cette femme qui avait manifestement fait souffrir son *alter ego*.

— J'ignore ce qu'il s'est passé entre Carla et vous. Nous en reparlerons une autre fois. Je suis loyal envers mes démons et je prends mes responsabilités les concernant très au sérieux. En règle générale, ils passent avant les étrangers. Mais cette situation n'est pas ordinaire et vous n'êtes pas une étrangère. Vous êtes mon *alter ego* et je vous dois également ma loyauté à ce titre. Si par hasard cela ne lui plaisait pas, comme vous semblez le croire, ce sera son problème et elle devra le régler. Personne ne décide pour moi.

Plus jamais.

— Vous êtes vachement tenace à ce que je vois, maugréa-t-elle.

Puis le silence se fit et Knox en profita pour examiner la jeune femme de son insondable regard velouté. Personne d'autre ne l'avait jamais dévisagée aussi directement et effrontément. Elle n'arrivait toujours pas à deviner de quelle espèce il était ni dans quel état d'esprit il se trouvait. Il contrôlait parfaitement ses émotions tout en suscitant en elle une réaction hautement sexuelle qui l'énervait terriblement.

— Vous savez ce que je pense, Harper ? Je pense que vous hésitez parce que les *alter ego* finissent toujours par compter beaucoup l'un sur l'autre et vous ne voulez pas de ça. Vous n'avez peut-être même jamais appris à compter sur une autre personne. Je peux le comprendre, ajouta-t-il en voyant les paupières de la jeune femme battre légèrement. (C'était effectivement le cas, et Knox était aussi très réticent à l'idée de compter sur qui que ce soit.) Mais le fait d'avoir trouvé votre *alter ego* ne vous privera pas de votre indépendance. Je n'ai pas l'intention de contrôler toute votre vie.

Il risquait cependant de s'y immiscer assez pour la rendre folle, elle avait entièrement raison à ce propos.

— Vous parvenez toujours à vos fins ? lui demanda-t-elle en soupirant au vu de son air déterminé.

— Oui, répondit-il en s'approchant d'elle prudemment, comme il l'aurait fait avec un animal sauvage. Vous devez accepter la situation, Harper. Vous êtes mon *alter ego*. Vous m'appartenez. J'aurai toujours des droits sur vous, je serai toujours dans votre vie.

— Arrêtez ! s'exclama-t-elle en sentant son esprit caresser le sien comme pour l'amadouer.

Elle se rendait bien compte de l'irascibilité de sa réaction, mais Knox sembla s'en amuser plutôt que de se fâcher.

— Dites-moi que l'idée que je me retire ne vous perturbe pas, Harper.

Puis d'un seul pas il franchit l'espace qui les séparait et entortilla une mèche des cheveux de la jeune femme autour de son doigt. Il n'hésita pas à se servir de l'attirance qui les poussait l'un vers l'autre pour affaiblir les défenses de Harper.

— Dites-moi si cette perspective n'affole pas votre démone, insista-t-il.

Impressionnée par sa forte présence et sa sexualité sauvage, elle eut beaucoup de mal à ne pas reculer. Malheureusement pour elle, elle était bien incapable de nier que l'idée de ne plus le revoir la perturbait autant que sa démone.

— Même si je décidais de m'éloigner, ce qui n'est pas le cas, je ne pourrais rester bien longtemps loin de vous. Nos démons ne le permettraient pas. Le mien est déjà très possessif en ce qui vous concerne. Allez-vous me dire que ce n'est pas réciproque ?

— Non, reconnut-elle d'une petite voix.

Son honnêteté plut à son démon, qui s'impatientait de nouer un lien psychique avec elle et souhaitait même le faire immédiatement. Knox n'ignorait pas cependant que ce ne serait pas simple. Harper n'était pas persuadée que c'était une bonne idée et il hésitait à exercer plus de pression sur elle de crainte qu'elle recule par esprit de contradiction.

— J'ai tout prévu pour dîner. Vous venez avec moi.

— Ah bon ? rétorqua-t-elle.

Puis elle haussa un sourcil impérieux et Knox sentit son sexe se durcir. Il éprouva l'envie de la faire basculer sur le bureau et de la baiser jusqu'à ce qu'elle change d'attitude. Le timbre de voix doux mais empreint de danger de la jeune femme lui fit presque esquisser un sourire. Un démon moins puissant aurait peut-être reculé.

— Je vais reformuler : venez avec moi.

— Où ? Pourquoi ? s'enquit Harper, qui avait deviné qu'il n'était pas capable de s'exprimer autrement.

— Nous devons apprendre à mieux nous connaître.

Knox avait l'intention de profiter de cette occasion pour la mettre un peu plus à l'aise avec lui. Plus vite elle le serait, plus vite elle accepterait leur situation et serait d'accord pour nouer un lien psychique entre eux.

Il lui étreignit alors le poignet et la guida hors du bureau et du studio où ses collègues lui envoyèrent des regards enthousiastes d'encouragement en lui disant au revoir. Elle enfila son blouson et Knox posa une main sur sa taille pour l'inciter à sortir plus vite.

— Putain ! s'exclama Harper en découvrant la magnifique Bentley noire et rutilante qui détonnait dans le quartier.

— Harper, dit Knox en désignant de la main les deux types qui surveillaient son véhicule, je vous présente Tanner et Levi, deux de mes sentinelles. Tanner, Levi, voici Harper Wallis, mon *alter ego*.

Harper salua d'un signe de tête les sentinelles, des mecs vraiment canon. Elle reconnut celui qui l'avait guidée jusqu'au bureau de Knox depuis le dôme de la Cité souterraine. Ils la saluèrent avec un respect manifeste au grand étonnement de la jeune femme, d'autant plus que les clans étaient habituellement réticents à accepter des étrangers. Selon toute apparence, ils respectaient énormément leur Grand Maître et cela rejaillissait automatiquement sur elle.

Tanner ouvrit la portière côté passager, et Harper et Knox s'installèrent sur la banquette. La jeune femme réprima difficilement un grognement de plaisir en s'enfonçant dans les coussins de cuir moelleux.

Dès que Levi se fut assis à son côté, Tanner enclencha les vitesses et s'éloigna.

— Vous ne m'avez pas dit où nous allons, lança Harper à Knox, occupé à scruter l'écran de son téléphone portable.

— Soyez patiente, petit sphinx.

— La patience n'est pas ma plus grande qualité.

— Comme moi, déclara Knox, toujours penché sur son téléphone. Détendez-vous, vous êtes en sécurité avec moi. Nous allons dîner, c'est tout, Harper.

— Non, ce n'est pas tout, comme vous dites, renâcla-t-elle. Vous vous montrez avec moi pour que tout le monde sache que je suis sous votre protection.

— Vous avez en partie raison, convint-il, admirant sa perspicacité. Si quelqu'un essaie de vous faire du mal, je le tuerai. Mieux vaut donc prévenir que guérir. C'est une mesure préventive, en quelque sorte. Mais j'ai aussi très envie d'apprendre à vous connaître.

Il désirait élucider le mystère de Harper. Son *alter ego* était une jeune femme très complexe. D'apparence assez dure, agressive même, il avait l'impression que ce n'était qu'un masque qui cachait une grande douceur. Il voulait savoir pourquoi elle s'était forgé une telle carapace, désirait apprendre à la connaître mieux que quiconque. Cela l'étonnait beaucoup d'éprouver une telle curiosité à l'endroit de cette jeune femme mais il n'avait pas envie d'en chercher la raison.

— Je préfère vous prévenir que, lorsque vous me connaîtrez un peu mieux, il y a peu de chance que vous désiriez encore nouer un lien psychique avec moi.

— Vous semblez bien sûre de ce que vous avancez.

— Biologiquement, je suis un sphinx, c'est vrai. Mais j'ai été élevée en elfe. Cela signifie que je suis ingérable, têtue, secrète, que je hais les règles, que j'épuise les gens, que je les énerve et, surtout, que je m'enorgueillis de tout cela.

— D'accord, j'aurai été prévenu, déclara-t-il en surprenant le sourire amusé de Levi dans le rétroviseur.

Quel enfoiré entêté !

Chapitre 3

Levi ouvrit la portière de la voiture et Harper en descendit. Levant les yeux, la jeune femme fut sidérée de se retrouver devant un des énormes palaces du Strip de Las Vegas.

— Putain ! s'exclama-t-elle une nouvelle fois, à court de mots.

Elle eut soudain l'impression de détonner en jeans et tee-shirt, surtout à côté de Knox Thorne, très séduisant dans son costume noir sur mesure.

Apparemment inconscient de la gêne de la jeune femme, Knox lui saisit le poignet et la guida vers l'entrée de l'hôtel, dont l'intérieur se révéla encore plus impressionnant que l'extérieur, à tel point que Harper fut intimidée tant de luxe. Plusieurs membres du personnel, des démons pour la plupart, vinrent adresser quelques mots à Knox et il leur répondit sans s'arrêter et sans relâcher Harper.

— Ce palace vous appartient, n'est-ce pas ? comprit soudain Harper.

— Oui, mais ce n'est pas une raison pour paniquer.

— Je ne panique jamais.

— Bien sûr, rétorqua-t-il en réprimant un sourire. Désolé.

Ils parvinrent peu après à un restaurant situé dans l'hôtel. Il avait l'air aussi classe et fastueux que le reste et il était bondé, ce qui rendit Harper d'autant plus nerveuse.

— Je ne suis pas habillée pour ce genre d'endroit, dit-elle.

Surtout, elle ne risquait pas de passer inaperçue avec Knox Thorne.

Mais il l'attira vers une salle à manger privée, pour son plus grand soulagement.

— *Je n'aurais pas voulu que nous ayons la conversation qui va suivre en public.*

Harper cligna des yeux d'étonnement en constatant que Knox venait de s'adresser à elle par télépathie. Elle possédait également ce don, comme la majorité des démons.

— *On aurait pu se parler dans mon bureau, cela aurait été aussi simple.*

— *Certes, mais on n'aurait pas pu manger en même temps.*

Ils s'installèrent à table et un serveur leur présenta une liste de vins aux noms sophistiqués dont Harper n'avait jamais entendu parler.

— Si c'est du rouge, c'est bon pour moi, déclara-t-elle en haussant les épaules.

Quand elle apprit qu'il y avait des huîtres en entrée, elle crut s'évanouir. Il était absolument hors de question pour elle de manger un aliment aussi aphrodisiaque avec ce démon assis en face d'elle. Sa présence l'excitait suffisamment comme cela.

— Je ne prendrai pas d'entrée. Je vais passer directement au plat principal si cela ne vous gêne pas.

— Prenez ce que vous voulez, lança Knox, indifférent.

Il n'aurait pas imaginé cependant qu'une jeune femme aussi menue commanderait un steak de trois cent cinquante grammes. Harper ne cesserait donc jamais de l'étonner – ce qui n'était pas sans lui déplaire. Il choisit la daube de bœuf à l'italienne et regarda s'éloigner le serveur.

— Pourquoi avez-vous choisi le métier de tatoueuse ?

Knox avait découvert en effectuant des recherches sur Harper que son commerce marchait très bien et qu'elle avait acquis une excellente réputation parmi les humains.

— C'est ma famille qui en a eu l'idée. J'ai toujours été attirée par les arts.

Elle avait un talent certain, qu'elle avait développé à force de falsifier des tableaux pour son plaisir. Mais ça, il n'avait pas besoin de le savoir.

— Pour ce qui est de votre famille, justement, j'ai cru que Richie était votre père.

— Nan.

Knox était loin d'être le premier à arriver à cette conclusion.

Il avait également appris en fouillant le passé de Harper que Jolene avait eu trois enfants. Richie, qui avait eu lui-même une bonne douzaine, Martina qui n'en avait eu aucun malgré tous les efforts qu'elle avait déployés en ce sens. Et…

— J'ai été abasourdi de découvrir que c'était en fait Lucian. Je savais pourtant qu'il avait une fille (Et que cette fille était la seule personne qu'il aimait.). Je croyais que cette fille était une elfe. Mais bon, vous les imitez bien.

Il le disait comme si elle le faisait exprès pour tromper tout le monde.

— J'ai grandi avec des elfes, c'est normal que je leur ressemble.

— Et votre mère ?

Une salope extrêmement égoïste que Harper n'avait pas vue depuis…

Mais elle coupa court à cette pensée, bien déterminée à ne pas perdre son temps avec cette femme.

— Écoutez, je n'aime pas trop les questions personnelles.

Elle avait érigé des barrières si abruptement que Knox fut étonné de n'en percevoir aucune manifestation tangible, un tremblement de terre, par exemple.

— Les questions personnelles en général, ou les questions sur votre mère ?

Elle le fusilla du regard, ce qui lui fit presque esquisser un sourire.

— On dirait que cela vous vexe. Pourquoi ?

— Et pourquoi me demandez-vous tout cela ? lança-t-elle, perplexe. Je sais que vous avez fait des recherches sur moi.

— C'est vrai, avoua-t-il sans pour autant s'en excuser. J'ai appris beaucoup de choses sur vous. Comme le fait que vous seriez prétendument responsable de la disparition du compte en banque d'un ex-petit ami…

— Prétendument…

— Aussi, que vous auriez piraté la base de données de la police des humains et bousillé leurs dossiers quand un de vos amis a été arrêté à tort…

— Des ouï-dire.

— Et puis que vous auriez tabassé un démon qui aurait fait du mal à votre cousine…

— J'ai un alibi pour ça.

— Sans oublier le virus que vous auriez transmis à l'ordinateur d'un vieux professeur, faisant apparaître des vidéos pornos gay sur son écran toutes les trente secondes.

— Les gays qui n'ont pas encore fait leur coming out ont parfois des réactions étranges quand la pression monte.

Knox Thorne eut un petit sourire qui déclencha un désir intempestif en Harper et lui noua le ventre. Elle aurait sans doute dû être déstabilisée par son regard sombre et direct braqué sur elle, mais elle trouvait terriblement excitant de le voir s'intéresser ainsi à elle. Elle eut l'impression que, lorsque quelque chose ou quelqu'un attirait son attention, il se concentrait entièrement dessus.

Ils furent alors interrompus par le serveur, qui leur apportait leur bouteille de vin.

— Il est vraiment bon, dit-elle après l'avoir goûté, impressionnée.

— Personnellement, j'admire la créativité dont vous faites preuve pour vous venger, affirma Knox quand ils se retrouvèrent de nouveau seuls. (Les démons trouvaient toujours un moyen de prendre leur revanche.) J'ai fait une autre découverte vous concernant, ajouta-t-il.

Il se demandait comment lui dire ce qu'il avait trouvé sans paraître trop indélicat.

— C'est vrai que je n'ai pas d'ailes, déclara-t-elle.

Il avait effectivement entendu des rumeurs concernant un sphinx dépourvu d'ailes, mais il ne savait pas s'il s'agissait de Harper.

— Et vous n'en avez jamais eu ?

— Non, répondit-elle, en ne montrant pas combien elle en souffrait.

— En avez-vous les marques ?

— Oui.

En effet, elle avait dans le dos des traces d'ailes qui ressemblaient à des tatouages. En principe, elle aurait dû pouvoir les déployer à volonté. Mais cela ne s'était déjà produit.

— Et pour vous éviter de poser la question, non, je ne suis pas capable de lancer des boules de feu, mais regardez ce que je sais faire, dit-elle en faisant apparaître une flamme des enfers sur les dents de sa fourchette.

— Je vous ai vue faire cela lors de votre combat contre Mona. Ces flammes sont plus puissantes encore que les boules de feu. Du coup, vous pouvez transformer n'importe quel objet en arme. (Il allait de surprise en surprise avec elle.) Mais revenons si vous le voulez bien à la question de votre mère…

— C'est complètement inintéressant.

— Carla Hayden est membre de mon clan et vous êtes mon *alter ego*. Cette question est donc de la plus haute importance pour moi.

— Comment se fait-il que cette histoire d'*alter ego* ne suscite aucune hésitation en vous ?

— Pourquoi serait-ce le cas ? La majorité des démons se réjouissent au contraire de trouver leur *alter ego*.

Il ne s'étonnait pas trop cependant que le sien soit l'exception qui confirme la règle. Il ne l'aurait jamais trouvée aussi fascinante s'il avait pu la dominer facilement.

— Ouais mais bon, surtout pour les équilibrer et les renforcer, et on était d'accord tous les deux que vous n'aviez pas besoin d'*alter ego* pour cela.

— C'est sans importance. Je vous l'ai déjà dit, je m'occupe de ce qui est à moi.

— Ah ! dit-elle. Vous êtes très attaché à vos possessions.

Oui, Knox les aimait effectivement beaucoup. Il en avait été privé pendant toute son enfance. Il avait décidé qu'il en serait autrement dans sa vie d'adulte. Personne n'avait besoin de le savoir cependant, et encore moins Harper. Il décida de lui faire part d'autre chose.

— Depuis que mon esprit a frôlé le vôtre, lui révéla-t-il en se penchant vers elle, tous mes instincts me disent que vous êtes mienne, que je dois vous protéger et nouer un lien psychique avec vous.

Aussi, il voulait la baiser jusqu'à ce qu'ils soient incapables de marcher. Mais cela n'avait rien à voir avec le fait qu'elle était son *alter ego*.

— Vous êtes mienne, poursuivit-il, et je n'ai pas l'habitude de laisser tomber ceux que je suis censé protéger. Parlez-moi de votre mère maintenant.

— Carla voulait que mon père la prenne pour compagne, répondit Harper après avoir pris une longue inspiration. Mais il a refusé et cela lui a déplu, ajouta-t-elle.

— Était-ce lui ou son démon qui ne voulait pas d'elle ?

Chez les membres de leur espèce, il fallait l'accord de son démon avant de s'unir ou d'établir une relation solide.

— Ni lui ni son démon ne souhaitaient Carla comme compagne, répondit Harper. Alors elle m'a déposée sur le pas de la porte de Jolene à l'âge de deux mois.

Knox sentit un grognement sourd monter en lui tant cette attitude le mettait dans une colère noire.

— Pourquoi vous avoir confiée à Jolene ?

— Elle ne pouvait pas me laisser sur le pas de la porte de Lucian Wallis, parce qu'il n'en avait pas, de porte, je veux dire. C'est un nomade.

— Mais il a fini par vous élever.

— Pas exactement. Lucian a convaincu sa mère de s'occuper de moi parce qu'il ne connaissait rien aux bébés. Elle a accepté parce qu'il était clair qu'il était dépassé par la situation et elle voulait s'assurer que je me portais bien. Mais elle lui a fait promettre de venir me voir souvent.

— Et il l'a fait ?

— Il est venu me voir tous les six mois, en gros, ce qui pour lui était énorme. Quand j'ai eu quatre ans, Jolene l'a obligé à me prendre avec lui.

— Elle vous a refilée à lui comme un colis ?

Le sang de Knox ne fit qu'un tour à cette idée.

— Non. Elle voulait que son fils prenne ses responsabilités et elle trouvait inadmissible qu'aucun de mes deux parents ne s'occupe de moi. Elle espérait aussi que cela l'inciterait à s'établir quelque part.

— Mais ce ne fut pas le cas.

— Non. On déménageait tout le temps.

Harper avait fréquenté treize établissements scolaires différents avant de terminer ses études. Elle n'avait pas trop aimé être constamment « la petite nouvelle » et l'éternel cycle de la curiosité, de l'acceptation et du départ avait vite perdu tout son charme.

— Comment êtes-vous arrivée dans le Nevada ?

— À la fin de mes études, j'ai dit à Lucian que j'allais m'installer ici pour me rapprocher de ma famille.

— Vous en aviez marre de bouger tout le temps, présuma Knox, mais Harper fit « non » de la tête.

— Je n'ai pas souffert de ma drôle d'éducation, expliqua-t-elle. C'était loin d'être horrible et je n'aurais rien voulu changer même si j'en avais eu la possibilité. J'ai beaucoup aimé les voyages, l'aventure. Mais une fois adulte j'ai eu envie de m'établir quelque part.

Elle avait aspiré à quelque chose de plus permanent qu'une chambre d'hôtel, un appartement de location ou le canapé d'amis. Elle voulait un endroit bien à elle qu'elle pourrait décorer à son goût. Elle en avait eu assez de toujours quitter ses amis, son école ou des lieux auxquels elle s'était attachée. Puis sa famille et leurs réunions pour les occasions spéciales lui manquaient terriblement.

— Voyez-vous encore souvent Lucian ?

— Il ne me laisse jamais plus de cinq mois sans nouvelles. Cela peut sembler peu mais, pour lui, c'est beaucoup. Il ne s'est jamais senti très à l'aise dans son rôle de père. Il n'a jamais rien exigé de moi sur le plan du comportement, par exemple. Il m'a toujours laissée libre de prendre toutes mes décisions. Il préférait que j'apprenne en faisant mes propres expériences plutôt que de m'imposer des règles. Je lui en suis très reconnaissante. Il m'a rendue très autonome.

Knox avait du mal à comprendre qu'elle n'éprouve pas le moindre ressentiment ni aucune amertume. Elle parlait même de Lucian avec affection, comme une mère de son enfant un peu naïf.

— Mais il ne vous a pas élevée. C'était vous l'adulte.

— Cela vous met en colère ?

— Oui. Il a fait passer ses besoins avant les vôtres. Carla a-t-elle déjà essayé de vous contacter ? demanda-t-il après le départ du serveur qui leur avait apporté leurs plats.

Harper ne put réprimer un grognement de plaisir en goûtant au steak qui lui fondit littéralement dans la bouche tant il était tendre.

— Nan.

Knox se tendit en voyant une expression quasi orgasmique se dessiner sur ses traits.

— Cela n'a pas l'air de vous perturber le moins du monde. Pourquoi ?

— Je me dis que, si elle est comme cela, alors il valait mieux qu'elle n'occupe pas de place dans ma vie. Vous semblez en vouloir à Lucian, mais lui, au moins, il m'a acceptée et a veillé sur moi à sa manière. C'est plus qu'elle n'a jamais voulu faire.

— Elle a un compagnon et deux fils, lui révéla-t-il alors, estimant préférable qu'elle soit au courant. L'aîné a vingt-trois ans et le cadet, seize.

— Oui, je sais, répondit Harper. Je les ai vus quelques fois. Mais assez parlé de moi, lança-t-elle après avoir bu une gorgée de vin.

Knox se raidit intérieurement, s'attendant à ce qu'elle lui pose des questions sur sa propre vie. Mais elle ne le fit pas, préférant se concentrer sur son repas. Il supposa qu'elle ne voyait pas l'utilité d'apprendre à le connaître parce qu'elle n'avait pas l'intention de nouer de lien psychique avec lui. Knox ne put s'empêcher de se demander si ce n'était pas parce qu'elle avait inconsciemment du mal à croire qu'il ne la quitterait pas. Elle avait été abandonnée par ses deux parents et, ayant été élevée par un nomade, n'avait jamais vraiment eu de présence stable dans sa vie. Elle avait peut-être du mal par conséquent à croire qu'un homme puisse tenir suffisamment à elle pour ne pas la quitter.

Il se rappela alors ce qu'elle lui avait dit dans la voiture, à savoir qu'il refuserait de nouer le lien psychique avec elle quand il la connaîtrait un peu mieux. Peut-être avait-il vu juste et qu'elle s'attendait à ce qu'il la quitte un jour puisqu'elle n'avait connu que l'instabilité dans ses relations.

Si c'était effectivement le cas, il lui faudrait commencer par gagner sa confiance s'il voulait avoir une petite chance qu'elle accepte de nouer un lien psychique avec lui. Elle aurait besoin d'être d'abord persuadée de son entière loyauté et de sa présence sans faille dans sa vie. Et ce serait le cas.

— Vous apprendrez à me connaître, à me faire confiance et vous verrez que vous pouvez compter sur moi. Et ensuite nous pourrons nouer le lien psychique des *alter ego*.

— Ouais, dans vos rêves, dit-elle.

Elle avait l'air tellement désinvolte, si peu impressionnée et si insaisissable, que le démon de Knox Thorne, qui faisait une fixation sur elle qui n'avait rien à voir avec le fait qu'elle était son *alter ego*, y vit un défi. Il appréciait son assurance tranquille, son refus d'être intimidée et sa force intérieure, qui lui permettaient de résister à la personnalité envahissante de Knox Thorne. L'homme reconnut le bon goût de son démon et il décida sur-le-champ qu'elle serait sienne. Il sentait cependant que la jeune femme en face de lui était très réservée et qu'elle ne se laisserait pas facilement séduire.

Il avait fréquenté beaucoup de femmes et il prétendait bien les connaître. Il savait, de par son expérience de la gent féminine, que la plupart des femmes entraient dans une relation avec des arrière-pensées. Certaines le désiraient parce qu'elles étaient attirées par le danger et d'autres à cause de sa richesse ou de sa position sociale. Pour lui, la séduction était un jeu qui se jouait à deux. Plusieurs femmes s'étaient montrées effarouchées avec lui, d'autres avaient prétendu résister à ses efforts de séduction tandis que d'autres encore l'avaient dragué ouvertement.

Or Harper ne ressemblait à aucune d'entre elles. Elle n'avait pas d'idée derrière la tête et elle ne jouait pas de jeu. Elle ne lui faisait pas de charme non plus. Elle le trouvait attirant, c'était clair, il avait vu le désir monter en elle, perçu un besoin dans son regard. Un besoin qu'il partageait. Mais c'était comme si elle n'accordait aucune importance à cette attirance mutuelle. Quelque chose la retenait, l'empêchait de se laisser aller et cela ne lui plaisait pas, pas plus qu'à son démon.

— Mon intuition me dit que vous préférez les gens directs, déclara-t-il en cessant un instant de manger.

Harper n'avait effectivement aucun goût pour la manipulation.

— Ouais, et alors ?

— J'ai envie de toi, déclara alors Knox en penchant la tête vers elle pour bien lui montrer la détermination que recélait son regard.

Harper faillit s'étouffer sur sa bouchée de steak.

— Merci pour ton honnêteté, rétorqua-t-elle en haussant les épaules après avoir avalé une gorgée de vin.

— Tu as envie de moi aussi. (La jeune femme le fusilla du regard mais ne nia pas, ce qui rassura son démon.) Mais tu veux me résister, n'est-ce pas ?

Il avait tout compris. Elle allait lutter âprement contre son désir. Non pas qu'elle fût contre les aventures sexuelles, et ce ne serait rien de plus si elle craquait pour Knox Thorne. Les démons étaient très portés sur la chose et n'hésitaient pas à se lancer dans des relations éphémères. Justement.

— Je ne sors jamais avec des démons, même pas une aventure sans lendemain.

Il ne s'était pas attendu à cela. Son démon était tout aussi abasourdi que lui.

— Quoi ? Tu n'es jamais sortie avec un démon ?

— Non, répondit-elle après avoir bu une autre gorgée de vin.

— Et pourquoi pas ? insista-t-il, sans pour autant s'étonner qu'elle ne lui réponde pas. Dis-moi, poursuivit-il de sa voix la plus engageante.

— Non, répéta Harper, résistant à son charme et gardant le silence.

Ne comprenait-il pas qu'elle n'aimait pas parler d'elle ? Elle faisait tout pour éviter les problèmes, comme les amendes, les limitations de vitesse, les feux rouges. Ce qui expliquait qu'elle n'avait plus le permis de conduire. Pour ce qui était des relations, les démons aimaient trop compliquer les choses pour elle. Ils étaient extrêmement possessifs, très exigeants, ce qui était exaspérant, et beaucoup trop intenses. Au contraire, les relations avec les humains étaient simples. Les hommes ne demandaient pas grand-chose aux filles, en règle générale, tandis que les démons exigeaient vraiment tout et ne se contentaient de rien de moins.

Bien sûr, elle aurait pu se limiter à des aventures d'une nuit avec des êtres de son espèce plutôt que de choisir des humains. Mais ce mode de vie ne l'attirait pas du tout. Son père avait toujours papillonné et n'avait jamais été heureux. Et puis les hommes l'acceptaient plus facilement parce que, ne connaissant pas sa démone, ils ne voyaient pas ses infirmités, comme l'absence d'ailes, ses yeux qui changeaient tout le temps de couleur et son incapacité à faire apparaître quelque chose d'aussi banal qu'une boule du feu des enfers. Elle croyait que Knox aurait insisté pour qu'elle lui explique la raison de cette attitude, mais il se contenta de serrer les lèvres et de hausser les épaules.

— D'accord, ce petit jeu se joue à deux, lança-t-il en prenant son verre de vin et en se calant sur sa chaise.

— Mais je ne joue pas.

— C'est vrai.

Il ne l'en désirait que plus. Son sexe était dur, lourd et douloureux tant il avait envie d'elle. Le sombre prédateur qui l'habitait la désirait encore plus qu'avant. Il souhaitait être le premier démon à la posséder.

— Je finirai bien par te faire craquer.

— C'est ce que tu crois ? rétorqua Harper en plissant les yeux.

Il comprit d'après son ton de voix qu'elle le narguait.

— Ça va arriver, dit-il en arquant un sourcil.

— Penses-tu que je serai plus encline à nouer un lien psychique avec toi si on couche ensemble ?

— Cela n'a rien à voir avec le fait que tu es mon *alter ego*. J'ai envie de toi et, toi, tu as envie de moi.

— Tu es bien sûr de toi et tu fais l'erreur de croire que tu peux être aussi sûr de moi. Dommage, ajouta-t-elle en faisant la moue.

— Je vais coucher avec toi, Harper, dit-il en lui adressant un regard éloquent. J'obtiens toujours tout ce que je veux. Et là, c'est toi que je veux.

— Mais tu veux aussi nouer un lien psychique entre nous. Cela ne fera que compliquer les choses si on couche ensemble en plus.

— Une relation sexuelle n'a pas besoin d'être compliquée.

Elle n'aurait pas dû s'étonner qu'il pense cela. Il était du genre à considérer la relation sexuelle entre deux personnes purement sur le plan physique. Le sexe n'avait rien d'émotionnel pour lui.

— Tu veux toujours tout contrôler, mais tu ne me contrôleras jamais, lui rappela-t-elle.

C'était vrai et cela aurait dû atténuer son attirance. Mais au contraire il ne la désirait que plus. Knox n'y comprenait rien.

— Tu serais incapable de désirer un homme que tu contrôlerais.

— Vraiment ?

— Oui, vraiment. Tu as une très forte personnalité, Harper. Tu ne peux qu'être attirée par un homme plus fort que toi ou aussi fort, à tout le moins.

Elle fut agacée de constater qu'il l'avait aussi facilement analysée.

— Et tu te crois plus fort que moi ?

— Ce que je crois, c'est que cela n'aura plus aucune importance quand je serai profondément enfoui en toi.

— Ça n'arrivera jamais, déclara Harper en secouant la tête.

— Oh que si ! petit sphinx, affirma-t-il, ses yeux virant au noir quand son démon voulut prendre le contrôle. Je te le promets.

Harper fut très frustrée de constater que leur échange avait suscité tellement de désir en elle qu'elle en avait perdu l'appétit. Elle avait l'impression d'avoir une masse de plomb dans l'estomac. Puis Knox la regarda d'un œil malicieux, comme s'il savait ce qui lui avait ôté son appétit… de nourriture à tout le moins.

Leur repas terminé, il posa la main sur le bas de son dos et la guida hors de la salle à manger. Ce léger contact lui brûla la peau à travers ses vêtements. Knox se raidit imperceptiblement en approchant de la sortie du restaurant. Harper s'apprêtait à lui demander ce qu'il se passait quand elle aperçut une superbe blonde se diriger vers eux, bras dessus bras dessous avec un homme beaucoup plus jeune qu'elle.

— Knox, dit-elle en s'arrêtant devant lui et en lui adressant un regard noir.

— Kendra, soupira-t-il.

Harper en déduisit qu'il s'agissait là d'une ancienne conquête de Knox qui n'appréciait pas trop d'avoir été reléguée dans la catégorie des ex. La démone toisa Harper d'un air méprisant.

Knox se sentit plus protecteur qu'il ne l'aurait imaginé devant cette attitude et passa la main autour de la taille de Harper. Kendra remarqua son geste et ne sembla pas l'apprécier.

— As-tu déjà rencontré Brandt ? s'enquit-elle en s'approchant de l'éphèbe et en lui caressant le bras.

— Non, rétorqua-t-il. Et toi ? Connais-tu Harper ?

Remarquant que Brandt matait cette dernière d'un œil concupiscent, Knox resserra son étreinte dans un geste de possessivité.

Le sourire narquois de Kendra fut vite remplacé par une moue de dégoût lorsqu'elle examina la tenue de la compagne de Knox.

— Je n'avais pas encore eu ce plaisir, lança la blonde, sans doute parce qu'elle n'évolue manifestement pas dans notre monde.

— Eh bien, laisse-moi te présenter Harper Wallis, mon *alter ego.*

Kendra s'immobilisa un bref instant. Puis un éclair de jalousie traversa ses traits. Harper la comprenait. Il n'était pas rare qu'un démon envie la relation que sa moitié entretenait avec son *alter ego*. Kendra voyait sans doute d'un très mauvais œil une autre femme revendiquer un lien spécial avec Knox.

— Je vois, dit-elle lentement. Tu as bien dit que c'était une Wallis ? ajouta-t-elle en gloussant de façon un peu exagérée, trop jalouse pour rire vraiment. Tu es vraiment tombé sur un mauvais numéro, Knox. Je te plains.

— Contente de voir que tu n'es pas trop amère, lança Harper, qui avait l'habitude des préjugés à l'endroit de sa famille.

— Bonne soirée, dit alors Knox à Kendra et à Brandt.

Puis maintenant toujours le poignet de Harper dans l'étau de sa main, il la guida vers la sortie. Sa voiture les attendait à l'extérieur de l'hôtel.

— On raccompagne Harper chez elle, annonça-t-il à Levi, qui fit aussitôt démarrer le véhicule. Je suppose que Tanner est resté régler quelques trucs à l'hôtel, ajouta-t-il, et Levi acquiesça d'un signe de tête.

— Qu'est-ce que tu as fait à cette femme pour l'énerver à ce point ? demanda Harper.

— Mon démon se désintéresse vite de ses partenaires sexuelles, expliqua-t-il. Certaines femmes en prennent ombrage.

Il estimait préférable de le lui dire d'entrée de jeu.

— C'est un avertissement ?

— Je préfère que tu le saches, c'est tout, affirma-t-il en haussant les épaules.

— Comme je n'ai pas l'intention de partager ton lit, je ne vois pas en quoi cela me concerne.

— Je te prendrai, Harper, déclara-t-il d'une voix juste assez forte pour qu'elle l'entende tout en rivant son regard sur le sien. Et, crois-moi, je finis toujours par attraper ma proie.

— Je ne suis la proie de personne.

— C'est ce qu'on verra.

À peine était-elle rentrée chez elle que Harper entendit sonner son portable. C'était Khloë qui l'appelait.

— Salut ! répondit-elle en décrochant avant de verrouiller la porte.

— Pourquoi est-ce que je viens seulement d'apprendre que Knox Thorne est ton *alter ego* ?

— Qui te l'a dit ? s'enquit Harper, perplexe.

— J'ai entendu Jolene et Beck en parler ensemble.

Beck était l'*alter ego* de Jolene.

— Tu écoutais encore aux portes ?

— Pourquoi tu ne me l'as pas dit ? Tu le savais ce soir-là dans la Cité souterraine mais tu n'en as pas soufflé mot, se lamenta sa cousine, clairement vexée.

— J'étais dans un état de choc. C'est un truc énorme qui m'arrive. Je ne savais pas vraiment qu'en penser. On sait tous comment toi tu aurais réagi.

— J'espère que tu ne vas pas insinuer que je me serais immiscée de quelque manière que ce soit dans…

— Tu m'aurais harcelée tant que je n'aurais pas craqué et accepté de nouer un lien psychique avec lui. Et si ça n'avait pas marché, tu aurais concocté un plan foireux avec le reste de notre famille pour m'inciter à nouer ce lien. On sait parfaitement toutes les deux que c'est ce que tu aurais fait. Mais c'est à moi de prendre cette décision et à moi seule.

— Tu l'as dit à Raini et Devon, gémit-elle.

— Oui, mais même si elles ont des avis bien arrêtés elles n'estiment pas avoir le droit de me dire quoi faire. Ça, c'est une habitude de Wallis.

— Ouais, bon, d'accord, dit-elle, dépitée. Tu peux au moins me dire si tu as noué le lien des *alter ego* avec lui.

— Je ne l'ai pas fait.

— Tu n'as pas dit « encore », ce qui signifie que tu envisages de refuser. Écoute, je sais que tu as du mal à accorder ta confiance à qui que ce soit et à laisser des gens entrer dans ta vie. Mais n'oublie pas que Knox ne peut pas être moins fiable que tes géniteurs.

Ses géniteurs étaient bien entendu Carla et Lucian. Khloë refusait catégoriquement de leur accorder le titre de « parents ».

— C'est vrai, convint Harper dans un soupir.

— Tu m'as l'air vraiment abattue. Et si nous retournions à la Cité souterraine ce week-end ? Dimanche, c'est mieux. Il y a trop de monde le vendredi et le samedi.

Les démons pouvaient se passer de sommeil pendant plusieurs jours et elles n'avaient donc pas à se préoccuper de se coucher tôt la veille d'une journée de travail.

— D'accord, mais pas de duels.

— On verra.

Harper ne put s'empêcher de se rappeler que c'était là les dernières paroles que lui avait adressées Knox avant de la quitter. S'il s'avérait être aussi fort que Khloë mentalement, Harper aurait du mal à lui faire faire ce qu'elle voulait, comme s'éloigner d'elle. Ce n'était pas vraiment gagné.

Chapitre 4

— *Viens à moi, Harper.*

La jeune femme se redressa subitement dans son lit, abasourdie. Puis elle jura. Cette voix grave et mélodieuse l'appelait nuit et jour. Elle la tentait et la titillait, pleine d'une promesse d'extase sexuelle. Pire encore, les paroles l'enveloppaient, la caressaient telles des mains exigeantes, suscitant en elle un violent besoin, une pression irrésistible mais sans exutoire. Elle se sentait hyper sensible, nerveuse et très excitée dans tout son corps.

Elle lui adressa une volée de jurons, sortit du lit et se dirigea vers sa cuisine où elle mit la cafetière en route. Elle avait vu Knox deux fois au cours de la semaine précédente. Il était passé la prendre au studio et l'avait invitée à dîner dans un restaurant différent chaque fois. Il faisait manifestement tout pour être vu avec elle par un maximum de démons.

Harper avait remarqué que, partout où ils allaient, des gens se précipitaient pour lui offrir leur aide, pour le servir ou tout simplement lui parler. Il lui était rapidement devenu évident que Knox détenait énormément de pouvoir sur le plan social. Elle se rendait compte qu'il inspirait aussi de la peur. Même les humains percevaient quelque chose de dangereux en lui.

Chaque fois qu'ils se voyaient, il essayait d'en apprendre un peu plus sur elle, ce qui ne cessait de l'étonner. Il lui posait beaucoup de questions sur sa famille et sur les endroits qu'elle avait visités avec Lucian. Il lui avait aussi fait part de certains de ses souvenirs, mais rien de bien personnel. Il lui avait laissé entendre qu'il souhaitait qu'elle l'accompagne à une conférence des Grands Maîtres américains à New York, où il serait question d'élire un Monarque pour les États-Unis. Beaucoup de démons se faisaient accompagner de leur *alter ego* à des réunions importantes. Harper était suffisamment curieuse pour envisager de le faire, mais elle n'était pas encore persuadée que…

— *Viens à moi.*

Et ça recommençait. Il la caressait de nouveau avec sa voix. Harper secoua la tête et lui répondit pour la première fois.

— *Pourquoi est-ce que tu fais ça ?*

Elle avait vu son impact sur la gent féminine et elle doutait fort qu'il soit à court de femmes désireuses de partager son lit. Elle avait également remarqué qu'elles ressemblaient toutes un peu à Kendra : grandes, élégantes et bien mises. Elle était très différente et cela ne la gênait pas de ne pas être son genre de fille.

— *J'ai envie de toi.*

Comme s'il n'y avait rien de plus simple pour lui. Elle se gratta le bras car tout son corps la démangeait tant elle se sentait agitée par ces appels télépathiques. Elle sentit son esprit caresser le sien, comme pour la rassurer. Elle se réjouit de ce que ses boucliers mentaux étaient suffisamment solides pour lui résister sinon il en profiterait sûrement pour accaparer entièrement son esprit jusqu'à ce qu'elle le sente dans tout son corps. La télépathie ne signifiait pas qu'un esprit en envahissait un autre, c'était plutôt comme si deux personnes se réglaient sur la même fréquence radio pour communiquer.

— *Peut-être me désires-tu uniquement parce que je ne cherche pas à te séduire à tout prix.*

Les démons aimaient les défis.

Et elle sentit que ses propos l'avaient amusé.

— *Nous savons tous les deux que c'est beaucoup plus que ça, mais je reconnais que je trouve ton opiniâtreté bien rafraîchissante.*

Puis son esprit caressa le sien encore une fois avant de disparaître. Et pour une raison stupide et irrationnelle, elle se sentit plus seule que jamais auparavant.

Ce n'était pas que son opiniâtreté qui étonnait Knox. Il semblait trouver également très amusant de voir combien elle avait du mal à accepter qu'on s'occupe d'elle. Il avait fait installer un système de sécurité haut de gamme à son appartement et à son studio de tatouage. Et puis il avait chargé Tanner de la conduire et de la protéger. Harper s'attendait à ce que la sentinelle n'apprécie pas trop son rôle de chauffeur et de garde du corps, à ce qu'il trouve ce travail des plus ennuyeux. Mais il lui avait expliqué que, dans la mesure où elle comptait beaucoup pour Knox, sa sécurité leur tenait à cœur, à lui ainsi qu'à ses collègues.

Elle n'aimait pas tellement avoir un chauffeur, elle trouvait que cela lui enlevait un peu de son indépendance. Mais bon, la Bentley était beaucoup plus confortable que les transports en commun. Tanner l'attendait donc ce jour-là quand elle sortit de chez elle pour se rendre au travail. Ils parlèrent peu pendant le trajet. En arrivant au studio, son chauffeur se gara à la même place que les autres jours et ne bougea pas de la voiture tandis qu'elle entrait au travail.

— Bonjour ! lança Khloë depuis l'accueil. J'ai apporté des bagels.

— Tu veux dire que tu as volé des bagels !

Khloë se contenta de hausser les épaules.

— Est-ce qu'il va entrer un jour ? demanda Devon, qui regardait Tanner depuis la vitrine.

— J'en doute, répondit Harper. Il prend son rôle de sentinelle très au sérieux.

À peine avait-elle fini de s'installer à son poste de travail que Raini faisait son apparition, l'attrapait par le bras et l'attirait vers le fond du studio.

— Quoi ? Qu'est-ce qu'il y a ? demanda Harper.

— J'ai quelque chose à te montrer, répondit le succube. T'en penses quoi ? demanda-t-elle une fois dans le bureau en sortant d'un sac un pantalon noir moulant et un élégant chemisier blanc.

— Ça va très bien t'aller, déclara Harper en manifestant son approbation d'un signe de tête enthousiaste.

— Ce n'est pas pour moi, dit Raini en levant les yeux au ciel. C'est pour toi.

— Quoi ? s'exclama Harper d'une voix mal assurée. Mais je ne porte jamais de tenues élégantes. Je ne peux pas.

— Il faudra bien, si tu vas à la conférence à New York. Tu n'as qu'à effacer de ton visage cette expression de défi que tu arbores tout le temps et tu deviendras vite élégante. Ah ! je t'ai pris des chaussures aussi.

— Je ne suis pas douée pour…

— Considère cette tenue comme une armure. Tu seras entourée de démons célèbres et ils seront sans doute tous très bien sapés. Tu te sentiras mieux si tu es habillée comme eux.

— Une armure, répéta Harper. Ça me va.

— Super ! s'écria Raini dans un grand sourire qui illumina toute la pièce. Encore une chose : as-tu fait grincer les ressorts du lit avec Knox, ou pas encore ? Pourquoi fronces-tu les sourcils comme cela ? Je pose la question, c'est tout.

Carla Hayden, remarqua Knox, ne ressemblait pas beaucoup à sa fille. Elles étaient toutes deux petites mais Carla n'était pas aussi bien roulée que Harper. Ses traits étaient plus exotiques que ceux de sa fille, dont le visage était très délicat. La mère avait le teint mat tandis que Harper avait une peau de porcelaine. Elles ne se ressemblaient que pour trois choses : la taille, la couleur des cheveux et le menton un peu pointu.

Quand Harper regardait quelqu'un, c'était toujours avec une lueur de témérité, de défi au fond des yeux, une expression qui amusait beaucoup Knox et son démon. Carla quant à elle, était tout sourires, gracieuse et aimable. Elles bougeaient aussi toutes deux avec la même sensualité dans leurs mouvements. C'était inné et inconscient chez Harper mais superficiel et étudié chez Carla.

— Monsieur Thorne, le salua Carla, debout dans le bureau d'un de ses casinos.

— Asseyez-vous, lui dit-il, s'obligeant à être poli.

Il soupçonnait depuis un certain temps que la mère de Harper viendrait le voir pour savoir si les rumeurs qui commençaient à circuler sur l'identité de son *alter ego* étaient vraies. Cela faisait trois jours qu'il n'avait pas vu Harper. Trois jours que son démon le harcelait pour qu'il aille la trouver et la prendre, ce qu'ils désiraient ardemment tous deux.

Knox était très impatient, mais il appréciait beaucoup le caractère indépendant de Harper même si cela la rendait passablement contrariante. Il aimait bien aussi qu'elle soit directe, tenace et imprévisible. Elle le fascinait.

— J'espère que vous allez bien, commença Carla après s'être raclé la gorge.

Elle ne poursuivit pas, Knox ayant levé la main pour l'interrompre.

— On sait tous les deux que vous n'êtes pas venue me voir simplement pour vous enquérir de mon bien-être. Je préférerais donc que vous laissiez tomber toutes ces banalités inutiles.

— Très bien, répondit-elle. J'ai entendu dire que vous aviez trouvé votre *alter ego*, dit-elle après une courte pause.

— C'est vrai.

— Il semblerait qu'il s'agisse de Harper Wallis.

En l'entendant trébucher sur le nom de la jeune femme, Knox comprit quelque chose.

— Ce n'est pas vous qui avez choisi son nom, n'est-ce pas ?

— Je n'arrivais pas à me décider, expliqua-t-elle en détournant les yeux.

— Et vous étiez incapable de vous occuper d'elle, si j'ai bien compris ?

Tellement qu'elle n'avait pas réussi à lui trouver un nom avant de l'abandonner.

— Elle vous a donc parlé de moi, conclut Carla après avoir émis un long soupir. Vous ne devriez pas prendre pour argent comptant tout ce que raconte ma fille. Les Wallis ont leur propre version de ce qu'il s'est passé à l'époque.

— Vous n'avez pas confié votre bébé à Jolene Wallis ?

— Ce n'est pas aussi simple que ça. Je ne sais pas si Jolene et Lucian ont menti à Harper à mon sujet ou alors si elle a tendance, comme les autres membres de sa famille, à tout exagérer. Toujours est-il que cette histoire est beaucoup plus complexe que ce qu'elle a pu vous raconter.

— Pourquoi êtes-vous venue me raconter cela ? demanda Knox en se carrant dans son siège et en l'observant attentivement.

— Parce que vous êtes mon Grand Maître et que votre opinion compte beaucoup pour moi. Je souhaitais simplement vous demander de ne pas porter de jugement sur moi à partir des informations que Harper vous a données. Il est clair que vous m'en voulez après ce qu'on vous a raconté, exactement ce que je craignais. Je vous demande d'être juste. Harper a beau être votre *alter ego*, vous ne la connaissez pas très bien.

— Je dirais plutôt que c'est vous qui ne la connaissez pas. (Carla eut l'air penaude, mais il ne la croyait pas sincère.) Voulez-vous insinuer qu'elle m'a menti ? C'est très grave ce que vous dites.

Knox et son démon trouvaient outrageant que quiconque accuse ainsi Harper.

— Je sais, répondit Carla, l'air ébranlée de devoir envisager cette possibilité. Mais soit elle l'a fait sciemment, soit elle répète les mensonges que lui a débités la famille Wallis.

— J'estime personnellement que, si vous aviez eu un peu de considération pour votre fille, vous ne l'auriez pas abandonnée.

— Ce n'est pas aussi simple que cela. J'ai pensé à l'époque que si je la confiais à Lucian pendant un certain temps il s'attacherait à elle et on pourrait alors devenir une vraie famille. C'était idiot de ma part et je l'ai vite compris. Je suis retournée la chercher, mais Jolene a refusé de me la rendre. J'ai essayé plusieurs fois mais Lucian l'a emmenée au loin. Je n'ai jamais pu la retrouver après, il déménageait tout le temps.

Si c'était des mensonges, alors Carla était vraiment une excellente comédienne. Selon Harper, Jolene l'avait envoyée vivre avec son père à l'âge de quatre ans. Était-il possible que sa grand-mère ait agi ainsi pour éloigner Harper des griffes de Carla ?

— J'ai rencontré Bray peu après et nous avons eu deux fils et je me suis consacrée à eux.

— En d'autres termes, vous essayez de me dire que, si Jolene et Lucian ne s'étaient pas immiscés entre vous et Harper, vous l'auriez élevée ?

— C'est cela.

— Hem… Harper avait dix-huit ans quand elle est revenue vivre à Las Vegas, seule, sans Lucian, mais vous n'avez fait aucun effort pour la voir. Cela me semble bien étrange de la part d'une mère qui prétend être si malheureuse de n'avoir pas vu grandir sa fille.

— Je voulais aller la voir, mais je savais que Jolene et Lucian lui avaient raconté tout un tas de mensonges. J'ai eu peur qu'elle me claque la porte au nez. Je ne l'aurais pas supporté, je pense, expliqua-t-elle en déglutissant bruyamment, l'air réellement bouleversée. Pensez-vous qu'elle acceptera de me voir ? Vous a-t-elle laissé entendre qu'elle était d'accord pour me parler ?

— Tout ce que me dit Harper restera entre elle et moi. Il est hors de question pour moi de trahir sa confiance.

— Bien sûr, je suis désolée. Je n'aurais pas dû vous poser cette question. Comment va-t-elle ? s'enquit-elle alors après un bref silence.

— C'est à Harper qu'il faut poser cette question. J'ai beau être son *alter ego*, je ne parle pas en son nom. Si vous avez terminé, j'ai beaucoup à faire, conclut-il.

Knox eut l'impression cependant qu'elle n'avait pas encore vidé son sac.

— Je comprends, dit-elle en se levant prestement. Je vous remercie d'avoir pris le temps de me recevoir, monsieur Thorne. Mais avant de partir, ajouta-t-elle en atteignant la porte et en se retournant...

— Oui ?

— Si vous pouviez donner un message à Harper de ma part, lui dire que, quoi qu'elle ait pu penser toutes ces années, je l'aime. Je n'ai jamais cessé de penser à elle, de me demander comment elle allait, où elle était. Tous les jours.

Puis Carla s'en alla et Levi entra dans le bureau.

— Tu as entendu ? lui demanda Knox.

La sentinelle acquiesça d'un signe de tête.

— Tu la crois ?

— Il y a toujours au moins deux versions à chaque histoire, selon moi. Cela ne signifie pas pour autant que je crois celle de Carla. Et toi ?

— Elle avait l'air sincère, mais...

— Oui, mais...

— Si tu demandes à ses fils si elle est une bonne mère, je pense que leurs réponses seront très différentes. Contradictoires, même. Roan est un moralisateur hypocrite, un enfoiré qui lui obéit au doigt et à l'œil. Le cadet, Kellen, semble véritablement la détester. Vas-tu donner le message de sa mère à Harper ? demanda ensuite Levi à Knox.

— Je n'ai pas encore décidé. Tu penses que je devrais le faire ?

— Je pense qu'il est important qu'elle ait confiance en toi et ce ne sera pas le cas si tu lui caches des choses. Même si c'est pour la protéger sur le plan physique ou émotionnel. Ça t'agace de ne pas être capable de la contrôler, pas vrai ? lança Levi en souriant.

Évidemment. Knox voulait toujours tout contrôler.

— Et ça t'amuse beaucoup trop.

— J'ai toujours pensé que tu serais indifférent à ton *alter ego*, puisque tu n'en as pas besoin, affirma Levi en haussant les épaules d'un air décontracté.

— Ce n'est pas si simple que cela, et tu le verras si un jour tu rencontres ton *alter ego*. Rira bien qui rira le dernier.

— *Knox ?*

Il se raidit aussitôt en sentant de la méfiance dans la voix de Harper.

— *Qu'est-ce qu'il y a ?* s'enquit-il.

— *Qui est Silas Monroe ? Il vient d'entrer dans mon bureau.*

— *Merde ! J'arrive.*

Harper scruta son visiteur avec un mélange de suspicion, d'agacement et de confusion. Elle était plongée dans sa comptabilité quand elle avait entendu un martèlement à sa porte, précédant à peine l'irruption d'un type sombre, dégingandé, qui n'avait manifestement pas assez de bonnes manières pour attendre d'être invité à entrer.

C'était un démon, sentit-elle, alors il aurait dû savoir que cela ne se faisait pas d'envahir l'espace personnel d'une congénère sans y avoir été préalablement invité. Cela l'avait irritée et elle était de mauvaise humeur après sa discussion avec Royce.

— Vous êtes qui, putain ? lui lança-t-elle donc dans son style le plus direct.

Il se fendit d'un grand sourire, ne prêtant aucune attention à la réaction clairement désapprobatrice de ses collègues, qui l'avaient suivi sur le pas de la porte. Son sourire était aimable mais il trahissait quelque chose de sournois, de fourbe, assorti à la lueur dure qu'elle voyait dans son regard.

— Silas, avait-il répondu dans un accent britannique. Silas Monroe.

— Que voulez-vous ? s'enquit-elle.

Elle doutait que ce soit un tatouage ; il aurait pu en parler avec Raini ou Devon, Khloë ayant pris son après-midi. Non, sa présence n'avait rien à voir avec l'activité professionnelle du studio. Il se passait quelque chose de bien étrange. Elle avait contacté Knox, pour vérifier s'il connaissait ce type. Elle ne s'était pas attendue à ce que Knox lui dise qu'il arrivait, mais peut-être l'aurait-elle dû.

— *Tu n'es pas obligé de venir.*

Pas de réponse. Elle se concentra donc uniquement sur Silas, qui examinait le bureau comme s'il en admirait la décoration.

— Il a dit qu'il voulait te parler, expliqua Raini, tout en le fusillant du regard dans son dos. Je lui ai expliqué que tu étais occupée mais il a affirmé qu'il sentait ta présence et il a fait irruption en me bousculant.

Ah bon ?

— Que voulez-vous ? répéta Harper en se levant lentement.

— Bavarder un peu, rétorqua-t-il en haussant les épaules.

— Je n'aime pas bavarder.

— C'est vrai ? Dommage.

— Non, pas du tout.

— *Harper, ne laisse pas Silas te toucher*, dit Knox, la voix sévère. *Je ne pense pas qu'il soit assez stupide pour essayer de te faire du mal, mais il est manifestement assez idiot pour te chercher noise.*

Si l'enfoiré tentait de la toucher, elle lui enfoncerait profondément dans le rectum son stylo au bout duquel elle aurait préalablement fait apparaître le feu des enfers.

— Écoute, ma belle, pas besoin d'être aussi impolie, dit-il en regardant l'objet d'un air circonspect. Recommençons depuis le début. Bonjour, mademoiselle Wallis, je suis Silas Monroe.

— Ah ouais ? Eh bien, moi, je n'en ai rien à faire. Alors barrez-vous.

— Ce n'est pas très sympa, ça, dit-il, l'air pas du tout vexé.

— Si c'est quelqu'un de sympa que vous cherchez, vous n'avez pas frappé à la bonne porte. Je suis une vraie garce qui ne demande pas mieux que de vous rentrer dedans si vous ne sortez pas immédiatement de mon putain de bureau. Vous êtes encore là ? demanda-t-elle, impatiente, ne le voyant pas s'exécuter.

— Ou plutôt, commença Tanner en passant devant les collègues de Harper pour entrer dans le bureau, adressant un regard mauvais à Silas, qu'est-ce que vous êtes venu faire ici ?

Knox l'avait sans doute envoyé veiller sur la sécurité de Harper.

— Tanner, le salua Silas aimablement. Quelle bonne surprise !

Ah ouais ? Il n'avait pourtant pas l'air très étonné.

— Je vous ai posé une question et je n'ai pas l'habitude de me répéter. Dites-moi ce que vous êtes venu faire ici ? s'enquit Tanner d'une voix dangereuse que ne lui connaissait pas Harper.

— Je suis juste venu tailler une bavette amicale avec cette petite démone, déclara nonchalamment Silas, qui n'avait plus l'air aussi détendu.

— Je n'ai pas l'impression qu'elle vous considère comme un ami.

— Je pense que je l'ai énervée en entrant dans son bureau avant d'y avoir été invité. J'ai été un peu bête sur ce coup-là.

— Bête surtout d'être venu ici, déclara un autre démon qui venait de faire son entrée.

L'atmosphère se plomba soudainement. Harper se demanda comme Knox avait fait pour arriver aussi vite au studio. Par un quelconque moyen de téléportation sans doute, mais elle n'avait pas envie d'y penser au moment présent.

Quand il plongea son regard sombre dans le sien, son corps réagit immédiatement. Elle se sentit excitée, surchauffée, brûlante de désir pour lui. Sa démone intérieure se mit en état d'alerte, ravie de le voir en dépit des circonstances. Knox l'examina des pieds à la tête comme pour s'assurer qu'elle allait bien. Puis il se tourna vers Silas et lui adressa un regard mauvais.

— Knox, marmonna nerveusement l'intrus.

— Silas essaie de me faire croire qu'il est simplement venu bavarder amicalement avec Harper, expliqua Tanner en réponse au regard interrogateur de Knox.

— En quoi mon *alter ego* vous intéresse-t-il ? demanda Knox à Silas en plissant les yeux.

Il était tellement calme que cela faisait froid dans le dos. Harper sentit même la température de la pièce se refroidir.

— Votre *alter ego* ? répéta Silas.

— Vous n'avez pas entendu les rumeurs au sujet de Knox et Harper ? intervint Tanner. Étrange !

Étrange ? De l'affabulation plutôt, oui, de l'avis de Harper. Knox avait tout fait pour rendre cette information publique dans le monde des démons. Pourquoi Silas s'amusait-il alors à jouer à ce jeu étrange s'il savait déjà que Harper était l'*alter ego* de Knox ?

— Je vais vous poser une question, gronda ce dernier en s'approchant de l'intrus. (Son démon intérieur désirait l'étriper sauvagement et Knox était tenté de le laisser faire. Mais il préférait le faire parler d'abord.) Il vaudrait mieux que vous me disiez la vérité. Je n'aime pas qu'on me mente. Cela me déçoit toujours énormément. (Silas déglutit bruyamment quand Knox s'arrêta devant lui, mais il ne recula pas, ce qui était tout à son honneur. Il était manifestement très effrayé cependant et cela ravit le démon de Knox.) Qui vous a demandé d'effectuer ce petit test, Silas ? Ou bien vous avez agi de votre propre initiative ?

— Test ? s'enquit Harper.

— Oui, répliqua Knox sans détourner son regard de Silas. Un test pour vérifier ton importance dans ma vie ; pour voir ce que je suis capable de faire pour te protéger ; et à quelle vitesse je règle tes problèmes. La réponse, Silas, c'est que Harper compte énormément pour moi et que ce serait vraiment le comble de la stupidité de lui chercher noise tant par la parole que par le geste, parce que je n'hésiterai pas à éviscérer le premier qui osera s'en prendre à elle.

Percevant des mouvements du côté de la porte, Harper se retourna et vit Raini qui s'éventait le visage. Cette manifestation de domination et de protection l'avait excitée, ce qui était assez prévisible avec elle.

— Il serait bon maintenant que vous m'assuriez que vous ne présentez aucun danger pour Harper, assena Knox à Silas.

— Je ne présente aucun danger pour elle, jura Silas.

— Bien. Je vous laisserai partir dès que vous aurez répondu à ma question.

— J'ai agi de ma propre initiative. Je n'aurais pas dû faire ce que j'ai fait et je m'en excuse.

— Je vous ai dit que je n'aimais pas qu'on me mente, dit Knox en lui lançant un regard menaçant et en envahissant son espace personnel. Silas, pourquoi cherchez-vous tant à me décevoir ?

Harper lança un regard curieux à Knox. Il avait certes l'air un peu agacé, mais elle sentait sa colère irradier autour de lui dans la pièce et cela perturbait sa démone intérieure même si elle savait qu'il ne lui ferait jamais aucun mal.

— Je ne peux pas vous le dire, marmonna Silas, que la peur faisait suer à grosses gouttes. Je vous le dirais si je le pouvais mais j'ai agi sous le coup d'un sortilège de compulsion.

— Est-ce qu'il dit la vérité ? demanda Harper après un long silence.

Silas tomba alors sur les genoux, hurlant de douleur. Les mains sur la tête, il se balançait d'avant en arrière et Harper devina ce qu'il se passait.

— Tu as envahi son esprit, dit-elle à Knox d'un air accusateur, éprouvant une réelle frayeur.

— C'est un sortilège très puissant en effet, déclara Knox en se retirant de l'esprit de Silas. J'ai pu le constater. C'est vrai que vous ne pouvez pas nous donner de nom. J'ai appris autre chose, par contre. Vous étiez désireux de faire ce qu'on vous a demandé, à un point tel que vous vous êtes même porté volontaire pour cette mission.

— Il ne croyait pas vraiment que tu viendrais, supposa Tanner. C'est bien cela, non ?

— Vous n'éprouvez aucune loyauté envers quiconque en dehors de votre clan, expliqua Silas en se relevant. Vous n'êtes proche de personne. Je ne pensais pas qu'elle comptait autant pour vous.

C'était vrai que, même si Knox protégeait férocement son clan, il n'était jamais entouré que de ses sentinelles. Mais il y avait aussi Harper, désormais.

— Je ne pensais pas qu'elle comptait vraiment pour vous, poursuivit Silas. Vous êtes trop puissant pour avoir besoin d'un *alter ego*.

— Croyez-vous vraiment vous en sortir par la flatterie ? gloussa Tanner.

Ce ne fut qu'au prix de vaillants efforts que Knox résista à la tentation de buter l'enfoiré. Son démon intérieur le désirait ardemment et se plaisait à lui rappeler à quel point ce serait facile et gratifiant de satisfaire cette envie.

— J'ai décidé de vous laisser vivre, pour l'heure, mais pour une seule raison : que vous retourniez dire à la personne qui vous a confié cette mission qu'il serait suicidaire de sa part de s'en prendre à mon *alter ego*. Je vous demande également de lui dire que si elle envisage de se servir d'elle contre moi elle paiera le prix fort, plus qu'elle ne peut l'imaginer.

Silas acquiesça de la tête et, blanc comme un linge, il déguerpit après avoir lancé un dernier regard à Harper.

— Tout ceci n'était vraiment qu'un test ? s'enquit Devon en entrant dans le bureau avec Raini.

Puis ses traits se déformèrent en apercevant Tanner et elle cracha, prête à lui sauter à la gorge.

— Qu'y a-t-il, petite minette ? lança la sentinelle, l'air vraiment très amusé par la réaction de la jeune femme.

Les chiens et les chats des enfers éprouvaient une réelle aversion les uns envers les autres.

— Tanner, suis-le, ordonna Knox. Je veux savoir qui l'a envoyé. Viens, dit-il ensuite à Harper en lui tendant la main et en prenant une longue inspiration après le départ de la sentinelle.

Il souhaitait sa compagnie, il avait besoin d'elle pour retrouver son calme. Levi était un excellent chauffeur et les attendait sans doute déjà près de la Bentley.

— Mais je suis au travail, signala-t-elle.

— Elle peut tout à fait partir tôt, s'empressa d'intervenir Raini, la traîtresse. Je m'appelle Raini, se présenta-t-elle, et voici Devon.

Knox les salua d'un bref hochement de tête et attrapa Harper par la taille.

— Allons-y, dit-il.

Harper fut très impressionnée de la facilité avec laquelle Knox résista aux charmes de succube de Raini. Tanner aussi.

— Tu seras peut-être étonné de l'apprendre, mais je n'apprécie pas du tout de me faire trimballer comme cela, s'exclama Harper quand Knox l'attira *manu militari* vers la Bentley où les attendait Levi et la propulsa littéralement à l'intérieur. Où va-t-on ? voulut-elle savoir, Knox ayant gardé le silence.

— Chez moi.

Et chez lui s'avéra être un putain de manoir. *Nom de Dieu !*

À peine arrivèrent-ils à la porte qu'elle s'ouvrit sur un grand démon très élégant, lequel les accueillit en s'inclinant respectueusement devant Knox.

— Bonsoir, monsieur Thorne, dit-il.

— Dan, je te présente Harper Wallis, mon *alter ego.*

— Je suis ravi de faire votre connaissance, mademoiselle Wallis, affirma Dan en lui adressant un sourire poli.

— Euh… moi de même, répondit Harper, qui n'avait pas l'habitude de ce genre de courtoisie.

Dan lui prit ensuite sa veste et Knox la guida vers un séjour à plafond cathédrale qui avait l'air tout droit sorti d'un magazine de décoration. Les murs étaient lambrissés de bois d'acajou et les parquets étaient en pin clair. La pièce aurait eu l'air un peu trop vide sans les fenêtres bleutées, les magnifiques tableaux sur les murs, le tapis persan bleu océan, et les spots au plafond et sur les murs.

Obtempérant à l'invitation de Knox à prendre place sur l'un des deux canapés beiges en demi-lune situés de chaque côté d'une table basse, elle s'y assit timidement, se sentant complètement en dehors de son élément, incapable de se détendre.

— Monsieur Thorne, le dîner ne sera prêt que dans une heure, vint prévenir une petite employée hispanique quelques instants plus tard. Puis-je vous servir quelque chose à boire à vous et à votre invitée ?

— Meg, je vous présente Harper Wallis, mon *alter ego*. Harper, voici Meg, la meilleure cuisinière du monde.

— Je suis ravie de faire votre connaissance, dit Meg en rougissant. Je peux vous proposer quelque chose ?

— Non, merci.

— Pas pour l'instant, Meg, merci.

La cuisinière disparut après les avoir salués d'un signe de tête respectueux. Knox vit alors Harper ouvrir la bouche, prête à le rabrouer parce qu'il ne lui avait pas demandé ce qu'elle souhaitait manger.

— Carla est venue me voir aujourd'hui, dit-il, persuadé que cela suffirait à lui changer les idées.

— Ah bon ? dit-elle, étonnée.

— Elle voulait savoir si la rumeur selon laquelle tu es mon *alter ego* était fondée. Je le lui ai confirmé.

— Est-ce que cela l'a fait pleurer ? demanda-t-elle.

— Non, dit-il en souriant tant il avait lu d'espoir dans son regard.

— Merde ! marmonna-t-elle.

Puis elle vit Knox se diriger vers le fond de la pièce, où se trouvait un petit bar qu'elle n'avait pas encore remarqué.

— Je t'offre un verre ?

Harper fit « non » de la tête et Knox se prépara un petit gin tonic.

— Qu'est-ce que ta famille t'a raconté à son sujet au fil des ans ? demanda-t-il.

— Pas grand-chose en réalité. Juste que je ne devais jamais penser que c'était ma faute si ma mère n'avait pas voulu de moi, que certaines personnes sont trop égoïstes pour s'occuper de qui que ce soit d'autre qu'elles-mêmes.

— Elle prétend avoir cherché à te voir plusieurs fois mais que Jolene et Lucian l'en empêchaient.

— Ils l'auraient sans doute fait si elle avait essayé de me voir, dit Harper en renâclant. Je suis à peu près persuadée que ce n'est jamais arrivé cependant. Tu l'as crue ?

— Ce que je crois, déclara Knox, assis en face d'elle et dont les traits ne révélaient rien, c'est que c'est important pour toi de connaître les faits.

— Et le fait est que cette femme ne veut ni n'a jamais voulu de moi.

— Elle m'a demandé de te dire qu'elle t'a toujours aimée, qu'elle a toujours pensé à toi.

— Ouais, je te crois. Elle prend des mesures préventives, poursuivit Harper, qui n'avait pas oublié que Jolene avait toujours dit que Carla était extrêmement rusée. Elle a peur que j'intègre ton clan et que je demande son expulsion.

Knox souhaitait ardemment que Harper se joigne à son clan mais il attendait un peu avant de le lui proposer. Il valait mieux franchir les étapes une à une avec elle. Autrement, elle risquait de s'éloigner de lui et de refuser qu'il joue un rôle dans sa vie.

— Tu es absolument sûre qu'elle ne t'aime pas ?

— Je ne l'ai croisée qu'une fois ou deux depuis mon arrivée à Las Vegas et elle m'a chaque fois repoussée d'un air très arrogant. Alors, oui, j'en suis sûre.

— Ce que tu me dis me donne envie de l'expulser, réagit Knox, qui sentait la colère bouillir en lui.

— Mais non, c'est plus amusant de l'avoir à portée de main. Elle aime bien faire comme si je n'existais pas. Mais c'est plus difficile quand il s'agit de l'*alter ego* du Grand Maître qu'il tient à présenter à tous les membres de son clan, n'est-ce pas ?

Le petit sourire coquin qu'esquissa la jeune femme le fit rire.

— Tu ressembles beaucoup à Jolene, dit-il.

— Je prends ça comme un compliment.

— C'en est un, crois-moi. Ta grand-mère est très forte et c'est une excellente Grande Maîtresse, ajouta-t-il avant de prendre une gorgée de son gin tonic.

— Alors tu es capable de traverser les boucliers mentaux des gens et d'envahir leur esprit, juste comme ça ?

Knox vit que cela l'inquiétait.

— Tu n'as pas de soucis à te faire. Même si tes boucliers n'étaient pas impénétrables, je ne te ferais jamais cela. Je ne te ferai jamais de mal, tu n'as rien à craindre.

— Parce que tu es un gros nounours bien gentil, c'est ça ?

— Bien gentil ? Non, absolument pas. Mais tu es mon *alter ego* et tu es en sécurité avec moi. As-tu réfléchi à mon invitation de m'accompagner à la conférence à New York ? poursuivit-il après avoir bu une nouvelle gorgée de son cocktail.

— Pour que tu puisses présenter ton *alter ego* à tous les autres Grands Maîtres ?

— Plus vite tout le monde saura à quel point tu comptes pour moi, plus vite tu deviendras intouchable.

Et plus vite les gens comme Silas et ses amis y réfléchiraient à deux fois avant de s'en prendre à elle pour tester Knox.

— Je ne comprends pas pourquoi tu tiens autant à me présenter à tout le monde.

— Je te l'ai déjà dit. Même si tu décides de ne pas nouer de lien psychique avec moi, je serai quand même dans ta vie. J'ai des droits sur toi que personne d'autre n'aura jamais.

Entendant des bruits de pas, Knox se retourna et vit arriver trois de ses sentinelles. Il les connaissait suffisamment bien pour savoir qu'il y avait un problème.

— Qu'est-ce qu'il y a ? demanda-t-il en se levant. Tu peux parler librement devant elle, ajouta-t-il en voyant Keenan esquisser un regard interrogateur en direction de Harper.

Un bon moyen de prouver à celle-ci qu'elle pouvait avoir confiance en lui était de lui montrer qu'il lui accordait la sienne.

— Harper, dit-il alors, tu connais déjà Levi, et je te présente Keenan et Larkin, deux autres de mes sentinelles. Keenan, Larkin, voici mon *alter ego*, mais je pense que vous l'aviez déjà deviné.

Au moment où les yeux bleus de Keenan avec leurs paupières tombantes rencontrèrent son regard, Harper se sentit assaillie de grandes vagues de désir qui mirent tous ses sens en éveil. Un incube, se dit-elle. Comme les succubes, leur sexualité était exacerbée et un seul de leurs regards suffisait à exciter les sens. Mais ce n'était rien à comparer à l'effet que Knox lui faisait.

Keenan était vraiment très mignon avec son visage d'éphèbe, son adorable sourire, et son grand corps d'athlète bien défini. Larkin, elle, était superbe avec son physique de guerrière et ses étranges grands yeux gris-vert. C'était elle qui, avec Tanner, avait accompagné Harper au bureau de Knox dans la Cité souterraine. Harper ne parvenait pas à déterminer à quelle espèce de démon elle appartenait.

— Un grand nombre de marginaux ont disparu, annonça Keenan. Ils se regroupent pour se protéger, tu sais ? Eh bien, tous les marginaux qui résidaient dans le même immeuble ont disparu.

— Où est-ce que cela s'est passé ? demanda Knox.

— Dans un quartier non loin d'où habite Harper.

— Y a-t-il des témoins ? voulut savoir Knox, qui s'était raidi. Des indices ? Des traces de lutte ?

— Rien de tout cela, répondit Larkin en s'affalant sur l'autre canapé. Ils ont disparu, c'est tout.

— Des marginaux, disparus ? intervint Harper.

Knox se contenta d'opiner de la tête, son regard se parant d'une lueur intense quand il se tourna vers Harper.

— Quoi ? dit-elle. Pourquoi me regardes-tu comme cela ?

— Tu n'es plus en sécurité chez toi, affirma-t-il. Il y a beaucoup trop de criminalité dans ton quartier.

— Je suis au courant. Mais tu dis cela comme si j'étais un cas spécial. Beaucoup de gens habitent dans ce quartier et à d'autres endroits tout aussi dangereux.

— Je n'en ai rien à cirer des autres mais toi, tu es très importante pour moi.

— Oh que non ! s'exclama-t-elle, venant de comprendre ce à quoi il voulait en venir. Pas question que tu me fasses déménager.

— Mais tu as entendu ce qu'il se passe dans ton quartier. Des marginaux ont été enlevés. Tu n'es pas une marginale, je le sais. Mais tu ne peux pas nier qu'il vaudrait mieux que tu t'installes dans un quartier moins dangereux.

— Tu as installé un système de sécurité chez moi, l'as-tu oublié ?

— Tu n'es pas une elfe, n'est-ce pas ? dit alors Keenan en la regardant, perplexe. Je pensais pourtant que tu étais de la même espèce que les autres membres de ta famille. Qu'est-ce que tu es ? s'enquit-il en l'examinant de près tandis que ses collègues s'asseyaient.

Harper ne répondit pas, trop occupée à faire entendre raison à Knox.

— Un appartement mieux situé n'est pas nécessairement un gage de sécurité. Les criminels s'en prennent à toutes les catégories de la population.

— Si tu quittes ce quartier, le risque que des criminels te prennent pour cible sera considérablement réduit. Si c'est le loyer qui est un problème pour toi, ne t'en fais pas. Je suis propriétaire de l'immeuble où je te propose de t'installer.

— Bien sûr, ironisa-t-elle. Mais je ne veux pas de tes cadeaux de riche.

— Tu laisses parler ton orgueil, Harper, je pense, non ? Mais l'orgueil ne te gardera pas en sécurité.

— Allez, dis-moi, insista Keenan en sortant une flasque de la poche de sa veste.

Harper fit encore une fois comme si elle ne l'entendait pas.

— Je peux très bien me charger de ma propre sécurité. Cela fait très longtemps que je m'en occupe.

Ce petit rappel qu'elle avait grandi toute seule ne calma pas Knox, loin de là. Son démon, aussi agité que lui, voulut émerger et les yeux de Knox virèrent rapidement au noir. Mais il reprit aisément le contrôle.

— Je n'ai aucun doute à ce sujet, mais ces marginaux aussi pensaient être capables de se protéger. Et cela n'a pas empêché qu'ils soient tous enlevés.

— Sérieusement, de quelle espèce es-tu ? l'interrompit Keenan.

— Je suis un sphinx, répondit-elle, agacée. J'apprécie ton offre, dit-elle ensuite à Knox en l'arrêtant de la main, le voyant s'apprêter à reprendre la parole. Mais c'est non. Je ne veux pas d'un aussi gros cadeau et je refuse de changer de clan. Il en est hors de question pour moi.

— Tu es tellement têtue.

— Je t'ai prévenu.

— C'est vrai, elle l'a fait, confirma Levi en souriant.

Ce ne fut qu'au prix d'efforts considérables que Knox réussit à s'empêcher de grincer des dents. Cette démone le rendait fou. Il fallait avoir atteint un degré élevé de sagesse pour reconnaître ses points forts et ses points faibles, et Knox avait de nombreux talents. Il décryptait assez facilement les autres, devinait aisément leurs désirs les plus secrets, était capable de prédire leur réaction dans une situation donnée et il savait très bien comment obtenir d'eux tout ce qu'il désirait et ne s'en privait pas. C'était autre chose cependant avec Harper, elle le déconcertait.

— Alors on va chercher un compromis.

— Quelle sorte de compromis ?

— On va essayer de voir comment je peux te protéger sans que tu sois obligée de déménager. Tu peux m'accompagner à la conférence.

— Ce n'est peut-être pas une bonne idée, lança Keenan après avoir bu une gorgée de sa flasque.

— Et pourquoi ? voulut savoir Larkin.

— Isla risque de ne pas apprécier sa présence, signala-t-il. Elle serait même capable de lui chercher des poux.

— Isla Ross ? demanda Harper. Une ex jalouse ? Vous avez couché ensemble ?

— Non, protesta Knox en fronçant les sourcils.

— Alors pourquoi m'en voudrait-elle ? C'est bon, tu n'es pas obligé de répondre, soupira-t-elle en le voyant garder le silence.

Harper n'en revenait pas de se sentir déçue qu'il ne lui accorde pas la preuve de confiance qu'elle lui demandait.

Si Knox n'avait pas passé toute la semaine qui venait de se terminer à étudier le caractère de Harper, il n'aurait pas perçu son trouble.

— Si je n'ai pas trop envie d'en parler, ce n'est pas parce que je ne te fais pas confiance. C'est simplement que, comme toi, je n'aime pas parler de ma vie privée. (Surtout de son passé. Il se détendit rapidement en la voyant rassurée.) Il y a des choses cependant qu'il vaudrait mieux que tu saches avant d'aller à cette conférence. Je vais donc te les dire.

— Je ne les répéterai à personne, promit-elle.

— Je te crois. Mes parents sont décédés quand j'avais douze ans. J'ai été recueilli dans un orphelinat pour jeunes démons marginaux. C'est là où j'ai connu mes sentinelles. On se protégeait les uns les autres.

— Vous êtes donc très proches ?

— Oui.

— Alors pourquoi s'en prendrait-elle à ton *alter ego* ? (Elle plissa les yeux en voyant son regard évasif.) Quoi ? insista-t-elle.

— Isla est persuadée que je suis son *alter ego*. J'ai toujours su que ce n'était pas le cas, mais elle n'a jamais voulu m'écouter. Elle a cru que je la rejetais alors elle m'en a voulu. Elle est partie et a intégré le clan dont elle est devenue la Grande Maîtresse dix ans plus tard. Il se peut qu'elle ait compris qu'elle s'était trompée, ajouta-t-il en haussant les épaules. On s'est croisés plusieurs fois au fil des ans et elle ne m'en a jamais reparlé. J'ai toujours évité la question soigneusement en espérant qu'elle avait tourné la page. C'est peut-être le cas. C'était il y a bien longtemps après tout.

Harper se demanda quel âge il avait réellement. À la fin de la vingtaine, le processus de vieillissement ralentissait considérablement chez les démons. Elle ne pouvait donc pas deviner son âge à partir de son apparence, de ses choix vestimentaires ou de sa manière de s'exprimer. Les démons avaient la faculté de s'adapter à l'évolution du monde, ce qui leur permettait de s'intégrer facilement.

— Mais si elle continue de croire que je suis son *alter ego*, elle en voudra beaucoup à la personne qu'elle soupçonne d'avoir usurpé sa place.

— Ce n'est peut-être pas une très bonne idée de dire à tout le monde que je suis ton *alter ego*.

— Je refuse de garder notre relation secrète pour faire plaisir à une femme qui se fait peut-être encore des illusions à ce sujet. Tu serais plus en danger si personne n'était au courant.

— Il a raison, affirma Levi.

— Je ne me souviens pas de t'avoir demandé ton avis, dont je ne fais absolument aucun cas, maugréa Harper en toisant la sentinelle.

— Knox, est-ce que je peux la mordre ? demanda Levi en souriant.

— Non. (Si un homme mordait la peau ivoire de la jeune femme, ce serait lui-même et personne d'autre. Son démon partageait tout à fait son avis.) Même si je n'aime pas l'idée de te voir avec Isla, qui risque de t'en vouloir, je pense qu'il est préférable que vous fassiez connaissance dans un environnement sûr et en ma présence.

— Autrement, si Isla est toujours persuadée que tu es son *alter ego*, elle risque de traquer Harper et tu ne seras peut-être pas là pour intervenir, lança Levi, ayant deviné le cheminement de la pensée de Knox.

— Il vaut mieux en finir une bonne fois pour toutes et voir de quoi il retourne, convint Larkin.

— À moins bien entendu que tu préfères ne pas y aller, dit Keenan à Harper, l'air de s'en faire pour elle. On comprendrait très bien que tu aies peur de t'aventurer dans une situation aussi dangereuse.

— Est-ce que tu es toujours aussi énervant, espèce d'enfoiré ? le rabroua vertement Harper, devinant que l'incube utilisait de la psychologie inversée.

— La vie est plus intéressante comme cela, non ? dit-il en ricanant.

Le téléphone de Knox sonna et il le sortit de sa poche pour prendre l'appel, qui provenait de Tanner.

— Dis-moi tout, lui lança-t-il en décrochant.

— Savais-tu que Silas pratiquait la téléportation par les ombres ?

— Cela signifie que tu as perdu sa trace, j'imagine ?

— Il s'est engouffré dans une ruelle, je l'y ai suivi, puis je l'ai vu pénétrer dans une zone d'ombre et disparaître.

Knox émit un long soupir.

— Je doute que ceux qui l'ont envoyé enquiquiner Harper vont prendre le risque de t'agacer de nouveau, déclara la sentinelle. Ils tâtaient le terrain. Ils savent à quoi s'en tenir maintenant alors ils vont rester tranquilles.

— Peut-être. Il nous faudra quand même rester très vigilants quant à la protection de Harper, conclut Knox avant de raccrocher et de renseigner les autres.

— Il te testait ? Vraiment ? Il y a des gens qui ne comprennent rien à rien, affirma Larkin en rejetant sa tresse sur son épaule. Tu aurais dû au moins l'étriper.

Ils discutèrent encore un moment de Silas Monroe, puis Knox demanda aux sentinelles de le laisser seul avec Harper.

— Je ne vais pas te forcer à venir à la conférence avec moi. Tu peux refuser.

Il tenait beaucoup à ce qu'elle sache que même s'il s'immisçait dans sa vie, s'il cherchait à tout contrôler, il n'avait aucune intention de la traiter comme une marionnette. Il appréciait son caractère fort et sa capacité à se rebiffer contre lui.

— Je veux t'accompagner, dit-elle en se levant, se sentant désavantagée en position assise tandis qu'il était debout et la surplombait.

Elle était curieuse de rencontrer Isla et ce voyage était un bon moyen d'empêcher Knox de rouspéter contre son appartement.

— Très bien, répondit-il.

— Mais je t'ai déjà dit et je le maintiens, il vaudrait mieux pour toi que tu restes loin de moi.

— Je n'en ai pas l'intention, affirma-t-il en passant une main dans ses cheveux et en admirant leur douceur.

Il était tellement tenté de profiter du désir qu'il sentait entre eux pour la séduire et la pousser jusque dans son lit. Mais il voulait attendre qu'elle vienne à lui de son plein gré, consentante dans son cœur, dans sa tête et dans son corps. Quant à savoir pourquoi il y tenait autant, il préférait ne pas y penser.

— Je te l'ai déjà dit, je ne sors pas avec des démons.

— Cela va arriver, Harper, et tu le sais. C'est trop tard pour lutter, pour revenir en arrière.

C'était inévitable, et ce depuis la première fois où il l'avait vue dans l'aire de combat, quand elle avait réussi à pénétrer la torpeur qui s'installait en lui.

Compte tenu de l'acuité du désir qu'elle éprouvait pour lui dans sa chair, désir que ressentait aussi violemment sa démone, il devait avoir raison, craignit Harper.

— Allez, viens, allons manger.

Chapitre 5

— J'aurais dû me douter que tu avais ton propre jet, lança Harper sur un ton ironique.

Comme tout le monde, non ?

En montant dans le bel appareil noir et rutilant, la jeune femme ne put que constater que l'intérieur était aussi impressionnant que l'extérieur. Elle aurait dû deviner que cet enfoiré de milliardaire était le propriétaire d'un avion luxueux. Elle s'installa dans un fauteuil inclinable en cuir gris qui sembla épouser ses formes et accepta volontiers le rafraîchissement que vint lui proposer un agent de bord en souriant.

— Bon d'accord, c'est vraiment cool, je le reconnais, avoua-t-elle en ouvrant une canette de Coca.

— Content de voir que ça te plaît, répondit Knox en levant brièvement la tête de son téléphone.

Il était assis en face de la jeune femme, séparé d'elle par une petite table en noyer.

Tanner et Levi voyageaient dans une autre cabine pour leur laisser leur intimité.

— Tu es accro au travail, non ? dit Harper après avoir longuement observé Knox qui pianotait intensément sur son écran de portable, l'air très concentré.

— Il y a pire comme addiction, répondit-il.

À peine avait-il reposé son téléphone que l'avion démarrait.

— Pourquoi est-ce que ta grand-mère ne voulait pas faire le voyage avec nous ?

— Elle préférait nous laisser en tête à tête, pour qu'on apprenne à mieux se connaître, comme de vrais *alter ego*.

— Elle a raison, déclara Knox en tordant la bouche. Je voulais te demander : tu m'as dit que tu ne sortais jamais avec des démons, alors je me demandais si cela signifie que tu ne couches avec personne ou bien que tu fréquentes des humains ?

Il avait l'art de la déconcerter avec ses questions tout à fait imprévisibles. Il le faisait exprès, en conclut Harper.

— Quelle importance ?

— J'ai envie de savoir, c'est tout. Tu détestes vraiment les questions personnelles, n'est-ce pas ? insista-t-il en souriant, voyant la jeune femme esquisser une moue bien involontaire.

— On se ressemble tous les deux à cet égard.

— Très bien, fit-il en acquiesçant d'un signe de tête, et si nous faisions un échange ? Tu réponds honnêtement à mes questions et je fais pareil. Rien de trop personnel par contre.

Une manière pour lui de lui donner à la fois une assurance et un avertissement.

Venant de tout autre que lui, cette proposition n'aurait pas du tout tenté Harper. Mais Knox était si mystérieux qu'il excitait sa curiosité. Il avait le même effet sur sa libido, ce qui l'agaçait terriblement. Il valait sans doute mieux qu'elle ne sache pas à quelle espèce de démon il appartenait mais c'était plus fort qu'elle, la curiosité la dévorait.

— D'accord. Alors, pour répondre à ta question, oui, je ne sors qu'avec des humains. (Knox plissa les yeux.) À toi maintenant de répondre à une question.

D'un regard, elle le défia de se défiler, mais il ne le fit pas.

— Vas-y, pose-m'en une, dit-il.

— Quelqu'un sait-il à quelle espèce de démon tu appartiens ?

Knox garda le silence pendant un si long moment qu'elle douta qu'il lui réponde.

— Seulement mes sentinelles, finit-il par lâcher. Est-ce que les humains vous satisfont, toi et ta démone ?

Il ne s'attendait pas vraiment à ce qu'elle réponde à sa question, mais, comme d'habitude, elle réussit à le surprendre.

— Non, finit-elle par avouer avec une certaine réticence. Est-ce que tu es aussi brutal et impitoyable qu'on le dit ?

— Oui, rétorqua-t-il.

Si sa réponse avait effrayé Harper, elle n'en montra rien.

— As-tu peur de moi ? voulut-il savoir.

— Parfois.

Elle avait surtout peur de la réaction de son propre corps quand elle était avec lui. Et elle serait idiote de ne ressentir aucune crainte en compagnie d'un homme aussi manifestement dangereux.

— Pourquoi autant de mystère à propos de la nature de ton démon ?

Elle espérait en lui posant cette question que sa réponse lui donne un indice qui lui permettrait de percer son secret à jour.

— Les autres démons me craignent déjà suffisamment. Ils n'ont pas besoin de plus de raisons de le faire. Quel type de démon penses-tu que je suis ? demanda-t-il en pianotant sur l'accoudoir de son fauteuil.

— J'ai essayé d'imaginer le pire et je me suis dit que tu étais peut-être un des fils de Lucifer.

— Lucifer garde ses enfants auprès de lui, tu devrais le savoir. Tu n'as pas d'autre théorie ? lui demanda-t-il, curieux.

Il paraissait même un peu déçu.

— Tu triches, tu me balances une autre question avant que j'aie pu te poser une de mes miennes. Es-tu un hybride ?

— Il n'y a pas d'hybrides chez les démons, dit-il en fronçant les sourcils.

Même les cambions, des démons à moitié humains, étaient considérés comme une espèce à part entière.

— Je sais, mais on a déjà observé des phénomènes bien plus étranges que cela après tout.

Comme le fait qu'elle accepte de répondre à des questions personnelles.

— Pas d'autre théorie ? la nargua-t-il en lui donnant un petit coup de genou sous la table.

— Nan. Certains pensent que tu es une sorte de super incube. Ne fais pas semblant d'ignorer l'effet que tu as sur les autres.

— Je ne suis pas un… super incube, déclara-t-il avec un sourire en constatant que sa réponse l'avait agacée ; elle n'appréciait manifestement pas le mystère dont il s'entourait. Pourquoi est-ce que tu refuses de sortir avec des démons ?

— Ça, c'est une question un peu trop personnelle, rétorqua-t-elle, le regard plein de reproches.

— Parce que me demander à quelle espèce de démon j'appartiens n'est pas trop personnel ?

— Oh ! mais ce n'est pas ce que je t'ai demandé. Je t'ai posé des questions susceptibles de me mettre sur une piste, nuance.

— Bon, d'accord, je vais reformuler ma question. Est-ce que tu refuses de sortir avec des démons parce que l'un d'eux t'a fait souffrir ?

— Non. Quel âge as-tu ?

Harper voyait bien que Knox aurait aimé continuer à lui poser des questions dans la même veine mais qu'il préférait ne pas trop insister.

— Beaucoup plus vieux que toi.

— Peux-tu réellement faire apparaître les flammes des enfers ? demanda-t-elle, sa réponse évasive lui ayant fait plisser les yeux.

— Peut-être. Est-ce que tu t'attends à ce que je te quitte, que je t'abandonne ?

Sa question lui faisait comprendre qu'il était plus perspicace qu'elle aurait aimé.

— Peut-être.

— Je ne le ferai pas.

Knox n'ajouta rien, et Harper comprit que ni l'un ni l'autre n'étaient disposés à en révéler plus pour l'instant.

Le vol vers Manhattan leur parut interminable. Une fois arrivés, ils n'eurent que très peu de route à faire avant de s'arrêter devant un bâtiment en verre noir. Tanner et Levi encadraient Harper et Knox lorsqu'ils pénétrèrent dans le hall d'entrée. Les employés de l'hôtel reconnurent immédiatement Knox et eurent l'air effrayés.

Un démon guida nerveusement Knox, Harper et les deux sentinelles vers une pièce située sur l'arrière du bâtiment. En entrant, Harper fut estomaquée par les dimensions de l'immense table carrée qui occupait tout le centre de la salle, une table qui aurait été à sa place dans une fête de mariage. Plusieurs démons s'y étaient déjà installés tandis que d'autres discutaient calmement en petits groupes. Tout le monde réagit de la même manière en voyant Knox : leurs yeux brillèrent de lueurs de respect, de stupeur mêlée d'admiration et de peur viscérale.

Harper n'eut aucun mal à faire abstraction de la menace qu'il représentait pour leur espèce parce qu'elle se sentait tellement en sécurité avec lui. Son instinct lui dictait qu'il ne ferait jamais souffrir son *alter ego*. Il la troublait, bien entendu, et elle n'oubliait pas qu'elle était en présence d'un dangereux prédateur, mais elle ne se sentait pas menacée par lui, au contraire des autres démons.

Sa démone intérieure était assez mal à son aise en présence de tous ces Grands Maîtres. Elle n'aimait pas leurs regards scrutateurs braqués sur elle, comme s'ils l'évaluaient. Cela déplut sans doute aussi beaucoup à Knox, qui posa sa main sur la nuque de la jeune femme pour la guider jusqu'à la table, montrant clairement à tous qu'elle était sous sa protection. Tanner resta debout derrière sa chaise comme pour veiller sur elle tandis que Levi se plaçait derrière Knox.

— Jolene n'est pas encore arrivée, observa-t-elle, déçue. Où est Isla ? lui demanda-t-elle ensuite à mi-voix.

— Elle n'est pas encore là, répondit-il après avoir balayé la pièce des yeux.

Quelqu'un tira la chaise à côté d'elle et le bruit lui fit tourner la tête. Elle reconnut l'homme qui s'installait à son côté. *Quelle poisse.* Il s'agissait de Malden Lester, une sorte d'allié de Jolene. Il adressa un grand sourire charmeur à la jeune femme, comme s'ils étaient de bons amis. Elle l'avait certes rencontré quelques fois, mais il n'était qu'une vague connaissance.

— Bonjour, Harper, lança-t-il d'une voix traînante.

Harper ne comprenait vraiment pas comment cet homme pouvait se croire courtois et élégant, voire charismatique, tandis qu'il était en réalité sournois, obséquieux et imbu de sa propre illusion quant à son importance. Il était sans doute très puissant, mais elle soupçonnait qu'il ne l'était pas autant qu'il aimait le penser.

— Bonjour, Malcolm, rétorqua-t-elle avec un sourire forcé.

— Malden, la corrigea-t-il.

Un petit muscle de sa joue se mit à tressaillir comme chaque fois qu'elle l'appelait ainsi, sachant qu'il détestait cela.

— Désolée, j'ai du mal avec les noms.

— Je vois que vous connaissez mon *alter ego*, intervint Knox en passant un bras sur le dossier de la chaise de Harper.

Il avait remarqué que Malden faisait du charme à la jeune femme et cela ne lui plaisait pas du tout.

— Oui, je connais bien Jolene, expliqua Malden en regardant Harper et Knox tour à tour. La voici d'ailleurs.

Harper ne put retenir un sourire en voyant sa grand-mère, sa tante et Beck. Elle se leva et leur fit signe pour attirer leur attention. L'ayant aperçue, ils se dirigèrent tous vers elle. La démarche de Jolene était décidée, pleine d'assurance ; elle se tenait droite, les épaules en arrière, le menton relevé. Personne ne savait mieux qu'elle marcher en talons aiguilles. Elle se fendit d'un grand sourire en s'approchant de sa petite-fille.

— Comme tu m'as manqué, Harper ! s'exclama-t-elle en la serrant contre elle d'un bras.

— Qu'est-ce que tu es chic, mamy, dit Harper en reculant d'un pas.

Toujours vêtue de jupes strictes et de beaux chemisiers, Jolene avait une élégance naturelle.

— Toi aussi, lança-t-elle, mais je parie que tu n'es pas très à l'aise.

— C'est vrai, répondit-elle avant de saluer Beck, le grand costaud qui accompagnait sa grand-mère et était son *alter ego*. Salut ! lui dit-elle.

Il lui adressa un clin d'œil. Elle considérait cet homme comme un oncle sympa mais un peu casse-pieds.

Quand sa tante s'approcha d'elle pour la serrer dans ses bras, Harper esquissa un sourire forcé. Elle se demandait quelle idée sa grand-mère avait eue de se faire accompagner de Martina Wallis. Elle était certes marrante, pleine de vivacité et tellement belle qu'elle faisait craquer tous les hommes, mais elle aimait aussi foutre le feu partout.

— Je suis ravie de te voir, déclara Martina en embrassant Harper sur les deux joues.

Jolene se tourna alors vers Knox toujours debout et le regarda droit dans les yeux, sans ciller. Elle n'avait peur de rien. Et si parfois quelque chose l'effrayait, ce qui était très rare, eh bien, elle le supprimait. C'était le moyen le plus efficace selon elle de régler les problèmes.

— Knox Thorne ! C'est toujours un tel plaisir de vous voir.

— Jolene, répondit-il en la saluant d'un geste de la tête et en esquissant un petit sourire.

— Je compte sur vous pour être un bon *alter ego* pour ma petite-fille.

— Je pense que vous ferez tout pour vous en assurer.

— J'ignorais que vous aviez un sens de l'humour, gloussa Jolene, visiblement satisfaite de sa réponse. Cela vous sera très utile avec Harper. Asseyons-nous. Vous voulez bien changer de place… euh…, demanda-t-elle en dévisageant Malden et en claquant des doigts comme si elle ne parvenait pas à se rappeler son nom, qu'elle connaissait parfaitement.

— Malcolm, lui souffla Harper comme pour lui venir en aide.

— Malden, corrigea immédiatement l'intéressé en obtempérant néanmoins, le petit tic dans sa joue se manifestant très visiblement.

Jolene et Martina s'installèrent alors à la gauche de Harper tandis que Beck restait debout derrière Jolene.

— Et tu oses me reprocher, dit Jolene à sa petite-fille, de jouer avec les gens ! Je t'ai bien éduquée, conclut-elle en tapotant la main de Harper.

— Pourquoi es-tu venue avec Martina ? lui chuchota-t-elle.

— Elle enquiquine tellement les autres qu'ils deviennent vite plus faciles à déchiffrer. (Un bon nombre des hommes présents à la conférence avaient déjà commencé à se pâmer devant elle.) La sécurité ici ne me semble pas vraiment idéale et cela m'inquiète un peu.

— Tu es entrée par effraction, c'est ça ?

Harper ne s'attendait pas à autre chose de la part d'une Wallis.

— Bien évidemment, répondit la grand-mère. Voilà Isla Ross, dit-elle en levant les yeux vers la porte d'entrée.

Celle-ci était d'une grande beauté, les traits et le teint parfaits, mais il y avait quelque chose de robotique dans sa manière de se déplacer à travers la pièce. C'était très étrange.

En sentant Knox se raidir à son côté, Harper comprit qu'il l'avait vue.

— C'est parti, dit-elle.

Knox posa la main sur la cuisse de la jeune femme sous la table et l'étreignit pour la rassurer.

Isla cherchait une place quand elle aperçut Knox. Elle s'avança vers lui avec un demi-sourire sur les lèvres.

— Knox… Ça fait trop longtemps ! s'exclama-t-elle.

Knox se leva mais ne dit pas un mot pendant qu'Isla saluait Tanner et Levi.

— Tu as l'air en forme, lui dit-il enfin quand elle se tourna vers lui.

— Merci, répondit-elle, son sourire s'élargissant un peu plus. J'aimerais bien te parler avant ton départ.

Puis elle poursuivit son chemin sans même saluer Harper.

— Ça ne s'est pas trop mal passé, affirma Tanner à mi-voix.

— Je pense qu'elle n'a pas compris que Harper était avec nous, lança Knox en se rasseyant. Habituellement, je ne me fais accompagner que de deux sentinelles à ce genre de conférence.

— Est-ce qu'il y a un problème dont je devrais être informée ? murmura Jolene à Harper.

— En deux mots, lui chuchota la jeune femme, il est possible qu'Isla croit que Knox est son *alter ego*, ce qui signifie…

— … qu'elle ne sera peut-être pas ravie de faire ta connaissance, termina Jolene. Tu es plus forte qu'elle, je ne me fais pas de souci.

Puis un blond bien habillé à l'allure charismatique pénétra dans la salle et tous les démons encore debout se pressèrent de prendre place à la table.

— Bonjour tout le monde, dit-il en s'installant dans le fauteuil à l'extrémité de la table. Je vais commencer par me présenter pour ceux d'entre vous qui ne me connaissent pas. Je suis Raul Harlan. Comme vous le savez tous, nous sommes réunis ici aujourd'hui pour aborder une proposition… Je vais être honnête : Isla Ross réclame à cor et à cri des choses qui ne m'intéressent pas du tout, mais elle insiste tellement que le temps est venu de prendre une décision.

Harper apprécia beaucoup son approche franche et directe.

— Isla, peux-tu nous expliquer pourquoi tu as demandé cette réunion ?

— En résumé, commença-t-elle en se redressant sur son siège, situé face à Malden, je propose la mise en place d'une hiérarchie pyramidale aux États-Unis au lieu du système actuel où chaque clan gère ses affaires de façon autonome et chaotique.

— Avec toi à la tête, déclara Raul, et Isla se contenta de faire signe que oui. Pourquoi ? Pourquoi chercher à modifier un système qui fonctionne ?

— Mais il ne fonctionne pas, justement. Les petits clans ne sont pas protégés, les marginaux sont des cibles faciles parce qu'il n'y a personne pour veiller sur eux et nous sommes tellement divisés que nous devenons vulnérables aux attaques des adeptes de magie noire. Si nous unissons nos forces contre eux, ils n'auront aucune chance. Mais tant que nous nous accrochons à l'idée du pouvoir, et que nous refusons de nous rendre mutuellement des comptes, ce sera trop facile de s'en prendre à nous.

— Je trouve étrange que tu reproches à certains d'entre nous de s'accrocher au pouvoir tandis que tu nous demandes de t'accorder tous les droits sur nous, lança un des Grands Maîtres.

— Il n'y a rien de mal à chercher le pouvoir. Mais si notre espèce souffre, c'est une autre paire de manches.

— Nous avons déjà eu un Monarque aux États-Unis, signala un des Grands Maîtres à l'autre bout de la table, et cela n'a pas marché. Les clans se querellaient sans cesse pour chercher à prendre le contrôle.

— C'est vrai, confirma Isla, mais nous n'avions pas adopté de structure hiérarchique pyramidale.

— Peux-tu nous expliquer ce que tu entends par « structure hiérarchique pyramidale » ?

— Il y aura des échelons de pouvoir et d'influence, expliqua-t-elle. Les clans ont déjà une structure d'autorité : le chef, les sentinelles et les forces qui défendent le clan, puis l'ensemble des démons qui en sont membres. Cette structure fonctionne bien.

— Vous voudriez nous recruter comme sentinelles ? demanda un des Grands Maîtres.

— Pas du tout. Je voulais simplement dire qu'à chaque échelon de la hiérarchie du clan correspond un certain degré d'autorité et ce sera la même chose avec la structure pyramidale que je propose. La place qu'occupera un Grand Maître dans la structure dépendra de son pouvoir.

— Et les Grands Maîtres des échelons inférieurs ? Quel pouvoir auront-ils ? s'enquit un autre participant à la conférence.

— Leur influence sera moindre, bien entendu, rétorqua Isla, mais en retour ils bénéficieront de la protection des autres. À l'heure actuelle, les petits clans sont vulnérables aux attaques par les plus grands. Plusieurs petits clans ont même déjà été annexés. Je parie que certains d'entre vous qui se trouvent ici aujourd'hui sont coupables de cela.

Harper constata que plusieurs Grands Maîtres détournaient le regard ou se tortillaient sur leur siège.

— Nous n'avons pas de lois, poursuivit Isla, aucune mesure pour protéger les démons de ce pays. Un Monarque serait une bonne solution.

— C'est une bien jolie réponse que vous nous faites là, déclara Jolene, semblant se prélasser dans son siège. Mais cela ne changera rien au fait que les clans des échelons inférieurs seront écrasés par les autres si cette hiérarchie est mise en place.

Des chuchotements d'approbation se firent entendre dans la salle.

— Et votre clan n'est pas écrasé en ce moment ? demanda Isla en arquant un sourcil.

— Non, parce qu'il n'y a ni loi ni Monarque pour m'empêcher de me défendre contre un clan qui me cherche noise. Si en revanche on accepte votre proposition, un chef puissant pourrait très bien exiger que je lui remette le contrôle de mon clan et je n'y pourrais rien. À part bien entendu de lui dire que faire de ses exigences au risque de lui déplaire. Mais il pourrait alors décider de nous faire la guerre et nous risquerions de perdre. Qu'arriverait-il ensuite ?

— Vous vous adresseriez à moi et je veillerais à ce que les crimes soient punis.

— Ce ne serait pas un crime si ce clan était plus puissant que le mien. Et puis je serais sans doute morte à cette étape du processus, auquel cas je ne pourrais plus solliciter votre aide. Pour mon plus grand malheur, il va sans dire.

Harper ne put s'empêcher d'esquisser un sourire.

— Si je puis me permettre, commença un autre Grand Maître. Pourquoi est-ce que vous vous intéressez au sort des petits clans, Isla ? Ils ne vous concernent pas du tout.

— La souffrance d'un seul des nôtres, répondit-elle, l'air vexée, mérite qu'on s'y intéresse tous. Des marginaux ont disparu dans le Nevada, expliqua-t-elle, l'air soudainement triste, lançant un regard à Knox qui le mettait au défi de la contredire.

— Et comment le sais-tu ? voulut-il savoir, curieux.

— Je sais tout ce qu'il se passe dans mon pays, croyez-moi. Si les marginaux qui habitent dans l'État où réside le démon sans doute le plus puissant du monde ne sont pas en sécurité, dit-elle en balayant la salle des yeux, qui peut se vanter de l'être ?

Plusieurs des personnes dans la salle échangèrent des regards inquiets.

— Très bien, déclara Raul en soupirant fortement. Nous allons mettre votre proposition aux voix. Tous ceux qui ne sont pas en faveur d'un changement, levez la main.

Presque tous les démons levèrent alors la main et Harper remarqua qu'Isla semblait étonnée que Knox le fasse aussi, comme si elle s'était attendue qu'il la soutienne automatiquement, quoiqu'elle propose, exactement comme l'aurait fait un *alter ego*.

— Dario, dit Raul en se tournant vers un des Grands Maîtres qui n'avait pas voté contre la proposition d'Isla, vous êtes bien la dernière personne que j'aurais imaginée accepter d'obéir à un Monarque.

— Je trouve l'idée d'un Monarque très intéressante, répondit Dario en haussant les épaules. Je suis en faveur d'un changement en ce sens dans la mesure où je serais moi-même élu Monarque.

Isla lui lança un regard assassin tandis que des chuchotements se faisaient entendre tout autour de la table.

— Moi aussi, déclara Malden, qui n'avait pas non plus voté contre la proposition, je suis en faveur du changement. Mais je refuse d'obéir à qui que ce soit, ni à un Monarque ni même à un démon plus puissant que moi dans aucune sorte de hiérarchie. C'est pourquoi je me propose comme Monarque.

— Et vous ? demanda Raul à Knox en lui adressant un regard inquisiteur, vous ne désirez pas vous présenter comme Monarque ?

C'était probablement étrange en effet qu'un démon aussi puissant que Knox ne semble pas désireux d'acquérir encore plus de pouvoir.

— Je n'obéirai jamais à un autre démon, déclara Knox. Mais je ne désire pas pour autant diriger tous les démons des États-Unis. Je ne voterai pas pour la création d'un poste de Monarque. Le fait est que ce genre de structure ne fonctionne pas chez les démons. À l'époque où il en existait une, trop des nôtres se sont retrouvés dans une situation de vulnérabilité. Les démons les plus forts ont été obligés de changer de clan, d'en intégrer des plus puissants. Cela a contribué à affaiblir les plus petits clans et à renforcer davantage les plus forts. Seuls les démons considérés comme faisant partie des « classes supérieures » pouvaient vivre leur vie comme ils l'entendaient tandis que les petits clans devenaient les serviteurs des autres. Il a été prouvé à maintes reprises que ce genre de pouvoir corrompt et que cela ne peut que semer le chaos parmi les démons plutôt que favoriser la paix.

Plusieurs démons manifestèrent leur accord avec Knox en hochant la tête.

— Seuls deux Grands Maîtres se sont prononcés en faveur de votre proposition, Isla, déclara Raul. Elle est donc rejetée.

— Non, pas du tout, insista-t-elle, semblant assez satisfaite d'elle-même, ce qui était pour le moins étrange. Tous les démons du pays n'ont pas été consultés.

— Qu'est-ce que vous dites ? demanda Raul en se pinçant l'arête du nez.

— Simplement qu'il n'appartient pas uniquement aux Grands Maîtres de décider de cette question. Les démons qui n'ont pas de pouvoir devraient également être invités à donner leur avis. Ce projet ne concerne pas que les Grands Maîtres. On est là à parler au nom de nos clans et de nos familles, mais est-ce bien juste ? Vous êtes tous venus accompagnés de membres de vos familles, de vos *alter ego*, continua-t-elle après avoir lancé un regard circulaire autour de la table, mais ils n'ont pas été invités à dire ce qu'ils en pensaient. N'avez-vous jamais songé qu'ils ne partagent peut-être pas votre avis ? Je suppose que les démons de Knox sont d'accord avec lui parce qu'aucun d'entre eux n'oserait s'opposer à lui, gloussa-t-elle, mais votre rejet de ma proposition ne suffira pas à me faire taire. J'y crois trop.

— Pareil pour moi, déclara Dario.

Puis Malden hocha la tête. L'idée de détenir le pouvoir sur les autres Grands Maîtres leur plaisait suffisamment pour leur donner envie de se battre contre la décision de Raul.

— Il y a vingt-deux Grands Maîtres dans cette salle, déclara Raul, avec l'air d'avoir envie de se cogner la tête sur la table. On a tous accepté de vous écouter et de mettre votre proposition aux voix. Mais nous ne voulons pas de…

— Quand les autres démons apprendront qu'on a décidé de ne pas leur accorder le droit de voter sur un sujet aussi grave, ils ne seront pas contents, déclara Isla. Bien entendu, la plupart des Grands Maîtres ne souhaitent pas perdre leurs pouvoirs. Or la majorité des démons en ont peu ou pas du tout, et ce sont eux qui seront les plus affectés par ces changements. Ne serait-il pas plus juste qu'ils soient invités à donner leur avis ? Comment réagiront vos familles, vos amis, vos sentinelles et les membres de vos forces de défense quand ils apprendront que vous leur avez refusé le droit de s'exprimer ?

— C'est une menace ? s'enquit Knox en haussant un sourcil.

Il avait l'impression qu'Isla avait l'intention de raconter à tous les démons ce qu'il s'était passé à la conférence, afin de les exciter.

— Bien sûr que non. Je me contente de signaler qu'un assez grand nombre de démons est au courant des changements que je propose et que plusieurs savent que nous avons organisé une conférence sur ce sujet. S'ils apprennent qu'il a été décidé de ne pas les laisser voter même si trois Grands Maîtres l'ont réclamé, cela ne leur plaira pas.

C'était vraiment très agaçant, mais Isla avait raison. Les démons, et surtout les sentinelles et les membres des forces de défense, seraient vexés de ne pas être considérés suffisamment importants pour être consultés, même s'ils servaient correctement leur Grand Maître.

— Je ne vois pas comment on pourrait associer les autres démons à cette décision, lança Dario à Isla. C'est un gros problème. Il n'est pas possible de réunir tous les démons des États-Unis.

— Non, mais on peut organiser une rencontre ouverte à tous les Grands Maîtres désireux de faire des propositions de changement. Leurs discours seront diffusés en direct et les démons incapables de se déplacer pourront se familiariser avec les divers points de vue exprimés. Les propositions seront mises aux voix après.

— Ce genre d'événement ne s'organise pas en une journée, soupira Malden.

— On peut tout à fait prévoir un week-end de rencontres où les Grands Maîtres candidats au poste de Monarque proposeront des changements et énonceront leurs promesses pour l'avenir, suggéra Isla.

— Le vote aurait lieu peu après et…, convint Malden avant d'être interrompu par Knox.

— Attendez, vous semblez partir du principe que les démons seront d'accord pour élire un Monarque, dit-il. Ce ne sera peut-être pas le cas au bout du compte. Personnellement, je suis contre.

— Knox a raison, affirma Raul.

— Alors on fera en sorte, avança Dario, que lorsque les démons seront appelés à se prononcer ils devront répondre « oui » ou « non » au changement et ceux qui votent pour devront indiquer leur choix de Monarque.

— Cela me semble juste, sourit Isla. Et pour ceux qui estiment qu'une structure hiérarchique risque fort de ne pas intéresser nos amis, quel mal y a-t-il à organiser un vote ?

— Je propose d'organiser ce week-end de rencontres dans un de mes hôtels de la Cité souterraine dans quinze jours, lança Knox, constatant que l'assemblée semblait favorable à un vote.

Harper eut du mal à résister à la tentation de lever les yeux au ciel. C'était typique de Knox de chercher à tout contrôler.

— Cela ne signifie pas cependant que je suis pour le changement, ajouta-t-il. J'ai expliqué très clairement pourquoi je suis contre et je ne risque pas de changer d'avis.

— Ne sois pas aussi cynique, Knox, lança Isla en souriant.

— Vous n'obtiendrez pas ce que vous proposez, déclara Raul en se levant et en s'adressant à Isla en secouant la tête.

Puis il traversa la pièce pour parler à un des Grands Maîtres, mettant ainsi fin à leur échange.

— J'avais deviné que cela se terminerait ainsi, déclara Jolene en se levant en même temps que sa petite-fille. Cette garce se doutait bien que les Grands Maîtres ne seraient pas disposés à perdre leur pouvoir. Je la soupçonne de souhaiter depuis le début de demander à l'ensemble des démons américains de se prononcer sur sa proposition.

— Je doute fort qu'un seul membre de notre clan soit en faveur de ce changement.

— Bien sûr que non, ricana Jolene. Les membres de mon clan sont beaucoup plus intelligents qu'Isla.

Puis, d'un doigt au-dessus de l'épaule de Harper, elle désigna la garce, qui justement se dirigeait vers Knox, ses gardes du corps sur les talons. *Génial.*

— Je m'attendais à ce que tu votes en faveur de ma proposition, Knox, le réprimanda-t-elle avec douceur.

— Je ne peux pas voter en faveur d'une mesure à laquelle je ne crois pas, commenta-t-il en haussant les épaules.

— Tu refuses de me soutenir ?

— Oui.

— Je dois partir, ma chérie, dit alors Jolene à Harper, plus fort que les circonstances ne l'exigeaient avant d'embrasser sa petite-fille sur la joue. On se reparle bientôt. Knox, prends bien soin d'elle.

Isla qui n'avait pas raté un seul mot de ces propos, regarda Harper.

— Et qui est cette jeune femme, Knox ? s'enquit-elle.

Knox tira légèrement Harper par le poignet et elle avança d'un pas, estimant préférable d'en finir au plus vite.

— Salut, je suis Harper, l'*alter ego* de Knox.

Isla ne réagit pas pendant un bref instant. Puis ses traits se durcirent et son corps se raidit comme si elle allait se jeter sur Harper, et ses yeux virèrent au noir. Sa démone lança un regard mauvais au sphinx, comme pour lui promettre de le faire souffrir. Knox, Tanner et Levi s'approchèrent alors de Harper pour la protéger mais celle-ci sentait ses propres pouvoirs refluer vers ses mains, prêtes à assener des décharges de douleur à l'âme à cette garce. Sa démone intérieure émergea et prit le contrôle.

Tous les sens de Knox se mirent en alerte quand il sentit l'atmosphère se rafraîchir subitement et vit apparaître la démone de Harper. Elle fusilla du regard la prédatrice qui vivait à l'intérieur d'Isla et Knox ne put que constater le tempérament féroce de l'entité qui l'habitait et qui serait toujours capable de protéger la jeune femme contre toute attaque.

— Attention, lança-t-elle à la démone d'Isla. Je ne suis pas une proie aussi facile que tu le crois.

— Tu n'es rien du tout, se moqua l'autre démone.

— Tu n'es pas ce que tu prétends être, déclara la démone de Harper dans un rictus cruel. Je te vois, je vois ce que tu es vraiment.

Son *alter ego* l'étonnerait toujours. Knox n'avait jamais auparavant rencontré une autre personne capable de percevoir que les apparences étaient effectivement trompeuses en ce qui concernait Isla.

— Isla, dit-il, maîtrise-toi avant que la situation dégénère.

Isla cligna des yeux à plusieurs reprises et reprit le contrôle de sa démone.

— Tu refuses de voir ce que je suis pour toi. J'ai déjà trop attendu. Je commence à perdre patience.

— Je ne suis pas ton *alter ego*, Isla, je ne l'ai jamais été.

— Tu ne peux pas changer ce qui est, Knox, que tu l'acceptes ou non.

Puis elle lança un regard mauvais au sphinx et sortit rapidement de la pièce.

Knox passa une main sur la nuque de Harper dans l'espoir de calmer sa démone.

— Elle est partie, dit-il.

— Si cette garce m'attaque, je la tue, déclara la démone en tournant son regard noir vers lui.

La démone venait de lui servir un avertissement. Elle savait que lui et Isla se connaissaient depuis très longtemps mais elle tenait à lui dire qu'elle s'en fichait éperdument. Puis Harper revint, ses yeux virèrent au bleu océan, et il constata que ses lentilles avaient littéralement fondu quand sa démone avait émergé.

— Ma démone ne l'aime pas du tout, affirma Harper.

— Ça, c'est un euphémisme, affirma Martina en riant.

Puis elle embrassa Harper et se mit à parler de son nouveau petit ami, et Knox se tourna vers Tanner et…

— *Si vous faites du mal à ma petite-fille, je vous le ferai payer. Je me fiche de qui vous êtes et de ce que vous savez faire.*

Knox éclata presque de rire. Rien dans l'expression de Jolene ne laissait deviner la menace qu'elle venait de proférer à son endroit.

— *C'est la seule à qui je ne pourrai jamais faire de mal.*

Jolene le dévisagea un long moment avant de hocher la tête.

— *Dites-moi pourquoi elle hésite tant à nouer le lien psychique entre nous*, poursuivit-il.

— *C'est à Harper que vous devez poser cette question*, affirma-t-elle, hilare. *Je préfère vous prévenir : Lucian ne va pas du tout apprécier cette histoire d'*alter ego. *Il n'est pas un père très attentionné, mais Harper est sa petite fille adorée et il vous trouvera beaucoup trop dangereux pour elle. Carla ne va être très contente non plus.*

— *Elle m'a dit qu'elle avait souvent essayé de contacter Harper.*

— *Elle a toujours eu une imagination débordante*, gloussa Jolene.

— Il faut qu'on parte, ma chérie, dit Jolene à Harper en lui tapotant le bras, avant que les gens s'aperçoivent que Martina leur a subtilisé leurs portefeuilles et qu'elle a mis le feu à la voiture de son ex. Fais bien attention à toi, lui recommanda-t-elle en la serrant dans ses bras une dernière fois.

Puis elle adressa un dernier regard noir à Knox en partant, Beck et Martina lui emboîtant le pas.

— Ah là là! les elfes de la famille Wallis! On ne peut faire autrement que les aimer…, sourit Tanner en se tournant vers Harper.

Elle se contenta de hausser les épaules.

Ce ne fut que lorsque l'avion de Knox eut atteint sa vitesse de croisière que la démone de Harper se calma. Isla l'avait vraiment agacée avec ses tentatives de monopoliser Knox tandis qu'il lui appartenait, à elle et à personne d'autre.

— Je me demandais quand ta démone allait émerger, lança Knox. Elle est très protectrice avec toi et vraiment bagarreuse.

— Ma démone semble croire qu'Isla n'est pas simplement une banshee. Elle ne se contente pas d'annoncer la mort, il y a également des relents de vampire aussi en elle. Je ne vois pas cependant comme cela peut être possible.

— Isla est plus ou moins une banshee, expliqua Knox. Mais un vampire a tenté de la transformer. Elle a été assez forte pour survivre à un processus qui a fait perdre la vie à un grand nombre de démons. Elle est donc un mélange de deux espèces. On ne sait pas si cela est arrivé avec ou sans son assentiment mais, personnellement, je pense qu'elle l'a fait pour acquérir davantage de pouvoirs.

Cela expliquait pourquoi Knox s'inquiétait autant qu'Isla lui fasse du mal. Elle était en quelque sorte une super démone-vampire.

Peut-être même était-elle invincible pour la plupart des démons, à l'exception du mec qui se trouvait en face d'elle.

— Mais toi, tu pourrais la buter.

— Oui. (Il espérait que les choses n'iraient jamais jusque-là, mais, s'il devait choisir entre Isla et Harper, il choisirait son *alter ego*.) C'est pour cela que je tenais à être présent lors de votre première rencontre. J'espérais qu'elle accepterait le fait que je ne suis pas son *alter ego*, mais ce ne semble pas être le cas. En ce qui la concerne, tu es un imposteur. Elle pense qu'elle peut facilement t'annihiler parce qu'elle croit que tu es une elfe, membre d'un petit clan.

— Je refuse d'intégrer ton clan, déclara Harper en plissant les yeux, qui avaient viré à l'améthyste. Pourquoi sembles-tu si étonné que j'ai deviné que tu allais me le proposer ? Tu es déterminé à tout faire pour améliorer ma vie. Ce n'était pas trop difficile d'en déduire que tu allais essayer de me faire changer de clan.

— Tu serais plus en sécurité.

— Et si tu étais mon Grand Maître je serais tenue de te rendre des comptes. Tu serais dans une position d'autorité par rapport à moi. Cela te plairait beaucoup, non ?

— Je commence à penser que je n'ai pas trop envie de te contrôler, dit-il en lui adressant un regard inquisiteur. Tu es beaucoup trop intéressante telle que tu es.

— Tu le fais exprès ou quoi ? D'essayer de toujours me prendre au dépourvu, je veux dire ? demanda-t-elle, complètement déstabilisée par ses propos.

— Ce n'est que justice. Tu me surprends tout le temps. Tu es mon petit mystère à moi tout seul. J'ai demandé à Julene pourquoi tu hésitais à nouer le lien psychique avec moi. Elle a refusé de me répondre.

— Ah ! alors c'est pour cela que tu ne m'as pas encore laissée tomber. Tu me vois comme un défi et tu trouves cela rafraîchissant.

— On va voir. Dis-moi pourquoi tu hésites autant à nouer le lien psychique des *alter ego* avec moi ?

Elle rechignait en effet à le faire. Mais bon, peut-être que plus vite il percerait son mystère à jour, plus vite il s'éloignerait d'elle, ne la trouvant plus aussi intéressante.

— Même si les liens qui unissent les *alter ego* n'existent que sur le plan psychique, cela n'empêche pas certains d'entre eux de désirer une relation plus complète. J'ai vu ce que cela donne quand un démon tombe amoureux de son *alter ego* mais que ses sentiments sont à sens unique.

— Carla est l'*alter ego* de Lucian, comprit subitement Knox.

— Il a toujours refusé de nouer ce lien, expliqua-t-elle, parce que les *alter ego* doivent garder le contact. Lucian refuse tout attachement émotionnel. Cela ne lui a pas posé de problème de coucher avec Carla ni de l'abandonner après. Par contre, Carla et sa démone auraient voulu prendre Lucian pour compagnon mais ni lui ni son démon ne le souhaitaient.

— Il l'a rejetée sur les deux plans.

— Oui, et elle en a certainement beaucoup souffert même si elle savait dès le départ que Lucian n'était pas du genre à s'engager avec une femme. Et sa démone intérieure a sans aucun doute aussi énormément souffert de constater que la relation avec Lucian était à sens unique. Ce n'est pas étonnant par conséquent si Carla est devenue très amère et agressive envers lui. Toutes ces émotions l'ont vivement perturbée et elle a abandonné son bébé, qui lui rappelait beaucoup trop son amour perdu. C'était également un moyen de le faire souffrir.

» Ne va surtout pas te méprendre sur mes propres sentiments, s'empressa-t-elle d'ajouter quand elle vit l'expression de Knox s'assombrir. Je ne me plains pas de mon sort. J'ai une famille qui m'aime et une bonne vie même si je n'ai pas eu une enfance très normale. Mais bon, ce n'était pas facile non plus d'être le seul sphinx dans une famille d'elfes.

Knox comprit alors pourquoi elle agissait exactement comme une elfe : cela lui permettait de passer inaperçue.

— Les enfants sont capables d'une grande cruauté. Quand un gamin n'a pas de parents, les autres peuvent assez facilement lui faire croire qu'ils le rejettent parce qu'il n'est pas assez bien pour eux. Jolene n'a jamais supporté ce genre de bêtises. Elle a toujours veillé à ce que je sache que je n'étais en rien responsable des erreurs de Carla et de Lucian.

— Est-ce que c'est pour cela que tu refuses de sortir avec des démons ? Tu ne veux pas reproduire les erreurs de tes parents ?

— C'est surtout parce que les démons compliquent trop les relations. Je fuis les complications.

— Je comprends maintenant pourquoi tu hésites à nouer le lien psychique, dit Knox après s'être tu pendant une minute. Mais nous sommes très différents de Carla et Lucian. Tu n'es pas égoïste et déconnectée de la réalité comme Carla, et je ne suis pas un play-boy égocentrique comme Lucian. Et quant au fait que tu évites de sortir avec des démons…

— Quoi ?

— Eh bien, que se passera-t-il à ton avis quand ta démone souhaitera trouver un compagnon ? Elle ne voudra pas d'un humain et elle te rendra folle parce que ses désirs et ses besoins ne seront pas satisfaits. Tu sais ce qui arrive aux gens qui font cela, tu es bien placée pour le savoir.

Ces gens-là devenaient un brin désaxés, comme Lucian.

— Je m'occuperai de cela en temps opportun, déclara-t-elle en haussant nonchalamment les épaules.

Ce problème la préoccupait mais elle préférait ne pas trop le ressasser.

— Le fait que mon démon se lasse vite des femmes n'est pas la seule raison pour laquelle je fuis les relations, expliqua Knox, estimant qu'une vérité en appelait une autre. Je ne suis pas doué pour les relations, c'est tout. Je n'y arrive pas et je préfère ne pas me lancer dans une activité pour laquelle je n'ai aucun talent.

— Donc, tu es perfectionniste en plus de vouloir tout contrôler, s'esclaffa-t-elle.

— Pourtant, ton caractère rebelle ne m'agace pas autant qu'il le devrait. Sauf quand tu luttes pour ne pas m'accepter comme ton *alter ego*.

— Je ne suis pas persuadée, répondit-elle en esquissant une petite moue, que ce soit une bonne chose, et je t'ai déjà donné mes raisons.

— Cela ne concerne pas uniquement Carla et Lucian, n'est-ce pas ?

Il commençait à bien la connaître.

— C'est juste.

— C'est parce que je veux tout contrôler ? ou peut-être as-tu peur de la réaction d'Isla ? (Mais ça, il en doutait.) Ou cela te semble trop étrange, trop inconfortable que je m'occupe de toi ?

Elle ne répondit pas, ayant l'impression qu'il la cherchait quelque part.

— Si c'est la question du contrôle, cela ne devrait t'inquiéter que si tu crois que j'ai le pouvoir de t'écraser complètement.

Bon, il venait d'utiliser un peu de psychologie inversée, mais il ne se privait pas d'y avoir recours en cas de besoin.

— Et ce n'est pas le cas.

— Pour ce qui est d'Isla, elle ne devrait te perturber que si tu pensais ne pas être capable de te protéger contre elle ou alors que je ne viendrais pas à ta rescousse en cas de besoin.

Encore un peu de psychologie inversée.

— Je suis tout à fait capable de me protéger moi-même.

— Et la troisième possibilité... Je ne vais pas insister que tu ne devrais pas trouver cela étrange, parce que je comprends. Est-ce vraiment aussi désagréable d'avoir quelqu'un qui s'occupe de toi ?

En fait, non. Elle ne le dit pas à haute voix mais son expression dut la trahir parce que Knox eut l'air très content de lui-même.

— Tu es tellement arrogant, espèce d'enfoiré !

Knox se fendit d'un grand sourire.

Chapitre 6

Elle n'aurait pas dû accepter son invitation de l'accompagner chez lui. Elle connaissait la musique.

Il voulait juste la faire manger et veiller à ce qu'elle se détende un peu, avait-il dit. Ils avaient passé un après-midi étrange, fatigant. Mais bon, c'était une chose de partager un repas à l'occasion et une tout autre chose de passer presque toute la journée avec lui. Harper n'avait pas très envie de se retrouver seule et elle fut bien obligée de reconnaître qu'elle commençait à apprécier la compagnie de Knox.

Il la fascinait par moments. Elle avait grandi entourée d'elfes, des êtres extravertis, lunatiques, sauvages et passionnés. Elle n'avait donc pas l'habitude d'hommes calmes, concentrés, et émotionnellement détachés. En outre, aucun des autres mecs qu'elle avait connus ne détenait un tel pouvoir. Tout le monde cherchait à lui plaire. Il commandait le respect et il inspirait la crainte.

Elle éprouvait également une certaine compassion pour lui. Même s'il était constamment très entouré, il gardait toujours un peu ses distances. Il était aussi solitaire qu'un tigre. Les démons étaient des êtres sociables par nature, physiques, sexuels. Ils n'étaient pas faits pour rester seuls. Or Knox était très différent de ses congénères, il ne vivait pas du tout comme eux.

Chaque fois qu'un de ses employés lui exposait un problème, il répondait par des ordres précis, rapides, et efficaces. Il savait toujours exactement ce qu'il voulait et il faisait en sorte de l'obtenir. Harper n'avait par conséquent pas d'autre choix que d'accepter qu'il était inutile pour elle de lutter contre l'établissement de leur lien psychique. Tout ce qu'elle lui avait dit dans l'avion semblait n'avoir fait aucune impression sur lui. Il lui avait fait remarquer qu'ils étaient très différents de Carla et de Lucian. Jamais il n'abandonnerait la partie. Il ne cesserait pas de la tanner tant qu'il n'aurait pas obtenu gain de cause.

— Tu ne vas pas laisser tomber, n'est-ce pas ? lança-t-elle en soupirant, perchée sur un tabouret tandis qu'il lui préparait un café après avoir partagé avec elle un repas vraiment délicieux.

C'était plus une affirmation qu'une question.

— Non, je te l'ai déjà dit, affirma-t-il en mettant une tasse devant elle et en posant les mains sur le comptoir. Je n'abandonne jamais ce qui m'appartient. Et tu es mienne.

— Hmm, dit-elle en soufflant sur son café chaud.

— Même si tu luttes de toutes tes forces contre l'établissement de ce lien psychique entre nous, rien ne pourra m'éloigner de toi. Je serai toujours là pour toi, Harper. Ne t'ai-je pas prouvé ma détermination à demeurer une présence constante dans ta vie ? lui demanda-t-il après qu'ils eurent tous deux bu une gorgée de café.

— Oui, bien sûr, on a déjà passé beaucoup de temps ensemble, mais que se passera-t-il une fois que ce lien sera noué entre nous ? Tu n'auras plus besoin de me convaincre de quoi que ce soit. Tu auras exactement ce que tu veux. Je serai officiellement ton *alter ego*. Tu pourrais ne plus me rendre visite que lorsque notre séparation aurait trop duré et que ce serait devenu inconfortable pour toi. Je ne pourrais même pas t'en vouloir. (Non, vraiment pas.) En fait, on n'a pas grand-chose en commun, toi et moi. Nos vies sont très différentes. Je ne fais pas partie de ton clan et je n'ai pas l'intention de l'intégrer. Les *alter ego* sont censés se faciliter la vie l'un l'autre. Mais toi, tu as déjà tout ce que tu veux. Tu n'as pas besoin de moi. Je n'ai littéralement rien à t'offrir.

Cette dure réalité la blessait dans son orgueil, au plus profond d'elle-même.

— Tu as tellement l'habitude d'être abandonnée que tu t'attends à l'être tout le temps, affirma-t-il en inclinant la tête pour la regarder.

— Ouais, convint Harper, qui se connaissait bien et était capable d'admettre ses faiblesses. C'est un cliché, c'est pathétique même, mais…

— Non, pas du tout, protesta-t-il en contournant le comptoir et en faisant pivoter son tabouret pour la regarder en face. On va régler ce problème-là une fois pour toutes pour que tout soit bien clair entre nous. Je ne vais pas essayer de te faire croire qu'on va toujours se voir aussi souvent que c'est le cas maintenant, depuis notre rencontre. J'ai reporté plein de boulot pour pouvoir passer un maximum de temps avec toi, pour qu'on apprenne à se connaître tous les deux. Mon emploi du temps est très chargé d'habitude et je voyage beaucoup. Cela ne signifie pas que je ne garderai pas le contact avec toi, et cela ne veut pas dire non plus qu'on ne se verra plus.

» C'est vrai, poursuivit-il après lui avoir replacé une mèche de cheveux derrière l'oreille, que nous n'avons pas grand-chose en commun, mais ce n'est pas nécessairement négatif et je ne comprends pas que tu le penses. C'est vrai aussi que j'ai tout ce que je veux. Je suis comme ça, ajouta-t-il en haussant les épaules, je cherche à satisfaire tous mes désirs. Est-ce que tu me facilites la vie ? Non. Tu es obstinée, tu es contrariante et tu renâcles chaque fois que je te donne un ordre.

— Tes propos ne sont pas exactement rassurants, marmonna-t-elle.

— Mais tu m'intrigues, ce qui ne cesse de m'étonner. Je suis incapable de prévoir ce que tu vas faire ou dire. Tu es comme un grand brasier brûlant, original et compliqué dans mon monde parfaitement cartésien et prévisible. Alors, tu vois, même si j'ai tout ce que je veux, je ne suis quand même pas satisfait. Au contraire, je suis encore plus blasé et agité. Avant toi, je n'avais jamais été confronté à un défi ou à un obstacle que j'étais incapable de surmonter, vaincre ou contrôler. (Cela le rendait fou mais le stimulait terriblement.) J'aime que tu sois dans ma vie et j'ai bien l'intention de te garder.

La sonnerie de son portable resté sur le comptoir retentit alors et il alla le consulter. Harper profita de cette pause pour se reprendre. Il était parfaitement sincère, remarqua-t-elle, et cela l'étonnait. Il se sentait bien avec elle, il avait l'air de vraiment l'apprécier. Venant de n'importe quel autre homme, tant d'honnêteté l'aurait surprise. Si Knox Thorne était capable de s'ouvrir ainsi sans hésitation, c'était sans doute parce qu'il ne se préoccupait pas du tout de l'opinion des autres.

— Je devrais y aller, dit-elle quand il eut terminé son appel et se rapprocha d'elle.

Knox passa alors un bras autour de la taille de la jeune femme et l'attira à lui, plongeant son regard dans ses yeux bleu azur. Des images d'elle nue, poussant des gémissements tandis qu'il s'enfouissait profondément en elle, hantaient ses rêves et ses pensées depuis un bon moment. Son démon lui faisait même la tronche parce qu'il refusait d'essayer de la séduire. Il la désirait manifestement plus qu'aucune autre femme auparavant.

— Reste avec moi, l'implora-t-il, dévoré d'un désir que partageait son démon.

Ce serait une bien mauvaise idée d'obtempérer et elle le savait, d'autant plus que son corps tout entier le réclamait. Elle était malheureusement très faible en ce qui le concernait et ce serait si facile de se laisser aller au désir immodéré qu'il éveillait en elle. Mais…

— Je t'ai dit, dans l'avion, que…

— Oui, c'est vrai, l'interrompit-il en lui mordillant le cou là où battait son pouls. Et je comprends, mais il y a une chose que tu sembles oublier, cependant. Tu sais très bien, poursuivit-il en lui suçotant le lobe de l'oreille, que mon démon ne s'attache jamais à personne, qu'il se désintéresse rapidement. Il ne veut ni d'une compagne ni d'une relation à long terme. C'est d'ailleurs pareil pour ta démone, sinon elle serait incapable de se contenter de partenaires humains. Elle veut beaucoup plus que ce qu'ils sont capables de t'offrir. Je ne te ferai jamais de mal. On sera bientôt unis à un niveau de loin supérieur à un simple attachement entre démons. Quand le lien psychique sera noué entre nous, et il le sera, déclara-t-il fermement en la dévisageant, on sera vraiment unis, Harper. Cela signifie que je serai toujours dans ta vie. Je ne t'abandonnerai jamais.

Elle commençait à le croire, ou, plutôt, elle le croyait déjà.

— Reste avec moi.

Elle acquiesça d'un simple hochement de tête et il plaqua sa bouche sur la sienne. Sa langue se fraya un chemin entre ses lèvres comme si elle était sienne. Ce n'était pas un simple baiser pour la titiller. Non. Il était désespéré, il lui ravissait les sens. Sa bouche la dominait, la possédait. Il la léchait, la suçait, l'engloutissait. Il la retenait d'une main par les cheveux, et il avait posé l'autre sur ses hanches et la plaquait tout contre lui. Il avait pris le contrôle et elle ne put que s'agripper à sa chemise. Personne ne l'avait jamais embrassée comme Knox Thorne. Il s'investit entièrement dans ce baiser torride, érotique.

Knox lui retira alors son chemisier et la repoussa contre le mur. Sa saveur était si enivrante que la tête lui en tournait presque. Elle avait un goût de péché, de miel et de café. Il voulait la soulever, lui retirer son pantalon et s'enfouir en elle. Il voulait la sentir se refermer sur lui, chaude et étroite, la prendre sauvagement pour satisfaire enfin le désir qui ne les lâchait pas. Il ne voulait pas trop se hâter en revanche, et refusait de la prendre à la va-vite contre le mur.

— Je veux être en toi, gronda-t-il, et je le serai, affirma-t-il en glissant une main sous une de ses cuisses, enroulant sa jambe autour de sa taille et se serrant contre elle.

Mais pas tout de suite.

Harper poussa un cri de surprise en sentant des doigts psychiques effleurer sa zone sensible. Un frisson la parcourut alors tout entière. Ces doigts étaient glacials tout en dégageant une étrange chaleur en s'insérant entre les replis de son intimité.

— Qu'est-ce que c'est que ça ? demanda-t-elle.

Et surtout, comment le faisait-il ? Abasourdie, elle prit une brève inspiration tandis que les doigts psychiques caressaient et titillaient son point sensible.

— Merde ! s'exclama-t-elle.

— Tu as meilleur goût que je l'imaginais, affirma Knox en lui léchant le cou, les seins, les tétons, qu'il mordilla à travers la dentelle noire de son soutien-gorge.

Elle poussa un gémissement et les doigts psychiques s'enfoncèrent en elle. Merde ! elle n'avait jamais rien ressenti de comparable, n'avait jamais éprouvé ce genre de plaisir. Les doigts l'emplirent, l'étirèrent et la caressèrent juste comme il fallait. Ils étaient à la fois glacials et brûlants, et créèrent un besoin si criant en elle que les replis de son intimité en frémirent. C'était comme s'ils la marquaient à chacune de leurs caresses sensuelles.

— Knox, geignit-elle, je ne sais pas combien de temps je vais pouvoir tenir.

Elle était sérieuse. Harper mettait habituellement beaucoup de temps à s'exciter mais cette sensation était si agréable qu'elle risquait de ne pas résister très longtemps.

— Tu vas attendre, ordonna-t-il en étreignant un de ses seins et en aspirant le téton dans sa bouche. Ne bouge pas, ajouta-t-il en l'immobilisant d'une main sur la gorge quand elle commença à se tortiller.

— Je n'en peux plus, affirma-t-elle.

Les doigts glacials disparurent alors et elle lui donna un grand coup de pied.

— Non ! cria-t-elle.

Knox s'immobilisa et leva lentement la tête jusqu'à ce que son regard brûlant de prédateur rencontre celui de la jeune femme. Il dégageait une énergie calme, dominatrice et affirmée, mais ses traits sensuels exprimaient en même temps une réelle menace, un avertissement sévère. Il n'aimait pas qu'elle lui donne des ordres et il le lui montrait clairement.

— Tu les veux ? grogna-t-il.

Elle manifesta son assentiment d'un hochement de tête.

— D'accord, mais je t'interdis de jouir maintenant.

Elle l'aurait injurié si les doigts glacials ne s'étaient pas insérés en elle de nouveau, la titillant doucement. Puis, juste au moment où elle aurait voulu que leur caresse se fasse plus forte, ils s'enfouirent profondément en elle. Plus tard, elle s'en voudrait sans doute de s'être laissée aller à éprouver autant de plaisir avec des doigts psychiques. Elle détesterait sans doute même d'être la seule à se retrouver dans cet état. Elle glissa donc les mains vers la braguette de Knox et empoigna son sexe, massif, long et dur. Elle l'étreignit fermement et lui caressa le gland du pouce.

— Plus fort, exigea-t-il en baissant son soutien-gorge pour libérer son autre téton et le sucer.

Elle sursauta et geignit quand il le racla de ses dents. Il adorait ses couinements, ses petits gémissements. Elle caressa son sexe, qui gonfla et durcit encore davantage.

— À genoux, mon cœur, ordonna-t-il en lui tirant les cheveux.

Il avait besoin de sentir ses lèvres pulpeuses sur son sexe. Elle plissa les yeux et le dévisagea longuement.

— Ne me résiste pas, Harper. Tu te doutais bien de tout ce qui allait se passer entre nous.

Elle savait en effet qu'il serait dominant et exigeant, dur, et c'était exactement ce qu'elle voulait, ce dont elle avait besoin.

— Je veux voir mon pénis dans ta bouche, déclara-t-il après lui avoir léché la lèvre inférieure. J'ai trop envie de le glisser entre tes lèvres, de les sentir sur mon sexe. Fais-le pour moi, Harper. Comme ça, dit-il en resserrant son étreinte sur ses cheveux et en la forçant à s'agenouiller.

Knox sentit une intense satisfaction toute masculine monter en lui en la voyant ainsi, le regard provocateur, les seins bien en évidence, les tétons durcis et le cou marqué de traces de morsures. D'une main, il s'appuya contre le mur et, de l'autre, il guida son sexe vers sa bouche.

— Écarte les lèvres, lui ordonna-t-il.

Harper lui lança un regard noir, non pas parce que son attitude dominatrice l'agaçait mais plutôt parce qu'elle aimait bien quelque part au fond d'elle qu'il la traite ainsi. Il avait raison de dire qu'elle ne désirerait jamais un homme qu'elle pourrait contrôler. Knox n'était pas du genre à obéir au doigt et à l'œil et il n'avait pas hésité, malgré la forte personnalité à laquelle il avait à faire, à exiger d'elle ce dont il avait besoin. Cela ne signifiait pour autant qu'elle…

Un troisième doigt psychique s'inséra en elle et, abasourdie, elle ne put s'empêcher d'ouvrir silencieusement la bouche pour exprimer l'intense plaisir qu'il lui procurait et s'agrippa aux cuisses de Knox pour s'empêcher de tomber. Elle aurait dû se rappeler que l'enfoiré était non seulement très dominateur mais aussi particulièrement rusé.

La bouche de Harper était brûlante, presque trop. Knox ne peut retenir un gémissement en voyant ses lèvres sensuelles enserrer son sexe. Il grogna même quand elle caressa le dessous de son membre d'un coup de langue.

— Ta bouche est la plus baisable que j'ai vue de toute ma vie.

Et il avait fermement l'intention d'en profiter.

Pendant ce temps, les doigts psychiques caressaient l'intimité de Harper et sa zone sensible, et la jeune femme ne put s'empêcher de gémir tandis que Knox enfouissait son sexe massif dans sa bouche tout en lui disant que c'était merveilleux, qu'elle l'excitait terriblement et que sa bouche était faite pour lui. Elle se serait peut-être inquiétée de le sentir cogner contre le fond de sa gorge si elle n'avait pas été aussi envahie de plaisir.

— Jouis pour moi, lança-t-il alors.

Puis d'autres doigts psychiques lui pincèrent les tétons et Harper explosa. Knox donna un dernier coup de reins et se répandit dans sa bouche. La jeune femme déglutit, ne pouvant faire autrement. Les doigts psychiques disparurent alors, et elle ressentit des picotements et une impression de brûlure.

Knox ne se retira pas, son sexe demeurant enfoui dans la bouche de Harper, qui comprit qu'il lui faisait parvenir un message : il le ferait quand il l'aurait décidé et pas avant et elle devrait attendre qu'il soit prêt. Elle n'était pas sûre d'apprécier son attitude mais elle commençait à comprendre son comportement : si elle lui donnait ce qu'il lui demandait, il ferait de même pour elle. Il valait donc mieux pour elle ne pas bouger, ce qu'elle fit.

— Très bien, dit-il.

Puis il retira son sexe de sa bouche, la souleva délicatement et la transporta à travers toute la maison jusqu'à sa chambre. Il l'allongea sur son lit, fixant toujours le regard sur sa bouche, cette bouche qui lui avait procuré un plaisir si intense qu'il s'étonnait que ses jambes n'aient pas flageolé. Il baissa la fermeture Éclair du pantalon de la jeune femme et le lui retira. Il put enfin admirer ses jambes fuselées, qu'il avait hâte de sentir s'enrouler autour de lui. Il lui laissa le petit bout de dentelle qui recouvrait son intimité et se déshabilla entièrement.

Harper déglutit bruyamment quand il lui scruta le corps de son regard de braise. Knox était baraqué, tout en muscles bien définis. Sa peau douce semblait vibrer d'une virilité sauvage. Son corps semblait conçu pour donner du plaisir. Elle ne doutait pas un seul instant que ce serait le cas.

— Est-ce que tout le monde a des doigts psychiques capables de donner autant de plaisir ?

— Détrompe-toi si tu penses que tu as été privée toute ta vie d'un plaisir à la portée de tous, répondit Knox en plissant les yeux. Tous les démons n'en sont pas capables.

Il ne voulait surtout pas qu'elle rêve d'amour avec d'autres démons. Et elle leva les yeux au ciel ! Vraiment ! Il était à peu près persuadé que c'était la première fois de sa vie qu'une femme réagissait ainsi à quelque chose qu'il avait dit.

— Tout doux, Thorne. J'ai juste posé une question.

Il avait vu juste, elle était curieuse et commençait à envisager de revenir sur sa décision de ne pas fréquenter des démons si c'était toujours aussi bien avec eux.

— Pas besoin de…, commença-t-elle, oh non ! je ne peux pas supporter plus d'excitation.

Trop tard. Il la caressait déjà de la langue à travers le petit bout de dentelle qui recouvrait son intimité. Puis ses dents raclèrent sa zone sensible et elle faillit faire un saut de carpe.

— Sérieux, Knox, je préfère attendre que tu sois en moi pour jouir.

Il redressa un tout petit peu la tête et plongea son regard brûlant dans celui de la jeune femme. Elle était à peu près sûre qu'il allait obtempérer, mais il secoua la tête.

— Je ne suis pas encore prêt, dit-il.

Il lui retira sa culotte et, des deux pouces, il écarta les doux replis de son intimité et la rendit folle d'excitation. De la langue, il la câlina, la lécha, la caressa, puis il posa fermement les lèvres sur sa zone sensible et la suça. Elle tenta de lui repousser la tête et se tortilla pour se libérer mais des mains psychiques lui emprisonnèrent les poignets au-dessus de la tête.

— Espèce d'enfoiré ! hurla-t-elle.

Il ne parut pas s'en offusquer toutefois. Il se contenta de lui maintenir les hanches en place et continua à se repaître d'elle. Elle l'insulta, le menaça et lui jura de ne plus jamais le prendre dans sa bouche. L'enfoiré s'esclaffa et son éclat de rire à la fois rauque et velouté déclencha en elle un grand frisson qu'elle ressentit dans tout son corps. Et elle jouit encore une fois. Violemment, rapidement et il la lécha longuement.

Elle se sentit fondre, disparaître dans le matelas, mais avec une impression d'intense brûlure dans son intimité que seul son sexe enfoui en elle viendrait soulager. Elle l'entendit déchirer l'enveloppe d'un préservatif et il s'allongea enfin sur elle.

— Va-t'en. Je n'ai plus envie, affirma-t-elle en ouvrant un œil.

— Je n'ai pas fini, déclara-t-il en souriant. Je vais te prendre et tu vas t'adapter à mon rythme.

Puis il lui releva légèrement les hanches et s'enfouit lentement en elle. Elle ouvrit les yeux et il les vit virer à l'or pur de bleu azuréen qu'ils étaient avant. Elle était si chaude, si mouillée et elle était sienne. Les démons étaient des êtres possessifs, mais Knox n'avait jamais avant Harper ressenti un tel désir de posséder exclusivement une femme. Il éprouvait également la satisfaction primitive de savoir qu'il avait des droits sur elle. Aucune autre femme ne lui avait jamais appartenu avant Harper. Elle était sienne et personne n'y pouvait rien, pas même elle.

Harper tressaillit de plaisir en sentant le sexe de Knox glisser en elle. Les doigts psychiques, les mêmes qui lui avaient menotté les mains au-dessus de la tête, l'avaient laissée dans un état d'extrême sensibilité et, par conséquent, elle sentait parfaitement chaque petit millimètre de peau, chaque veine de son sexe massif s'insinuer en elle. Les replis de son intimité se resserrèrent sur lui de manière presque possessive et Knox laissa échapper un gémissement de satisfaction.

Puis il s'arrêta un moment pour goûter au plaisir intense d'être le premier démon à la posséder.

— J'éprouve le besoin de m'enfouir en toi depuis l'instant où j'ai posé les yeux sur toi pour la première fois, déclara-t-il.

Harper était enfin là où il la voulait. Il glissa en elle comme si sa vie en dépendait. Elle était très étroite mais il put la pénétrer entièrement. Elle s'était parfaitement adaptée à son sexe.

Harper geignit quand il lui suça le pouls mais elle grogna quand il la mordit au même endroit.

— Arrête de me faire des marques partout, rouspéta-t-elle.

Knox s'immobilisa et Harper se raidit en voyant ses yeux virer au noir profond. *Oh merde !* Il posa la main fermement sur son sein dans un geste de possessivité. Il ne serra pas assez pour lui faire mal mais elle sentit sa peau brûler et picoter sous ses doigts. La douleur eut tôt fait de se transformer en plaisir, intensifié pas les violents coups de boutoir du démon.

— Je veux Knox, réclama-t-elle nerveusement.

Le démon sourit comme s'il n'attendait que cela et se retira.

Knox se mit sur les genoux et fit passer les jambes de Harper autour de ses épaules avant de lui assener un grand coup de reins. Elle s'arqua et gémit doucement, émettant de petits couinements rauques qui lui chatouillèrent la peau et firent vibrer son sexe.

— Fais-moi jouir, Harper, maintenant.

Les replis de son intimité se refermèrent sur le sexe de Knox et un long cri lui monta à la gorge. Knox explosa, se répandit complètement en elle et proféra un juron.

La violence de son explosion le fit trembler tout entier et elle le sentait encore quand il se retira et s'allongea sur le dos à son côté. Il ôta le préservatif mais Harper demeurait parfaitement immobile. Il ne comprit pas tout de suite pourquoi.

— Knox, peux-tu relâcher mes mains ?

Il sourit et libéra la jeune femme de la prise de ses mains psychiques.

Harper se frotta les bras et se les étira pour les assouplir puis son regard fut attiré par quelque chose de très étrange.

— Mais qu'est-ce que c'est que ça ? demanda-t-elle en se redressant subitement.

— Ne panique pas.

Une sorte de tatouage en spirale orné d'épines lui entourait le sein. *Bien sûr. Thorne, « l'épine »*.

— Ton démon m'a marquée ?

Knox acquiesça d'un hochement de tête comme si elle lui avait simplement proposé du café. Les démons marquaient parfois leurs amants, surtout quand ils se sentaient extrêmement possessifs.

— D'après ce que je sais, ces marques s'estompent quand le démon se désintéresse.

— Tu n'as pas l'air sûr.

— C'est normal, c'est la première fois que mon démon marque une fille.

— Ça ne t'inquiète pas qu'il m'ait marquée ?

— Pourquoi est-ce que cela m'inquiéterait ? s'enquit Knox, qui n'avait pas l'air du tout perturbé.

Puis il l'obligea à s'allonger de nouveau et roula sur elle. Il suivit du doigt les contours de sa marque et se réjouit de la voir sur sa peau.

— Pourquoi te dérange-t-elle autant ?

— Cela ne t'aurait pas du tout perturbé, demanda-t-elle, l'air inquisiteur, que ma démone émerge pendant qu'on faisait l'amour et qu'elle te marque sans te demander ton avis ?

— Tu sais ce que je pense ? s'enquit-il doucement. Je pense que tu n'aimes pas qu'on te revendique, que ce n'est pas une question d'orgueil chez toi, mais plutôt que personne ne l'a jamais fait avant. (Pas même ses parents, les enfoirés.) Alors tu ne sais pas comment réagir.

Une autre qu'elle aurait sans doute nié et refusé de reconnaître la moindre faiblesse, mais Knox savait que Harper ne le ferait pas.

— Bon, je reconnais que c'est un petit peu bizarre et que je ne sais pas trop comment réagir.

— Je vais te dire, moi, ce que tu devrais faire. Tout d'abord, tu n'as pas besoin de paniquer. Cette marque signifie que mon démon te respecte, te désire et qu'il est très possessif envers toi et ta démone. Mais ça, on le savait déjà.

— Tu as raison, on le savait. Je peux considérer cette marque comme un tatouage temporaire, conclut-elle après réflexion.

— Tout à fait, dit-il en suivant les contours de sa langue, l'appréciant de plus en plus.

— C'est une des raisons pour lesquelles je lutte contre l'établissement du lien psychique, non ?

Elle ne l'avait pas encore tout à fait compris mais il avait raison. Son *alter ego* avait des droits sur elle et elle était profondément… perturbée.

— Oui, je le crois, mais on ne va pas parler du lien ce soir.

— Ah non ? dit-elle en fronçant les sourcils.

C'était elle en effet qui cherchait toujours à éviter ce sujet de conversation.

— Non, parce que, si on se met d'accord là tout de suite, tu vas toujours te demander si je t'ai baisée pour te faire capituler. Je préférerais qu'on prenne cette décision ailleurs que dans mon lit.

Harper était à peu près certaine qu'un rapport sexuel ne la perturberait pas suffisamment pour l'inciter à prendre une décision contre son gré, mais elle devait reconnaître que les propos de Knox étaient tout à fait sensés.

— On en reparlera très vite. Je ne vais pas t'abandonner, Harper. Et je pense que tu commences à me croire. (Il sentit une onde de satisfaction lui parcourir l'échine en la voyant acquiescer d'un signe de tête.) Très bien. Détends-toi maintenant et écarte les jambes. Je te veux encore.

Elle n'avait pas envie de refuser.

Chapitre 7

— Ton garde du corps est du genre féroce, non ? lança Khloë, qui patientait avec Harper, Devon et Raini dans la longue file d'attente d'un night-club.

Les humains pensaient que c'était une file pour les VIP mais elle était en réalité réservée aux démons. Elle servait à filtrer l'accès à la Cité souterraine.

— C'est un trouduc, persifla Devon en rajustant sa petite robe rouge.

Tanner s'amusait à la faire bisquer en l'appelant tout le temps « minette » et il lui matait la poitrine dès qu'elle détournait les yeux.

— Je suis étonnée qu'il ne nous ait pas suivies jusqu'ici, ajouta Raini.

Le succube était toujours aussi affriolant, même entièrement recouvert d'une combinaison de chiffon noir comme une voleuse de bijoux. La jeune femme attirait plus les regards que les nanas habillées de manière provocatrice.

— Il avait rendez-vous avec une des sentinelles, expliqua Harper. Je ne sais pas trop pourquoi, je ne pose pas de questions sur le boulot.

Il y avait peu de chances de toute manière qu'il lui dise quoi que ce soit sans l'assentiment express de Knox.

Harper repensa à la nuit qu'elle avait passée avec lui et se sentit de nouveau excitée. Il l'avait baisée tellement passionnément et tant de fois qu'elle avait fini par s'endormir, mais il l'avait réveillée et prise par-derrière. Quand elle était partie de chez lui ce matin-là, sa démone intérieure était roulée en une petite boule et ronronnait de plaisir.

— Pourquoi Ciaran n'est-il pas venu ? demanda Devon à Khloë, ravissante dans une robe rose fluo très originale.

Harper pour sa part portait une robe sans manches dans une matière tellement fluide qu'on aurait dit de l'argent liquéfié. C'était Raini qui la lui avait choisie.

— Il est avec sa nouvelle copine, dit Khloë, très proche de son frère jumeau. Elle ne m'aime pas beaucoup. Elle me trouve surexcitée, ce que j'estime tout à fait faux et injuste.

— Pas vraiment, gloussa Raini.

— C'est une bonne chose alors que je me fiche éperdument de ton avis.

— Harper Wallis ? les interrompit un vigile d'une voix grave et peu brusque.

— Euh… oui, dit la jeune femme en se retournant et en apercevant un type au teint mat et à la carrure de joueur de football américain.

— Vous pouvez entrer, dit-il en décrochant le cordon rouge qui barrait l'accès à l'entrée du night-club et en leur faisant signe d'avancer.

— Vous nous faites passer devant tout le monde ? s'enquit Harper, éberluée.

— Mais oui, c'est clair, merde ! dit Khloë en ponctuant sa remarque d'un grand coup de coude.

— Arrête ou je te donne une baffe, lança Harper en adressant un sourire de gratitude au vigile avant de se diriger vers l'intérieur accompagnée de ses amies sans regarder les gens restés dans la queue.

— Il t'a sans doute reconnue, il sait que tu es l'*alter ego* de Knox, supposa Raini.

— En tout cas, Knox m'a présentée à un maximum de démons, rétorqua Harper.

Les quatre amies empruntèrent un escalier sur leur droite, traversèrent une salle sombre et se dirigèrent vers une porte que gardaient deux démons baraqués qui firent un signe de tête respectueux à Harper.

— Mademoiselle Wallis, la salua l'un d'eux en s'écartant pour les laisser passer avant de les accompagner jusqu'à un ascenseur où il pianota un code sur un pavé numérique.

— Bonne soirée, leur dit-il quand les portes s'ouvrirent.

— Bon, c'est bizarre quand même que tout le monde me reconnaisse comme ça, déclara Harper quand les portes se refermèrent et que la cabine entama sa descente.

— On s'en fout, non ? lança Khloë.

Puis l'ascenseur s'arrêta, les portes de la cabine s'ouvrirent et les filles pénétrèrent dans un véritable paradis pour démons. La Cité souterraine, avec sa grande avenue bordée de bars, de night-clubs, de casinos, de restaurants, de salles de spectacle, de clubs de striptease, d'hôtels et de tout ce qui pouvait amuser des démons, était littéralement bondée. Les passants pouvaient parfaitement distinguer ce qui se passait à l'intérieur de chacun de ces lieux car ils étaient dépourvus de façade. Sur le chemin de leur bar préféré, Harper et ses amies croisèrent plein de gens qui la saluèrent comme s'ils la connaissaient et d'autres qui l'évitèrent soigneusement. Elles ne furent donc pas trop étonnées quand le barman leur annonça que la maison leur offrait toutes leurs consommations.

— C'est trop classe, dit Khloë, ravie, en se dirigeant vers leur table habituelle. À partir de maintenant, tu m'accompagnes chaque fois !

— Qu'est-ce que c'est que ça ? dit Harper en prenant un pamphlet marqué « Votez pour Isla » sur la table qui en était jonchée. Il y en a partout, remarqua-t-elle.

— Regarde, il y a des affiches aussi, dit Raini en désignant les murs avant de siroter son cocktail. Dario et Malden en ont également placardé.

— Jolene a dit que vous aviez eu une prise de bec avec Isla, dit Khloë en balançant la tête au rythme de la musique.

— C'est elle qui te l'a dit ou tu écoutais aux portes ? s'enquit Harper avant de prendre une gorgée de son cocktail.

— Quelle différence ça peut faire ?

— Nos démones ont eu une petite explication, c'est tout.

— Qu'est-ce qu'elle a fait pour enquiquiner ta démone ? voulut savoir Raini.

— Isla croit que Knox est son *alter ego*, répondit Harper avant de leur donner un compte-rendu détaillé de tout ce qu'il s'était passé à la réunion.

— Je parie que c'est Isla qui a lancé ces rumeurs, déclara Devon.

— Quelles rumeurs ? demanda Harper en touillant son cocktail avec sa paille.

— Certains prétendent que tu n'es pas vraiment l'*alter ego* de Knox, que tu es simplement une nana dont il s'est entiché et que tu répands cette rumeur pour te protéger.

— Est-ce qu'il y a des gens qui le croient ?

— Non. Il y a beaucoup de gens par contre qui ont vu Knox te présenter comme son *alter ego* et eux savent qu'il n'a aucune raison de mentir.

— Tu n'as pas besoin de te faire du souci à propos de ces rumeurs, déclara Raini. Tu ne serais pas si bien traitée si les gens y croyaient.

— Hé ! connais-tu cette pétasse qui nous dévisage ? demanda Devon en donnant un petit coup de coude à Harper.

— C'est Kendra, une ex… copine de Knox, grommela Harper en voyant la fille. Enfin, vous me comprenez. Et vous voyez le mec avec elle ? Il s'appelle Brandt. Elle se sert de lui pour essayer de rendre Knox jaloux.

— Une belle preuve de maturité de sa part, affirma Raini en levant les yeux au ciel. Tu sais, Harper, dit-elle en inclinant la tête pour mieux l'observer, j'ai l'impression que tu es différente ce soir. Tu sembles plus détendue. Comme si… Non ! s'exclama-t-elle en écarquillant les yeux, tu as baisé !

— Mais non.

— Mais si, insista Devon en la voyant rougir.

— Avec qui ? Dis-moi, allez, voulut savoir Raini. Pas avec Royce tout de même ? J'espère que non.

— Pas avec Royce.

— Avec qui alors ? Tu passes tellement de temps avec Knox que je ne vois pas avec qui tu… Tu as couché avec lui ! hurla alors Raini, abasourdie.

— Mais non.

— Mais si, insista Devon. Et toi qui t'étais fixé pour règle de ne jamais sortir avec un démon ! Eh ben dis donc !

— J'ai pris quelques libertés, soupira Harper.

— Je suis si contente, déclara Khloë en la serrant dans ses bras. Cela veut dire que tu acceptes enfin que les démons ne sont pas tous des enfoirés. Ne t'inquiète pas, tu ne feras pas les mêmes erreurs que tes géniteurs.

C'était simplement que Knox était trop canon pour résister.

— Bien franchement, je ne comprends pas comment tu as pu, lança Devon. Il est vraiment très beau mais horriblement intimidant. Et détaché et réservé.

— Pas au lit.

— C'était bien, je parie, déclara Devon en souriant.

— Oh oui ! répondit Harper en lui rendant son sourire.

— Oh, oh ! grogna Raini, voilà Mona.

Harper se prépara mentalement à un affrontement en la voyant s'approcher avec son habituel groupe d'amis. Elle s'arrêta à leur table et dévisagea Harper. Elle n'avait pas l'air de mauvaise humeur et ne semblait pas chercher la bagarre.

— Tu voulais quelque chose ? demanda Harper.

— Le truc que tu as fait dans l'aire de combat, dit Mona en inclinant la tête, eh bien, ça m'a fait terriblement mal.

— C'était le but.

— Si j'avais su que tu avais le pouvoir d'infliger des douleurs à l'âme, j'aurais gardé mes distances. Je ne t'en veux pas cependant, ajouta-t-elle en haussant les épaules. Je respecte le pouvoir et tu en as beaucoup.

— Hé ! la rappela Khloë, et moi ? Et moi ? Tu ne me respectes pas ?

Khloë s'en fichait éperdument, c'était évident. Mona se contenta donc de lui lancer un regard noir mais dénué de toute hostilité.

— Bon, ça, c'était inattendu, dit Devon avant de siroter son Coca vodka. À mon avis, elle voulait surtout faire la paix avec toi parce que tu es l'*alter ego* de Knox.

— Je propose qu'on oublie les *alter ego* et les pétasses, lança Khloë en reposant son verre vide sur la table, et qu'on rigole un peu. On va boire des *shots*. Plein de *shots* !

— Non, non, non, pas de *shots* pour toi, ma belle, refusa Harper en secouant la tête. Tu ne les supportes pas.

Khloë ne résistait effectivement pas très bien à l'alcool et avait tendance à faire des bêtises quand elle était soûle.

— Tu as si peu confiance en moi. Allez ! Juste quelques *shots* !

Elles en commandèrent donc quelques-uns et Khloë se retrouva vite ivre. Il fallut alors les efforts conjugués de ses trois amies pour l'empêcher de danser sur la table.

— J'ai trop chaud ! s'exclama-t-elle un peu plus tard en s'éventant le visage. Vous ne trouvez pas qu'il fait chaud ici ? insista-t-elle en essayant de retirer sa robe.

— Non, non, non, l'arrêta Harper d'un ton ferme. Tu as assez bu, conclut-elle.

Elle avait consciencieusement bu moins que ses copines, surtout pour être en mesure de contrôler les débordements de sa cousine.

— Je ne suis pas soûle, insista Khloë, l'air sincèrement vexée. Je tolère très bien l'alcool. J'adore cette chanson ! cria-t-elle en se trémoussant sur sa chaise. Tu es ma cousine préférée, tu sais ? Je te l'ai déjà dit ?

— Oui, au moins huit fois depuis ton premier *shot*.

— Parce que c'est vrai, dit-elle. Je t'adore. On communique bien là toutes les deux, tu ne trouves pas ?

Raini et Devon riaient pendant ce temps. Juste comme ça, sans raison, crut remarquer Harper. Elles riaient tellement qu'elles risquaient même de tomber de leur chaise.

— Écoute-moi. Est-ce que tu m'écoutes ? insista Khloë en attrapant sa cousine par le bras. Tu ne m'écoutes pas. C'est très important pourtant. Je t'adore. Pour de vrai.

— C'est formidable, Khloë. Moi aussi je t'adore.

— Je déteste cette chanson, dit alors Khloë. Elle me rappelle mon ex. Un vrai enfoiré. Je vais lui envoyer un SMS pour le lui dire.

— Khloë, on n'envoie jamais de SMS à nos ex quand on est soûles, réussit à sortir Raini entre deux éclats de rire.

— Mais je ne suis pas soûle, juste un peu pompette, c'est tout.

— On ne parle pas à nos ex quand on a bu, décréta Raini en la menaçant du doigt.

— D'accord, soupira Khloë. Je n'ai pas envie de lui parler de toute manière. J'ai tourné la page. Lui aussi. Mais on est restés amis. J'ai le droit d'envoyer un SMS à un ami, non ?

— Pour lui dire qu'il est un enfoiré ? gloussa Devon.

— Exactement, dit Khloë en fronçant les sourcils. Il faut que j'aille aux toilettes. Tu viens ? demanda-t-elle à Harper.

— Je n'en ai pas besoin mais il vaut mieux que je t'accompagne pour t'empêcher de faire des bêtises et te retrouver dans le pétrin.

Et, bien sûr, Khloë faillit tomber en essayant de se lever.

— Ça va, ça, va, insista-t-elle en levant les deux mains quand Harper lui proposa son aide.

C'était insensé : Harper dut tenir sa cousine par le coude jusqu'aux toilettes.

— Excuse-moi, gémit-elle.

— De quoi ? s'enquit Harper.

— Je ne sais pas, c'est bizarre, non ?

— Ne va surtout pas te déguiser en momie avec le papier toilette, la prévint Harper en la guidant vers les W.-C.

— Pourquoi est-ce que je ferais ça ?

— Je ne sais pas. Je t'ai posé la question la dernière fois mais tu n'as pas su me répondre.

Sur ce, Khloë renâcla et ferma violemment la porte. Et rota.

Puis Harper se retourna pour se regarder dans la glace et voir si elle n'était pas trop barbouillée du rouge à lèvres de sa cousine après ses grandes manifestations d'affection plus tôt dans la soirée et c'était effectivement le cas. Ce fut alors qu'elle remarqua deux démones à côté du sèche-mains qui lui lançaient des regards soupçonneux.

— Hé ! les salua succinctement Harper en essuyant les traces laissées par Khloë.

— Bonsoir, dirent-elles toutes deux d'une voix mal assurée.

Une des deux avait l'air d'avoir envie d'en dire un peu plus mais ses yeux s'écarquillèrent en voyant la porte s'ouvrir.

Harper fit demi-tour et se retrouva face à face avec Kendra. Super. Elle portait une robe longue couleur émeraude et ses cheveux étaient remontés en une coiffure compliquée. Elle avança lentement jusqu'à Harper, arborant un large sourire condescendant. La trouvant pathétique, sa démone intérieure leva les yeux au ciel.

— Tu veux quelque chose ? s'enquit Harper.

— Je désirais juste te saluer, dit Kendra, étonnée par le ton blasé de Harper. Comment vas-tu ? Comment ça va tout en bas de l'échelle sociale ?

C'était sans doute là la pire des insultes pour Kendra, qui semblait attacher une grande importance à sa place dans la société. Mais Harper trouva juste ses propos mesquins.

— On dirait que tu t'es levée du mauvais pied de ta soue à cochons ce matin.

— J'imagine que tu as du mal à croire à ta chance d'être l'*alter ego* d'un mec comme Knox Thorne.

— Tu as un peu de mal à l'accepter, j'ai l'impression, non ?

— Du mal ? Bien sûr que non, s'esclaffa Kendra. Je le plains, le pauvre, d'avoir une elfe pour *alter ego*, une Wallis en plus.

— Comme c'est sympa de ta part de t'inquiéter comme cela pour lui ! lança Harper en prenant un air faussement niais.

— Je ne comprendrai jamais, lança alors Khloë en sortant des toilettes et en fusillant Kendra du regard, pourquoi certaines nanas ont tellement de mal à oublier leur ex. (C'était riche de la part d'une fille qui avait eu envie juste avant d'envoyer un SMS à son ex.) Mais bon, Knox n'est pas ton ex vu que tu ne sortais pas vraiment avec lui. Ça doit faire mal.

La démone de Harper n'appréciait pas du tout qu'on lui rappelle que Kendra avait couché avec Knox.

— Kendra, intervint une des filles à côté du sèche-mains, il vaudrait mieux que tu t'en ailles. Si Knox apprend que tu t'en es pris à son *alter ego*, il n'appréciera pas.

— Ouais, déclara Kendra en lançant un regard spéculateur à Harper, j'ai entendu dire qu'il était très protecteur avec toi. Mais bon, ça ne durera pas. Son démon est incapable de s'attacher.

— Et ton orgueil en a pris un coup, non ? lui assena Harper, qui avait décelé beaucoup d'amertume dans ses propos.

Ce qui satisfit sa démone intérieure.

— Est-ce que ça m'énerve de le voir draguer d'autres filles ? Oui, mais j'ai l'habitude. Knox n'est pas exclusif. Au moins, moi, je suis capable de tourner la page, de passer à autre chose. Contrairement à toi, pas vrai ? Alors je te souhaite de ne jamais t'attacher à lui, sinon ta vie risque de devenir un enfer à force de voir l'homme que tu désires papillonner de fille en fille.

Inquiète à cette idée, Harper sentit monter en elle une douleur aiguë.

— Oui, c'est vrai que je trouverais cela difficile. Les *alter ego* ont tendance à être assez possessifs l'un envers l'autre après tout. Par contre, Knox est dans la même situation que moi. Il ne supporterait pas de me voir avec d'autres hommes. Tandis que toi… eh bien, il se fout complètement de ce que tu fais. Tous tes efforts pour attiser sa jalousie sont demeurés vains, n'est-ce pas ? Dommage, conclut-elle avec une petite moue.

— Tu ne peux pas…, déclara Kendra en attrapant Harper par le bras comme elle s'apprêtait à s'éloigner avec sa cousine.

— Lâche-moi, Kendra, ça vaut mieux pour toi.

Il valait mieux en effet pour elle… En effet, son attitude avait déclenché en Harper une réaction primitive dont Kendra subirait immanquablement les conséquences. Son pouvoir obscur avait reflué vers ses mains, prêt à la protéger, à la défendre. Sa démone était sur le qui-vive, elle voulait émerger. Harper lui dit de garder son calme, la rassura, lui faisant comprendre qu'elle contrôlait la situation.

— J'aimerais pouvoir te jurer que je ne te veux aucun mal, mais je n'y arrive pas. Vu comment tu te comportes, c'est difficile pour moi de t'apprécier. Alors ne me tente pas trop, ajouta-t-elle en approchant son visage très près de celui de Kendra.

— Qu'est-ce que tu vas faire, elfe ?

— J'adore quand ça se produit ! s'exclama Khloë.

— J'ai envie de t'assener une petite tape sur le front. Cela ne devrait pas trop t'incommoder vu que tu ne sembles pas avoir grand-chose dans la tête.

Les yeux brillant d'une lueur mauvaise, Kendra resserra son étreinte. Harper sentit une chaleur monter le long de son bras et dans tout son corps. Rien d'autre cependant. Kendra eut l'air complètement ahurie et Harper en déduisit qu'elle s'attendait à une tout autre réaction. Ce qu'elle avait prévu de faire n'avait manifestement pas marché.

— C'est tout ce que tu sais faire ? s'enquit Harper en la toisant du regard.

Puis elle mit sa menace à exécution : elle lui tapota le front et le pouvoir obscur qui lui démangeait le bout de l'index pénétra à l'intérieur de Kendra, dépassant la barrière de la peau et des os et attaquant son âme ainsi que sa démone.

Kendra écarquilla les yeux, se mit les deux mains sur la tête et tomba à genoux. Puis elle commença à gémir et à sangloter, se réfugia dans un coin et lança un regard apeuré à Harper comme si elle était Lucifer en personne. Ouais, elle avait assez l'habitude de ce genre de réaction.

— On va y aller maintenant, lança Harper en attrapant Khloë, hilare, par le bras et en la poussant vers la sortie.

À peine avaient-elles franchi la porte qu'elles tombaient nez à nez avec Knox, pour le plus grand bonheur de la démone intérieure de Harper, qui passa de l'énervement à la joie en une nanoseconde.

— Qu'est-ce que tu fais là ? demanda-t-elle en fronçant les sourcils.

— Ça va ? s'enquit-il, entouré de Levi, Devin et Raini.

— Knox est venu nous demander où tu étais, expliqua Raini. On s'inquiétait un peu de ne pas vous voir revenir.

— Qui est-ce qui pleure ? voulut savoir Knox.

— Je suis étonnée que tu nous poses la question, répondit Khloë, puisque tu l'as sans doute déjà fait pleurer toi-même quelques fois. Au lit, je veux dire.

Knox repoussa Khloë et Harper, ouvrit la porte des toilettes et vit Kendra roulée en boule dans un coin, sanglotant et visiblement mal en point. Il devina sans peine ce qui était arrivé mais il se demanda ce qu'avait fait Kendra pour susciter la colère de Harper.

— Que s'est-il passé ? demanda-t-il en haussant un sourcil.

— Kendra est juste venue nous saluer, dit-elle en haussant les épaules.

— Que s'est-il vraiment passé ? répéta-t-il, ses traits se durcissant.

— C'est réglé, soupira Harper.

Knox savait que son *alter ego* était tellement têtu qu'il lui tiendrait tête toute la nuit s'il le fallait. Il se tourna donc vers les démones membres de son clan qui avaient assisté à la scène et n'eut même pas besoin de les interroger. Elles lui débitèrent toute l'histoire sans se faire prier. En entendant tout ce qu'avait dit et fait Kendra, il ne s'étonna pas que Harper ait riposté.

— Levi, sors Kendra d'ici, ordonna-t-il. Toi, viens avec moi, dit-il alors en s'adressant à Harper.

Son *alter ego* le fusilla de ses yeux d'ambre.

— Écoute, je comprends que tu aies envie de parler de tout ça, mais je suis venue ici avec ma cousine et nos amies et je ne laisse jamais tomber les gens comme ça.

— Suivez-nous dans le carré VIP, dit-il aux trois démones, qui attendaient dans l'embrasure de la porte. Vous auriez dû être là de toute manière.

Les compagnes de Harper poussèrent des petits cris de joie mais elle-même n'eut pas l'air particulièrement impressionnée.

Elle trouva étrange cependant de traverser un bar avec Knox qui la tenait par le poignet. Il n'avait pas besoin de pousser pour se frayer un chemin à travers la foule. Elle s'ouvrait tout simplement sur son passage. Elle lut du respect et de l'admiration dans les yeux des gens, et du désir même dans ceux de certaines femmes. Elle y vit du respect également pour elle mais, et cela ne l'étonna pas du tout, plusieurs des filles semblaient l'avoir prise en grippe.

Puis ils parvinrent à la section réservée aux VIP avec ses fauteuils plus confortables, son propre bar et ses serveurs attitrés. Knox fit signe aux amies de Harper de s'installer dans un box et entraîna son *alter ego* dans un coin pour lui parler en tête à tête.

— Avant que tu dises quoi que ce soit, je veux commencer par t'expliquer que tu ne dois pas m'en vouloir pour ce qu'il s'est passé. Je me suis défendue, c'est tout, et je n'hésiterai pas à le refaire, au besoin.

— Je ne t'en veux pas de t'être défendue, répondit Knox en secouant la tête. Je suis mécontent que tu aies eu à le faire, c'est tout. Cela n'aurait jamais dû arriver. Kendra aurait dû faire preuve d'un peu plus de discernement.

— J'ai réglé le problème.

— Tu penses que cela va s'arrêter là parce que tu t'es défendue ? Je suis responsable du comportement des démons de mon clan. S'ils vont trop loin, il m'appartient de les punir. C'est aussi simple que cela.

— Ne la tue pas, Knox, dit-elle, voyant que telle était son intention. C'est dans notre nature à nous les démons de dépasser les limites. On le fait tout le temps. Kendra a mal agi, elle a été bête, c'est vrai. Je ne sais pas ce qu'elle voulait faire mais ça n'a pas marché et je me suis défendue à ma manière. Je te demande de respecter le fait que je suis capable de me défendre moi-même et tu dois montrer à tout le monde que c'est le cas, sinon je perdrai toute crédibilité.

Il ne pouvait pas nier qu'elle avait raison, ce qui l'agaça encore davantage.

— Et puis elle n'a pas essayé de me tuer, juste de me blesser. Elle me cherchait parce qu'elle est jalouse.

— J'avais compris.

Ce qui inquiétait Knox, c'était le risque que Kendra ait ralenti un peu l'évolution de sa relation avec Harper. Il avait réalisé d'énormes progrès avec elle et espérait qu'elle accepterait bientôt de nouer le lien psychique des *alter ego* avec lui. Kendra aurait pu tout saboter.

— Si Kendra a dit des choses qui te perturbent, je voudrais qu'on en discute tous les deux maintenant.

Harper lui dirait la vérité, il le savait.

— Avait-elle raison de dire que tu n'es pas exclusif? Personnellement, je ne suis pas trop du genre à accepter une relation ouverte. Je n'aime pas beaucoup l'idée de me retrouver avec un homme qui vient tout juste d'en baiser une autre. Ça me dégoûte un peu.

— Je ne partage pas et j'exige toujours l'exclusivité.

Il ne voyait pas trop pourquoi Kendra avait laissé entendre le contraire à Harper, à moins que ce ne soit parce qu'elle soupçonnait qu'il y avait plus entre eux qu'une simple entente entre *alter ego*.

— Elle avait raison, je pense, quand elle a dit que cela allait être difficile pour nous de ne pas nous immiscer dans la vie sexuelle l'un de l'autre puisque les *alter ego* ne peuvent pas s'empêcher justement d'être curieux. Il paraît que cette fâcheuse habitude finit par s'estomper avec le temps.

Harper disait cela comme s'il était acquis pour elle qu'ils noueraient le lien psychique. Il se détendit donc, ainsi que son démon.

— Quand ton démon se lassera de moi et qu'on ne baisera plus, on pourra tourner la page et cela ne te posera pas de problème parce que tu auras satisfait ton envie de moi.

Merde ! il n'était plus aussi détendu, ni son démon non plus.

— Ne parle pas comme si tu n'étais qu'une nana que je baise, maugréa-t-il en l'attrapant par la mâchoire.

— Tu comprends très bien ce que je veux dire.

Effectivement. Elle avait raison, ils passeraient à autre chose. Le problème était justement qu'il ne pouvait absolument pas tolérer la pensée que Harper sorte avec un autre. Cela le rendait même dangereux. Son démon était tellement furieux à cette idée que Knox savait que si un homme effleurait seulement Harper il ne survivrait pas à son geste. Son démon était trop obsédé par elle.

— Qu'est-ce qu'il y a ? demanda-t-elle, Knox lui paraissant tout d'un coup tellement… intense.

Pour toute réponse, il l'attrapa par les cheveux, lui tourna la tête et plaqua ses lèvres sur sa bouche en un baiser passionné, féroce même, qui inquiéta la jeune femme. Elle sentit sa colère, sa possessivité et une terrible faim inassouvie.

— Accepte, Harper. Fais-le pour moi, insista-t-il.

Il désirait qu'elle soit sienne, absolument et irrévocablement. Cela ne lui suffisait plus qu'elle soit son *alter ego*.

Il avait besoin de nouer le lien psychique avec elle pour solidifier leur relation.

— Ce n'est ni le lieu ni le moment.

— Si on va quelque part juste tous les deux, je vais te baiser et tu le sais. On peut nouer le lien ici même et tout de suite. Je ne peux pas te prendre ici comme j'en ai envie. Cela vaut mieux car, comme cela, tu ne te demanderas jamais si je me suis servi du sexe pour t'influencer. (Elle soupira et ses yeux passèrent de la couleur de l'ambre au vert forêt.) Tu es prête à nouer le lien psychique, je le sais, poursuivit-il. (Elle leva les yeux vers lui et acquiesça d'un signe de tête. Il sentit une immense satisfaction monter en lui.) Très bien.

Harper entendit alors une petite voix à l'intérieur d'elle-même qui lui hurlait de ne pas le faire, qu'elle lui donnerait le pouvoir de la blesser si elle le faisait. Mais elle ne l'écouta pas, préférant penser justement que Knox n'allait peut-être pas le décevoir. Et s'il le faisait elle veillerait à ce qu'il le regrette.

Knox la vit hésiter tandis qu'elle piétinait nerveusement. Il lui prit le poignet et le lui caressa du pouce. Il ne pouvait pas lui reprocher sa nervosité. Cette décision allait changer le cours de leur existence. Ils ne pourraient jamais revenir en arrière.

— Tu n'as qu'à lâcher prise, c'est tout.

Il avait raison. Elle s'était protégée jusque-là, elle avait résisté à cette attirance magnétique. Le temps était venu pour elle de se laisser aller. Elle le fit donc, espérant que ce ne serait pas une grave erreur qu'elle commettait là.

Leurs esprits se rencontrèrent alors et les genoux de Harper flageolèrent. Le lien se mit en place mais ils ne fusionnèrent pas complètement, assez cependant pour que

Harper sente en elle la présence sombre et virile de Knox, sa force et son pouvoir. Elle distingua sa saveur psychique, un goût d'amande, de chocolat noir et de vin rouge. Tout cela la nourrit, la renforça. Sa démone se réjouit, se sentant immédiatement plus stable.

C'était comme Jolene le lui avait expliqué. Elle n'avait pas l'impression d'être envahie par son *alter ego*. C'était quelque chose d'intime, d'un peu étrange aussi, et il lui faudrait du temps pour s'habituer. Elle regarda Knox, qui avait passé une main sur sa nuque et qui avait l'air soucieux.

— Ça va ? lui demanda-t-il.

Il ne savait pas du tout à quoi s'attendre de la part de son *alter ego*. Elle était enfin sienne, officiellement et définitivement.

— Oui, ça va.

— Très bien, dit-il.

Il avait déjà effleuré son esprit, mais ce lien allait plus loin. Il sentait sa présence psychique, sa vivacité, sa sensualité, sa volonté de fer et la part de douceur qu'elle essayait toujours de cacher. Et il découvrait aussi sa saveur : miel, café et truffes. Knox et son démon se sentirent revigorés et stabilisés. Ce lien allait calmer son démon mieux que Knox avait jamais pu le faire malgré sa force et sa puissance. Seule Harper pouvait lui apporter cela. Il ne lui restait plus qu'une seule chose à faire.

Harper aperçut la lueur de détermination dans son regard quand il fit glisser sa main de sa nuque à sa gorge et qu'il mit le pouce sous son oreille droite. Elle souffla fortement quand elle sentit sa peau brûler sous son doigt mais cela ne dura que quelques secondes.

— Tu aurais pu me prévenir.

Elle tourna la tête et Knox regarda la marque qu'il lui avait faite à l'endroit où tous les démons qui avaient trouvé leur *alter ego* étaient tatoués. Cette marque était le symbole de l'infini avec une petite touche personnelle. Pas plus grand que le bout du pouce, il était fait d'une branche épineuse repliée sur elle-même. Tout le monde saurait dorénavant qu'elle avait trouvé son *alter ego* et qu'il la protégerait et la vengerait si on osait s'attaquer à elle.

— À toi, dit-il.

Elle appuya à son tour le pouce sous l'oreille droite de Knox et y apposa sa marque. Il ne sembla pas souffrir et parut même très satisfait. *Quel enfoiré!* Le symbole de Harper était orné d'un petit sphinx au centre des boucles. Sa démone se détendit en le voyant.

— Voilà, c'est fait, dit-il.

Il ne put la relâcher cependant. Il avait même envie de resserrer son étreinte sur sa gorge.

— Tu ne pourras jamais plus nier que tu es mienne.

L'esprit de Harper ne cessait de se frotter langoureusement contre celui de Knox, comme une caresse psychique qui servait à rassurer et à réconforter, il ne savait pas trop, mais cela lui plaisait.

— Ouvre la bouche, dit-il.

Elle obtempéra et il glissa sa langue entre ses lèvres et dansa avec la sienne. Il la goûta, la savoura et s'emplit d'elle.

— Rentre avec moi ce soir, la pressa-t-il.

— D'accord, répondit-elle après avoir dégluti bruyamment.

Satisfait, Knox l'embrassa de nouveau. Il la prendrait le plus souvent possible jusqu'à ce que son démon se lasse d'elle. Cela pourrait durer plusieurs jours, des semaines peut-être, mais cela finirait par arriver. Comme toujours. Mais Harper serait toujours sienne d'une certaine façon.

Chapitre 8

Harper enfilait sa veste et s'apprêtait à fermer le studio quand Royce fit son apparition. Elle n'en fut pas exactement ravie.

— Qui est ce mec qui traîne tout le temps devant le studio ?

Harper fut sidérée par cette question. Ce n'était pas dans les habitudes de Royce d'être aussi direct.

— Il t'accompagne au travail tous les matins et passe presque toute la journée à t'attendre. Pourquoi ? insista-t-il.

— Je m'étonne que tu puisses croire que ça te regarde.

— Il travaille pour Knox Thorne, c'est ça ? insista lourdement Royce en s'approchant si près de Harper que sa démone se sentit agressée et eut envie de lui arracher les yeux. Je l'ai vu entrer ici une fois avec lui, ajouta-t-il comme s'il parlait d'un complot dont il aurait été au courant. Tu couches avec Thorne ? C'est à cause de lui que tu ne veux plus sortir avec moi ?

Quelle andouille, ce mec !

— Royce, j'ai plusieurs raisons de refuser de sortir avec toi, la première étant sans doute que tu considères la monogamie comme une maladie mortelle.

— Je me suis déjà excusé de t'avoir trompée. Cette fille n'était rien pour moi.

— Justement, tu aurais dû résister d'autant plus facilement à la tentation. Mais tu ne l'as pas fait.

— Alors on n'a qu'à s'engueuler un bon coup pour crever l'abcès et tourner enfin la page. Allez, flanque-moi une bonne gifle, un grand coup de pied, traite-moi de tous les noms si tu veux, et puis basta, on se rabiboche.

— Pourquoi ? Donne-moi une seule raison.

— Écoute, j'ai mal agi, je le sais. Je m'en veux énormément, tu peux me croire. Mais on peut régler ça, Harper. Tu me manques.

— Bon, comme tu peux le constater, déclara-t-elle en prenant son sac et ses clés, je me noie dans un torrent de larmes. Si tu as terminé, conclut-elle en lui montrant la sortie, j'ai encore beaucoup à faire.

— Je te l'ai dit plein de fois, je m'excuse, poursuivit-il tandis qu'elle fermait à clé. Je regrette terriblement de t'avoir fait souffrir. Qu'est-ce que je peux faire de plus ?

— Tu veux le savoir ? Eh bien, je vais te le dire, déclara-t-elle en se tournant pour le dévisager. Va fourrer ton pénis dans une ruche et raconte-moi comment ça s'est passé dit-elle avant de lui adresser un sourire doux-amer et de se diriger vers Tanner qui lui ouvrait la portière de la voiture. Bonsoir, le salua-t-elle.

— Un problème ? demanda-t-il en jetant un œil vers Royce.

— Je ne comprendrai jamais les hommes, soupira-t-elle. Et toi ?

— Cette conversation ne peut que mal se terminer pour moi, dit-il en levant les mains.

— C'est vrai, reconnut Harper en souriant et en s'installant dans la voiture.

Puis ils se dirigèrent vers l'appartement de la jeune femme. Knox étant en voyage d'affaires, elle ne l'avait pas vu depuis quatre jours. Il l'avait contactée cependant tous les soirs par télépathie.

Cette séparation avait permis à la jeune femme de s'habituer au lien psychique qui les unissait désormais. C'était vrai qu'on ne se sentait jamais seuls une fois qu'on avait rencontré son *alter ego* et noué ce lien avec lui. Son esprit caressait souvent le sien, de manière quasi instinctive. C'était très réconfortant. Elle sentait toujours sa présence, elle avait conscience de son existence mais elle ne pouvait pas lire dans ses pensées, le lien ne le permettant pas.

Knox était sur le chemin du retour et ils avaient prévu de se voir le lendemain. Il voulait lui parler de la rencontre qu'il allait organiser pour cette hypothétique élection d'un Monarque dans un de ses hôtels de la Cité souterraine. Le temps avait passé très vite et cet événement approchait à grands pas. Knox avait invité Harper chez lui tous les soirs avant son voyage d'affaires et l'avait baisée avec une urgence qui faisait comprendre à la jeune femme qu'il profitait du temps à leur disposition avant que son démon ne se désintéresse d'elle sur le plan sexuel. Ils devaient envisager la possibilité qu'il l'accepte comme *alter ego* mais qu'il cesse de la désirer.

Jusque-là, son démon n'avait montré aucun signe de désintérêt. Elle le savait parce que la marque sur son sein ne s'était pas estompée. Elle ne pouvait s'empêcher de la vérifier matin et soir de manière à se préparer mentalement à l'éventuel retrait du démon de Knox. Compte tenu de la véritable obsession qu'éprouvait sa démone pour le prédateur qui habitait en Knox, Harper était à peu près sûre qu'elle risquait de faire un raffut d'enfer le jour où il ne voudrait plus d'elle.

— Je suis étonnée que tu ne te fasses jamais remplacer par Keenan ou Larkin, dit-elle à Tanner en s'obligeant à interrompre le cours de ses pensées.

— Tu es étonnée ? répéta-t-il en lui jetant un coup d'œil dans le rétroviseur. Et pourquoi donc ?

— Ce doit être ennuyeux à mourir de veiller sur moi comme cela toute la journée, se justifia-t-elle.

Sa vie n'était pas exactement palpitante, après tout.

— Tu es très importante pour Knox, répondit-il, alors tu l'es pour moi aussi.

— Quand même, tu ne peux pas me dire que cette corvée de baby-sitting ne t'agace pas parfois. Tu es une sentinelle après tout.

Et les sentinelles avaient autre chose à faire, des tâches sans doute beaucoup plus intéressantes.

— Knox ne confierait jamais ta sécurité à personne d'autre qu'à une de ses sentinelles. D'ailleurs, je me suis porté volontaire pour ce boulot.

— Mais pourquoi, bon sang ?

— J'étais le plus en mesure de faire ce travail, gloussa-t-il. Levi est et a toujours été le garde du corps personnel de Knox et il valait mieux qu'il le demeure. Et Keenan et Larkin ne sont pas aptes à te protéger. Keenan t'aurait draguée tout le temps et Larkin est foldingue et t'aurait entraînée dans des coups foireux. Knox aurait pété un câble et ce n'est pas une bonne idée de le pousser à bout, crois-moi.

— Je vois, dit-elle en hochant la tête.

— Parfois…, commença-t-il avant d'être brutalement interrompu par un grand choc.

Il grogna, s'affala sur son siège et le véhicule fit un tonneau, puis un second et un troisième, se retrouva sur le toit et glissa dans un grand crissement métallique sonore avant de s'arrêter enfin. *C'était quoi ce bordel?*

— Tanner! Tanner! cria Harper en toussant.

Il ne répondit pas et la démone de la jeune femme commença à paniquer.

Instinctivement, elle s'adressa par télépathie à la seule personne capable de leur venir immédiatement en aide.

— *Euh... Knox, on a un problème.*

Elle minimisait peut-être un peu trop le danger, mais elle ne voulait pas qu'il s'affole.

— *Quelle sorte de problème?* demanda-t-il, la voix dure, tendue.

Harper défit sa ceinture de sécurité et retomba lourdement. Aïe!

— *Eh bien, la voiture a fait des tonneaux comme si elle avait été bousculée par une grosse rafale de vent. Juste après que Tanner a perdu connaissance et... oh, merde!*

— *Quoi?*

— *Il y a un SUV noir qui se dirige droit sur nous.*

— *Où êtes-vous?* insista-t-il d'un ton de voix dangereux.

— *C'est difficile à dire.* (Elle balaya les environs des yeux.) *On est dans une ruelle. On était partis depuis seulement cinq minutes environ, on ne doit pas être très loin du studio.*

Et la ruelle étant bloquée à l'autre extrémité, ils étaient piégés comme dans une souricière. De toute manière, elle ne serait pas partie sans Tanner.

— *Je viens vous chercher,* déclara-t-il.

Il le ferait, elle en était sûre. Il serait furieux et ces connards qui les avaient attaqués risquaient d'y laisser leur peau. Elle attrapa Tanner par le bras et le secoua.

— Réveille-toi, le pria-t-elle.

Elle aperçut alors du sang dans son nez et ses oreilles et soupçonna qu'il avait reçu un coup psychique à la tête.

Harper s'immobilisa en entendant des claquements de portières et des bruits de pas dans le gravier de la ruelle. Il y avait deux personnes au moins. La portière à sa droite s'ouvrit brutalement, une main lui agrippa le bras sans ménagement et l'extirpa du véhicule renversé avant de la propulser vers un enfoiré blond musclé débouchant de derrière la Bentley. Les deux hommes dégageaient une forte odeur de magie, très alarmante pour elle et sa démone.

Ses attaquants étaient manifestement des adeptes de magie noire et cela n'augurait rien de bon.

Elle ne cria pas, ni ne se débattit pour éviter qu'ils ne lui assènent aussi un coup psychique qui l'aurait privée de tous ses moyens. Ils devaient la croire facile à maîtriser, ce qui expliquerait qu'ils ne l'aient pas encore fait. Ils étaient vraiment très naïfs !

Le blond baraqué lui adressa un sourire, l'air impassible et content de lui. Sa suffisance irrita sa démone intérieure, qui se sentit mise au défi de montrer ce dont elle était capable. Elle n'avait qu'une envie, leur faire comprendre à quel point ils avaient mal jugé leur cible. Malheureusement, ils étaient tous deux trop loin d'elle et elle ne pouvait pas encore les toucher. Si elle se ruait sur l'un d'eux, calcula-t-elle, l'autre aurait le temps de l'attaquer.

— Tu vas nous suivre, déclara le blond en se grattant la barbichette.

— Non, je ne pense pas.

— Tu devrais…

— Vous ne voulez pas vraiment que je vous accompagne, dit-elle d'une voix très persuasive. Vous ne me voulez aucun mal.

Le blond cligna des yeux à plusieurs reprises en entendant ses paroles.

Contrairement à ce que disait la mythologie, les sphinx n'embrouillaient pas les gens avec des énigmes, ils préféraient semer la confusion dans les esprits. Quant à Harper, elle aurait voulu assener quelques coups de sa fine lame à ses assaillants, mais il valait mieux que Knox puisse d'abord les interroger.

— Qu'est-ce que tu essaies de lui faire ? demanda l'autre magicien.

— Cela ne t'intéresse pas du tout, poursuivit-elle, sur le même ton de voix convaincant. Tu ne sais plus qui il est, ni ce que vous faites ici.

— Il se passe quoi, là ? voulut savoir le brun, les jambes flageolantes.

Harper se tourna vers le premier magicien et le vit marmonner une incantation silencieuse. Puis elle reçut un choc violent à la tête, chancela et cligna rapidement des yeux. Sa vue s'obscurcit et elle se laissa glisser contre la voiture avant de chuter lourdement au sol. Elle lutta contre l'obscurité qui l'enveloppait et réussit à demeurer consciente.

— Ce n'est pas possible, dit le magicien en se redressant de toute sa taille et en écarquillant les yeux.

Un grognement sourd leur fit tourner la tête. Puis la Bentley fut secouée par les efforts de Tanner pour s'en extirper. Elle en déduisit des bruits qui lui provenaient qu'il avait laissé émerger son démon.

Quelques secondes à peine plus tard, elle le vit se propulser dans les airs au-dessus de la voiture et atterrir devant elle en émettant des grognements effrayants en direction des magiciens. Les chiens des enfers étaient comme des loups dopés aux anabolisants, très majestueux avec leur robe d'un noir d'encre, leurs yeux rouge sang et leur forte odeur de soufre.

Harper s'agrippa à la fourrure du chien et se releva avec difficulté, sa tête lui faisant encore très mal.

— Ces trouducs vont le payer. Ils vont mourir.

Sa démone était entièrement d'accord et émergea. Elle s'empara prestement de son stylet et y fit apparaître le feu des enfers. Elle fut ravie de lire une réelle terreur dans les yeux des magiciens.

— Vous ne gagnerez pas cette bataille, dit-elle en caressant le chien. Vous pouvez toujours essayer, bien entendu, de vous en prendre à moi ou au chien. Mais le temps que vous terminiez votre petite incantation l'un de nous deux se serait jeté sur vous et vous aurait buté. Mais je ne le ferai pas, intervint Harper, qui avait repris le contrôle.

Ils entendirent alors un vrombissement sonore, le bruit d'un grand feu, comprit Harper en distinguant des crépitements et des sifflements. Puis les flammes moururent et elle vit…

— Knox ? s'exclama-t-elle.

Il se téléportait par le feu ? Merde ! Elle comprenait enfin comment il avait pu la rejoindre si rapidement quand Silas lui avait rendu visite.

Il la scruta de son regard sombre, notant chaque petit détail, y compris l'éraflure sur son front. Puis il se tourna vers les adeptes de magie noire, qui tentaient de reculer.

— Désolé, je ne vais pas pouvoir vous laisser partir, dit-il.

Il leva la main et des flammes apparurent au bout de ses doigts, comme s'il tenait un lance-flammes, et encerclèrent les magiciens. On aurait dit un ruban de feu, n'eût été la tête de dragon qui rampait au sol en crachant sur les prisonniers. Ce n'était pas du tout étrange, non.

Imperturbable, Knox s'approcha lentement des magiciens. Il avait l'air tellement calme qu'il en était effrayant.

— Pourquoi avez-vous attaqué mon *alter ego* ? demande-t-il d'une voix posée mais menaçante.

— J'ignorais qu'elle était votre *alter ego*, affirma le blond en déglutissant bruyamment.

— J'ai peine à le croire. Mon *alter ego* a une grande valeur pour un adepte de magie noire. Mais il faut être idiot ou suicidaire pour s'en prendre à elle. Dans laquelle de ces deux catégories vous situez-vous ?

Knox parlait comme s'il était simplement curieux, mais Harper savait pertinemment qu'il les titillait, comme un prédateur avec sa proie.

— C'est vrai, jura le blond. On ne savait pas ce qu'elle représentait pour vous. Quelqu'un la cherche mais on ne sait pas pourquoi. On l'a fait pour l'argent, on nous avait promis une jolie somme.

— De qui s'agit-il ?

— On ne peut pas vous le dire.

— Ah… laissez-moi deviner ! dit Knox en mettant les mains dans les poches, l'air parfaitement décontracté. Vous êtes assujettis à un sortilège de compulsion.

Les deux magiciens acquiescèrent de la tête tandis que le dragon leur crachait du feu.

— Je vais vérifier par moi-même.

Le blond se mit alors à gémir comme s'il souffrait terriblement, et il serait tombé si son collègue ne l'avait pas soutenu. Il se calma quand Knox ressortit de sa tête. Ce fut ensuite au tour du second magicien de geindre avant de s'écrouler une fois la vérification terminée.

— Vous ne m'avez pas menti, c'est bien, déclara Knox en hochant la tête. Mais bon, il y a autre chose que vous n'aviez pas l'intention de me dire. Vous ne saviez pas que Harper était mon *alter ego*, c'est vrai, mais vous le soupçonniez. (Le blond se mit à secouer énergiquement la tête.) Oui, oui, c'est vrai. Vous aviez entendu les rumeurs et quand vous l'avez vue avec ma sentinelle vous vous êtes demandé si c'était vrai. Et ça vous a d'autant plus motivés.

— Non, on…, commença le blond en secouant la tête de nouveau.

— Vous pensiez que le fait de diminuer les pouvoirs de mon *alter ego* réduirait les miens. Vous aviez donc décidé de la garder plutôt que de la remettre aux commanditaires de ce kidnapping. Vous vouliez la soumettre à des sortilèges sexuels. Vous en auriez fait un sacrifice sexuel.

Des malades, ouais. La démone intérieure de Harper avait hâte d'assister au trépas de ces deux connards aux mains de Knox.

— Vous avez perdu un peu de votre motivation quand elle a commencé à se défendre. (Le blond ouvrit la bouche pour prendre la parole, mais Knox le fusilla du regard.) Je n'accepte pas vos excuses. Vous n'êtes rien pour moi.

— On peut vous montrer où on était censés la conduire, cela vous aiderait à découvrir qui nous a embauchés ! Vous pouvez nous utiliser !

— J'ai exploré vos cerveaux, je sais déjà où vous deviez l'emmener. Je n'ai aucun intérêt à m'y rendre maintenant. Vous étiez tous les deux suivis grâce à un dispositif psychique qu'on vous avait implanté.

— Qu'est-ce que cela veut dire ? demanda le blond en échangeant un regard perplexe avec son collègue.

— Que quelqu'un est au courant de toutes vos pensées, de tous vos faits et gestes, leur expliqua Knox. Le commanditaire sait que vous avez échoué dans votre mission. J'ai détruit le dispositif alors il ne connaîtra pas la suite des événements. Je préfère le laisser deviner.

— Attendez, on…, commença le kidnappeur avant de s'interrompre en voyant les yeux de Knox virer au noir.

Son démon avait émergé et leur adressait un regard assassin. Harper sentit l'air ambiant se refroidir.

— Harper est mienne, déclara le démon dans un rictus effroyable. Vous lui avez fait du mal. Vous allez mourir.

Il avait parlé comme s'il énonçait une équation mathématique.

— Cela ne te fait rien de savoir qu'il va nous buter ? demanda le blond à Harper.

— Si, cela m'a affectée pendant exactement deux secondes, expliqua-t-elle, l'air sérieuse. C'était avant de me rappeler que vous étiez deux vrais connards, que vous aviez assommé Tanner et que vous aviez l'intention de me violer.

— Ils vont mourir, déclara le démon de Knox d'une voix entièrement dépourvue d'émotion.

Une sorte de bourdonnement se fit alors entendre, comme si un mécanisme se chargeait et acquérait encore plus de pouvoir. Le sol trembla légèrement, la voiture fut secouée et la poussière vola. Harper sentit un frisson lui parcourir l'échine et tous ses poils se hérissèrent.

Un immense pouvoir se répandit, et elle le sentit effleurer sa peau comme une caresse. Il lui glissa entre les doigts, lui frôla le visage, lui brûla les yeux et la fit claquer des dents. Puis elle entendit un grondement, sa poitrine se comprima et elle suffoqua. Ce pouvoir était tellement phénoménal que rien ni personne n'aurait dû pouvoir le manipuler.

Des flammes apparurent alors au pied des magiciens et les enveloppèrent. Ils poussèrent de longs hurlements d'effroi. Les flammes étaient magnifiques, mélange d'or, de noir et de rouge, et s'élevaient à au moins trois mètres de hauteur. Elles dégageaient une telle chaleur que Harper en fut incommodée. Elle sut, instinctivement, qu'il s'agissait des flammes des enfers.

Elles ne brûlèrent pas simplement les adeptes de magie noire, elles les consumèrent littéralement, ne laissant d'eux qu'un petit tas de cendres. Harper venait de découvrir que Knox avait le pouvoir de les contrôler, de les faire apparaître. Il constituait une véritable menace pour tous les démons mais aussi pour tout ce qui existait sur la planète. Eh ben, dis donc…

Le bourdonnement diminua et disparut entièrement à mesure que le pouvoir s'atténuait, semblant retourner à son point d'origine. Harper put recommencer à respirer librement. Knox tendit le bras et le dragon de feu disparut dans la paume de sa main. Il serra alors le poing et un petit nuage de fumée s'en échappa.

Il se tourna vers Harper, qui constata que le démon de Knox avait toujours le contrôle. Il s'approcha d'elle en la dévisageant. Le chien des enfers s'éloigna comme s'il n'osait pas s'interposer. Harper rangea son stylet, ne voulant pas sembler menaçante.

— Tu connais la vérité maintenant, lui lança le démon en la scrutant de près.

— Je ne dirai rien.

— Tu as peur de moi.

Ouais, mais bon. Ce n'était pas qu'elle craignait Knox et son démon, mais plutôt leur pouvoir et ce qu'ils pouvaient en faire.

— Tu ne me ferais pas de mal.

Cette réponse sembla satisfaire le démon et il posa le bout de ses doigts sur l'éraflure que Harper avait au front. Comment un être aussi dangereux, aussi cruel, pouvait-il également manifester autant de douceur ?

— Ils t'ont blessée.

— Ce n'est rien, ça ne se verra plus dans une heure, répondit-elle en haussant les épaules.

Satisfait de cette réponse, le démon se retira et Knox reprit le contrôle. Il passa une main sur la nuque de la jeune femme et l'attira à lui. Il la serra contre lui et elle sentit combien il était tendu. Elle avait l'impression qu'il s'attendait à un mouvement de recul de sa part. Elle se laissa donc aller contre lui.

— Je suis fier de toi, de voir que tu t'es si bien défendue.

— Heureusement, parce que j'ai été dans le cirage pendant un bon moment, dit Tanner.

Harper se retourna alors et aperçut la sentinelle, qui avait repris sa forme humaine. Il remontait la fermeture Éclair de son jean. Il gardait sans doute des vêtements de rechange dans la voiture pour le cas où son démon émergerait.

— Tu aurais fait le nécessaire si Knox n'était pas apparu pour te voler la vedette.

Harper ne put s'empêcher d'admirer la manière dont Tanner remit la Bentley d'aplomb, sans aucun mal.

— Elle est un peu abîmée mais elle peut rouler sans souci, déclara-t-il.

Tanner avait sans doute raison, toutes les vitres étaient intactes.

— Est-ce qu'elle est protégée par des sortilèges ? demanda-t-elle à Knox.

— Oui, répondit-il. Tu as mal, ajouta-t-il en fronçant les sourcils. (Elle se demanda comment il le savait.) Où ça ? s'enquit-il.

— J'ai juste un peu mal à la tête, reconnut-elle.

Bon, d'accord, elle minimisait un peu la douleur. C'était comme si on lui plantait un couteau dans l'œil tout en lui donnant des coups de marteau sur la tête. Elle avait tellement mal qu'elle en avait la nausée.

— Ils ont essayé de m'assener un coup comme à Tanner, mais j'ai résisté.

— C'est grâce au lien psychique qu'on a noué. Il t'a renforcée.

— Au fait, je trouve que c'est très classe, vraiment très, très classe, que tu puisses te télétransporter par le feu, ne put-elle s'empêcher de lui dire en souriant.

— Je suis content de le savoir parce que c'est comme cela qu'on va rentrer.

Euh… quoi ?

— Tanner, tu peux venir avec nous ou attendre Larkin et Keenan, comme tu veux. Je leur ai parlé, ils arrivent.

Harper supposa qu'il les avait contactés par télépathie.

— Je vais rester ici et les aider à faire le ménage, répondit-il.

— Prête ? demanda Knox en étreignant solidement Harper.

Euh… non. La télétransportation était très classe en théorie, mais elle n'avait pas oublié les grandes flammes qu'elle avait vues et n'avait pas spécialement envie d'essayer ce mode de transport.

— Les flammes vont te recouvrir, mais c'est juste du feu normal et cela ne te fera aucun mal, la rassura Knox. Fais-moi confiance.

Ils furent alors subitement entourés de très grandes flammes et ce fut une des expériences les plus étranges qu'avait vécue Harper. La chaleur fut intolérable pendant une milliseconde quand les flammes l'encerclèrent et lui léchèrent entièrement le corps. Puis elles s'écartèrent, la chaleur disparut, et ils se retrouvèrent dans le salon de Knox.

— Eh ben, dis donc !

Harper entendit fuser un rire grave, se retourna et vit Levi affalé sur le canapé.

— J'ai eu la même réaction la première fois qu'il m'a télétransporté comme cela. Ça va ? demanda-t-il, l'air préoccupé.

— J'ai déjà été en meilleure forme, répondit-elle, fatiguée, en se laissant tomber sur le canapé. Je suis épuisée.

— Tu as dépensé beaucoup d'énergie pour demeurer consciente après que le magicien t'a assené ce coup psychique, expliqua Knox. C'est normal que tu sois fatiguée.

Elle se sentait très léthargique, comme si elle avait pris un sédatif, la conséquence normale d'un trop grand recours à ses forces psychiques. Elle avait juste envie de se rouler en boule et de dormir mais une vilaine migraine l'en empêchait. Ses traits durent trahir sa souffrance parce que Knox s'assit à côté d'elle et lui massa les tempes et le cuir chevelu du bout des doigts. C'était si agréable qu'elle se sentit fondre littéralement dans le cuir bien moelleux du canapé.

— J'aurais aimé tuer ces magiciens à la gomme moi-même.

— Des magiciens à la gomme ? s'étonna Levi.

— Des adeptes de magie noire, expliqua Knox.

Il narra alors les événements de la journée et Levi l'écouta attentivement. Constatant que Harper s'était endormie, Knox passa une dernière fois la main dans sa chevelure soyeuse et goûta profondément cette sensation si agréable sur ses doigts.

Quand il avait reçu son appel au secours, il avait presque pété un câble. C'était terriblement dangereux pour quelqu'un comme lui de perdre le contrôle de son démon et de son pouvoir. Knox savait au-delà de tout doute que, si Harper était morte ce soir-là, son démon aurait émergé et donné libre cours à sa colère et le monde entier en aurait souffert. Il ne se préoccupait que de sa survie et de son plaisir. Harper lui appartenait et c'était inadmissible pour lui qu'on cherche à la lui enlever.

Knox l'avait laissé émerger dans la ruelle. C'était à lui et à lui seul que revenait la responsabilité de punir les adeptes de magie noire. Il ne se serait jamais calmé autrement. Et sa colère s'était rapidement estompée. Elle était toujours froide mais ne durait jamais longtemps.

— Plus je réfléchis à cette histoire, plus j'en conclus que c'est une seule et même personne qui la cherche, lança Levi. Ces adeptes de magie noire ont sans aucun doute été envoyés par le même commanditaire que Silas.

— Tu penses que ça vient d'Isla, conclut Knox.

— En effet, je pense que ça vient d'elle, confirma Levi. Elle a plus de raisons de s'en prendre à Harper que qui que ce soit d'autre. Harper prend la place qui lui revient de droit, c'est comme cela qu'elle voit les choses.

— Elle ne connaissait même pas l'existence de Harper avant la conférence de Manhattan, indiqua Knox. Et Silas s'est rendu à son studio bien avant.

— Pourquoi penses-tu qu'elle n'était pas au courant avant la conférence ? Elle a eu l'air choquée, mais Isla a toujours été une excellente comédienne. La nouvelle de ta relation avec Harper s'est ébruitée assez rapidement. C'est tout à fait possible qu'elle ait été au courant. Peut-être l'a-t-elle crue, ou peut-être pas, mais, ça, on ne le saura jamais. Silas a été envoyé pour voir comment tu allais réagir, on l'a bien compris. Et si ce mystérieux commanditaire désirait simplement vérifier l'exactitude de la rumeur ? Je pense qu'Isla en a entendu parler et a envoyé Silas pour tester ta réaction, conclut Levi en se calant sur le canapé. Kendra et Carla sont les seuls autres ennemis de Harper.

— Les magiciens ont bien dit que quelqu'un désirait se débarrasser de Harper. Pourquoi sa mère souhaiterait-elle cela ?

— Elle s'est bien débarrassée d'elle une fois auparavant, lui rappela Levi.

— Ce n'est pas la même chose d'abandonner sa fille que de la tuer.

— Arrête de les voir comme une mère et sa fille. Pour autant que je sache, Carla n'a jamais rien fait d'autre pour sa fille que de la mettre au monde. Elle n'en voulait pas, elle s'en est débarrassée, et n'est jamais revenue sur le passé. Oui, il y a beaucoup de parents qui abandonnent leurs enfants pour une raison ou une autre. Mais Carla a agi froidement. Elle n'a jamais eu de relation avec Harper même si elles ne vivaient pas très loin l'une de l'autre ces dernières années. Harper n'a-t-elle pas raconté que Carla lui a tourné le dos chaque fois qu'elles se sont croisées ?

Plus Knox y réfléchissait, plus la théorie de Levi lui paraissait plausible.

— Carla a abandonné le bébé qu'elle considérait comme une erreur et s'est créé une nouvelle vie. Elle a préféré faire comme si Harper n'avait jamais existé, ce qui lui a permis d'oublier quelle idiote elle avait été de penser qu'elle réussirait à piéger Lucian, supposa-t-il. Mais elle ne peut plus faire semblant que Harper n'existe pas. Sa fille a acquis une certaine célébrité parmi les nôtres.

— Oui. Les gens sont curieux, ils veulent en savoir plus sur elle. Carla craint peut-être qu'on finisse par découvrir qu'elle est la mère de Harper. Exception faite de Kendra et de Carla, les membres de notre clan se sentent très protecteurs à l'endroit de Harper parce qu'elle est ton *alter ego*. Ils en ont beaucoup voulu à Kendra pour ce qu'elle a fait. Imagine comment ils agiraient avec Carla s'ils découvraient qu'elle est sa mère et qu'elle l'a abandonnée. Je ne pense pas que son compagnon et ses fils soient au courant pour Harper. Bray adore les enfants. Il en a déjà deux d'une précédente union et il est une présence constante et stable dans leur vie.

— Je ne pense pas que ce soit Carla qui cherche à buter Harper. Je trouve c'est un peu trop tiré par les cheveux. Ce n'est pas comme si Harper désirait se rapprocher de sa mère après tout, n'est-ce pas ?

— Peu importe. Le monde que Carla s'est construit patiemment risque de s'écrouler d'un coup si les gens découvrent la vérité. Bray comprendra sans doute et lui pardonnera ses erreurs de jeunesse. Carla pourrait très bien croire que c'est plus facile pour elle de se débarrasser de la menace que présente Harper que de courir le risque de tout perdre. Elle a froidement abandonné sa fille. Pourquoi ne lui ôterait-elle pas tout aussi froidement la vie ? Il y a des gens qui n'ont pas du tout de cœur.

Knox le savait bien.

— Le jour où Carla est venue me voir au bureau, elle s'est présentée comme une femme qui avait commis une erreur, qui regrettait, et ne demandait pas mieux que de la réparer. Il se peut cependant qu'elle veuille s'assurer qu'on ne la voit surtout pas comme une personne capable de faire du tort à Harper de manière que personne ne la soupçonne.

— Oui, et c'est pour cela qu'il faut la surveiller de près.

— Tu peux confier la tâche à nos forces de défense.

— Quant à l'autre ennemi de Harper..., soupira Levi, je doute que Kendra se soit donné tout ce mal avec des adeptes de magie noire et des sortilèges de compulsion. Elle est beaucoup trop paresseuse.

— Elle envie beaucoup Harper, et pas seulement parce qu'elle est mon *alter ego*.

— Tu ne m'as pas tout dit ? s'enquit Levi.

— Il se peut que Kendra et Harper soient sœurs, chuchota Knox en jetant un œil vers son *alter ego* endormi sur le canapé.

— C'est une blague ? lança Levi, abasourdi, lui qui était habituellement plutôt imperturbable.

— Tu sais, je vérifie toujours les antécédents des démons qui souhaitent intégrer mon clan. Quand Kendra a soumis sa demande il y a deux ans, j'ai fait faire une enquête sur elle. Elle vient d'une famille très bien de l'Alabama. Elle s'est vite débarrassée de son accent de là-bas. J'ai découvert l'existence d'un scandale quelques années plus tôt. Sa mère, Béatrice, est tombée enceinte d'un démon qui l'a quittée pour une fille beaucoup plus jeune, un sphinx. Ce sphinx n'est autre que Carla. Cela expliquerait l'aversion que Kendra a éprouvée pour Carla dès leur première rencontre.

— Comment peux-tu être sûr que Lucian est le père de Kendra ?

— Je n'en étais pas sûr, justement. Je n'avais pas demandé à Tanner de pousser les recherches aussi loin. Néanmoins, quand j'ai découvert que Lucian était le père de Harper, je lui ai demandé de vérifier et il m'a confirmé qu'il était effectivement le père de Kendra. (Knox cessa de parler le temps que Levi lance une volée de jurons.) Si Kendra apprend que Carla a séduit son père pour l'éloigner de sa mère… Elle sait qui est son père, un père absent, soit dit en passant. Par contre, elle sait aussi que Lucian a élevé Harper, son autre fille, la seule personne à qui il semble attaché. Ça doit être bien difficile à avaler pour elle.

Malheureusement, Kendra faisait partie de l'espèce de démons connue sous le nom de « cauchemar ». Aussi, si Knox explorait son esprit, il n'y trouverait que son pire cauchemar.

— Tu pourrais toujours fouiller dans l'esprit de Carla, par contre. Les membres du clan t'en voudraient si tu explorais leurs cerveaux sans raison. Ils ne te feraient plus confiance et tu risquerais de perdre leur loyauté. Mais il s'agit ici d'un cas de force majeure. Ils comprendront si tu leur expliques de quoi il retourne.

— Cela n'aurait aucun intérêt, déclara Knox en entortillant une mèche des cheveux de Harper autour de son doigt. J'ai effleuré l'esprit de Carla quand elle est venue me voir à mon bureau. Il semble que Harper a hérité des boucliers inhabituels de sa mère.

— Des boucliers inhabituels ?

— Oui. Ils sont ornés de l'équivalent psychique de barbelés. Personne ne peut les pénétrer sans risquer de graves dommages à sa propre psyché.

— Alors je suppose, dit Levi en esquissant une grimace, qu'il faudra bien surveiller et Kendra et Carla. As-tu dit à Harper qu'elles sont demi-sœurs ?

— Pas encore.

— Pourquoi pas ?

— Parce que je connais Harper. Peut-être même mieux qu'elle ne se connaît elle-même. Il y avait déjà pas mal de raisons dans sa jolie petite tête pour éviter de nouer le lien psychique des *alter ego* avec moi. Je ne voulais pas lui en donner une de plus. Peut-être que cela ne l'aurait pas gênée de savoir que son *alter ego* avait eu une très brève aventure avec une demi-sœur dont elle ignorait l'existence. Or les *alter ego* ont tendance à être très possessifs et c'est notre cas. Il y avait donc un risque que cela la perturbe. De toute manière, elle aurait profité de cette nouvelle raison de ne pas accepter de nouer le lien psychique avec moi.

— Et tu ne voulais pas lui donner non plus une raison de refuser de coucher avec toi de peur que cela lui semble trop bizarre, ajouta Levi, qui avait tout compris.

— Exactement.

— Quand avais-tu l'intention de le lui dire ? s'enquit Levi d'une voix un peu plus dure.

Knox comprit d'après son ton de voix qui lui fit arquer un sourcil que l'Ankou s'attendait à ce qu'il le fasse et serait très agacé qu'il garde le silence.

— Je l'aime bien, ajouta Levi. Je ne veux pas qu'elle soit contrariée.

Knox partageait tout à fait son point de vue.

— Je vais le lui dire demain. J'espère qu'elle ne me fera pas payer mon silence trop cher.

— Elle te le fera payer, tu peux en être sûr, sourit Levi.

Il avait sans doute raison.

— Il vaut mieux que j'aille la mettre au lit, soupira Knox en voyant Harper tressaillir dans son sommeil. Je ne voudrais pas qu'elle tombe du canapé.

Elle ne réagit pas quand il la souleva dans ses bras et l'étreignit contre son torse. Par contre, sa bouche esquissa une si jolie petite moue qu'il eut envie de lui dévorer les lèvres. Il avait décidé qu'il lui accorderait quatre heures pour récupérer mais qu'ensuite il la prendrait comme il en avait eu envie tout au long des quatre derniers jours. Il était devenu sérieusement accro à ce petit corps affriolant et il avait l'intention d'en profiter pleinement.

Chapitre 9

— *Réveille-toi, Harper.*

Harper sursauta, ouvrit les yeux et perçut en même temps une douce caresse. Elle se demanda si elle avait été tirée du sommeil par cet appel télépathique ou bien par cette langue talentueuse qui s'était insérée entre les replis de son intimité et léchait sa zone sensible. Elle poussa un gémissement de plaisir et fut vite récompensée par un grognement d'approbation poussé par l'homme qui l'aguichait ainsi.

— J'ai rêvé de ton corps et de ta saveur pendant ces quatre derniers jours.

Son haleine chaude la titillait tandis qu'il lui parlait de sa voix basse et rauque. Puis il la caressa de nouveau du bout de la langue avant de la mordiller. Elle s'arqua mais il la maintint en place des deux mains, qu'il avait posées sur ses hanches.

— Ne bouge pas, lui ordonna-t-il.

— C'est dur quand tu…, commença-t-elle avant d'être brutalement interrompue par des doigts psychiques qui lui pincèrent les tétons. Merde ! s'exclama-t-elle.

Tout comme la dernière fois, ces doigts la brûlèrent et l'excitèrent, lui procurant des sensations très agréables. Ils lui taquinèrent les tétons, les manipulèrent, les triturèrent et les caressèrent pendant que Knox léchait et savourait son intimité comme s'il s'agissait d'un mets exquis. Puis il inséra un doigt en elle, le fit glisser lentement et délibérément, et les muscles de Harper se resserrèrent et se contractèrent involontairement.

— Knox, je n'en peux plus, je vais jouir, dit-elle, incapable de résister plus longtemps à cette surexcitation sexuelle.

— Je te l'interdis.

— Alors prends-moi vite.

Elle ne put s'empêcher de tressaillir quand les doigts psychiques lui pincèrent de nouveau les tétons tandis que Knox soufflait sur sa zone sensible.

— Putain ! éructa-t-elle.

Knox rit, se souleva au-dessus d'elle et plaqua ses lèvres sur un de ses tétons, tout dur et frissonnant.

— Merde ! lança-t-elle.

Son état s'aggrava encore quand deux doigts psychiques glacials s'insérèrent en elle et lui procurèrent une sensation de brûlure qui la fit tressaillir.

Knox suça fermement son téton et la regarda trembler d'excitation. Elle se tortillait, s'arquait et plaquait son corps surexcité contre le sien. Elle était tellement sensuelle et réactive. Et elle était sienne. Il lui mordilla le sein, persuadé d'y laisser une marque. Elle leva subitement la tête et ses yeux virèrent d'un bleu marine très doux à un bleu électrique.

— Arrête de me titiller !

— Mais j'aime ça.

— Si tu veux que je te laisse me baiser de nouveau, tu as intérêt à me prendre sans tarder.

Le démon intérieur de Knox émergea alors et Harper s'immobilisa immédiatement. Elle avait du mal à déchiffrer ses émotions mais il avait l'air très en colère.

— Euh…, hésita-t-elle.

— Tu es mienne, lui dit-il en posant la main sur son intimité. Et je te baiserai quand je voudrai.

Puis elle ressentit des picotements familiers sous la main du démon et une chaleur qu'elle reconnaissait. Elle comprit ce qu'il se passait.

— Non, dit-elle en secouant la tête, pas là.

La peau sous la main du démon la brûlait mais ce n'était pas douloureux, plutôt agréable même. Elle s'arqua, au bord de l'explosion.

— Jouis, jouis pour moi, lui dit le démon tandis que les doigts psychiques la titillaient violemment.

Elle explosa alors dans un long cri qu'elle ne put retenir. Les doigts psychiques disparurent et le démon se retira.

— Il l'a refait, dit Harper.

Elle tressaillit quand Knox se colla contre sa peau fraîchement tatouée, se sentant parcourue d'une onde de plaisir.

— Je sais, répondit Knox en se léchant les lèvres tandis qu'il enfilait le préservatif qu'il avait laissé sur la table de chevet. Tu as même meilleur goût que ce que je me rappelais. Je vais voir maintenant si je me sens également mieux en toi que dans mon souvenir.

Puis il la retourna sur le ventre, la remonta sur les genoux et s'enfouit brusquement en elle. Elle était encore toute gonflée de plaisir mais il persévéra et la pénétra profondément. Les mâchoires serrées, il poussa un grognement en sentant son intimité se resserrer sur lui.

— Oui, dit-il, c'est encore mieux qu'avant.

— Merde, merde, merde ! éructa-t-elle.

Elle était si sensible que le sexe de Knox lui faisait presque mal. Mais même si elle avait voulu s'éloigner elle aurait été incapable de le faire. Il la retenait fermement par les hanches et lui assenait de grands coups de boutoir d'une violence inouïe. Il maintint un rythme sauvage, infernal, et Harper ne put que se cramponner aux draps durant cette manifestation de domination virile.

Les doigts psychiques revinrent à la charge et elle en sanglota presque.

— Knox, non, s'il te plaît, je n'en peux plus.

Elle était surexcitée, elle sentait des picotements sur ses tétons et la peau la brûlait à l'endroit du nouveau tatouage. C'était trop avec Knox qui titillait sa zone sensible.

— Tu vas le supporter parce que je te le demande et que tu veux me faire plaisir.

Elle était étroite, serrée autour de son sexe qu'il enfouissait sauvagement en elle à grands coups de reins, ce dont il avait rêvé, ce qu'il désirait ardemment de toutes ses forces depuis quatre longs jours. Il devait reconnaître qu'il était aussi obsédé par Harper que son démon.

— Je vais jouir, je n'en peux plus, geignit-elle quand il caressa encore une fois sa zone sensible.

— Lutte.

— Je ne peux pas, je n'en peux plus, je ne me contrôle plus.

— Attends, insista-t-il même s'il sentait bien son intimité se resserrer, se contracter sur son membre.

Il passa alors la main dans sa chevelure, l'attira contre lui et plaqua ses lèvres sur sa bouche, étouffant une longue plainte tandis qu'elle luttait contre son explosion imminente.

— Très bien, la félicita-t-il. Allez, jouis maintenant, dit-il en posant la main sur son intimité et en la massant légèrement.

Elle ne jouit pas, elle explosa littéralement en hurlant et en se contractant sur le sexe de Knox, qui s'engouffra en elle et répandit toute sa semence. Quand il se retira, elle s'affala sur le ventre. Elle s'était sentie reposée en se réveillant de sa courte sieste mais, là, toutes ses forces l'avaient quittée.

— Je ne pourrai plus jamais bouger, je pense, dit-elle.

— Je vais m'occuper de toi alors, dit-il en la retournant tendrement sur le dos et en l'embrassant délicatement sur la bouche.

Elle devina rapidement son intention en le voyant glisser le long de son corps. Elle se couvrit alors les yeux du bras en gémissant.

— Je refuse de regarder.

— Ça me plaît bien, gloussa alors Knox.

Son entrejambe s'ornait d'un entrelacs de tourbillons noirs décorés d'épines, bien entendu. Il traça le tatouage du bout de la langue et ne put retenir un sourire quand elle s'arqua.

— Bon, d'accord, je vais regarder, dit-elle, sa curiosité l'emportant. (Puis elle se redressa en s'appuyant sur les coudes pour examiner son nouveau tatouage.) Ton démon ne fait pas dans la demi-mesure, n'est-ce pas ? Ce n'est pas drôle.

— Je ne ris pas.

— Tu te retiens, dit-elle en voyant bien la lueur amusée qui brillait dans son regard.

— Qu'en pense ta démone ? demanda-t-il en caressant la peau douce de sa cuisse.

— Elle se moque des tatouages, c'est ta suffisance qui lui déplaît.

— Ce tatouage me plaît, je n'y peux rien.

— Tu te rends compte que je ne pourrai plus jamais aller me faire épiler ? Ce n'est pas drôle.

Ils allèrent ensuite se doucher et Knox en profita pour la prendre adossée à la cloison avec ses magnifiques jambes fuselées autour de sa taille. Puis ils dînèrent.

— J'ai quelque chose à te dire, avoua Knox à la fin du repas en se carrant dans son siège.

L'heure de la vérité était venue.

— Quoi ? demanda-t-elle en s'immobilisant subitement alors qu'elle allait porter son verre de vin à sa bouche.

— Il se peut que Kendra soit ta demi-sœur, dit-il alors, se préparant à essuyer la colère de Harper.

— Ah ça ? Je le savais déjà, expliqua-t-elle en clignant des yeux.

— C'est vrai ? s'enquit-il, surpris pour la énième fois par son *alter ego*.

— Je n'en étais pas absolument sûre. Elle n'a pas du tout l'air d'une Wallis, dit Harper en sirotant son vin. Si tu crois que je suis la seule enfant conçue et abandonnée par Lucian, tu te trompes. Il en a semé partout. Si Carla ne m'avait pas remise à Jolene, qui l'a obligé à s'occuper de moi, il ne l'aurait pas fait.

Knox avait hâte de rencontrer Lucian Wallis. Il avait bien l'intention de dire sa façon de penser à ce connard d'égoïste.

— Je ne connais pas tous ses autres enfants hypothétiques, mais j'étais au courant pour Kendra, expliqua-t-elle en reposant son verre sur la table. J'ai souvent entendu des membres de ma famille raconter que, même si Lucian avait quitté Carla pour une autre démone après l'avoir mise enceinte, ils n'avaient jamais éprouvé de compassion à son égard, considérant que c'était bien fait pour elle, vu qu'elle l'avait séduit alors que Béatrice était enceinte de Kendra.

— Donc tu sais que Kendra est ta demi-sœur depuis votre première rencontre ?

— Non, je n'avais pas fait le lien, dit Harper en croisant les jambes sous la table. Honnêtement, je n'y ai pas beaucoup pensé au fil des ans. C'est Jolene qui a tout compris. Quand je l'ai appelée pour lui dire que j'avais noué le lien des *alter ego* avec toi, je lui ai narré ma petite rencontre avec Kendra dans les toilettes. Elle m'a demandé de la décrire et puis elle m'a dit qu'il était possible que ce soit la fille de Béatrice.

— Tu ne m'en avais pas parlé.

— Toi non plus.

Elle avait raison, il devait le reconnaître.

— Je pensais que tu risquais de trouver cela étrange de…

— Mais oui, je comprends. J'ai trouvé cela un peu bizarre en effet pendant quelques instants de coucher avec un mec qui avait également baisé une fille qui pourrait s'avérer être ma demi-sœur. Et puis je me suis dit que cela n'avait aucune importance. Même s'il y a bien un lien de parenté entre Kendra et moi, ce n'est comme si on était de vraies sœurs. On ne se connaît pas et, crois-moi, elle me déteste. Je l'ai vu dans ses yeux.

— Si elle est vraiment ta demi-sœur, et c'est tout à fait probable, elle est sans doute excessivement jalouse de toi. Lucian t'a toujours reconnue publiquement comme sa fille, il t'a élevée comme il a pu et a gardé le contact avec toi. Kendra n'a rien eu de tout cela.

— Je comprends qu'elle puisse en souffrir, soupira Harper, peinée pour la jeune femme.

— Ne sois pas triste pour elle. Le fait qu'elle en veuille à Lucian n'excuse pas son comportement envers toi. On peut comprendre qu'elle cherche à attirer son attention mais, dans ce cas, c'est sur lui qu'elle devrait déverser sa colère, pas sur toi.

— Peut-être déteste-elle les elfes encore plus qu'elle n'en veut à Lucian. Je peux comprendre qu'elle lui en veuille, mais pas qu'elle m'envie par contre.

— Comment ça ?

— Carla a deux fils et je ne suis pas jalouse qu'elle les ait élevés mais pas moi.

— Vous êtes très différentes, toi et Kendra. Tu es incapable d'amertume.

Harper n'était pas spécialement agréable ou affable, elle était même parfois dure et agressive. Knox avait découvert cependant qu'elle était également généreuse, loyale et ouverte, capable d'un amour inconditionnel.

— Tu la soupçonnes d'avoir commandité cette attaque ? conclut Harper.

— C'est une possibilité que je ne suis pas prêt à écarter, déclara Knox en haussant les épaules. Regardons les faits bien en face : elle est jalouse de toi et elle t'en veut. C'est déjà beaucoup. Et puis elle est sans doute passablement agacée que tu aies réussi à la réduire en une pauvre loque larmoyante dans les toilettes. Donc, elle a beaucoup de raisons de chercher à te blesser.

— Tu as d'autres suspects sur ta liste ?

Knox devina à son expression qu'elle avait une bonne idée de qui d'autre il soupçonnait.

— On en a parlé avec Levi tout à l'heure et on a établi une liste de trois suspects potentiels : Kendra, Isla et Carla. (Une ombre voila les magnifiques yeux de Harper, qui avaient pris la couleur de prunes mûries au soleil.) Je suis désolé, ma chérie, c'est terrible de penser que ta propre mère peut avoir ourdi un tel complot contre toi. Je ne suis pas persuadé que ce soit elle la coupable, mais je refuse de prendre des risques avec ta vie. Je suis d'accord avec Levi, il pense que c'est une seule et même personne qui a embauché les magiciens et envoyé Silas pour me tester.

— Je comprends vos soupçons en ce qui concerne Kendra et Carla, mais Isla ? Qu'a-t-elle à voir là-dedans ? Silas est venu au studio avant qu'elle… (Harper s'interrompit en pensant à une possibilité qu'elle n'avait pas encore envisagée.) Levi et toi pensez qu'Isla était au courant des rumeurs sur mon compte avant la conférence de New York.

— Isla s'est toujours enorgueillie d'être bien informée. Et moi, j'ai proclamé haut et fort que j'avais trouvé mon *alter ego* et j'ai veillé à ce qu'on nous voit ensemble un peu partout à Las Vegas. La rumeur a très bien pu se propager dans la ville et elle peut en avoir eu vent.

— Elle a semblé être franchement étonnée cependant quand je me suis présentée comme ton *alter ego* à New York.

— Elle a peut-être été surprise parce qu'elle ne l'avait pas cru jusque-là.

— D'accord, mais si c'est elle qui m'a envoyé Silas il lui aurait fait un rapport. Tu lui as dit de manière très explicite que je suis ton *alter ego*. Est-il possible qu'elle ne l'accepte pas ?

— Isla et moi, on se connaît depuis très, très longtemps. Elle a toujours cru que j'étais son *alter ego*. Elle a toujours pensé que je finirais par l'accepter un jour et qu'on nouerait ensemble un lien psychique. Elle en est tellement intimement persuadée qu'il faudrait un gros truc pour ébranler sa foi, D'autant plus qu'elle se considère comme un être supérieur, la seule à détenir la vérité.

— Tu as sans doute raison. Devon m'a dit que quelqu'un faisait circuler la rumeur que je n'étais pas vraiment ton *alter ego* mais juste la petite pouffiasse que tu te tapes en ce moment et qui prétend être ton *alter ego* pour se protéger. Elle préfère cette version de la vérité.

— Souviens-toi de ce qu'elle t'a dit en partant : « Tu ne peux pas changer la vérité, Knox, que tu l'acceptes ou non. »

— Tu pourrais lui dire la même chose ! s'exclama Harper.

— Je préférerais que ce ne soit pas Isla parce qu'elle est très dangereuse, mais ce serait bien dur pour toi aussi d'apprendre que ta propre mère ou ta demi-sœur est responsable de tout ça. (Sa famille l'avait déjà assez déçue.) Je doute que ce soit Carla.

— Ne t'inquiète pas, tu n'as pas besoin de me rassurer. Les parents sont des gens ordinaires, il y en a des bons et puis il y a des connards, c'est normal. Je le sais. Au fait, tu ne m'as jamais parlé des tiens.

— Non, c'est vrai, répondit Knox en essayant de ne pas se crisper.

Mais il avait parlé d'un ton de voix apte à dissuader Harper de lui poser d'autres questions sur ce sujet.

— Ce n'est vraiment pas très sympa de ta part, dit-elle en croisant les bras. Depuis notre première rencontre, tu n'arrêtes pas de me poser des questions sur ma famille, ma vie et mon passé. Je ne t'en ai pas posé autant parce que je n'avais pas l'intention de nouer le lien psychique avec toi alors je ne voyais pas l'utilité d'apprendre à mieux te connaître. Maintenant que c'est officiel que nous sommes des *alter ego*, ne penses-tu pas que ce serait plus juste que j'apprenne à te connaître aussi ?

— Mais tu me connais, dit-il en prenant son verre et en le faisant tourner délicatement.

— Je sais que tu es très dominant et que tu veux toujours tout contrôler tout le temps.

— Plusieurs des rumeurs me concernant sont vraies, tu sais, dit-il. Tu sais également que j'ai passé une bonne partie de mon enfance dans un orphelinat pour enfants marginaux.

— Et tes parents ? s'enquit-elle, curieuse.

— Ils sont morts. Il y a très, très longtemps.

— Pourquoi n'es-tu pas resté avec ton clan à leur mort ? demanda-t-elle en fronçant les sourcils.

— Je ne faisais pas partie d'un clan à l'époque.

Il était membre d'un groupe particulièrement maléfique.

Harper comprit que, si elle insistait et continuait à lui poser des questions sur son enfance, il se refermerait comme une huître, mais elle avait envie d'en savoir un peu plus.

— Que s'est-il passé quand tu as quitté l'orphelinat avec les sentinelles ? Avez-vous intégré un clan ?

— On se considérait plutôt comme des marginaux et on a donc préféré rester dans le monde des humains.

— Un monde que tu as pas mal conquis.

Knox but une gorgée de vin avant de répondre.

— On peut dire que j'ai assez bien réussi, je suppose.

— En étant impitoyable.

— Oui, reconnut-il en souriant.

Il avait réussi à force d'efforts et de détermination surtout, et Harper ne l'en respectait que plus.

— Et tout le pouvoir que tu as acquis par tes propres moyens a attiré d'autres démons qui se sont mis à graviter autour de toi.

— Exactement, acquiesça-t-il. Et en moins de temps qu'il ne faut pour le dire j'étais devenu Grand Maître d'un clan qui n'a pas cessé de croître au fil des ans.

Knox n'aimait manifestement pas beaucoup parler de lui-même. C'en était presque amusant.

— Détends-toi, lui dit Harper. J'ai fini. Pour le moment.

— Quelle ténacité ! dit-il en plissant les yeux, une lueur d'humour dans le regard.

— Merci, lança-t-elle.

— *Knox*, l'interrompit alors Keenan.

— *Oui ?*

— *J'ai des informations pour toi. Ça va t'intéresser. Appelle les autres, je serai là dans vingt minutes.*

— Tu as eu un échange télépathique à l'instant, non ? voulut savoir Harper. J'ai perçu l'écho d'une conversation à travers le lien qui nous unit, mais je n'ai pas distingué les paroles.

— C'est étrange, dit Knox en arquant un sourcil, encore une fois étonné par Harper. Keenan a découvert quelque chose et j'ai l'impression que cela ne va pas me plaire.

Quand Keenan parvint à la maison du Grand Maître, Larkin, Tanner et Levi étaient déjà arrivés et l'attendaient dans le séjour avec Knox et Harper.

— Dis-nous tout, ordonna Knox.

— Vous savez, tous les marginaux qui avaient disparu ? commença-t-il en se laissant tomber sur le canapé. Eh bien, ils ont été retrouvés.

— Retrouvés ? Vivants ? s'enquit Levi.

— Oui.

— Quand ? demanda Tanner en se penchant vers l'avant.

— Il y a quelques heures, répondit Keenan. Ils ont été retrouvés dans une sorte de grand hangar. Ils avaient été plongés dans un coma artificiel.

— Et ils se sont réveillés ? voulut savoir Larkin.

— Oui, mais ils ne se souviennent de rien, expliqua la sentinelle après avoir hoché la tête en signe d'assentiment. Ils se rappellent uniquement ce qu'ils étaient en train de faire au moment où ils ont été capturés, puis plus rien.

— Mais attends, intervint Harper. Qui les a trouvés ?

— Isla, répondit Keenan avec un sourire un peu cynique. Et comme tu peux l'imaginer, poursuivit-il en se tournant vers Knox, ils lui sont reconnaissants et ils se sentent même très redevables envers leur libératrice, la personne qui les a retrouvés.

— Si vous voulez mon avis, dit Larkin, elle les a elle-même fait enlever. Elle n'est pas bête. Elle sait très bien qu'aucun Grand Maître n'acceptera de perdre une partie de son pouvoir. Elle n'ignore pas non plus qu'elle a besoin du vote de tous les démons d'Amérique pour réaliser son rêve. Le fait d'avoir retrouvé les marginaux disparus lui en a bien fait gagner quelques-uns.

— Je suis d'accord, opina Levi. Isla a organisé toute cette mise en scène. Cela fait partie de son programme pour remporter la faveur de la communauté des démons.

— Quelles sont les réactions aux campagnes d'Isla, Malden et Dario jusqu'à maintenant ? voulut savoir Harper, qui soupçonnait que les sentinelles suivaient cette histoire de près.

— Les gens semblent passablement dubitatifs, répondit Tanner. Tout cela pourrait changer quand les trois Grands Maîtres exposeront leur programme ce week-end.

— Comment est-ce que ça se présente ? demanda Larkin à Knox.

— Malden parlera le premier, vendredi, répondit Knox en prenant place à côté de Harper. Puis Isla, samedi, et Dario, dimanche. Les discours des candidats seront diffusés en direct sur des écrans géants éparpillés ici et là dans la Cité souterraine.

— Quel genre de promesses vont-ils faire au public, à ton avis ? lança Harper à Knox.

— Elles seront toutes plus attrayantes les unes que les autres, c'est certain. Je doute cependant qu'ils aient l'intention de les tenir. Espérons que le public ne sera pas dupe.

Chapitre 10

Harper balaya le hall d'entrée du regard et constata que l'hôtel où allaient avoir lieu les discours des candidats au poste de Monarque était tout aussi chic et luxueux que les établissements appartenant à Knox sur le Strip de Las Vegas. Il y avait cependant une différence importante, et c'était que les démons n'avaient pas besoin de cacher leur vraie nature dans la Cité souterraine. Cela allait de petites choses, comme de ne pas être obligés de faire semblant d'avoir du mal à porter des valises lourdes, à de plus grandes, comme les portiers ou les vigiles qui pouvaient revêtir leur forme démoniaque, des chiens des enfers pour la plupart.

Pendant qu'elle attendait Jolene qui terminait les formalités d'inscription avec la réceptionniste à l'accueil, Harper aperçut Beck qui s'emplissait subrepticement les poches de menthes gratuites. Les elfes adoraient ces petites friandises. Elle croisa le regard de Tanner, son garde du corps attitré, qui lui adressa un sourire amusé, et elle leva les yeux au ciel.

En rentrant chez elle après le travail, Harper avait trouvé Jolene, Martina et Beck qui l'attendaient. Ils lui avaient dit qu'ils voulaient passer un peu de temps avec elle en famille avant le début des tractations politiques. En fait, ils souhaitaient surtout la mettre au courant de leurs découvertes à propos de Kendra. Pour tout dire, ils avaient fouillé dans sa vie et étaient en mesure de confirmer que Lucian était bien le père de cette dernière. Elle avait eu une enfance assez difficile entre sa mère alcoolique et son beau-père, un connard de la plus belle espèce. Elle se trompait cependant si elle pensait que la vie aurait été plus agréable avec Lucian.

Jolene s'était emportée en apprenant que sa petite-fille avait été attaquée par des adeptes de magie noire. Tout comme Knox, elle soupçonnait Isla d'être la commanditaire de ces actes malveillants contre Harper. Quand la jeune femme lui parla de ses soupçons concernant sa mère, elle s'attendait à ce que Jolene nie cette éventualité et qu'elle prenne sa défense en arguant que Carla n'était pas assez intelligente pour cela. Mais Jolene l'avait étonnée.

— Une femme qui rejette son bébé nouveau-né est capable de tout, affirma-t-elle.

— Oh mon Dieu ! s'extasia Martina en regardant le plan de l'hôtel, regardez tout ce qu'il y a ici : un spa, un centre de fitness, neuf piscines, dix-huit restaurants, un casino et même une galerie marchande !

— Je suis contente que cela te plaise, dit Harper à sa tante en souriant. J'espère que cela veut dire que tu n'y flanqueras pas le feu.

— C'est très impressionnant, convint Jolene. Où es-tu installée, toi ? demanda-t-elle à Harper.

— Pas très loin de Knox. Il a tout un étage réservé pour lui et ses sentinelles.

— Et il veut que tu sois près de lui pour mieux te protéger, dit Jolene en hochant la tête.

Elle n'était pas stupide, elle se doutait bien qu'il se passait des choses entre Harper et Knox. Ce n'était qu'une question de temps avant qu'elle aborde le sujet avec sa petite-fille.

Harper n'avait pas vu Knox depuis la veille au soir. Il devait assister à une réunion ce matin-là avec des collègues humains avant de s'occuper de l'organisation du week-end de discours.

— Voilà ! dit la réceptionniste en remettant plusieurs cartes magnétiques à Jolene avant d'adresser un sourire inquiet à Harper.

— Je vous prends vos valises ? leur proposa alors un portier.

— Non, merci, l'arrêta Beck d'un geste de la main. On va se débrouiller. On n'a pas besoin d'aide, expliqua-t-il à Harper en se dirigeant vers les ascenseurs, ses bagages à la main. On a des bras et on a le plan de l'hôtel. Pourquoi payer quelqu'un pour faire quelque chose qu'on peut très bien faire soi-même ? Ce serait de la pure paresse.

— Dis plutôt que tu n'aimes pas dépenser ton argent, le reprit Harper en gloussant. (Elle ne connaissait pas plus radin que Beck.) Tu peux monter ma valise dans ma chambre, dit-elle alors à Tanner. Mais je vais prendre ces deux sacs de courses, je vais m'habiller chez Jolene.

Elle tendit la main mais la sentinelle ne lui remit pas les sacs en question.

— *Knox t'attend*, lui rappela-t-il en entrant dans la cabine de l'ascenseur.

La jeune femme savait que Knox avait prévu de partager sa suite avec elle.

— *Et je vais le retrouver bientôt*, répondit-elle. *Mais là, j'ai envie de passer un peu de temps avec ma famille. Je la vois rarement.*

— *Je suis content de connaître au moins une personne qui ne cherche pas à satisfaire ses moindres désirs*, affirma Tanner en souriant.

— *Dis plutôt que ça t'amuse de le voir rougir de colère!*

Quand ils parvinrent à la suite qui avait été réservée pour les membres de sa famille, Keenan les attendait à la porte avec un grand sourire enjoué.

— Salut, sphinx! lança-t-il.

— Keenan va me remplacer le temps que j'aille me changer, expliqua Tanner en lui remettant ses sacs pendant que son collègue se présentait à la famille Wallis. Je reviens dans une heure. Soyez prêts.

Harper le salua avant de refermer la porte. Comme elle s'y était attendue, la suite de trois chambres était tout aussi magnifique et luxueuse que le reste de l'hôtel.

— Ça ressemble plus à un appartement qu'à une chambre d'hôtel, commenta Martina, excitée.

Et elle avait entièrement raison.

— Je doute qu'on aurait été aussi bien logés si on ne faisait pas partie de ta famille, ajouta Jolene.

— Je vois sur le planning, dit Beck qui consultait les documents que leur avait remis la réceptionniste, qu'il y a un dîner de gala qui commence dans une heure.

— Knox souhaite que tout le monde soit aussi détendu que possible avant d'écouter le premier candidat, expliqua Harper.

— Allons nous préparer alors, dit Jolene en souriant.

Un peu moins d'une heure plus tard, Harper pénétra dans le séjour de la suite et y trouva toute sa famille.

— Ne rigolez pas, grogna Beck, qui se débattait avec les boutons de sa chemise.

Il avait toujours l'air emprunté en costume, pour une raison qui échappait à Harper. Elle leva les mains en signe de paix.

— Ma chérie, tu es magnifique ! dit Martina à Harper en palpant le tissu de sa robe, une belle soie bleu cobalt et vert jade.

— Merci. C'est Raini qui l'a choisie. Tu es très bien aussi, dit-elle.

Sa tante était habillée en pin-up des années 1960. Elle portait une robe à pois rouge et blanche et un fichu assorti.

— On y va ? demanda Jolene, elle-même toujours aussi chic dans un tailleur du soir mauve.

— Si Tanner est là, oui, on peut y aller.

Comme convenu plus tôt, le chien des enfers les attendait à la porte de la suite, revêtu d'un beau costume gris foncé.

— Quelle élégance ! observa Harper en souriant.

Son garde du corps fit mine de lui adresser un regard noir avant de les guider vers l'ascenseur et le restaurant où avait lieu le dîner. Ils s'arrêtèrent à l'entrée, où la jeune femme consulta le plan de table. Elle fut ravie de découvrir qu'elle et sa famille partageraient la table de Knox, avec Raul et son *alter ego*.

— Quelques-uns des Grands Maîtres ont assisté à ton petit échange avec Isla à New York. Ils risquent de t'alpaguer pour te poser des questions, la prévint Tanner. Ne t'arrête pas, d'accord ?

Elle acquiesça d'un hochement de tête et emboîta le pas au garde du corps. Ils traversèrent la salle du restaurant. Quelques démons la saluèrent poliment et respectueusement, d'autres un peu plus froidement tandis que certains lui manifestèrent un tant soit peu de jalousie, surtout des filles. Un ou deux Grands Maîtres tentèrent d'entamer une conversation avec elle mais elle ne s'arrêta pas, comme le lui avait conseillé Tanner.

Parfaitement décorée, très élégante, comme toutes les autres d'ailleurs, leur table était juste devant l'estrade. Raul et son *alter ego* étaient déjà là et ils se levèrent en esquissant de grands sourires.

— On n'a pas encore été présentés, dit le Grand Maître. Je suis Raul et toi, tu es l'*alter ego* de Knox.

— Je m'appelle Harper, répondit-elle.

Puis Raul se présenta aux autres membres de la famille Wallis. Harper salua d'un signe de tête la magnifique démone au teint mat qui accompagnait Raul.

— Je m'appelle Tanya, se présenta-t-elle à Harper et sa famille en relevant le menton, telle une princesse saluant une foule de paysans, sans aucune malveillance mais persuadée d'être supérieure à pratiquement tout le monde.

Tanner mena Harper jusqu'à la table puis il alla se placer contre le mur, dans l'ombre, pour mieux la surveiller. Un serveur s'approcha rapidement et proposa du champagne aux convives, ce qui ravit Martina. Harper regarda tout autour d'elle et remarqua Larkin et Keenan, chacun d'un côté de la salle. Rien ne leur échapperait. Levi devait être avec Knox, qui brillait par son absence.

Il y avait aussi une caméra au fond du restaurant, face à l'estrade. Elle servirait à enregistrer les discours, mais aussi à les diffuser en direct au public, qui pourrait les suivre sur des écrans installés un peu partout dans la Cité souterraine. Il y en avait un dans le dôme ainsi que dans tous les bars, les casinos et les restaurants. Il serait également possible de suivre les allocutions à la télévision dans toutes les chambres d'hôtel.

Se sentant observée, Harper tourna la tête et vit qu'une démone la dévisageait avec mépris. C'était Isla, bien entendu. Elle était merveilleusement belle, mais d'une beauté glaciale.

— Elle n'a pas l'air très heureuse, observa Jolene après avoir suivi le regard de sa petite-fille. Tant mieux, ajouta-t-elle tout en sirotant son champagne.

La démone de Harper était bien d'accord. Elle estimait en effet que tout ce qui pouvait irriter la garce qui prétendait avoir des droits sur Knox était bienvenu.

— Je n'ai pas assisté à ton altercation avec Isla à New York, intervint Raul, qui avait sans doute remarqué le regard noir de cette dernière. C'était à quel sujet ?

— Rien de spécial, répondit Harper.

— Je suppose que j'aurais dû m'attendre à une réponse évasive de la part d'une elfe, dit-il en souriant.

— Quel bon dîner on va faire ! lança Martina en regardant la carte. Dommage de le gâcher avec ces histoires.

Le clan des Wallis n'était pas très porté sur la politique. Leurs membres formaient une grande famille et cela expliquait, de l'avis de Harper, qu'ils aient si peu de problèmes.

Harper sentit l'esprit de Knox caresser le sien juste avant de le voir apparaître par la porte la plus proche de l'estrade. Revêtu d'un costume noir classique de marque, il s'approcha d'elle avec sa grâce animale qui lui coupait chaque fois le souffle. Levi, qui lui emboîtait le pas, alla rejoindre Tanner.

Tous les participants présents se tournèrent vers Knox et le silence se fit dans la salle. Il s'arrêta près du pupitre au milieu de l'estrade.

— Cela fait plusieurs années, dit-il, que les clans vivent repliés sur eux-mêmes. Les démons des États-Unis n'ont pas de Monarque ni de structure de pouvoir autre que celle des clans et il n'y a jamais eu de soucis. Or vous savez tous que trois Grands Maîtres proposent maintenant de changer d'organisation. Ils pensent qu'il serait avantageux pour les États-Unis de se doter d'un Monarque qui chapeauterait les clans.

» Ce week-end, ces trois Grands Maîtres viendront nous exposer leurs arguments en faveur de cette nouvelle structure hiérarchique et de l'élection d'un Monarque. Dans quinze jours, tous les démons américains seront invités à se rendre aux urnes pour se prononcer sur cette proposition. Ceux qui voteront en faveur de ce changement devront également élire le candidat de leur choix au poste de Monarque.

» Je tiens à dire très clairement, poursuivit-il en durcissant son expression, que, même si je me suis porté volontaire pour organiser cette rencontre, je suis contre le changement proposé. Les démons ont du mal à fonctionner à l'intérieur d'une structure hiérarchique. Trop de pouvoir ne peut que mener à la corruption et au chaos. Chacun devra voter selon sa conscience et c'est pour cette raison que nous sommes réunis ici ce week-end.

» Il y a des règles à suivre si nous voulons une vraie démocratie efficace, ajouta-t-il, sa voix se faisant menaçante. Tout d'abord, les duels entre Grand Maîtres sont proscrits, ainsi que les menaces ou les ultimatums. La décision qui sera prise dans quinze jours le sera uniquement sur la base de la majorité des voix. Les candidats au poste de Monarque devront présenter leur position poliment. En outre, aucune destruction de biens ne sera tolérée. Je serai le premier à le réprouver.

Harper adressa un sourire lourd de sens à Martina, qui lui répondit par un regard rassurant.

— Ces règles sont-elles claires ? s'enquit ensuite Knox en balayant la salle du regard.

Sa question fut accueillie par des « oui » qui fusèrent de toutes parts. Satisfait, Knox hocha la tête.

— Très bien, dit-il. Nous entendrons le premier Grand Maître faire sa déclaration dans deux heures. En attendant, il ne me reste plus qu'à vous souhaiter un bon appétit.

Knox redescendit alors de l'estrade et se dirigea immédiatement vers Harper, l'allure plus que jamais prédatrice. Suivant l'exemple des autres convives installés à leur table, la jeune femme se leva pour l'accueillir. Knox lui adressa un regard si intense qu'elle eut l'impression qu'il la déshabillait des yeux. En arrivant à son côté, il l'embrassa sur la joue, une marque d'affection tout à fait normale entre *alter ego*.

— Harper, dit-il de sa voix grave et rocailleuse.

Son démon intérieur se sentit enfin calme, pour la première fois ce jour-là. Il n'avait pas cessé de penser à Harper, qui était devenue une obsession pour lui. Knox l'aurait raillé s'il n'avait pas partagé sa préoccupation. C'était comme si l'odeur, la saveur et la douceur de la peau de la jeune femme s'étaient imprégnées en lui et l'empêchaient de penser à autre chose.

— *J'ai tellement envie de t'adosser au mur, de relever ta robe et de te baiser jusqu'à ce que tu ne puisses plus marcher.*

Se sentant rougir, Harper lui adressa un sourire.

— *Et on prétend que les hommes ne savent plus être romantiques.*

— Knox, le salua-t-elle de la même manière.

— Je suis ravie de faire votre connaissance, monsieur Thorne, dit l'*alter ego* de Raul en le devançant. Je m'appelle Tanya.

Elle s'était adressée à lui avec beaucoup de respect et Harper en déduisit qu'elle considérait Knox comme son égal. Elle semblait également le voir comme une cible parfaitement légitime si Harper interprétait correctement son sourire aguicheur. La démone intérieure de cette dernière ne l'apprécia pas.

Tanya attendait une réaction, devina Knox. Elle avait l'habitude de susciter le désir et l'admiration chez tous les hommes et s'attendait à ce qu'il la regarde d'un œil appréciateur. Elle était très douée dans l'art de la séduction, un jeu dont il s'était seulement aperçu s'être lassé en rencontrant Harper. Celle-ci était de loin supérieure à Tanya et il se demanda si elles s'en étaient rendu compte.

— Ah ! vous êtes l'*alter ego* de Raul, dit succinctement Knox.

Les traits de Tanya se durcirent et ses joues rosirent. Elle fut sans aucun doute également très irritée de voir Knox saluer tous les autres convives par leur nom.

Ils venaient à peine de se rasseoir qu'on leur apportait leur entrée. Entre chacun des plats, tous plus délicieux les uns que les autres, des Grands Maîtres vinrent à leur table pour parler à Knox. Ils tenaient à lui dire qu'ils étaient entièrement d'accord avec lui que ce ne serait pas une bonne idée d'élire un Monarque. Ils désiraient connaître son avis sur la réaction des démons américains, s'il pensait qu'ils allaient voter contre la proposition.

Tous avaient appris que les marginaux avaient été retrouvés et qu'il semblait que la plupart d'entre eux accusaient Isla de les avoir enlevés pour servir sa campagne. Isla n'était pas parvenue à les berner, ils la connaissaient tous trop bien. Ils furent également à même de confirmer qu'Isla était à l'origine de la rumeur selon laquelle Harper ne serait pas le véritable *alter ego* de Knox et ils espéraient manifestement qu'il leur explique pourquoi Isla en voulait autant à Harper. Knox n'en fit rien, cela le concernait personnellement et ses affaires ne les regardaient pas.

— *Isla n'est pas contente*, dit Levi à Knox. *Elle n'arrête pas de vous regarder tous les deux. Chaque fois que tu présentes Harper comme ton* alter ego *et que les gens lui accordent la considération et le respect qui lui sont dus, Isla leur adresse des regards assassins.*

— *Ne la quitte pas des yeux et préviens-moi si elle s'approche.*

— *Juste une petite question : c'est Isla qui te rend aussi nerveux ou tous les regards admiratifs tournés vers Harper ?*

— *Les deux.*

Les hommes la mataient discrètement comme s'ils craignaient de titiller la possessivité de Knox, mais ce dernier ne pouvait s'empêcher de s'en agacer, tout comme son démon d'ailleurs. L'attention que recevait Harper déplaisait également à Tanya, qui pensait manifestement qu'on la lui devait exclusivement. Chaque fois que Tanya lui adressait des regards mauvais, Harper les lui rendait jusqu'à ce qu'elle détourne les yeux. Ce manège amusa énormément Jolene.

— Les Grands Maîtres sont comme un groupe de vieilles dames à l'affût de rumeurs à colporter, chuchota Harper, profitant d'une accalmie dans les visites à leur table.

— Oui, convint Knox en posant discrètement la main sur ses genoux sous la table.

Elle s'immobilisa un instant puis se détendit à son contact et le démon intérieur de Knox sourit, satisfait.

Très peu de gens parvenaient à rester détendus en présence de Knox. Ils demeuraient toujours sur le qui-vive et ils avaient raison de se méfier de lui. En revanche, jamais il ne ferait de mal à Harper, et lui et son démon étaient contents de constater qu'elle le croyait. Pourtant, personne n'aurait pu lui reprocher de le craindre après qu'elle eut vu ce dont il était capable, mais elle continuait à lui faire confiance, sûre qu'il veillait sur sa sécurité. Elle ignorait sans doute ce que cela signifiait pour lui.

— Ils cherchent le talon d'Achille d'Isla, lui expliqua-t-il en admirant le bleu saphir des yeux de Harper. On ne serait pas tous ici aujourd'hui si elle n'avait pas émis cette proposition. Les Grands Maîtres ne souhaitent pas son adoption.

— Pourquoi ne leur dis-tu pas qu'elle délire ?

— Parce que je ne donne jamais d'explications à personne, dit-il en dessinant des petits cercles sur le genou de Harper avec son pouce, savourant la douceur soyeuse de sa peau. Ils vont tirer leurs propres conclusions de toute manière. Et puis personne ne semble croire les fausses rumeurs qu'elle a fait circuler sur ton compte.

— J'ai reçu un coup de fil de Lucian aujourd'hui, dit-elle après avoir bu une gorgée de champagne.

— Il a entendu parler de cette histoire ?

— Non. Il est en Australie et n'a aucune idée de ce qu'il se passe aux États-Unis. Je doute qu'il s'y intéresse même. C'est un nomade, il ne se considère même plus comme un citoyen américain.

— Tu lui as dit ?

— Nan.

— Tu ne lui as pas parlé de moi non plus, c'est ça ? déclara Knox en resserrant involontairement son étreinte sous la table. C'est pour cela que tu ne lui as pas parlé des élections. Tu ne veux pas qu'il vienne te voir.

— Je ne lui ai rien dit parce que je ne suis pas persuadée que ce soit une bonne idée de le rapprocher de Kendra. Si elle est effectivement responsable de ce qui m'est arrivé, cela signifie qu'elle serait capable de s'attaquer aussi à lui. Et puis je reconnais que je n'ai pas spécialement hâte d'assister à vos coups de gueule.

— Il ne va pas apprécier que je sois ton *alter ego*, tu crois ?

— Il est très protecteur en ce qui me concerne ; à sa façon, bien entendu. Il aura peur que je ne sois pas en sécurité avec toi.

Comme si Lucian avait été une présence stable dans sa vie.

— Mais toi, tu le sais, tu sais que je ne te ferai jamais de mal.

— Oui, je le sais, confirma-t-elle, ravie de voir son expression s'adoucir.

— Bonsoir, Knox, les interrompit alors une voix familière. (*Ce cher Malden*, pensa Harper en levant mentalement les yeux au ciel.) Jolene, ravi de te voir, dit-il en se tournant vers la grand-mère après avoir adressé un sourire à la petite-fille.

— Ah ! bonsoir… euh…, sourit Jolene en se tortillant sur son siège.

— Malc…, intervint Harper en se penchant vers Jolene.

— Malden, l'interrompit-il d'une voix insistante tandis que son tic nerveux se manifestait sur sa joue.

— J'allais le dire, insista Harper en claquant des doigts et en esquissant un large sourire.

— Je le plaindrais si je ne savais pas qu'il te désire, déclara Knox.

Malden n'était pas aussi discret que les autres mais Harper ne semblait pas se rendre compte de l'intérêt qu'il lui portait, pas plus que de celui de tous les autres hommes présents dans cette salle.

— Est-ce que c'est déjà l'heure de nous présenter vos arguments ? s'informa Jolene.

— Oui, répondit-il. J'espère réussir à vous faire changer d'avis sur l'élection d'un Monarque, dit-il à Knox.

— C'est impossible, rétorqua celui-ci. Il doit penser que ses arguments sont vraiment convaincants, ajouta-t-il devant le sourire énigmatique que lui avait adressé Malden avant de s'éloigner.

— Ou il délire autant qu'Isla, intervint Harper.

Les bavardages cessèrent quand Malden monta sur l'estrade et s'installa au pupitre. Harper lui trouva un air vaguement amusé.

— Je ne pensais pas que le jour viendrait où je serais d'accord avec Isla Ross sur quoi que ce soit, commença-t-il, déclaration qui fut accueillie par quelques rires et agaça sans doute la garce. Elle a raison sur un point : nous avons besoin de plus d'ordre. Je suis également d'accord avec Knox Thorne cependant. Les démons n'ont jamais bien réagi face à des structures hiérarchiques de pouvoir. C'est notre nature de chercher à en acquérir, pas de le partager. Cette envie est plus prononcée chez certains que d'autres. C'est la raison pour laquelle on a besoin d'une instance supérieure d'autorité selon moi. Nous avons besoin d'un Monarque pour maintenir la paix.

» Les autres candidats vous vanteront les mérites de la structure hiérarchique. Cependant, à mon avis, il n'existe pas, continua-t-il en secouant la tête, de structure idéale pour les démons. Il n'y a qu'une seule solution face aux problèmes auxquels nous sommes confrontés et c'est l'élection d'un Monarque, un démon doté de pouvoirs sur tous les autres. C'est le seul changement que je propose, la création d'un poste de Monarque sans structure de pouvoir.

— *C'est très différent de la proposition d'Isla*, dit Harper. *Il pense sans doute obtenir l'aval des autres Grands Maîtres.*

Knox acquiesça d'un signe de tête presque imperceptible.

— Je ne souhaite pas vous gouverner tous, poursuivit Malden. Les démons ont beaucoup de mal avec l'autorité. Nous sommes des êtres libres, sauvages, et nous tenons à le demeurer. Je souhaite uniquement vous guider, vous protéger, vous défendre et, en échange, je ne vous demande qu'une chose : votre confiance pour donner à tous les démons ce dont nous avons besoin. Et de quoi avons-nous besoin ? Tout simplement d'un peu d'ordre, ce qui n'arrivera jamais tant et aussi longtemps que nous nous faisons la guerre sans penser aux conséquences. Cela n'arrivera jamais si nous n'écoutons pas les réclamations de nos congénères parce que cela ne peut que mener aux conflits, au malheur et au ressentiment.

» Toutes les décisions ne devraient pas être prises par vos Grands Maîtres, poursuivit-il en se tournant vers la caméra, même s'ils ont vos meilleurs intérêts à cœur. Vous devriez tous avoir voix au chapitre, avoir le droit d'être entendus. C'est cela que je suis venu vous offrir aujourd'hui en échange de votre confiance : une voix.

» S'il y en a parmi vous qui ont des problèmes dont votre Grand Maître refuse de tenir compte, vous pourrez m'en faire part. De même que si vous voulez porter plainte pour des injustices commises par votre Grand Maître. Un clan en conflit avec un autre pourra également s'adresser à moi pour éviter la guerre. Et si, à l'avenir, j'estime que des changements s'imposent, vous serez consultés. Vous ferez tous partie du processus décisionnel. Si vous voulez que votre voix soit entendue, si vous voulez la paix et la sécurité, votez pour moi.

— C'est très rusé de sa part de promettre aux démons une voix au chapitre, commenta Jolene en buvant une gorgée de champagne. Le droit de vote confère un certain pouvoir. Les démons ne pourront s'empêcher de trouver que c'est une bonne idée.

— Je doute qu'il ait rédigé ce discours lui-même, affirma Raul. Il n'est pas assez diplomate.

— C'est rare que les politiques écrivent leurs propres déclarations, convint Beck.

— Avez-vous des questions ? demanda Malden.

— Vous ne proposez pas une structure hiérarchique de pouvoir pour les clans ?

— Non. Une telle structure serait vouée à l'échec. C'est trop rigide pour notre espèce, dit-il en souriant. Les démons n'aiment pas les lois, poursuivit-il, ils cherchent toujours des échappatoires. Je propose uniquement mon élection au poste de Monarque, un démon qui aurait une certaine influence et de l'autorité sur tous les Grands Maîtres des États-Unis.

— Mais est-ce vraiment réaliste d'envisager la création d'un poste de Monarque ? s'enquit Raul. Vous êtes très puissant, Malden, mais d'autres Grands Maîtres le sont encore plus que vous. Comment comptez-vous exercer votre autorité sur eux ?

— Si je suis élu par la communauté des démons des États-Unis, j'aurai cette autorité, répondit Malden.

— Peut-être, mais comment ferez-vous dans la pratique ? insista Raul. Knox Thorne a déclaré qu'il ne reconnaîtra aucune autorité. Je doute que quiconque puisse l'obliger à faire quoi que ce soit contre son gré.

— Je ne puis qu'espérer que les Grands Maîtres, y compris Knox Thorne, respecteront suffisamment l'opinion du public pour accepter mon autorité. Le contraire reviendrait à trahir les démons américains.

— *Ah! Excellente réponse*, dit télépathiquement Harper à Knox.

Knox serait perçu comme un renégat s'il s'opposait à Malden, même s'il était plus puissant que lui. Elle doutait cependant que cela le perturbe puisqu'il n'accordait aucune importance à l'opinion des autres.

— Pouvez-vous nous dire honnêtement ce que vous feriez, demanda Raul à Knox suffisamment fort pour que tout le monde l'entende, si le Monarque élu par nos congénères s'immisçait dans vos affaires?

— Je veillerais, répondit Knox froidement, à ce qu'ils y repensent à deux fois avant de recommencer.

— Voici ce qu'il risque d'arriver si vous êtes élu Monarque, dit à Malden un autre Grand Maître assis à une table voisine: les démons éparpillés sur le territoire américain qui n'ont pas voté pour vous demanderont à intégrer des clans de Grands Maîtres puissants sur lesquels vous n'aurez pas autorité, ce qui vous ôtera tout contrôle sur leur vie.

— Je respecterai leur décision, affirma Malden en haussant les épaules après avoir réfléchi à sa réponse.

— Mais quelles seront les conséquences? demanda le même Grand Maître. Les clans des Grands Maîtres les plus puissants vont s'agrandir. Celui de Knox Thorne est déjà très important. Il ne cessera de croître à chacune de vos erreurs. Et vous en ferez, comme tous les chefs un jour ou l'autre, parce que c'est impossible de satisfaire tout le monde.

— Il a raison, murmura Jolene à Harper.

— Pensez à ce qu'il se passera si vous commencez à agacer les Grands Maîtres, Malden, lança une autre voix du fond de la salle. Ou s'ils découvrent que cela ne leur plaît pas d'être sous la férule d'un autre démon. Ils s'uniront pour vous détrôner, et on reviendra à notre point de départ. Les démons ont des problèmes, c'est vrai, et votre élection au poste de Monarque en réglera certains mais en générera d'autres.

Cette déclaration fut accueillie par un murmure d'assentiment. Malden répondit encore à quelques questions avant de retourner à sa table.

— Malden m'a étonné, reconnut Raul en se carrant dans son siège. Je ne pensais qu'il prenait cette histoire autant au sérieux.

— Je croyais qu'il refusait simplement de se plier à l'autorité d'un autre démon mais je commence à croire qu'il a vraiment envie d'être Monarque, affirma Beck.

— Je doute que les Grands Maîtres le soutiennent, commenta Knox. Aucun d'entre eux ne souhaite avoir un chef. En revanche, s'ils étaient obligés d'en accepter un, ils accepteraient Malden puisqu'il ne propose pas de changements.

— La communauté des démons américains pourrait tout à fait l'élire comme Monarque, avança Jolene.

Une idée assez effrayante, tout compte fait.

Chapitre 11

— Harper, si tu n'éloignes pas ce chien de moi, je le massacre, menaça Devon.

Harper soupira et adressa un regard noir à Tanner, assis un peu plus loin sur le banc et occupé à renifler Devon. Il accompagnait Harper, Raini, Devon et Khloë, qui avaient décidé de faire une sortie shopping dans la Cité souterraine, et il ne cessait pas de taquiner Devon.

— *Tanner*, l'admonesta Harper.

— Elle n'a pas besoin de ton aide, Harper, affirma Tanner en souriant, avec une lueur de défi dans ses yeux qu'ils braquaient sur Devon. Elle est tout à fait capable de se défendre toute seule, n'est-ce pas, jolie minette ?

— Il te provoque pour voir ce dont tu es capable, dit Harper à Devon.

C'était idiot de sa part parce que Devon aurait pu lui faire très mal si elle l'avait voulu.

— Tu veux savoir ce que j'ai envie de te faire, petit chien-chien ? Eh bien, je vais t'enfoncer mon pied dans le cul jusqu'à la gorge si tu n'arrêtes pas.

— Tu exagères, là, lança-t-il, ce qui lui valut un soupir exaspéré.

— Viens t'asseoir ici, dit Harper à Devon en se poussant sur le banc pour libérer une place entre elle et Khloë, captivée par ses ailes de poulet à la sauce piquante.

(La chatte des enfers obtempéra en maugréant et Harper retourna son attention sur Raini.) Alors… tu me parlais de la réaction des gens au discours de Malden hier soir.

— C'est comme je te le disais, il n'est pas très apprécié. Il est un peu trop faux jeton. Mais sa promesse de donner une voix à tous les démons, poursuivit-elle après avoir bu une gorgée de Coca, a attiré énormément d'attention.

— Beaucoup de démons sont maltraités par leur Grand Maître, intervint Devon, mais ils préfèrent ne pas changer de clan parce qu'ils rechignent à déménager ou à s'éloigner de leur famille. Il n'y a personne pour leur venir en aide et c'est ce que leur offre Malden.

— Et il a tout à fait raison, ce sont nos Grands Maîtres qui prennent toutes les décisions pour nous, dit Raini. Ils envisagent toutes sortes de changements sans jamais nous demander notre avis même si les conséquences nous touchent directement. Certains de nos congénères sont indifférents mais pas tous.

— Et toi, demanda Harper, les sourcils froncés, après avoir avalé une bouchée de steak, c'est quelque chose qui te préoccupe ?

— Non, répondit Raini, parce que j'ai confiance en Jolene. Je ne crois pas que tous les Grands Maîtres soient aussi compétents qu'elle par contre.

— Et il arrive que les autres Grands Maîtres rejettent ses propositions, expliqua Devon, et, même si elle suggère des mesures à notre profit, elles ne peuvent être mises en place sans l'assentiment des autres Grands Maîtres. Si tous les démons avaient voix au chapitre, ce genre de situation ne se produirait pas.

— Ouais, convint Harper, mais je doute que Malden tienne vraiment compte du résultat du scrutin.

— Tu crois ? dit Devon, perplexe.

— Réfléchis un peu. Pourquoi est-ce qu'un Grand Maître aussi puissant laisserait le petit peuple prendre des décisions importantes ? Il n'en fera rien. Il organisera des référendums dont il ne tiendra pas compte du résultat. Il le fera uniquement pour sauver les apparences.

— Il donnera aux démons l'illusion du pouvoir pour qu'ils ne s'aperçoivent pas qu'il les contrôle, bien que ce soit le cas, comprit Devon. Tu as raison. Je ne sais pas si nos congénères s'en rendront compte et… Ah merde ! s'exclama-t-elle. Arrête de me renifler ! hurla-t-elle en se tournant vers Tanner, qui avait changé de place pour se rapprocher d'elle.

— Pourquoi est-ce que tu la renifles comme ça ? s'enquit Khloë en s'essuyant les mains sur sa serviette et en lui lançant un regard curieux.

— Elle sent le bonbon, répondit-il en souriant.

— Ah oui ? Quel genre de bonbon ? demanda la jeune femme, l'air vraiment intéressée.

— Ne l'encourage pas, geignit Devon.

— D'accord, lança Khloë en levant les deux mains. Hé ! Harper, pourquoi est-ce que Knox n'est pas venu déjeuner avec nous ?

— Ce n'est pas parce qu'il est mon *alter ego* que nous passons tout notre temps ensemble.

— Ouais, mais bon, vous mettez le couvert tous les deux.

— Ils font quoi ? demanda Devon, qui n'avait pas compris.

— Ben oui, tu sais, ils font la bête à deux dos, ils grimpent aux rideaux, ils trempent le biscuit, ils s'envoient en l'air, quoi !

— Arrête ! Arrête ! s'esclaffa Raini en se tenant les côtes.

— Qu'est-ce que vous pouvez être pudiques ! intervint Khloë en levant les yeux au ciel. Allez, dit-elle en se tournant vers le chien des enfers qui gloussait dans son coin, ne fais pas semblant que tu l'ignorais.

— Mais oui, je le savais. J'ai reconnu son odeur sur toi, dit-il à Harper en haussant les épaules.

— Hein, quoi, pardon ? demanda Harper, pas trop sûre d'avoir bien compris ce qu'elle venait d'entendre.

— Ça arrive parfois quand des démons…, commença Devon.

— Font des galipettes, l'interrompit Khloë.

— Sortent ensemble depuis un moment, la corrigea Devon en adressant un regard exaspéré à Khloë. Seulement quand ils sont intimes à plusieurs niveaux. Vous êtes des *alter ego*, donc vous avez un lien psychique mais également un lien physique puisque vous couchez ensemble. Ça passera dès que vous arrêterez, termina-t-elle en buvant une gorgée de limonade.

— S'ils arrêtent, tu veux dire, lança Raini.

— Pourquoi arrêteraient-ils de coucher ensemble ? voulut savoir Khloë en fronçant les sourcils.

— Parce que le démon de Knox se lasse rapidement.

Harper eut du mal à masquer sa violente déception en entendant ses propos. Une chose la rassurait cependant, le fait que ses tatouages n'avaient pas encore commencé à s'estomper, même si elle soupçonnait que cela n'allait pas tarder.

— En parlant de se lasser, dit-elle, j'ai fini mon shopping alors…

Elle ne termina pas sa phrase en voyant quatre ombres s'arrêter devant son groupe d'amis. Elle leva la tête et son ventre se noua. Sa démone intérieure, parfaitement détendue jusque-là, sentit la colère monter en elle.

Harper avait reconnu le petit groupe, son attention attirée principalement par une démone visiblement très nerveuse. Elle n'avait jamais été aussi près de sa mère depuis sa petite enfance et n'avait donc pas pu remarquer son peu de ressemblance avec elle. C'était peut-être mesquin de sa part mais elle s'en réjouit.

— On avait envie de faire votre connaissance, annonça l'homme souriant au côté de Carla. Je m'appelle Bray et voici Carla, ma compagne. Nous sommes ravis de rencontrer l'*alter ego* de Knox.

— Tout le plaisir est pour moi, répondit Harper avec un sourire forcé.

— *Il n'est manifestement pas au courant,* dit-elle à Tanner, *que je suis la fille de Carla. Elle n'a pas dû le lui dire.*

— *Ça expliquerait son air complètement paniqué. Elle a peur que tu le leur révèles et que tu lui bousilles la petite vie tranquille qu'elle s'est patiemment construite avec eux.*

— *Mon existence l'irrite suffisamment pour que je n'aie pas besoin d'en remettre une couche*, rétorqua Harper.

— Et voici nos fils, Roan et Kellen, poursuivit Bray.

La rencontre avec ses demi-frères s'avéra plus difficile pour Harper qu'elle ne l'avait imaginé. Elle eut surtout beaucoup de mal à faire semblant de ne pas savoir qui ils étaient.

— Enchantée, dit-elle.

— Moi de même, dit Roan, qui ressemblait énormément à sa mère, en la saluant d'un signe de tête.

— Et moi aussi, intervint Kellen, le cadet, qui tenait de son père, en plissant les yeux.

Harper détecta dans son regard une lueur de compréhension qui n'aurait pas dû s'y trouver. Elle ignorait comment, mais il savait quelque chose.

— Et voici Raini, Devon et Khloë, dit Harper. Inutile de vous présenter Tanner, ajouta-t-elle.

Carla se raidit en voyant Khloë la dévisager ouvertement. Elle avait reconnu une démone du clan des Wallis, ce qui ne fit qu'exacerber son état de panique.

— On va vous laisser finir de déjeuner. On voulait juste venir vous rencontrer, dit Bray en adressant un dernier sourire éclatant à Harper avant d'aller s'installer à une autre table, suivi de sa famille.

Kellen continua à dévisager Harper pendant un certain temps encore. La démone de la jeune femme ne se détendit que lorsqu'il détourna enfin le regard.

— Ce gamin sait quelque chose, chuchota Raini.

— Je le pense aussi, répondit Harper.

— J'ai envie d'étriper cette femme, je te le jure, et je serais capable de le faire sans état d'âme, annonça Khloë. Je ne comprendrai jamais comment une mère peut traiter sa propre fille comme une étrangère.

Harper alla s'asseoir à côté de Khloë et passa un bras autour des épaules de sa cousine, qui avait la chance d'avoir des parents vraiment extraordinaires qui adoraient leurs enfants. Khloë savait donc d'expérience comment des vrais parents étaient censés se comporter. Elle était incapable de comprendre comment Carla avait pu abandonner Harper.

— Elle ne compte pas pour moi, Khloë.

— Cela ne m'empêche pas de fantasmer que je lui fourre une aile de poulet dans le cul.

— Non, effectivement, répondit Harper en souriant.

— Et si on partait d'ici ? suggéra Raini.

— Excellente idée, lança Devon en se levant. J'ai fini… Mais arrête de me renifler !

Knox venait de terminer une conversation téléphonique avec un associé humain exigeant quand on toqua à sa porte. Il espérait que ce soit Harper, son humeur s'améliorant d'un coup à l'idée de l'allonger sur son bureau. Malheureusement, la porte s'ouvrit sur Isla. Son démon intérieur se renfrogna, loin de se réjouir de sa présence en dépit de leur passé commun.

— Bonjour, Knox, dit-elle, avenante, en esquissant un sourire poli.

— Je peux t'aider ?

— Je suis à l'hôtel depuis deux jours et on ne s'est presque pas vus. Tu passais toujours du temps avec moi avant.

Effectivement. Chaque fois qu'il la voyait, il se rappelait la petite fille couverte de bleus et d'éraflures abandonnée à l'orphelinat. Elle n'avait pas pipé mot pendant tout un mois. Elle avait bien changé depuis. Mais à chacune de leurs rencontres il ne pourrait désormais plus s'empêcher de penser à Harper luttant contre deux adeptes de magie noire dans une ruelle obscure.

— Et si on allait prendre un verre ? lui proposa-t-elle en s'approchant de son bureau. Tu pourrais me raconter tout ce qu'il s'est passé depuis la conférence de New York.

— Je n'ai pas le temps, dit Knox un peu plus sèchement qu'il aurait voulu.

— Pourquoi m'évites-tu ?

Pourquoi, en effet ? La réponse était simple : il n'avait pas confiance en elle. Il la soupçonnait d'être responsable des attaques contre Harper.

— Je n'irais pas jusqu'à dire que je t'évite.

— Est-ce que c'est à cause de ma petite altercation avec ton elfe ? demanda-t-elle en plissant les yeux.

Elle avait lancé cela sur un ton de voix qui insinuait que ce serait vraiment exagéré si c'était le cas.

— Cela ne t'a certes pas fait remonter dans mon estime.

— Tu ne la connais que depuis quinze jours et toi et moi, depuis…

— Comment sais-tu depuis combien de temps je la connais ?

Isla ne répondit pas.

— Tu veux savoir ce que je soupçonne, Isla ? Je pense que tu avais entendu parler de Harper avant la conférence de Manhattan. Que c'est toi qui lui as envoyé Silas…

— Silas ? répéta-t-elle, manifestement perplexe.

— … pour me tester, termina-t-il. Et je pense qu'il y a une très grande chance pour que ce soit toi également qui aies retenu les services d'adeptes de magie noire contre Harper.

— Je n'ai peut-être pas beaucoup de considération pour cette petite elfe, dit-elle, prenant un air vexé de circonstance. Mais je serais incapable de te trahir et de m'attaquer à une personne qui t'est si chère. Si tu me croyais vraiment coupable, tu aurais déjà essayé de me tuer. Je dis bien « essayé », parce que tu serais incapable de le faire.

— C'est ce que tu penses ? Tu crois pouvoir faire n'importe quoi sans risquer de représailles ? (Son démon ne put contenir un rire lugubre à cette idée.) J'ai beaucoup de qualités, Isla, mais je ne suis pas connu pour ma clémence.

— Tu tiens beaucoup à ta petite elfe, n'est-ce pas ? dit Isla en inclinant la tête sur le côté. Dommage que ton démon soit incapable de s'attacher. Tu devras bientôt te séparer d'elle. C'est bien triste. Si j'avais voulu attaquer cette elfe, dit-elle, sa voix se durcissant, je m'en serais chargée moi-même. Je ne fais jamais appel à des sous-fifres pour mes sales besognes, tu devrais le savoir.

— Je le sais, répondit-il. C'est ce qui fait qu'on peut difficilement te soupçonner, n'est-ce pas ? Tu comptais sans doute là-dessus ? Écoute-moi bien, Isla, lui assena-t-il d'une voix grave, si je découvre que tu t'en es pris à mon *alter ego*, je te détruirai.

— Tu crois vraiment qu'elle est ton *alter ego* ?

— J'en suis persuadé. Ce serait dans ton intérêt par conséquent d'oublier tout ça et de te concentrer sur les élections.

Isla perdit son assurance et eut subitement l'air perdue, rappelant à Knox la petite fille terrorisée et blessée de jadis.

— Je me demande si tu ne t'es pas persuadée toi-même que j'étais ton *alter ego* parce que cela correspondait à un besoin. Parce que tu avais besoin de quelqu'un pour veiller sur toi, te protéger.

— Je n'ai besoin de personne, éructa-t-elle, vexée.

— Pas maintenant, convint-il, mais à l'époque tu n'étais pas aussi forte.

— Tu étais toujours là pour moi, pour me protéger à l'orphelinat, dit-elle à mi-voix.

— Oui, dit-il, mais pas parce que je pensais que tu étais mon *alter ego*.

Elle garda le silence quelques instants.

— Si tu es vraiment sûr que cette elfe est ton *alter ego*, alors je l'accepte. J'ai manifestement confondu ton attitude protectrice avec autre chose. Je me suis trompée et tu m'en vois désolée. Tu ne me crois pas, remarqua-t-elle après l'avoir scruté.

— Tu es une excellente menteuse, Isla.

— C'est vrai, reconnut-elle en souriant. Il faudra que tu apprennes à me faire confiance.

— C'est justement là le problème : je n'ai pas confiance en toi.

— Tu es toujours aussi intelligent, dit-elle, son sourire s'élargissant encore davantage. Mais laisse-moi te rassurer : ta petite elfe ne court aucun danger avec moi.

Sur ces mots, elle fit demi-tour et sortit du bureau de Knox.

Il ne s'étonna pas que Levi, en faction à la porte, entre immédiatement.

— Je ne sais pas ce que tu en penses, mais personnellement, déclara-t-il, je ne crois pas un mot de ce qu'elle vient de dire.

— Elle n'a pas réussi à me convaincre, déclara Knox en soupirant et en se carrant dans son siège.

— Tu sais, commença-t-il, je me suis toujours demandé…

— Quoi ?

— Du temps de l'orphelinat, Isla parlait toujours de vivre dans une ferme entourée d'animaux. Tu te souviens ?

— Oui.

— Au lieu de quoi, elle nous a quittés, furieuse parce que tu refusais de l'accepter comme *alter ego*, et elle a intégré un clan. Puis elle est en devenue la Grande Maîtresse, a fait des affaires avec des humains, a recruté de nouveaux membres et cherché à obtenir plus de pouvoirs. Au point de demander à un vampire de la transformer dans l'espoir de devenir encore plus puissante. Ce qui est effectivement arrivé.

— Je sais tout ça. À quoi veux-tu en venir ?

— Si Harper avait refusé d'admettre qu'elle était ton *alter ego*, demanda Levi en croisant les bras, est-ce que tu l'aurais accepté ?

— Non. Elle est mon *alter ego*, je le sais.

Il en était persuadé de tout son être.

— Isla croit aussi qu'elle est ton *alter ego*. Et si Harper s'était éloignée de toi, si elle avait refusé de nouer le lien psychique avec toi ?

— Je ne l'aurais pas laissée faire. Je l'aurais obligée à regarder la vérité en face, à accepter la réalité.

— La réalité peut être différente selon les gens. Pendant longtemps, pour Isla, la réalité était que tu étais son *alter ego* mais que tu refusais de le voir. J'ai lu sur ses traits quand elle nous a quittés il y a toutes ces années de la colère, du ressentiment et beaucoup de malveillance. Elle s'est sentie rejetée par toi. Elle t'a même demandé : « Veux-tu dire que je ne suis pas assez bien pour toi ? », tu te rappelles ?

— Oui, je m'en souviens, répondit Knox en pianotant sur son bureau tout en se remémorant ce jour fatidique.

— Je ne peux pas m'empêcher de me demander si la raison pour laquelle Isla est devenue Grande Maîtresse, a créé un paquet d'entreprises, agrandi son clan, et est devenu quelqu'un d'unique et d'important n'est pas justement qu'elle croyait qu'en devenant ton égal tu l'accepterais comme *alter ego*. Mais ce n'est pas le cas, n'est-ce pas ?

— C'était peut-être ce qu'elle visait, c'est possible, dit Knox après un temps de réflexion. Mais si c'est vrai elle a dû laisser tomber il y a bien des années. Aujourd'hui, elle ne cherche plus qu'à obtenir encore plus de pouvoir. Elle ne pense plus qu'à ça, c'est devenu son obsession. C'est évident.

— Et le pouvoir corrompt. Plus elle obtient de pouvoir, plus elle en redemande. Je doute cependant qu'elle désire devenir Monarque des États-Unis uniquement par avidité. Ce qu'elle veut, c'est te contrôler toi, pour t'obliger à nouer le lien psychique avec elle ou pour te punir de ton refus. Elle ne sait sans doute pas pourquoi, mais elle sait que tu ne supportes pas d'être contrôlé par qui que ce soit. En obtenant un pouvoir sur toi, elle touche ton point le plus sensible, une sorte de revanche pour ce que tu lui as fait subir.

Ce raisonnement lui semblait assez plausible. Mais...

— Je ne sais pas, Levi, dit alors Knox. Il y a des moyens tellement plus simples de faire comprendre à quelqu'un qu'on lui en veut.

— Les démons, et surtout les démones, sont rancuniers, Knox. Isla t'en veut énormément. Tu as osé la rembarrer et, comme si cela ne suffisait pas, tu as reconnu une autre démone comme ton *alter ego*. Cela l'a mise en colère, c'est sûr. Je pourrais me tromper, poursuivit Levi en haussant les épaules, Isla dit peut-être la vérité. Mais je continue de croire qu'elle veut devenir Monarque surtout pour te punir de lui avoir tourné le dos. Après tout, c'est ce qu'a fait sa mère en se suicidant, non ? Et on sait à quel point elle en a voulu à sa mère.

Knox repensa à Harper et comment elle avait été abandonnée par ses deux parents. Pourtant, il n'y avait en elle ni haine ni amertume. Oh ! elle éprouvait bien une certaine colère tout à fait justifiée, bien sûr, surtout à cause de sa « peur classique de l'abandon », comme elle disait. Mais ce n'était pas destructeur chez elle. Elle avait eu la force de nouer le lien psychique avec lui et de lui faire confiance pour ne pas l'abandonner comme ses parents l'avaient fait.

Merde ! elle était plus forte que la plupart des gens qu'il connaissait. Il ne la laisserait jamais tomber.

— Isla est notre suspect numéro un, donc ?

Knox planta les dents tellement profondément dans la nuque de Harper en se répandant en elle ce soir-là qu'il s'étonna de ne pas sentir son sang couler dans sa bouche. Elle s'affala dans le lit en tremblant, les ondes du plaisir qu'elle avait éprouvé se dispersant petit à petit. Elle venait à peine de sortir de la douche quand il était arrivé dans la suite hôtelière qu'ils partageaient et il n'avait pas pu résister à la tentation de la basculer sur le lit et de la baiser jusqu'à en perdre la raison.

Knox lécha la morsure qu'il venait de lui faire. Comme son démon, il ressentait l'envie de marquer cette femme qui était sienne. Cela faisait maintenant deux semaines qu'il l'avait possédée pour la première fois et il ne s'était pas encore lassé, pas plus d'ailleurs que son démon. Comment aurait-il pu ? Il appréciait sa compagnie, il avait encore envie de passer beaucoup de temps avec elle. Elle le surprenait constamment, n'avait pas peur de lui livrer le fond de sa pensée et ne lui obéissait pas tout le temps.

Il aurait dû s'irriter de sa décision d'aller s'habiller dans la suite de Jolene en arrivant à l'hôtel la veille au lieu d'aller le retrouver, mais cela l'avait fait sourire. Même son démon en avait été amusé. Ce petit sphinx était très indépendant et personne ne le contrôlerait jamais, même pas Knox, sauf peut-être au lit. Son comportement suscitait régulièrement en lui un sentiment de grande frustration mais il trouvait cela très revigorant.

— Je vais devoir aller prendre une autre douche, maugréa-t-elle.

— On peut en prendre une ensemble, dit-il en se retirant d'elle et en se levant.

— On va encore baiser si on fait cela.

— C'est évident.

— Et on sera en retard au dîner.

— Pas si on s'habille vite, rétorqua-t-il en lui assenant une tape sur les fesses. Allez, à la douche, ordonna-t-il tandis qu'elle se redressait prestement et se retournait pour l'affronter.

— Enfoiré !

Il laissa son regard s'attarder sur les courbes de la jeune femme et son démon grogna de satisfaction à la vue de ses marques.

— Tu vas quand même me laisser te baiser.

— N'en sois pas si sûr, renâcla-t-elle en passant devant lui, le menton redressé.

Mais elle le laissa, bien entendu, la prendre de nouveau.

Il ne leur fallut qu'une demi-heure pour se préparer à sortir. Harper avait revêtu une robe bleu saphir sans bretelles, fendue du genou jusqu'à mi-cuisse, ce qui fit sérieusement fantasmer Knox.

— Je ne suis pas sûr de ce qui me fait le plus envie : relever ta robe ou te la retirer pendant que je te prends à la hussarde.

— Je te laisserai peut-être, je dis bien peut-être, réaliser un de tes fantasmes tout à l'heure.

— Avant de sortir… j'ai quelque chose à te donner, dit-il en plongeant la main dans sa poche pour en sortir une boîte de velours carrée à la vue de laquelle la jeune femme se raidit.

Harper écarquilla les yeux quand il l'ouvrit, révélant un collier d'or blanc orné de diamants taillés en forme de gouttelettes. Elle n'avait jamais rien vu d'aussi beau.

— Putain ! s'exclama-t-elle. Ce sont de vrais diamants ?

Le visage de Knox revêtit une expression vexée, l'air de dire : « Ne m'insulte pas. »

— Je ne peux pas accepter un tel cadeau, affirma-t-elle en soupirant.

— Bien sûr que si, insista-t-il.

— Je t'ai dit que je ne voulais pas que tu me fasses des cadeaux luxueux.

— C'est vrai. Mais je n'ai jamais dit que j'étais d'accord. Si je veux t'offrir des cadeaux ou te gâter, je ne m'en priverai pas. Tourne-toi.

Elle avait un air gauche plutôt attendrissant. Elle n'avait sans doute jamais été gâtée, supposa Knox.

— Et si je le perds ? ou que je le casse ? geignit-elle en se tordant les doigts.

— Ne t'inquiète pas, gloussa-t-il. Retourne-toi.

Elle raidit les épaules comme si elle se préparait à livrer un combat et Knox ne put retenir un éclat de rire. Elle fit alors très lentement demi-tour et il lui agrafa le collier autour du cou, puis il lui caressa l'échine du pouce. Elle frissonna et se tourna vers lui.

— Magnifique, dit-il.

Puis il l'attrapa par les hanches et la plaqua tout contre lui.

— Tu le porteras tout à l'heure pour faire l'amour, ça et tes talons aiguilles, rien d'autre.

— Allons au dîner. Plus tôt on y va, plus tôt on pourra en repartir.

— Tanner m'a dit que vous aviez croisé Carla aujourd'hui, murmura-t-il en lui mordillant les oreilles.

— On ne s'est vues que très brièvement.

— Elle t'a dit quelque chose ?

— Rien du tout. Ne te mets pas en colère, dit-elle en le voyant prendre ses yeux de démon. Ça n'a aucune importance.

Au contraire, cette rencontre était loin d'être anodine, mais Knox ne voulait pas contrarier Harper. Il caressa le sein qui portait la marque de son démon et l'examina attentivement.

— As-tu une idée du mal que j'ai eu à trouver une robe qui ne révèle pas les arabesques de ton démon ?

— Tout le monde croira que c'est un tatouage, dit-il en le léchant.

— Ouais, avec ton symbole que tout le monde reconnaîtra au premier coup d'œil. Et ils se demanderaient si la rumeur lancée par Isla selon laquelle je ne suis rien d'autre que la nana que tu baises n'a pas un fond de vérité.

— Il arrive que des *alter ego* couchent ensemble.

— Arrête un peu, geignit-elle quand il l'embrassa dans le cou avant de lui mordiller le pouls. On doit aller à ce dîner.

— Mais c'est toi que j'ai envie de manger.

— Tu ne devrais pas me dire des trucs comme ça juste avant de partir, grogna-t-elle.

— Je ne connais pas meilleur goût que ta saveur, chuchota-t-il dans le creux de son oreille en lui étreignant le sein dans un geste de possessivité.

— Tu le fais exprès.

— Et je ne connais pas meilleure odeur que la tienne.

— Tanner dit qu'il sent ton odeur sur moi.

— Est-ce que cela te gêne ? demanda-t-il en arquant un sourcil et en resserrant son étreinte sur son sein.

— Je pensais que ça te gênerait, toi.

— Pas du tout, répondit-il.

— Ne fais pas…, l'admonesta-t-elle tandis qu'il glissait la main sous sa robe et la plaquait sur son intimité.

— Ne bouge pas, lui ordonna-t-il en passant un doigt dans sa culotte et en l'insérant en elle. Très bien, tu es déjà toute mouillée pour moi. Voilà, ça va mieux maintenant, observa-t-il en se léchant le doigt.

— Quel enfoiré ! lui lança-t-elle en secouant la tête.

Elle ne recula pas cependant quand il referma la main sur son poignet et l'entraîna hors de la suite. Accompagnés de Levi et de Tanner, leurs gardes du corps, ils se dirigèrent vers le restaurant. Le service commença dès que Knox fut assis. Ils avaient repris les mêmes places que la veille et retrouvèrent donc la famille de Harper, en plus de Raul et de Tanya.

— Joli collier, remarqua Jolene en plissant les yeux.

— Merci, répondit Harper en se raclant la gorge, se sentant encore un peu gauche.

— C'est Knox qui te l'a offert, je présume.

— Ouais.

— *Ne va surtout pas croire que je ne sais pas qu'il se passe quelque chose entre vous.*

— *Je préfère ne pas en parler, mamy*, répondit Harper, qui s'était doutée que sa grand-mère allait aborder le sujet à un moment donné. *Ce n'est rien d'important.*

— *Mais c'est important, ma chérie*, répondit Jolene avec une grande douceur et énormément de compréhension. *Il y a de cela très longtemps, avant même que je rencontre ton grand-père, Beck et moi-même étions très proches. Cela n'a pas duré cependant, ce n'était pas très sérieux entre nous mais tout est devenu compliqué quand on a voulu sortir avec d'autres personnes. Il a été jaloux de ton grand-père pendant de nombreuses années. Je ne dis pas qu'il vaudrait mieux pour toi que tu rompes avec Knox. Cela te regarde. Je voulais juste que tu prennes conscience que ta situation risque d'être assez difficile pendant un certain temps. Ça finira bien par passer, mais ce sera peut-être dur. Je veux juste que tu ne te leurres pas, que tu n'imagines pas que c'est sans importance. C'est tout ce que je te demande.*

— *Merci pour le conseil, mamy*, répondit Harper en hochant la tête.

Se sentant observée, elle se retourna et aperçut Knox qui la scrutait avec un regard inquisiteur.

— Ça va ? s'enquit-il. Avec qui bavardais-tu ? demanda-t-il après s'être penché de manière à s'isoler avec elle dans une sorte de petit cocon.

— Avec Jolene, répondit-elle. Tu es bien curieux, ajouta-t-elle en remarquant son désir de connaître la teneur de leur échange.

Pour toute réponse, Knox lui adressa un sourire qui n'avait rien de contrit.

Comme la veille, les plats étaient délicieux. Harper sentit Knox se raidir dès que leur table fut débarrassée.

— Qu'y a-t-il ? voulut-elle savoir.

— Bonsoir ! les salua une voix agréable.

Isla venait de les rejoindre. Quel bonheur !

— Bonsoir, répondit Knox succinctement.

Isla serra brièvement les lèvres avant de se fendre d'un sourire poli en balayant la table des yeux.

— J'espère que vous avez tous apprécié ce bon repas. Je suis étonnée, je dois dire, Jolene, que votre famille vous ait accompagnée ce week-end. Je ne pensais pas que votre clan s'intéressait à cette élection. Vous ne vous êtes jamais tellement occupée de politique jusque-là.

— Il était hors de question pour nous de rater ça ! s'exclama Jolene en souriant de toutes ses dents. On avait trop hâte d'assister au naufrage de votre projet.

La grand-mère de Harper ne supportait pas Isla, persuadée que c'était elle qui avait embauché les adeptes de la magie noire pour faire du mal à sa petite-fille.

— Vous auriez intérêt à ne pas oublier que j'ai de bonnes chances d'avoir bientôt autorité sur vous.

— Je crains que vos propos ne soient quelque peu exagérés.

— Vous pensez pouvoir insulter qui vous voulez sans crainte maintenant que vous voilà liée à Knox par son *alter ego*.

— Au moins, tu as fini par reconnaître que je suis son *alter ego*, intervint Harper, pas vraiment persuadée que ce soit le cas.

— Comme je l'ai dit à Knox dans son bureau un peu plus tôt, s'il est vraiment sûr que tu es son *alter ego*, alors ce doit être vrai.

— Ouais, rétorqua Harper. Lui n'est pas du genre à se bercer d'illusions.

Isla leur adressa un dernier sourire forcé avant de se diriger vers l'estrade.

— Tu ne m'avais pas dit qu'elle était allée te voir, dit calmement Harper à Knox en levant sa flûte de champagne.

— J'ai été distrait… par d'autres choses, déclara-t-il.

Elle renâcla, ayant saisi son insinuation.

— Es-tu toujours aussi mouillée ?

— Non, bien sûr que non, rétorqua-t-elle après avoir failli s'étouffer. (Knox s'esclaffa.) Penses-tu vraiment qu'elle accepte qu'elle n'est pas ton *alter ego* ? ajouta-t-elle.

— J'en doute fort.

— Isla va enfin connaître son heure de gloire, annonça Jolene tandis que la banshee-vampire prenait place au pupitre.

L'assemblée de démons l'accueillit avec un silence de plomb où planait une note de méfiance.

— Bonsoir tout le monde, dit Isla avec un sourire courtois. J'ai toujours cru que c'était un droit fondamental pour les démons d'avoir voix au chapitre. C'est la raison pour laquelle je me suis battue pour cette élection et le droit de vote des démons. Un certain nombre d'entre vous savent déjà, poursuivit-elle en se tournant vers la caméra, que j'estime que notre espèce ne peut que bénéficier de la mise en place d'une structure hiérarchique pyramidale aux États-Unis. Malden soutiendra le contraire, bien entendu, gloussa-t-elle. Mais bon, il avait prédit que la Cité souterraine serait un échec et regardez où nous sommes ce soir.

Pour tout dire, c'était là un argument tout à fait valable.

— Il n'existe pas d'espèce surnaturelle plus forte que la nôtre, poursuivit-elle avec une expression satisfaite. Vraiment. Nous pouvons nous en enorgueillir et nous ne nous en privons d'ailleurs pas. En revanche, nous détenons le record en matière de mortalité. Pourquoi ? Eh bien, parce que nous n'avons aucune loi, aucune structure pour nous protéger, ni des autres, ni de nous-mêmes.

» Les clans se prennent mutuellement pour cibles dans l'espoir d'acquérir plus de pouvoir et les démons en subissent les conséquences. Ils en souffrent. En quoi cela nous profite-t-il ? Combien parmi vous ont perdu des êtres chers ? Combien ont pâti de cette avidité ? Je ne peux pas laisser faire sans intervenir et j'ai du mal à croire que vous préférez vous voiler la face.

— *Si je ne savais pas déjà qu'elle était une excellente comédienne, je croirais sans doute qu'elle est vraiment bouleversée, comme semble l'indiquer l'expression sur son visage*, dit Knox, craignant que son cinéma ait berné le public.

— Ce ne sont pas seulement les marginaux et les petits clans qui sont vulnérables, continua-t-elle. En effet, face à nos pires ennemis, les adeptes de la magie noire, on est tous dans une position de faiblesse. Et est-ce qu'on s'unit pour les combattre ? Non. Les Grands Maîtres sont trop occupés à consolider leur propre pouvoir pour regarder la vérité en face : nous sommes devenus des proies faciles, ce qui est contraire à notre nature de prédateur. Nous sommes responsables de ce qui nous arrive. Individuellement, nous sommes très vulnérables, mais unis et ensemble, nous sommes forts.

» Si je suis élue, poursuivit-elle en s'adressant à la caméra, je mettrai en place une hiérarchie pyramidale semblable à la structure interne des clans. En outre, une constitution sera rédigée pour définir les pouvoirs liés à chaque échelon de la pyramide. Les Grands Maîtres conserveront une partie de leurs pouvoirs mais le règlement interdira la guerre et protégera tous les démons.

» Nous avons besoin d'un Monarque pour effectuer des changements, trouver des solutions et garantir l'égalité des droits de tous les démons, déclara-t-elle en serrant les poings. Malden promet de donner une voix à tous les démons mais les membres de son clan m'ont volé du matériel de campagne et ont arraché mes affiches de tous les établissements de la Cité souterraine. Il voulait me museler, continua-t-elle tandis qu'un murmure de réprobation accueillait sa déclaration et que le rouge montait visiblement aux joues de Malden. C'était aussi un moyen de vous empêcher de vous forger une opinion impartiale de mes propositions. Ce que Malden vous promet, c'est l'illusion d'une voix.

Harper ne pouvait faire autrement qu'en convenir.

— Et moi, qu'est-ce que je vous offre ? La sécurité. La garantie que plus personne ne vous prendra jamais pour cible, que vous soyez un marginal, un simple démon ou un Grand Maître. Si vous votez pour moi, je mettrai sur pied des forces de défense capables de nous protéger contre les adeptes de magie noire, des forces capables de trouver et de punir ceux qui ont enlevé nos amis ou des membres de nos familles. Je veillerai également sur les marginaux, j'assurerai leur protection ainsi que leur droit de ne pas appartenir à un clan. Je ferai également en sorte d'empêcher les clans d'en terroriser d'autres.

» Il ne s'agit pas uniquement d'élire un Monarque. Nous devons en effet aussi décider d'un mode de vie. Personne ne souhaite voir les démons devenir des proies faciles. Tout cela peut changer. Comment ? En élisant un Monarque, en votant pour moi. J'espère que vous prendrez la bonne décision.

— C'était un bon discours, observa Jolene. C'est bien cela le plus inquiétant.

— Si vous avez des questions, termina Isla en souriant et en se redressant, je serai heureuse d'y répondre.

— Pourquoi pensez-vous qu'une hiérarchie serait préférable à un Monarque doté de tous les pouvoirs ? s'enquit une Grande Maîtresse.

— Regardez les clans et comment ils fonctionnent. Ils ont tous une hiérarchie, non ? C'est cette structure qui contribue à maintenir l'ordre. Les démons au bas de l'échelle se sentent en sécurité, ils se savent protégés. On a besoin de règles pour garantir le bon fonctionnement de la société. On n'en a pas et il nous en faut.

— Comment déterminerez-vous, demanda une autre voix après un bref silence, la place de chaque Grand Maître au sein de cette hiérarchie ?

— Leur place dépendra de leur pouvoir personnel et ils devront avoir suffisamment de force pour la conserver.

— Pourquoi ? s'enquit un autre Grand Maître. Vous nous promettez un avenir sans guerre. Alors pourquoi les Grands Maîtres auront-ils besoin de force pour conserver leur place ?

— Les démons respectent le pouvoir, répondit Isla en laissant passer une brève lueur d'impatience dans le fond de ses yeux. Un Grand Maître tout en haut de la pyramide aura besoin du respect de ceux des niveaux inférieurs pour que son autorité soit prise au sérieux.

— Qu'en sera-t-il des Grands Maîtres que vous cantonnerez aux échelons inférieurs ? demanda Malden. Ils n'auront aucun pouvoir effectif. Ce ne sera pas long avant qu'ils se mettent à défier les Grands Maîtres des niveaux supérieurs pour les renverser.

— Ils ne pourront pas se faire la guerre sans mon autorisation. Cela figurera dans le règlement.

— Et vous croyez qu'il suffira d'agiter un bout de papier sous le nez des membres d'un clan qui nous agresse pour les faire fuir ? s'esclaffa Jolene.

— Un Grand Maître qui attaque un autre clan s'exposerait à de sévères punitions, rétorqua Isla en crispant la mâchoire.

— Trop tard pour éviter les dommages, intervint Malden.

— Oui, convint Isla. La punition serait dissuasive cependant.

— Vous dites que les petits clans sont vulnérables, déclara un autre Grand Maître. Avec votre proposition, plusieurs Grands Maîtres se retrouveront à des échelons inférieurs, ce qui exacerbera leur vulnérabilité.

— Ceux-là bénéficieront de la protection des clans des échelons supérieurs.

— Y a-t-il ici dans cette assemblée des Grands Maîtres qui n'ont jamais puni aucun membre de leurs forces de défense ou aucune de leurs sentinelles pour avoir abusé de leurs pouvoirs sur des démons de leur clan ? demanda encore le même Grand Maître. Tous les Grands Maîtres risqueront la même chose avec la mise en place de cette structure hiérarchique, affirma-t-il. Il y aura des abus de pouvoir et ce seront les plus vulnérables qui en souffriront.

— Si ma proposition est adoptée, déclara Isla en secouant la tête, il y aura plus d'ordre, moins de problèmes pour les démons et les rues seront plus sûres. Plus rien ne nous divisera. Nous serons tous unis. Nous serons aussi beaucoup plus forts si notre existence venait à être révélée aux humains.

— C'est déjà arrivé, et plus d'une fois, réfuta quelqu'un au fond de la salle, et on a fait face.

— Oui, convint Malden. Il y a une chose que je voulais ajouter par contre : si tu croyais réellement en ta proposition, tu n'essaierais pas d'attaquer mon intégrité et de saper mes promesses en créant de toutes pièces cette histoire que j'ai volé ton matériel de campagne.

— Nous savons pourtant tous deux que c'est la vérité, lança-t-elle, l'air déçue.

— Je vais vous poser la même question qu'à Malden hier, dit alors Raul. Comment exercerez-vous votre autorité sur les Grands Maîtres qui sont plus puissants que vous ?

— Très peu de Grands Maîtres sont plus puissants que moi, répondit Isla sur un ton arrogant. De toute manière, je n'ai pas besoin d'être plus forte qu'un Grand Maître pour lui imposer mon autorité.

— Je ne vois pas comment vous contrôlerez quelqu'un de la trempe de Knox Thorne, gloussa Raul. Il n'acceptera jamais que vous le punissiez sans vous faire subir quelques représailles en retour.

— Knox ne me fera jamais de mal.

— Elle semble le croire vraiment, dit Harper en se tournant vers ce dernier.

— Je connais Knox depuis toujours, poursuivit Isla. Nous avons trop de respect et de considération l'un pour l'autre pour qu'il me fasse du mal.

— C'est vrai, ça ? demanda Raul à Knox en arquant un sourcil.

— Je n'aimerais pas te faire du mal, c'est vrai, convint celui-ci en s'adressant à Isla. Cela ne signifie pas cependant que tu es entièrement en sécurité avec moi. J'ajoute que jamais je ne te donnerai d'autorité sur moi. Ni à personne d'autre d'ailleurs.

Il était impensable pour Knox d'accorder ce pouvoir à qui que ce soit dans sa vie.

— Faisons comme si vous aviez déjà été élue, Isla, lança Raul en souriant à cette réponse de Knox. Vous êtes la Monarque. Knox refuse de vous obéir. Que faites-vous ?

— Je le punis, bien sûr, rétorqua-t-elle sévèrement.

— Comment ? De quelle manière ?

— Tous autant que nous sommes, nous unirions nos efforts pour lutter contre une violation du règlement. Cela vaudrait également pour Knox Thorne. Je doute qu'il puisse gagner, seul contre tous.

— Et que feriez-vous si nous refusions de nous joindre à vous contre lui ? demanda le Grand Maître assis derrière Harper. Si nous préférons ne pas nous mêler des affaires des autres ?

Quelques rires fusèrent alors dans la salle.

— L'assemblée est peut-être d'accord avec votre proposition, soupira Raul en levant la main, mais en ce qui me concerne je ne la trouve pas du tout réaliste. Vous semblez avoir les yeux plus gros que le ventre, tout comme Malden d'ailleurs.

— Votre perception m'afflige, Raul, déclara Isla en se passant la langue sur les dents. On peut très bien préférer le *statu quo*, c'est vrai. Mais alors les problèmes ne seront jamais réglés. Pensez-y un peu.

Chapitre 12

Dario était l'une de ces personnes qui ne deviennent intéressantes qu'une fois soûles. Et malheureusement il n'avait pas assez bu ce soir-là.

Il cherchait à convaincre Harper que l'élection d'un Monarque serait avantageuse pour les États-Unis. La jeune femme en déduisit qu'il rêvait de l'influencer dans l'espoir qu'elle convainque Knox du bien-fondé de sa position. Or personne ne pouvait le faire changer d'avis, pas même elle. Dario aurait dû le savoir. Quel idiot !

Harper lança un regard du côté de l'accueil et constata que Knox s'y trouvait encore. Il regardait des documents que le concierge s'était précipité pour lui montrer quand ils étaient sortis du restaurant juste après le discours d'Isla. Harper était restée un peu en retrait avec Tanner, le temps pour Knox de régler un petit problème avec son employé. Dario avait profité de cette occasion inespérée de discuter seul à seul avec la jeune femme.

— Isla a raison de dire que l'élection d'un Monarque permettra de rétablir l'ordre, affirma Dario. Par contre, les raisons qu'elle avance pour son élection ne sont pas vraiment bonnes. C'est comme pour Malden.

— Ah bon ? dit Harper, manifestement indifférente, sans réussir pour autant à décourager son interlocuteur.

— Ils veulent plus de pouvoirs tous les deux, déclara-t-il, rien d'autre. C'est évident.

— Hem !

— Ils ne s'intéressent vraiment pas du tout au bien-être de nos congénères. Vous devez l'avoir pensé aussi.

— Je vais vous dire quelque chose, Dario, pour vous éviter de perdre davantage de temps : personne ne réussira à me convaincre du bien-fondé de l'élection d'un Monarque.

— Alors c'est que vous manquez de vue d'ensemble, dit-il en s'approchant si près d'elle que Tanner grogna mais Dario ne sembla même pas s'en apercevoir. Vous êtes très intelligente, mademoiselle Wallis. Je le vois dans vos yeux. Vous devez comprendre que l'élection d'un Monarque nous aidera à aller de l'avant. Et si nous allions au bar pour en discuter un peu plus longuement ? lui proposa-t-il en lui tendant la main.

— Pourquoi est-ce que nous ferions cela ?

Harper sentit l'esprit de Knox effleurer le sien et elle fut abasourdie d'y déceler les relents d'une extrême jalousie.

— *Pourquoi Dario est-il aussi près de toi ?* voulut-il savoir. *Un centimètre de plus et il te touche.*

— *Il essaie juste d'obtenir mon vote.*

Harper n'apprécia pas le ton accusateur de Knox, comme si c'était elle qui draguait cet enfoiré.

— Dario, grogna alors Knox, et Levi les rejoignit.

Knox s'approcha de Dario plutôt que de Harper, tout en gardant les yeux posés sur la jeune femme, le regard traversé par des éclairs de jalousie, de possessivité et de colère.

— Je parlais simplement à ton *alter ego*, expliqua Dario, qui recula d'un pas en remarquant le regard mauvais de Knox.

— J'ai bien vu.

Knox dut alors déployer d'immenses efforts pour s'empêcher d'éviscérer l'enfoiré, d'autant plus qu'il sentait la possessivité et la virulence de son démon pulser en lui. Pas parce que Dario avait pénétré dans l'espace personnel de Harper, mais plutôt parce qu'il avait détecté dans son regard une lueur d'avidité et un désir violent pour la jeune femme clairement perceptible par télépathie.

Knox était assez sensible pour capter les pensées et les rêves des gens qui l'entouraient quand leurs boucliers n'étaient pas très solides. Et là, il avait été à même de percevoir que Dario fantasmait sur Harper, qu'il l'imaginait nue sous lui, ses jambes enroulées autour de sa taille pendant qu'il la baisait sauvagement. Knox n'était pas vraiment ravi de voir cette image d'elle dans la tête d'un autre homme que lui.

Il comprenait le désir de Dario. Harper était belle, unique, franche et si distante qu'elle présentait un énorme défi pour n'importe quel démon digne de ce nom, un défi que lui, Knox, avait décidé de relever. Harper était sienne maintenant et voilà que Dario l'imaginait lui taillant une pipe.

— Je lui ai juste proposé d'aller au bar pour discuter…

— C'est hors de question, grogna Knox. Cela ne se fera pas, pas plus d'ailleurs que le cinéma que vous vous faites dans votre tête.

— Je voulais juste discuter des élections avec elle, se défendit Dario en blêmissant. C'est tout.

Dario faisait son possible pour se vider l'esprit, pour contrôler ses fantasmes et ne plus penser qu'à Knox, ce dernier le voyait bien. Ce surcroît de tension lui fut fatal cependant. Tous ses fantasmes se bousculèrent dans sa tête de façon incontrôlable comme sur une application vidéo :

Knox put voir des images de lui baisant Harper, la goûtant, la ligotant, lui suçant les tétons, la maintenant sur lui et l'obligeant à le sucer... Cela devint vite insupportable tant pour Knox que pour son démon.

Harper jura mentalement en voyant les yeux de Knox virer au noir tandis qu'il inclinait la tête et s'approchait de Dario comme un prédateur de sa proie. Un frisson parcourut l'échine de la jeune femme en détectant toute la colère qu'il dégageait. Le fait de savoir pertinemment qu'il ne lui ferait jamais de mal ne l'empêchait pas de le trouver assez effrayant, d'autant plus qu'elle savait d'expérience de quoi il était capable quand il était énervé.

Dario ne recula pas devant cette apparition, ce qui fut tout à son honneur. Harper ne comprenait pas ce qu'il se passait mais elle voyait que le démon de Knox était sérieusement contrarié.

— J'ai bien vu ce que tu voulais, dit le démon de Knox à Dario, qui déglutit bruyamment. Je n'en ai pas raté un seul épisode. Mais tu ne l'auras pas, dit-il en secouant lentement la tête. Elle est mienne.

— J'ai compris, dit Dario après s'être raclé la gorge.

Ah ouais ? Harper était contente d'apprendre que quelqu'un avait compris parce que, pour sa part, elle demeurait assez perplexe. Son regard alla de l'un à l'autre tandis que le démon de Knox se retirait.

— J'espère que cela n'avait rien à voir avec moi, dit Harper. On parlait des élections, c'est tout, affirma-t-elle.

— C'est vrai ? s'enquit Knox.

— Oui. Dario pense que..., commença Harper avant de s'interrompre en sentant un doigt psychique glacial caresser sa zone sensible, ce qui la fit tressaillir, bien naturellement.

Ah non ! il n'avait pas osé. Il n'allait pas lui faire le coup en public !

Elle sursauta quand le doigt lui encercla le clitoris, créant une sensation de brûlure et des picotements. Oh, l'enfoiré !

— Ça va ? s'enquit Dario en lui adressant un regard inquisiteur.

— Tu n'as pas l'air trop bien, ma belle, dit Knox, ses traits revêtant une expression préoccupée de circonstance. Tu as les joues bien rouges. Trop de champagne sans doute.

Le doigt glacial continua à explorer les replis de son intimité et Harper dut serrer les jambes pour ne pas défaillir.

— *Arrête*, lui intima-t-elle.

Knox n'en fit rien. Tout le temps qu'il discutait avec Dario, le doigt continua à lui caresser l'intimité, à effleurer sa zone sensible. Elle ne comprenait pas que quelque chose d'aussi froid puisse dégager autant de chaleur.

— *Je vais te tuer !* lança-t-elle.

Mais le doigt glacial s'insinua en elle et elle ne put retenir une exclamation de surprise.

Knox s'approcha d'elle, l'air inquiet. Il passa une main dans ses cheveux et le long de son échine avant de la poser sur ses hanches, une manifestation claire de possessivité masculine.

— Tu devrais peut-être monter t'allonger, dit-il.

— *Je vais t'arracher le sexe et…*

Un deuxième doigt rejoignit alors le premier et ils se mirent à la titiller, la caresser et la masser. En dépit de tous les vaillants efforts qu'elle déploya, elle ne put empêcher ses jambes de flageoler et elle dut s'agripper à la chemise de Knox pour ne pas tomber.

— Ouais, je pense que le champagne t'a bien ramollie. Dario, je vous souhaite une bonne soirée, dit-il sans le moindre soupçon de sincérité dans la voix.

Puis Knox guida Harper vers l'ascenseur qui les mènerait à leur étage, les doigts poursuivant leur manège.

— *Espèce d'enfoiré de merde de putain de psychopathe de bordel de connard!*

Une caresse un peu plus brutale lui fit pousser un petit cri. Elle était en feu, elle avait tellement besoin de le sentir en elle qu'elle avait du mal à contenir ses sanglots. Et il continuait à jouer les salauds.

— Prenez l'escalier, dit Knox à Tanner et à Levi, qui s'apprêtaient à les suivre dans la cabine de l'ascenseur.

Les sentinelles acquiescèrent d'un signe de tête et lui adressèrent un sourire de connivence.

Dès que les portes de la cabine se refermèrent, Harper se tourna vers Knox et poussa un grognement. Mais il ne lui donna même pas le temps de dire un seul mot. Il plaqua sa bouche sur ses lèvres et y inséra sa langue. Son baiser fut dominant, possessif, sauvage. Puis il la repoussa contre la paroi, lui coupant le souffle. Il lui saisit les poignets et les souleva au-dessus de sa tête tandis que les doigts psychiques poursuivaient leur œuvre, excitant la jeune femme au point de lui faire presque perdre la raison.

Il la força à écarter les jambes et se plaqua de tout son poids contre elle pour l'immobiliser.

— Regarde-moi, ordonna-t-il.

Les yeux de Harper passèrent alors de la couleur de l'ambre à celle de l'or. Il y lut un désir si intense qu'il en eut le ventre noué. Il brûlait aussi de désir pour elle. Son sexe était dur, douloureux du besoin de s'enfouir en elle, de sentir son intimité se resserrer sur lui. Mais pas tout de suite, pas encore.

Les doigts accélérèrent le rythme et Harper geignit en se mordant la lèvre. Incapable de bouger, de s'arquer à chacun de ses coups de reins, elle se sentit de plus en plus frustrée. Elle ne lutta pas cependant, sachant d'expérience que l'enfoiré de sadique ralentirait simplement la cadence pour la punir si elle luttait contre sa domination.

— Bravo, c'est bien, dit-il en accélérant le rythme pour la récompenser tout en lui suçant le lobe de l'oreille. Sais-tu que si j'arrêtais maintenant tu resterais dans cet état de désir exacerbé ? Tu ne pourrais pas te soulager toi-même. Même pas en te caressant longuement, ni même avec l'aide d'un autre homme, ce que tu n'oserais jamais faire parce que je tuerais le mec qui oserait toucher à ce qui m'appartient, continua-t-il en plongeant son regard dans les yeux de la jeune femme, qui luisaient de désir pour lui. Je suis le seul capable de soulager ton désir, Harper, une fois que je l'ai déclenché. Le seul.

— Knox, je vais jouir, dit-elle. Vraiment.

L'ascenseur s'arrêta alors au dernier étage. D'une main, Knox appuya sur le bouton d'urgence avant que les portes ne s'ouvrent. Puis les doigts psychiques disparurent et Harper sentit son désir se faire encore plus violent.

— Non ! sanglota-t-elle.

— Dis-moi que tu veux sentir mon sexe en toi, lui ordonna-t-il. Si tu le veux, tu dois me le dire, ajouta-t-il en arquant un sourcil devant l'expression de défiance dans son regard.

— Je veux sentir ton sexe en moi, dit-elle en se léchant les lèvres.

Il releva sa robe, souleva la jeune femme et défit sa braguette tandis qu'elle enroulait ses jambes autour de lui.

— Tu prends la pilule ? s'enquit-il d'une voix rauque.

Harper hocha la tête. Les démons avaient découvert ce moyen de contraception bien avant les humains.

— Super ! J'ai envie de me répandre en toi, de te remplir, déclara-t-il en s'enfouissant en elle et en poussant un grognement en la sentant se resserrer sur lui comme un étau. J'adore te sentir aussi mouillée pour moi. Et j'adore être en toi, ajouta-t-il en lui donnant un nouveau coup de reins. Tu es si étroite, si chaude, si mouillée. Et tu es mienne.

Harper s'agrippa à lui tandis qu'il accélérait le rythme de ses mouvements de va-et-vient. Il lui prit tout ce qu'elle avait à lui donner, exigea tout d'elle. Elle était brûlante et hypersensible. Le sexe de Knox était si massif qu'elle aurait dû avoir mal mais c'était tout le contraire : elle n'avait jamais rien connu d'aussi bon que ce membre qui l'emplissait complètement.

— Dis-moi que tu es mienne, Harper, grogna-t-il en étrécissant les yeux. Dis-le-moi.

— Tu exagères un peu, là, éructa-t-elle.

Knox se raidit et l'immobilisa d'un regard où brillait un éclat sauvage et dangereux. Instinctivement, elle cessa de bouger.

— Dis-le, insista-t-il d'une voix dominante et implacable.

— Je suis ton *alter ego* et cela te donne effectivement des droits sur moi, concéda-t-elle. Mais je n'appartiens qu'à moi.

Knox esquissa un sourire un peu tordu qui ne rassura pas du tout la jeune femme et réussit même à l'inquiéter un peu.

— Oh ! mais tu te trompes, ma chérie, dit-il en lui assenant un ou deux violents coups de reins. Tu es mienne, déclara-t-il d'une voix douce mais insistante.

— Mais tu vas me quitter, répondit-elle en secouant la tête.

Il n'aurait pas le choix quand son démon se lasserait d'elle.

— Non, dit-il en s'enfouissant en elle une nouvelle fois, une expression de résolution sur ses traits. Je ne te quitterai pas.

— Ton démon t'y obligera, insista-t-elle en déglutissant bruyamment quand elle vit ses yeux virer au noir.

— Non, petit sphinx, affirma la voix neutre qu'elle avait appris à connaître. Tu nous appartiens.

Puis le démon lui assena des grands coups de boutoir impitoyables dans une cadence effrénée. Knox reprit le contrôle quelques instants, grogna qu'elle était chaude, qu'elle était faite pour lui. Puis son démon revint à la charge et la pénétra si profondément qu'elle le sentit jusque dans ses entrailles. Ils alternèrent ainsi tout un moment, la baisant férocement, d'abord l'un puis l'autre, sans lui accorder aucun répit.

— Attends, dit-il en la sentant se crisper sur lui, au bord de l'explosion.

— Je ne peux pas, sanglota-t-elle.

Il savait qu'elle le ferait cependant. Elle y arrivait tout le temps. Elle se retint donc, même quand il se déplaça pour titiller sa zone sensible.

— Très bien, vas-y, tu peux jouir maintenant.

— Merde ! hurla-t-elle.

Knox grogna sourdement en sentant son intimité se refermer sur lui.

Il la pénétra alors très profondément et jouit, se répandant en elle complètement.

Les yeux fermés, le corps parcouru de grands tremblements, Harper s'affala contre Knox. Celui-ci appuya alors sur le bouton d'urgence pour débloquer l'ascenseur et les pyrotransporta tous les deux jusqu'à leur suite. Le petit sphinx était tellement épuisé qu'il ne réagit même pas au contact des flammes qui lui léchèrent brièvement la peau.

Il allongea délicatement la jeune femme sur le lit et la déshabilla avant de retirer lui-même ses vêtements et de s'installer à son côté. Elle eut encore quelques soubresauts mais elle avait cessé de haleter. Il passa un bras autour de ses épaules et l'attira à lui. Elle ouvrit les paupières et il constata que ses yeux étaient maintenant verts, de la couleur de la forêt tropicale.

— Est-ce que j'ai raison d'attribuer l'incident du doigt psychique aux pensées de Dario ?

— C'est le cas.

— Je ne comprends pas, avoua-t-elle, l'air perplexe.

— Cela ne me plaisait pas du tout de le voir si près de toi, expliqua-t-il en jouant avec son collier. Déjà qu'il t'avait matée toute la soirée. Tu ne remarques jamais, continua-t-il en fronçant les sourcils, quand les mecs te reluquent. Et, crois-moi, ils ne s'en privent pas, dit-il en lui caressant le dos. J'ai capté certaines de ses pensées et il fantasmait sur lui avec toi…

— Nan, tais-toi, je ne veux pas savoir, s'écria-t-elle en tressaillant de dégoût à l'idée de Dario la touchant. Mais pourquoi m'infliger une telle torture sexuelle ?

— Ma manière à moi de te rappeler que tu es mienne, dit-il en passant la main dans les cheveux de la jeune femme, si soyeux et au délicieux parfum de fruits mûrs.

Et puis je n'ai pas l'habitude de me sentir possessif. Cela vaut également pour mon démon. C'est nouveau pour nous, on doit encore s'habituer à ces sentiments. J'avais terriblement envie d'étriper Dario. Mon démon voulait même le brûler vif sur-le-champ. S'il ne l'a pas fait, c'est bien parce que Dario n'a pas contesté sa déclaration de revendication.

— Sa déclaration de revendication ? répéta-t-elle.

— Tu n'as pas encore compris ? Il veut te garder, il t'a choisie comme compagne.

Ce ne fut qu'à ce moment, avec ce grand bonheur qui montait en elle, que Harper comprit qu'elle avait fini par faire ce qu'elle s'était pourtant juré de ne jamais faire : elle était tombée terriblement amoureuse d'un démon. En théorie, cela aurait dû lui donner l'envie de fuir. Mais ce n'était pas le cas, parce qu'elle le désirait plus qu'elle ne ressentait le besoin de se protéger. Alors pourquoi ne se réjouissait-elle pas d'apprendre qu'il éprouvait la même chose qu'elle ? Parce qu'elle avait tendance à beaucoup se méfier quand ses désirs étaient satisfaits. D'après son expérience, quand quelque chose était trop beau pour être vrai, c'était effectivement le cas.

— Toujours aussi méfiante, murmura Knox en souriant.

— Regarde un peu la situation de mon point de vue. Tu m'as toujours dit que ton démon se lassait rapidement. Mais là, tu m'informes qu'il veut continuer à me fréquenter.

— Il veut plus que ça, il veut te garder, que tu sois sienne.

Au fond d'eux-mêmes, les démons étaient bien incapables d'éprouver des sentiments pour qui que ce soit. Ils n'en avaient pas les capacités émotionnelles. Mais quand un démon s'attachait autant que celui de Knox à Harper, il voulait que cette personne lui appartienne complètement, pour toujours.

— Il a toujours été très possessif avec toi. Tellement qu'il t'a marquée à deux reprises. J'ai été quand même très étonné de sa réaction de colère excessive, de jalousie, je devrais dire. Puis j'ai senti d'où lui venait cette possessivité, ce qui l'exacerbait et j'ai compris.

— Tant mieux parce que moi, je ne sais pas du tout de quoi tu parles.

— Tu lui donnes ce qu'il n'a jamais eu auparavant : ton acceptation.

— Mais tes sentinelles…

— Mes sentinelles sont très loyales, mais elles demeurent sur leurs gardes avec moi et avec mon démon. Elles ont raison d'ailleurs de nous craindre. Mais toi… tu crois fermement que mon démon ne te fera jamais de mal, que ce sera toujours le cas et tu l'acceptes même si tu le crains toujours un peu.

Elle l'avait vu faire apparaître les flammes des enfers, l'avait vu réduire deux adeptes de magie noire en cendres et elle n'avait pas reculé, même si le démon lisait de la peur dans son regard et la sentait aussi dans son odeur. C'était un parfum qu'il appréciait tout particulièrement d'habitude mais pas chez Harper.

— Et même s'il t'a fait un peu peur tout à l'heure en bas avec sa crise de jalousie, tu ne l'as pas rejeté. Alors, pour lui, ton sort est scellé, il te garde.

— C'est peut-être parce que je suis ton *alter ego*. Ton démon est sans doute un peu déstabilisé et…

— Il sait faire la différence entre attirance sexuelle et relation avec son *alter ego*. Le sexe pour lui est un simple besoin naturel tandis que la relation avec l'*alter ego* relève du psychisme. Son attachement à toi n'est pas fondé sur un besoin. Il dépend uniquement de toi. Mon démon est si puissant, dit-il en lui replaçant une mèche de cheveux derrière l'oreille, qu'il considère tout le monde comme des proies. C'est pour cela qu'il est un peu blasé mais qu'il souffre en même temps de la solitude.

» Quand un démon drague une fille, c'est d'abord et avant tout pour le plaisir de la conquête. Il ne voit pas les femmes comme des êtres uniques. Il les considère même comme interchangeables quelque part. En outre, il décrypte si bien les gens qu'ils en deviennent tous très prévisibles. Mais toi… il ne sait jamais ce que tu vas dire ou faire. Ma très forte personnalité te fait rire et tu n'hésites pas à affronter mon démon quand tu estimes qu'il te met trop la pression. Tu l'intrigues et tu l'acceptes. Voilà, je l'ai dit et je le répète : ton sort est scellé.

Ouais, d'accord si son démon voulait la garder, la désirait comme compagne, mais…

— Mais toi ? Que veux-tu ?

— Tu mérites mieux que moi, Harper, reconnut-il, désirant être parfaitement honnête avec elle. Je ne suis pas une bonne personne. Je ne fais pas de l'autoflagellation, chérie, ajouta-t-il la voyant prête à contester, mais je suis réaliste. Honnêtement, je suis aussi rusé et calculateur qu'on le dit. Je suis manipulateur et destructeur et je n'hésite pas à faire du mal pour obtenir ce que je désire. Tu as vu de quoi j'étais capable. Tu imagines aisément les dommages et les souffrances que je suis capable d'infliger. Je ne te ferai jamais de mal à toi. Mais j'en ai fait souffrir d'autres et je le referai sans hésiter si j'en ressens la nécessité. Je suis et serai toujours sans pitié. J'ai besoin de tout contrôler. Tu aurais pu trouver un meilleur compagnon que moi, Harper, mais… c'est trop tard. Je te l'ai déjà dit, tu es mienne. Je ne te laisserai jamais partir.

Ce n'était pas uniquement parce qu'elle était son *alter ego*, mais bien parce qu'il tenait à la jeune femme. Jusque-là, il s'était senti trop détaché émotionnellement pour désirer partager sa vie. Il se savait fébrile et éternellement insatisfait, même s'il avait tout ce qu'il désirait et plus encore, ou peut-être était-ce justement pour cette raison. Mais bon, il s'était attaché à Harper, de même que son démon. Ni l'un ni l'autre ne pouvaient concevoir de la perdre.

— On ne pourra pas retourner en arrière.

— Et tu ne vas pas me demander ce que moi je veux ? s'enquit-elle tandis qu'il se penchait pour lécher le tatouage sur son sein.

— Non, dit-il en plaquant sa bouche sur son téton et en le suçant. C'est sans importance.

— Comment ça, c'est sans importance ?

— Tu sais comment sont les démons, dit-il en souriant devant sa réaction irritée. Ils ne laissent jamais tomber ce qui leur appartient. Penses-tu vraiment que tu pourrais me faire changer d'idée ?

— As-tu envisagé que peut-être je n'avais pas envie de partir ?

Non, pas vraiment. Son petit sphinx avait tellement de sujets de préoccupation.

— Es-tu en train de me dire que tu vas accepter que je te revendique comme compagne sans lutter ? Que tu me désires comme compagnon ?

— Ben ouais. J'aurais bien du mal à te résister, d'autant plus que ma démone et moi partageons vos sentiments à toi et à ton démon, tu vois ?

Il lui adressa alors ce sourire tordu qui ne manquait jamais de lui chauffer les sens.

— C'est vrai, se réjouit-il en la retournant sur le dos, lui relevant une jambe et s'enfouissant en elle. Tu es mienne.

S'il y avait une chose qui mettait Knox hors de lui, c'était de sortir de la douche et d'entendre Harper discuter au téléphone avec un indésirable. Knox appréciait tout particulièrement le surnom qu'avait trouvé Khloë pour l'ex de la jeune femme : « Royce le rongeur ». Il lui allait comme un gant selon lui. L'enfoiré lui envoyait régulièrement ses excuses par SMS même si elle ne lui répondait jamais. Cela n'avait pas l'air de le décourager puisqu'il continuait son manège. Il avait besoin qu'on lui règle son cas une fois pour toutes.

— C'était l'humain ? grogna-t-il quand elle eut terminé son appel et raccroché avant de se tourner vers lui, une expression indéchiffrable sur le visage.

— Je lui ai dit qu'il devait faire erreur, expliqua-t-elle en acquiesçant de la tête, parce qu'il prétend qu'il y a des serpents devant chez moi.

Knox était vraiment abasourdi par ce qu'il venait d'entendre.

— Il y a quoi ? demanda-t-il,

— Il faut que j'y aille.

Levi et Tanner les conduisirent alors rapidement à son appartement. À leur arrivée, Harper aperçut effectivement quelques serpents exotiques qui rampaient devant sa porte.

— Waouh ! c'est glauque ! s'exclama-t-elle en frissonnant de dégoût.

Harper remarqua Royce appuyé contre une voiture, la sienne sans doute. L'enfoiré se précipita vers eux en les voyant descendre de la Bentley.

— Tu vois, je ne t'ai pas menti, dit-il. Vous voulez que j'appelle les exterminateurs ?

— On s'occupe de tout, dit Knox en le congédiant du regard. Vous pouvez partir.

— Je vais rester, déclara-t-il.

Knox grinça des dents. Il se serait fait un plaisir de régler le cas de cet enfoiré s'il en avait eu le temps. Ils avaient malheureusement des problèmes un peu plus urgents à régler.

— Allez-vous-en, monsieur Yardley.

— N'allez surtout pas croire que vous pouvez me donner des ordres, lança Royce en serrant les poings. Je ne suis pas bête. Je sais que vous sortez avec Harper. Mais je sais aussi que ça ne durera pas. Vous avez une réputation de vrai tombeur. Il n'est pas assez sérieux pour toi, Harper. D'après tous les articles que j'ai lus sur lui, il n'a jamais eu de relation stable et il n'en désire pas. Il profite de toi, c'est tout.

— Bon, il faut vraiment que vous partiez, grogna Tanner.

— Mais non, Harper est…

— … mienne, compléta Knox expertement, pénétrant dans l'espace personnel de Royce jusqu'à ce qu'il se retrouve nez à nez avec lui. Ce qui signifie que tu n'es rien pour elle et qu'elle n'est rien pour toi. Tu as compris ?

Harper voulut intervenir, dire à Royce de s'en aller, mais Levi secoua la tête, lui faisant comprendre qu'il valait mieux ne pas s'interposer. Puis Harper comprit : c'était un truc de mec, Knox avait besoin de balancer un avertissement à Royce.

— Vous allez la larguer en moins d'une semaine, geignit Royce. Mais moi, je l'aime. Si je n'avais pas fait de bêtises, poursuivit-il même si Harper avait renâclé en l'entendant, et si elle ne m'avait pas quitté…

— … je te l'aurais prise, dit Knox, terminant sa phrase pour lui.

C'était vrai, il ne mentait pas. Il aurait tout fait pour la séduire, qu'elle soit ou non célibataire. Il aurait fait le nécessaire pour l'éloigner de cet humain.

— Je l'ai dit et je le répète, elle est mienne. Tu vas donc arrêter de l'appeler, de lui envoyer des SMS, de l'embêter au travail et d'aller la voir chez elle. Sinon, ta vie va devenir très, très compliquée.

— C'est une menace ?

— Je n'aime pas les questions rhétoriques.

Le démon de Knox avait très envie d'émerger, irrité par cet humain et par le danger que représentaient ces serpents pour Harper. Il se manifesta même dans la voix et les propos de Knox.

— En termes parfaitement clairs et simples, si tu ne pars pas tout de suite, je ferai de ta vie un enfer tel que tu n'as jamais imaginé. Fais-moi confiance, il vaudrait mieux que tu t'en ailles.

Ce que Royce vit dans les yeux de Knox le fit pâlir et reculer d'un pas. Knox adressa un regard en coin à Levi, qui comprit et guida l'humain vers sa voiture. Royce rouspéta un peu de se faire ainsi malmener mais finit par s'installer au volant et déguerpir. Puis Knox entrelaça ses doigts avec ceux de Harper et se dirigea vers son appartement.

— Quel être insignifiant, dit-il. Je me demande bien ce que tu lui trouvais.

— Moi aussi, dit-elle. Mais ces serpents me laissent encore plus perplexe, dit-elle. Enfin merde ! mais qu'est-ce que c'est que ça ? lança-t-elle en approchant de sa porte. Pourquoi… Merde ! s'exclama-t-elle quand un serpent se jeta sur elle avec une vélocité qui la surprit, attrapé en plein vol par une main qui l'empêcha de la toucher.

Puis Knox fit apparaître des flammes des enfers, qui engloutirent le reptile et le réduisirent en cendres.

— Euh… merci, dit-elle.

— Ce n'est pas la première fois que je vois cela, expliqua-t-il. Ces serpents ne sont pas réels. On peut les toucher, ils peuvent nous mordre, mais ce ne sont pas des vrais animaux. C'est un sortilège. Il suffit de trouver la parade et ils disparaîtront.

— L'œuvre d'adeptes de magie noire, encore une fois, grommela Tanner, qui s'était approché de Harper.

La sentinelle émettait beaucoup plus d'ondes protectrices que d'habitude, sans doute parce que Knox les avait informés, lui et Levi, dans la Bentley, qu'il avait pris la jeune femme pour compagne ce qui n'avait pas semblé les étonner outre mesure.

— Tu dis que c'est un sortilège, mais de quelle sorte exactement ? Dans quel dessein ? Pour m'empêcher d'entrer chez moi ?

— Non, ce n'est pas pour cela, déclara Knox en évaluant l'énergie que dégageait le sortilège, en essayant de le lire en quelque sorte. Il y a d'autres serpents à l'intérieur. Ils sont tous venimeux et agressifs. Leur venin est surnaturel et ils sont là pour une seule raison.

— Quoi ? s'informa Levi.

— Leur venin est destructeur. Il gâte, pourrit et détruit irrémédiablement ce qu'il touche, transformant tout en cendre sur leur passage.

— Es-tu en train de me dire que tout ce que ce venin touche va disparaître ?

— Oui. Mais c'est toi leur cible.

Comme pour prouver ce que Knox venait de dire, un autre serpent se lança sur elle. Tanner l'attrapa d'une main et lui brisa le cou d'un coup sec. D'accord.

— Oh mon Dieu ! entendirent-ils alors crier une voix de femme derrière eux tandis que Levi détruisait les deux derniers serpents avec des petites boules de feu des enfers.

Harper fit demi-tour et cligna des yeux. Décidément, elle allait de surprise en surprise. Knox et ses sentinelles se placèrent devant elle comme pour la protéger.

— Que faites-vous ici, Carla ? demanda Knox, l'air soupçonneux.

La mère de Harper joignit les mains devant elle et s'approcha lentement, son regard allant de Knox à l'endroit où s'étaient trouvés les derniers serpents.

— Je… euh… je voulais parler à Harper. Larkin a refusé de me dire où elle était. Elle m'a juste expliqué qu'elle n'était plus à l'hôtel. J'ai pensé venir voir si elle était rentrée chez elle.

— C'est vrai ? s'enquit Knox en étrécissant les yeux.

— D'où venaient ces serpents ?

— Ça, c'est une excellente question.

— Vous me soupçonnez ? demanda Carla en s'arrêtant subitement.

— Peux-tu défaire ce sortilège ? demanda Harper à Knox, plus intéressée par la résolution du problème que par une discussion avec sa mère.

— Seul un adepte de magie noire ou un incantateur serait capable de le faire, déclara Knox en secouant la tête.

Les incantateurs étaient des démons capables de faire de la magie.

— Je connais des incantateurs, intervint Levi. Je peux en appeler une et lui demander de venir. Elle devrait être capable de décrypter ce sortilège et de le détruire.

— D'accord, accepta Knox en passant un bras autour de Harper. Allez, on s'en va.

— Attends, Harper, dit Carla en s'approchant de sa fille au moment où Tanner ouvrait la portière de la Bentley. J'aurais voulu te parler. Une minute, d'accord ?

— De quoi ? demanda Harper en inclinant la tête. Tu veux te réconcilier avec moi pour t'assurer que je ne vais pas demander à Knox de t'expulser du clan ? ou as-tu peur que j'aille raconter à ta famille qu'on partage le même ADN ?

Les épaules de Carla s'affaissèrent et elle eut l'air défaite et sincèrement malheureuse.

— J'aurais dû deviner que ce n'était pas la peine. Les elfes t'ont remontée contre moi.

— Oh non ! Carla, renâcla Harper. Tu t'en es chargée toi-même, dit-elle en montant dans la voiture et en soupirant longuement.

Quelle affreuse journée.

Knox s'installa tout près d'elle et passa les doigts dans sa chevelure au moment où la voiture se mit en marche.

— Ça va ? demanda-t-il.

— Non, je suis énervée. Comme s'il ne suffisait pas qu'on veuille ma mort. J'avais tout plein de souvenirs de voyages chez moi, des petits objets qui ont une grande valeur sentimentale pour moi. Et ils ont sans doute tous été transformés en cendre. Je vais devoir racheter des meubles et…

— Mais non, pas du tout. Tu vas venir vivre avec moi.

— Ah oui ? Parce que tu crois que c'est ce que je vais faire ? dit-elle en haussant les sourcils.

— Si tu penses que je vais laisser ma compagne vivre loin de moi, tu te trompes, lança-t-il en lui étreignant fermement la mâchoire.

— Quel charmeur tu es, rétorqua-t-elle, ne tenant aucun compte des ricanements de Tanner.

— Il n'y a aucune raison pour qu'on ne vive pas ensemble, insista-t-il en faisant glisser sa main pour lui enserrer la gorge.

— Mouais.

— Tu aimes bien ma maison.

— D'où sors-tu cette idée ? dit-elle en émettant un rire bref, forcé.

— Tu as toujours l'air très détendue chez moi.

C'était vrai. Elle se sentait en sécurité chez lui. Et pas uniquement en raison de ses systèmes de protection ultraperfectionnés. Elle avait trouvé dans cette maison quelque chose de tout à fait inattendu : une atmosphère apaisante, un lieu propice à la détente. Le tempérament joyeux de Meg et sa délicieuse cuisine y étaient aussi probablement pour beaucoup, tout comme l'attitude naturellement positive de Dan. Harper ne pouvait s'empêcher de s'y sentir bien. Préférant garder tout cela pour elle, elle se contenta de hausser les épaules.

— J'aime bien ta salle de bains.

Avec son immense baignoire circulaire de granit noire et ses nombreux jets d'eau, la salle de bains était sublime.

— *Carla a fondu en larmes. Je pense qu'elle s'attend à ce que je la réconforte*, dit télépathiquement Levi à Knox, qui s'apprêtait à prendre la parole.

— *Ne fais pas attention à elle, elle se plaint tout le temps de son sort.*

— *C'est ce que je fais, mais elle a dit quelque chose qui pourrait t'intéresser. Elle prétend avoir croisé Kendra dans sa voiture en venant ici. Qu'est-ce qu'elle serait venue faire par ici ?*

— *Ouais, effectivement. Qu'est-ce qu'elle viendrait faire là ? Je vais demander à Keenan d'aller la chercher.*

— C'était Levi ? s'enquit Harper avec un petit sourire. Est-ce que Carla l'embête ?

— Oui, c'était lui, répondit-il en se tournant vers elle.

— Il y a un souci ? demanda-t-elle, trouvant son ton de voix un peu étrange. Ne mens pas, insista-t-elle en se raidissant parce qu'elle l'avait vu hésiter.

— Carla a dit qu'elle avait croisé Kendra en venant chez toi. *Keenan, trouve Kendra et conduis-la au hangar.*

Un bâtiment qui se trouvait sur sa propriété.

— *Très bien*, répondit Levi.

— C'est étrange que Kendra soit venue à North Las Vegas. Elle a toujours considéré ce quartier et ses habitants comme indignes d'elle. Si tu penses qu'elle a quelque chose à voir avec ces serpents, détrompe-toi.

— Pourquoi dis-tu cela ?

— J'ai beaucoup réfléchi à tous ces événements qui se sont produits et au comportement des suspects sur notre liste. Kendra m'en veut énormément, c'est vrai, je ne vais pas le nier. Elle semble penser qu'on est en concurrence toutes les deux. C'est pourquoi je pense que si elle était responsable elle aurait voulu que je le sache, que j'admire son intelligence, que je reconnaisse qu'elle a gagné. Je doute qu'elle se cache derrière des sortilèges de compulsion ou des adeptes de magie noire.

— Il vaudrait mieux pour elle qu'elle se cache si c'est elle la coupable et qu'elle tient à la vie, déclara Knox. Elle sait que ton éventuel assassin signe son arrêt de mort, parce que tu es mon *alter ego* et que je serai impitoyable.

Il se demanda alors comment Kendra réagirait en apprenant que Harper était devenue sa compagne, en plus d'être son *alter ego.*

— Peut-être. Il y a autre chose cependant. Je crois Carla tout à fait capable d'avoir inventé cette rencontre avec Kendra pour que nous reportions nos soupçons sur quelqu'un d'autre. Tu ne dois pas écarter cette possibilité.

— D'accord, convint-il.

Carla demeurait néanmoins la moins suspecte de tous pour lui. Harper représentait certes une menace pour elle et son petit monde, et il était possible que quelqu'un découvre les liens qui existaient entre elle et Harper en creusant un peu. Mais elle n'était pas obligée de tuer Harper pour se protéger. Elle avait bien d'autres moyens à sa disposition. Elle pouvait par exemple se réconcilier avec sa fille et limiter ainsi les éventuels dégâts. Elle pourrait alors jouer le rôle de la mère éplorée qui regrettait amèrement sa fille chérie. C'était sans doute d'ailleurs ce qu'elle cherchait en venant voir Harper.

Isla et Kendra avaient beaucoup plus de raisons de souhaiter la disparition de Harper. Elles lui en voulaient toutes deux d'avoir obtenu ce qu'elles estimaient leur dû : son *alter ego* dans le cas d'Isla, et son père dans le cas de Kendra. Isla était froide et rusée et cela ne la gênerait pas de débarrasser le monde de Harper. Kendra était enragée, jalouse, rancunière et amère, et donc capable d'une très grande cruauté, y compris de l'assassinat de sa demi-sœur parce qu'elle avait eu tout ce dont elle-même avait été privée.

Une chose était sûre cependant : celui ou celle qui s'en prenait ainsi à sa compagne connaîtrait bientôt des souffrances plus effroyables que tout ce qu'il ou elle pouvait imaginer.

Chapitre 13

S'attendant à ce que Tanner les conduise à leur hôtel dans la Cité souterraine, Harper fut très étonnée de se retrouver devant la maison de Knox.

— Ravi de vous revoir, mademoiselle Wallis, la salua Dan avec un grand sourire en ouvrant la porte.

— Merci, répondit succinctement Harper, pas encore très à l'aise avec toutes ces marques de politesse.

— J'aimerais bien savoir, dit-elle à Knox en lui emboîtant le pas, pourquoi nous sommes venus ici plutôt qu'à l'hôtel ?

En effet, Dario devait prononcer son discours sous peu.

— J'ai demandé à Meg de te préparer un bain, expliqua-t-il en la guidant jusqu'à la salle de bains où elle fut sidérée de découvrir tout ce qui l'attendait.

Toujours aussi attentionnée, Meg lui avait versé un verre de vin rouge et avait disposé çà et là des bougies parfumées au jasmin.

— Ce n'est pas que je n'aie pas envie de me plonger dans la baignoire, mais… pourquoi ?

Knox l'attira à lui et l'embrassa longuement avant de répondre.

— Tu es perturbée, dit-il. Et c'est comme je te l'ai dit tout à l'heure, tu parviens toujours à te détendre ici.

Harper dévoilait rarement ses sentiments mais il savait qu'elle souffrait de devoir envisager que sa propre mère souhaitait peut-être sa mort. Il aimait la dorloter, mais elle était si indépendante qu'elle réagissait souvent mal quand il le faisait. Il scruta le visage la jeune femme et vit plusieurs émotions se succéder rapidement sur ses traits tandis qu'elle essayait de contenir son malaise et roulait des épaules pour soulager sa tension.

— Merci, lança-t-elle enfin.

— C'était dur, n'est-ce pas ? dit-il en esquissant un grand sourire amusé.

— Merde, je n'ai pas pris de vêtements de rechange ! s'exclama-t-elle en fronçant les sourcils avant d'esquisser une grimace.

— Tu as tout ce qu'il te faut ici.

— Tu veux parler de ces créations de stylistes renommés que je t'ai demandé de rapporter au magasin ?

— Ce ne sont que des vêtements, Harper. Écoute-moi, dit-il après lui avoir sucé la lèvre inférieure pour l'empêcher de rouspéter. Ce que j'ai à te dire est très important. Tu n'aimes pas que je te fasse des cadeaux, cela te rend mal à l'aise et je le comprends. Cela ne va pas m'empêcher de continuer de t'en faire pour autant. Je vais te gâter et te dorloter chaque fois que tu en auras besoin. Parce que je le veux, parce que tu le mérites. C'est comme ça dans un couple. Je me sens rejeté quand tu refuses mes cadeaux.

— Ce n'est pas toi que je rejette, tu le sais bien.

— Oui, je le sais et c'est pour cela que je ne t'en veux pas. Tu n'aimerais pas cela non plus si je faisais quelque chose qui t'éloigne de moi.

— Tu le fais déjà. Tu es tellement mystérieux en ce qui concerne ton passé et ce que tu es. Je comprends, ajouta-t-elle précipitamment. Je te le promets. Je ne le prends pas personnellement. Mais bon, tu as l'habitude de te taire et donc c'est normal que tu aies du mal à révéler des secrets qui sont loin d'être anodins, je le comprends bien. Par contre, si tu me considères vraiment comme ta compagne, il faudra que tu apprennes à me parler de toutes ces choses importantes. Je ne dis pas que tu dois le faire là tout de suite, je ne te demande pas cela. Mais si tu veux qu'on construise une vraie relation ensemble, il faudra que tu t'ouvres à moi.

Cela avait l'air tellement facile, mais Knox savait que ce serait loin d'être le cas. Son passé était aussi sombre que lui. Harper était assez forte pour connaître la vérité mais il ne souhaitait pas l'obliger à l'entendre, craignant surtout qu'elle décide de s'enfuir. Il reconnaissait toutefois qu'elle avait raison quant à la nécessité d'être honnête l'un envers l'autre.

— Je vais essayer de m'ouvrir à toi si tu fais l'effort de ton côté d'accepter mes cadeaux.

— C'est tout un compromis que tu me proposes là, observa-t-elle. Bon, d'accord, j'accepte.

— Très bien.

— *Knox, on est là*, dit Keenan.

— *Je vous retrouve dans le hangar*, répondit Knox.

— C'était Levi ? s'enquit Harper, devinant un échange télépathique. L'incantatrice est arrivée pour contrer le sortilège ?

— Non, répondit Knox, c'était Keenan. Profite bien de ton bain, ajouta-t-il en l'embrassant une dernière fois avant de la libérer. Je reviens tout de suite.

— As-tu oublié tout ce qu'on vient de dire au sujet des secrets et des compromis ?

Le démon de Knox s'esclaffa. Étrangement, il était ravi de la sagacité de la jeune femme et pas du tout contrarié à l'idée qu'il ne réussirait jamais à la berner.

— Je lui ai demandé d'emmener Kendra ici, soupira Knox, ils sont dans le hangar.

— Tu vas l'interroger.

— Bien sûr.

— Et tu préfères que je ne sois pas là.

— Est-ce que tu n'as pas un peu regretté de lui avoir assené une douleur à l'âme après que ta grand-mère t'a expliqué que Kendra était sans doute ta demi-sœur ?

Il connaissait déjà la réponse. Harper avait peut-être l'air dure, mais cette apparence cachait une grande douceur.

— Un petit peu, reconnut-elle. On n'est pas vraiment des sœurs, sur le plan émotionnel. Il n'y a aucun lien entre nous, mais…

— Je serai peut-être obligé de lui faire du mal alors je préfère que tu ne voies pas ça.

— Je ne crois pas que ce soit elle qui commandite ces agressions, déclara Harper en passant une main dans ses cheveux.

— Tu as peut-être raison, dit Knox.

Mais il ne voulait prendre aucun risque.

— D'accord, dit Harper. Je vais rester ici.

Elle était beaucoup trop fatiguée pour affronter Kendra après sa rencontre avec sa mère et toutes ces conneries de magie noire.

— Je ne serai pas long, affirma Knox après l'avoir embrassée.

Il se rendit alors au hangar, où il trouva Keenan adossé au mur et dévisageant la démone qui se tortillait sur une chaise. Elle releva le menton d'un air arrogant quand Knox vint se planter devant elle. En dépit des efforts qu'elle déployait pour avoir l'air calme et composée, elle dissimulait mal une grande nervosité. Était-ce parce qu'elle était la coupable qu'ils recherchaient ou bien parce qu'une convocation du Grand Maître était rarement de bon augure ?

— Que me voulez-vous ? demanda-t-elle enfin.

— Je préférerais que tu commences par me dire où tu étais ce soir ? Mais je connais déjà la réponse et, honnêtement, elle me rend perplexe.

La jeune femme s'immobilisa mais garda le silence.

— Tu te savais surveillée, n'est-ce pas, Kendra ? Alors tu t'es éclipsée discrètement. Pourquoi ? Et qu'est-ce qui t'a attirée à North Las Vegas ?

— Aucune loi ne m'interdit d'y aller.

— Cela ne répond pas à ma question, déclara Knox en avançant d'un pas, ne cachant plus sa colère. (Kendra pâlit.) Il vaut mieux ne pas me pousser à bout. Ou bien as-tu tellement aimé la punition que tu as reçue la dernière fois que tu as envie de recommencer ?

Un éclair de crainte traversa le regard de la jeune femme. Elle se remémorait sans doute avoir été obligée d'avaler une boule de feu des enfers, sa punition pour avoir agressé Harper dans les toilettes. Le feu lui avait brûlé la bouche, la gorge, la trachée, les poumons, l'estomac et même les intestins avant de s'estomper. Knox était véritablement impitoyable, mais il avait lui-même subi des châtiments plus terribles encore avant l'âge de cinq ans.

— J'allais retrouver quelqu'un dans un bar, avoua-t-elle.

— Pourquoi ?

— C'est personnel, déclara-t-elle en tressaillant quand elle vit Knox faire apparaître une boule de feu des enfers. Je voulais voir quelqu'un qui sait où trouver un démon que je cherche, ajouta-t-elle précipitamment.

— Est-ce que c'est Lucian Wallis par hasard que tu cherches ?

— Tu es au courant…, bredouilla-t-elle, ses traits se défaisant.

— Qu'il est ton père biologique ? Oui. Que tu lui en veux de ne pas avoir été là pour toi ? Oui. Que tu détestes Harper parce qu'elle a eu tout ce que tu n'as pas eu ? Oui, continua-t-il en jonglant avec la boule de feu. Mais la détestes-tu suffisamment pour vouloir sa mort ? Pour faire appel à des adeptes de magie noire pour t'aider à réaliser ton rêve ?

— Quoi ? s'écria-t-elle, abasourdie, horrifiée qu'il puisse penser cela. Non ! Je n'irais pas jusqu'à mentir et affirmer que je n'éprouve que des bons sentiments à l'endroit de Harper Wallis. Ce n'est pas le cas et ce ne le sera jamais. Je tiens à la vie par contre et jamais je ne la mettrais en péril pour une personne qui n'est rien pour moi. Et c'est la mort assurée que de s'en prendre à ton *alter ego*. En outre, je suis véritablement choquée que tu puisses penser que je suis en relation avec des adeptes de magie noire, conclut-elle sur un ton très arrogant.

— Ah oui ? Eh bien, moi, je suis choqué que quelqu'un ait tenté de tuer Harper.

— Tu aurais dû y penser avant de la présenter comme ton *alter ego*. Cela revenait à lui dessiner une cible dans le dos. Le fait que ce soit public la protège contre la majorité des démons, mais tu as beaucoup d'ennemis et ils la voient comme un moyen de t'atteindre. La plupart d'entre eux ne s'en prendront jamais directement à toi parce qu'ils te craignent trop. Mais il y en aura toujours d'assez stupides et avides de vengeance pour oublier leur peur.

Knox le savait. C'était d'ailleurs pour cette raison qu'il avait donné un garde du corps à Harper. Dans ce monde de brutes, elle était plus en sécurité si personne n'ignorait qu'elle était son *alter ego* et non pas une simple démone anonyme, membre d'un petit clan.

— Si elle est en danger, c'est ta faute.

— Ou la tienne, Kendra, déclara Knox en écrasant la boule de feu entre ses mains. Peut-être parce que tu lui en veux trop d'avoir tout ce que tu as toujours désiré.

— Moi ? Jalouse que Lucian Wallis soit son père ? ricana Kendra.

— Tu parles de lui avec tant de mépris, remarqua Keenan, et pourtant tu le cherches. Pourquoi ?

— J'ai envie de lui parler en face, de lui dire quel enfoiré il est d'avoir laissé ma mère dans un sale état, tellement qu'elle s'est tournée vers l'alcool pour se réconforter, ce qui s'est avéré être la pire des illusions pour elle.

— Tu pourrais vouloir te venger en t'en prenant à l'unique fille qu'il a reconnue, la seule personne qui compte pour lui, signala Keenan.

— Je ne veux pas le faire souffrir à cause d'elle mais bien parce que la vérité fait mal. Il a besoin de savoir exactement ce qu'il a fait à ma mère.

— Peut-être, rétorqua Knox, mais je ne crois pas un seul instant que tu ne détestes pas ma chère Harper de toutes tes forces.

— Ta chère Harper ? s'écria Kendra, en relevant la lèvre supérieure de manière à montrer toute son amertume. Tu la baises donc ? Je me demande dans combien de temps ton démon va se désintéresser d'elle. Ce ne devrait pas être bien long, vu qu'elle est une elfe et une W…

— Je pensais que tu tenais à la vie ! lui assena le démon de Knox, qui avait émergé.

— Oui-i, bégaya-t-elle en se tassant sur sa chaise, les yeux écarquillés.

— Je t'interdis d'insulter ce qui m'appartient, poursuivit-il, impitoyable.

— Je suis désolée, geignit-elle.

Knox reprit sa place mais Kendra ne se calma pas tout de suite, sans doute en raison de la colère qui avait alourdi l'atmosphère au point de faire trembler les murs.

— Écoute-moi bien, Kendra. Si jamais j'apprends que tu es responsable de ces agressions contre Harper, je t'anéantirai. Et, crois-moi, je ne t'éliminerai pas rapidement, mais bien très, très lentement. Tu connaîtras des souffrances encore plus atroces que tout ce que tu peux imaginer. Tu me supplieras de te laisser mourir. Mais je ne le ferai pas. Nous savons tous deux que je suis cruel et impitoyable. Tu fais peut-être partie de l'espèce des cauchemars, Kendra, mais moi, je suis le pire cauchemar de tous.

— Ce n'est pas moi, je te le jure, déclara-t-elle en se léchant les lèvres.

— Alors je te laisserai vivre cette vie à laquelle tu prétends tenir, Kendra. Mais si tu mens, tu mourras.

Pouvait-on réellement désirer posséder autant de vêtements ?

Enroulée dans une serviette éponge extrêmement moelleuse, Harper poussa un long soupir en examinant le contenu de l'immense dressing tout en essayant de ne pas regarder les étiquettes des prix. Il y avait de tout, des tenues très décontractées aux robes du soir. Les sous-vêtements étaient tous plutôt coquins, comme d'ailleurs les minuscules morceaux de dentelle transparente qui devaient être des chemises de nuit.

— Alors ? demanda-t-elle en se retournant, ayant entendu Knox entrer dans la chambre.

— Kendra prétend que ce n'est pas elle, dit-il en jouant avec une mèche humide des cheveux de la jeune femme. Je ne suis pas étonné. Elle dit qu'elle avait rendez-vous avec une personne qui était probablement en mesure de lui dire où se trouve Lucian. Elle dit qu'elle veut l'affronter.

Ce n'était pas une bonne nouvelle.

— Crois-tu qu'elle lui veut du mal ?

— Physiquement ? Non, je ne le pense pas.

— Elle aura une énorme surprise si elle décide de s'en prendre à lui physiquement. Il a des dons qui me font littéralement flipper, moi dont les yeux changent constamment de couleur, ce qui est déjà plus qu'étrange !

— Cela te vient de Lucian ? s'enquit Knox en admirant les prunelles de Harper, qui avaient pris la couleur du mercure.

— Nan. J'ignore si c'est une caractéristique génétique ou simplement un défaut vraiment très bizarre.

— Je ne trouve pas tes yeux étranges, affirma Knox en lui mordillant la lèvre inférieure. Ils sont simplement uniques, tout comme toi.

— Ouais, si tu veux, marmonna-t-elle, ce qui fit sourire Knox.

— Tu te sens mieux ?

— Oui, vraiment, répondit-elle, son regard se faisant plus vif. Je trouve même que tu as l'air plus tendu que moi. C'est toujours compliqué, je suppose, d'interroger un membre de ton propre clan. Qu'y a-t-il ? demanda-t-elle en voyant une lueur étrange traverser son regard.

— Tu as dit « ton propre clan ».

— Parce que c'est ton clan, lança-t-elle en lui adressant un regard attendri. Tu es tombé sur la tête, ou quoi ?

— Tu es ma compagne, dit-il en ne relevant pas sa remarque. Cela veut dire que tu en fais partie aussi maintenant.

Merde ! elle n'y avait pas pensé. Cela allait être un problème pour elle.

— Knox ! je ne veux pas quitter mon clan.

— Je sais. Et c'est peine perdue, je pense, d'essayer de te convaincre, cela ne m'attirerait que des frustrations. Je te propose donc un compromis : on va dire que tu appartiens aux deux clans.

— Eh ben dis donc ! s'exclama-t-elle, surprise parce qu'elle s'attendait à devoir se bagarrer un peu plus sur ce point. Tu es vraiment doué pour les compromis.

— Je sais choisir mes combats, affirma-t-il en lui effleurant les lèvres de la bouche.

— On dirait un papa qui laisse son pauvre enfant remporter une toute petite victoire pour lui donner l'illusion de contrôler sa vie.

Elle fut incapable de lui en vouloir cependant parce qu'il lui adressa ce petit sourire tordu qui la faisait fondre chaque fois.

— As-tu choisi ce que tu allais mettre ? demanda-t-il en jetant un œil dans le dressing.

— Sais-tu qu'il y a au moins trois fois plus de vêtements ici que dans ma penderie ? Mais bon, je suppose que les serpents ont tout détruit, ajouta-t-elle d'un air morose. D'accord, ce n'était que des fringues, mais elles venaient d'un peu partout dans le monde, c'était des souvenirs de voyages.

— Si tu veux, on ira chez toi après le discours de Dario pour évaluer l'ampleur de dégâts.

— Oui, j'aimerais bien voir si quelque chose a résisté au sortilège. Est-ce que tu ne pourrais pas, dit-elle après avoir jeté un regard découragé en direction du dressing bien garni, nous pyrotransporter jusqu'à notre suite à l'hôtel ? J'y ai laissé ma robe pour ce soir.

— Non. On m'a vu partir de l'hôtel, il faut qu'on me voie y retourner.

— Oh ! tu préfères que tes dons restent inconnus du public.

— Je n'ai pas envie que tout le monde sache de quoi je suis capable, expliqua-t-il en haussant les épaules.

— OK, dit-elle en s'emparant un peu au hasard de sous-vêtements, d'un jean et d'un chemisier blanc. Regarde, j'enlève les étiquettes sans même regarder les prix. Je vais faire semblant que ce ne sont pas des vêtements de marque et que tu les as achetés dans une friperie.

— Comme tu veux…, dit-il en souriant.

— *Knox ?* l'interrompit Levi. *Il faut qu'on parle.*

— *Maintenant ?*

— *Oui, c'est important*, dit-il, sur un ton urgent qui alarma Knox.

— *Je serai dans mon bureau à l'hôtel dans dix minutes*, répondit Knox. *Viens m'y retrouver.*

— *Sans Harper. Je t'expliquerai.*

— Tu es encore plus tendu qu'avant, observa Harper en enfilant son jean.

Harper était beaucoup trop perspicace à son goût.

— Levi veut me parler de quelque chose, seul à seul.

Elle leva les yeux vers lui, une expression neutre sur ses traits. Knox s'était attendu à ce qu'elle soit irritée mais elle se contenta de hausser les épaules.

— Pas de souci.

— Pas de souci ? répéta Knox, ahuri.

— Je ne suis pas une sentinelle, alors j'accepte qu'on ne me dise pas tout, surtout avant que tu aies été mis au courant. Je ne m'attends pas à ce que tu me dises tout, sauf pour ce qui me concerne directement ; auquel cas, cela me regarde, bien entendu.

Il n'y avait donc vraiment pas de souci, mais il avait envie de s'ouvrir à elle.

— Je n'aurai pas de secret pour toi, à moins que cela ne concerne quelqu'un d'autre.

— Cela me va, déclara-t-elle en boutonnant son chemisier et en hochant la tête.

En arrivant à l'hôtel de la Cité souterraine, Knox envoya Harper et Tanner à sa suite et se dirigea vers son bureau. Levi était déjà là, près de la porte, les mâchoires crispées et le regard dur. Knox attendit qu'ils soient tous les deux dans son bureau avant de prendre la parole.

— Dis-moi tout.

— L'incantatrice, Ella, est venue à l'appartement de Harper et a levé le sortilège. D'après elle, il était assez complexe. Les adeptes de magie noire qui l'ont mis en place ont dû coûter cher.

Cette information était très utile, en effet, mais…

— Tu n'avais pas besoin de me voir seul à seul pour me donner cette information. Il doit y avoir autre chose.

Levi retourna la chaise placée devant le bureau et s'y installa à califourchon.

— Ella est arrivée comme Carla partait. Elle l'a reconnue, et a déclaré qu'elle ne pourrait jamais oublier cette pouffiasse sans cœur. Elle l'avait rencontrée il y a très longtemps, à l'époque où elle était enceinte.

— Continue, dit Knox en se raidissant, sachant d'instinct qu'il n'allait pas apprécier ce qu'il allait entendre.

— Il semble que Carla n'était pas juste fâchée que Lucian la quitte pendant sa grossesse. Elle lui en voulait de l'avoir mise enceinte et elle a essayé d'avorter.

Knox lâcha un juron en sentant la colère monter en lui. Son démon grogna, tout aussi enragé que lui.

— Cela n'a pas marché, manifestement. Carla est donc allée voir une incantatrice pour lui demander un sortilège pour faire mourir le bébé.

— Tu te moques de moi ! grogna Knox, sa colère et celle de son démon atteignant leur apogée.

— Pas du tout, affirma Levi en secouant la tête. Elle a dit à cette incantatrice, Dawn, qu'elle ne voulait rien de Lucian en elle et qu'elle avait hâte de pouvoir lui dire ainsi qu'à sa famille qu'elle avait perdu le bébé. Dawn ne voulait pas tuer un bébé et puis elle ne voulait pas utiliser la magie pour faire ça. Mais, pire que tout, Carla s'était même renseignée pour savoir s'il existait un moyen d'emprisonner l'âme du bébé pour faire souffrir Lucian, lui dire que jamais son enfant ne serait en paix.

C'en était trop cette fois pour le démon de Knox, qui poussa un grand cri de rage. Knox dut faire beaucoup d'efforts pour l'empêcher de prendre le contrôle et de donner libre cours à sa colère. Il devina en voyant Levi se raidir que ses yeux avaient brièvement viré au noir.

— Il y a autre chose ? lança Knox. Dis-moi, je veux tout savoir.

— C'est comme je te le disais, expliqua Levi. Dawn ne voulait pas faire ce que lui demandait Carla mais elle savait que d'autres n'auraient pas les mêmes scrupules. Elle a donc mis en place un sortilège de protection pour le bébé. Puis elle est allée voir Jolene et lui a tout raconté.

— Jolene est au courant ? s'enquit Knox, le choc de ce qu'il venait d'entendre lui ayant temporairement figé les neurones.

— Jolene a payé Carla pour qu'elle porte le bébé jusqu'à son terme et le lui remette, et c'est ce qu'elle a fait. Je suppose donc, spécula Levi, que tu as très envie d'étriper Carla, de la torturer, de la démembrer très, très lentement.

Le démon de Knox trouvait que c'était une excellente idée, mais pas Knox…

— Elle mérite pire encore, lança-t-il d'une voix rauque.

Si Carla avait réussi, sa compagne n'aurait pas survécu.

— Je suis d'accord. Je ne juge pas les femmes qui se font avorter, même si je suis contre par principe. Mais je trouve intolérable qu'on puisse vouloir emprisonner l'âme d'un bébé. Vas-tu annoncer publiquement que Harper est ta compagne ? demanda Levi en croisant les bras sur le dossier de la chaise.

Levi changeait de sujet pour le calmer un peu, comprit Knox. Il joua donc le jeu.

— Je ne vais pas faire d'annonce officielle. Je vais juste laisser la nouvelle se répandre toute seule, dit-il, conscient qu'il n'avait besoin de le dire qu'à une seule personne pour faire passer le message. Je veux que tous les démons sachent qu'elle est prise. Il y a une chance qu'en l'apprenant le commanditaire de ces attaques se retourne contre moi.

— Tu crois ?

— Celui ou celle qui la prend pour cible est très en colère, c'est clair, mais il ne s'est rien passé jusqu'à ce que j'annonce à tout le monde qu'elle était mon *alter ego.* Il y a deux raisons possibles à cela, à mon avis. Premièrement, il ou elle ne veut pas qu'elle soit heureuse et ça lui reste en travers de la gorge. Si cette théorie s'avère juste, il ou elle sera furieux d'apprendre qu'elle a un compagnon. Ou bien c'est le fait que je sois son *alter ego* qui a tout déclenché, et si c'est le cas il ou elle sera encore plus furieux d'apprendre que je suis son compagnon. Dans les deux cas, c'est le fait que je sois dans sa vie qui est à l'origine de tout. Alors, oui, il y a un risque pour que cette colère se dirige maintenant sur moi.

— Harper va comprendre ce que tu fais, tu en es conscient, non ? Elle ne voudra pas te voir servir de cible.

— Tant pis, elle n'aura qu'à s'y faire, éructa Knox. Pourquoi est-ce que tu souris ?

— J'aime bien te voir exprimer tes sentiments quand il s'agit de Harper. Elle te rend heureux comme jamais rien auparavant. Il est déjà arrivé que des choses te plaisent, te fassent plaisir, mais jamais plus. C'est comment ? demanda Levi en inclinant la tête. D'avoir une faiblesse, je veux dire.

— Harper n'est pas une faiblesse pour moi.

— Bien sûr que si. Avant, tu survivais uniquement par instinct de préservation. Maintenant, tu vis vraiment, pour elle. Il n'y a pas de meilleure raison de vivre que de le faire pour sa compagne. On sait tous les deux que toi et ton démon vous flipperiez complètement si vous la perdiez. C'est la seule chose qui est capable de te faire souffrir. Elle est donc pour toi à la fois une force et une faiblesse.

Levi avait raison et Knox le savait. Il n'avait pas oublié l'immense colère qu'il avait éprouvée quand il avait retrouvé

Harper dans la ruelle avec les adeptes de magie noire, ni qu'il avait failli perdre le contrôle qui lui permettait de maintenir un certain équilibre. Est-ce qu'il se souciait des dégâts que sa rage occasionnerait autour de lui s'il perdait Harper ? Non.

— Mais bon, on n'a peut-être pas besoin de s'inquiéter autant. On sait tous les deux que tu serais capable de détruire le monde entier si tu la perdais. Seul un être suicidaire, belligérant, aliéné, inintelligent ou fou furieux serait capable de s'en prendre à elle sachant qu'elle est ta compagne.

Malheureusement, la folie n'était pas si rare que ça chez les démons, et il y avait beaucoup de marginaux sur terre. Harper n'était donc pas en sécurité.

— Lui as-tu dit de quelle espèce tu es ?

— Pas encore, répondit-il d'une voix hésitante.

— Harper n'est pas craintive.

— Non, c'est vrai. Mais les démons comme moi ne sont pas censés vivre parmi les humains. Tu sais ce qu'on dit : ceux qui sont nés en enfer restent en enfer.

Au contraire de ce que croyaient les humains, les enfers recélaient des êtres bien pires que Lucifer.

— Il faudra que tu lui dises bientôt. Ainsi que la vérité au sujet de Carla. Je préférerais qu'elle ne soit pas obligée d'entendre toutes ces conneries. Vraiment. Cela vaudrait mieux cependant qu'elle se méfie de Carla, qu'elle ne gobe pas tous ses prétendus efforts pour la voir.

— Je ne peux pas en parler à Harper avant d'interroger Jolene sur les détails de cette histoire. Mais ne t'inquiète pas, j'ai bien l'intention d'aborder le sujet avec elle.

Il ne serait pas capable de garder tout cela pour lui, surtout après lui avoir promis de ne rien lui cacher la concernant.

— Comment Harper va-t-elle réagir à ton avis ?

— Ça, je l'ignore. Elle me surprend toujours.

Knox et Levi allèrent alors frapper à la porte de la suite de Jolene, supposant qu'elle y serait occupée à se préparer pour le dîner qui devait commencer une heure plus tard,

— Oh ! j'attendais Beck et Martina, s'étonna la grand-mère de Harper en leur ouvrant, déjà habillée d'un joli tailleur couleur lilas. Harper n'est pas avec vous ? ajouta-t-elle en jetant un œil derrière eux.

— Non, répondit Knox en refermant la porte, laissant Levi en faction dans le couloir. Je pensais qu'il valait mieux qu'on se parle seul à seul.

— Ah bon ? dit Jolene en arquant un sourcil, exactement comme l'aurait fait Harper, pensa Knox. Elle ne sera pas contente de l'apprendre à mon avis.

— Elle ne sera pas non plus contente d'apprendre que vous lui avez menti toutes ces années.

Jolene plissa les yeux, perplexe jusqu'à ce qu'elle devine à quoi Knox faisait allusion. Il ne pouvait s'agir que d'une seule chose.

— Cela ne vous regarde pas vraiment.

— Harper est m…

— Votre *alter ego*, soit, mais cela ne vous donne pas automatiquement le droit de tout savoir sur elle.

— Je suis son compagnon et j'ai le droit de savoir.

— J'aurais dû m'y attendre, je suppose, soupira Jolene en prenant place sur le canapé et en croisant les jambes. Elle est vraiment unique, non ? Elle est très spéciale.

En effet.

— C'est difficile d'imaginer un monde sans Harper. Ravalez un peu votre colère si vous ne voulez pas que votre démon prenne le contrôle.

— Pourquoi avoir menti, Jolene ?

— Comment avez-vous découvert la vérité ?

— Une amie de l'incantatrice à qui Carla s'était adressée l'a reconnue et en a parlé à Levi. Pourquoi ne pas avoir dit la vérité à Harper ? ou du moins, si vous teniez absolument à lui cacher la vérité, pourquoi ne pas avoir inventé une histoire un peu plus douce pour elle ?

— Vous pensez que j'aurais dû raconter à Harper que sa mère avait cherché à obtenir les services d'un adepte de magie noire pour l'éliminer et emprisonner son âme pour se venger de son père ? grogna Jolene. C'est beaucoup trop difficile à appréhender, et Harper aurait fini par rejeter ses deux parents. Oui, j'aurais pu enjoliver un peu les faits, mais alors je courais le risque que Harper ait envie de retrouver sa mère. De cette manière au moins, si Harper découvrait la vérité, elle ne risquait pas d'être trop ébranlée. Elle sait déjà à quel point Carla est égoïste et cruelle.

— Il y a une autre chose que je ne comprends pas. Pourquoi avoir confié Harper à Lucian ? Vous auriez pu l'élever vous-même. Elle méritait mieux que ce qu'elle a eu.

— Pensez-vous réellement que c'est comme cela que ça s'est passé ? J'en ai pleuré pendant des jours et des jours. Mais Harper était le seul sphinx dans une famille d'elfes, et sans parents. Je tenais à ce qu'elle sache que ce n'était pas elle le problème, mais les autres. Si je devais la confier à Lucian pour y parvenir, alors soit. Et cela a bien fonctionné, vous ne pouvez pas le nier.

Non, elle avait raison, mais cela ne lui plaisait pas davantage pour autant.

— Allez-vous lui dire la vérité au sujet de Carla ?

— On va lui parler tous les deux, dit Knox en ouvrant la porte et en faisant signe à Jolene de le suivre. Si on ne le lui dit pas ensemble, insista-t-il en voyant qu'elle n'avait pas bougé, la pilule sera encore plus difficile à avaler et cela lui fera encore plus mal. Ce n'est pas ce que je souhaite pour elle.

Jolene réfléchit encore un moment avant de prendre son sac et de se lever pour le suivre.

— Quelqu'un a lancé un sortilège de mort sur l'appartement de Harper ce soir, lui révéla-t-il une fois dans l'ascenseur.

Les traits de Jolene se durcirent et la cabine trembla légèrement.

— Elle va bien ? dit-elle d'un ton de voix qui semblait signifier : « Elle a intérêt à aller bien, ça vaut mieux pour tout le monde. »

— Bien entendu, dit-il. Ce serait le chaos total si ce n'était pas le cas. C'est la deuxième fois maintenant que des adeptes de magie noire s'en prennent à Harper. On peut donc en conclure que le ou la commanditaire de ces attaques utilise la magie pour obtenir ce qu'il ou elle veut, et surtout pour se venger. Un peu comme Carla, en fait.

— Pensez-vous que c'est elle qui a embauché les magiciens ?

— Et vous ? vous n'êtes pas de cet avis ?

— Elle a déjà essayé de se débarrasser de Harper, répondit Jolene, songeuse. Je ne serais pas tellement surprise d'apprendre qu'elle a fait une nouvelle tentative.

— Ne faites pas l'imbécile avec moi, Jolene. Vous êtes très intelligente, très rusée. Je refuse de croire que vous n'avez jamais envisagé que ce soit elle la coupable.

— Comme vous, je la fais surveiller. Je pense qu'elle s'en doute et qu'elle ne fera rien de trop compromettant, du coup. Elle doit même faire très attention à ses fréquentations. Mais bon, il n'est pas nécessaire de voir les gens en personne pour fricoter avec eux, n'est-ce pas ?

— Vous faites aussi surveiller ses mails et ses coups de fil, non ?

— Bien sûr. Mais elle s'y attend, j'en suis persuadée. C'est une télépathe de haut niveau alors elle utilise peut-être ce moyen pour contacter des gens peu recommandables. Ne laissez pas ces informations vous obnubiler au point de perdre de vue la possibilité que Kendra ou Isla pourraient être les coupables que vous cherchez.

— Kendra a été vue à North Las Vegas hier soir, dit Knox en guidant Jolene vers sa suite au dernier étage, où l'ascenseur les avait déposés.

— Oui, il semble qu'elle cherche à savoir où est Lucian.

— L'informateur qu'elle allait rencontrer travaille pour vous, c'est ça ? demanda-t-il en souriant.

— Les elfes sont des menteurs et des tricheurs, c'est leur nature. Mais on ne trahit jamais les nôtres. Cet informateur va la mener en bateau pour l'éloigner un peu de Harper.

— Ça va ? demanda Tanner avec un regard inquisiteur en voyant arriver Knox. Je sens une grande colère en toi.

Normal.

— Levi va t'expliquer. Il faut que je parle à Harper, expliqua Knox en entrant dans la chambre suivi de Jolene, les sentinelles demeurant dans le couloir.

Ils trouvèrent Harper en pleine conversation téléphonique dans le salon. Knox reconnut la voix de Raini mais ne put distinguer les paroles. Il était un peu distrait par la beauté de Harper en robe du soir bleu poudre.

— Mamy ! s'exclama-t-elle, ravie, en apercevant sa grand-mère. Je vais devoir te quitter, Raini, je te rappelle plus tard. Que se passe-t-il ? ajouta-t-elle, son regard allant de l'un à l'autre.

— Je ne vais pas commencer par « j'ai quelque chose d'important à te dire », expliqua Jolene en prenant place sur le canapé en face de Harper parce que, honnêtement, je pense que tu n'as pas besoin de savoir ce que je vais te raconter. Cela ne peut que te faire du mal. Knox tient beaucoup cependant à ce que tu connaisses la vérité. Si c'est ce que tu veux aussi, alors, soit.

— La vérité à propos de quoi ? demanda Harper à Knox, qui venait de s'asseoir à côté d'elle.

— À propos de Carla, lui expliqua celui-ci, Jolene ayant gardé le silence.

— Très bien, je suis prête, allez-y, dit Harper en tordant un peu les lèvres.

— Carla ne t'a pas abandonnée sur le pas de ma porte, dit alors Jolene en replaçant une mèche de cheveux. Je me suis toujours occupée de toi depuis ta naissance et j'y ai même assisté. J'ai payé ta mère pour qu'elle poursuive sa grossesse jusqu'au bout et qu'elle te remette à moi ensuite, ajouta-t-elle après une courte pause.

— Tu l'as payée ? Elle voulait avorter, c'est ça ? demanda-t-elle, ayant deviné à quoi sa grand-mère voulait en venir. J'aurais été capable d'encaisser la vérité, mamy, si tu me l'avais dite, déclara-t-elle quand Jolene eut acquiescé de la tête, bien que cela ne m'aurait pas vraiment enchantée. Alors pourquoi ne pas m'en avoir parlé ? Il y a pire encore, non ? devina-t-elle, consciente qu'il devait y avoir une raison pour expliquer le silence de sa grand-mère.

— Carla a demandé de l'aide à une incantatrice après avoir loupé son avortement. Elle ne voulait pas seulement ta mort, elle voulait aussi emprisonner ton âme.

Super. La démone intérieure de Harper retroussa la lèvre supérieure, prête à partir à la recherche de la pouffiasse.

— Elle ne te voulait pas de mal, ajouta prestement Jolene. Elle ne te voyait pas comme une personne à part entière, à mon avis. Elle est tellement égocentrique qu'elle était complètement obnubilée par son propre désir absolu de vengeance.

— Pour elle, je n'étais qu'un pion qu'elle espérait utiliser pour faire souffrir Lucian.

— Je n'avais pas vraiment envie de te raconter cela quand tu étais petite. Il fallait cependant que je te dise quelque chose qui soit assez proche de la vérité pour que tu ne souhaites pas la présence de ta mère dans ta vie, que tu saches qu'il valait mieux pour toi vivre loin d'elle.

— Tu aurais pu tout me dire quand je suis devenue adulte.

— Tu avais assez souffert. Je craignais de te faire souffrir encore davantage en te déballant tout.

Harper ne pouvait s'empêcher d'en vouloir un peu à sa grand-mère de ne pas lui avoir dit toute la vérité mais elle comprenait. Et puis un autre mystère s'élucidait en même temps pour elle.

Je m'étais trompée, dit-elle.

— À quel propos ? voulut savoir Knox, qui trouvait Harper beaucoup trop calme, s'étant plutôt attendu à la voir râler.

— Je pensais que Carla me détestait, mais je vois maintenant qu'elle ne m'a jamais considérée comme une personne.

— Quand tu avais un an et demi, raconta Jolene après avoir poussé un long soupir, on a croisé Carla dans un magasin. On était avec Lucian, c'était une des fois où il était venu nous rendre visite. Il te portait dans ses bras et tu le faisais rire. Et on a vu Carla, expliqua Jolene en se tournant vers Knox. Il faut que vous sachiez, dit-elle, que Lucian aime sincèrement Harper, quoi que vous pensiez de lui. Carla l'a remarqué et elle s'est emportée. Elle s'est mise à crier, dit-elle en se tournant vers Harper, que les enfants devraient être avec leur mère et elle a même essayé de t'arracher à ton père. Tu lui as tapé sur la main et elle s'est effondrée au sol en sanglots.

— J'ai utilisé mon don ? s'enquit Harper.

Sa démone intérieure s'en félicita.

— Tu avais un an et demi et tu as humilié cette garce. Ce jour-là, elle n'a pas pu faire autrement que constater que tu étais une personne à part entière, une enfant très forte qu'elle ne pourrait jamais manipuler contre Lucian. Même bébé, tu étais plus forte qu'elle. Elle avait voulu emprisonner ton âme mais c'est toi qui l'as blessée à l'âme. C'est assez ironique, tu avoueras. Tu comprends pourquoi je ne t'ai jamais parlé de cela avant ? lui demanda-t-elle après une courte pause.

— Je ne t'en veux pas. Je comprends. J'aurais préféré connaître la vérité mais je comprends pourquoi tu ne m'avais pas encore raconté ça. Merci d'avoir fait en sorte que je le sache, dit-elle à Knox en esquissant un petit sourire.

Ce dernier fronça les sourcils. Sa compagne avait réussi à le surprendre encore une fois. Elle ne pleurait pas, ne criait pas, ne rouspétait pas après Jolene et ne jurait pas d'avoir la tête de Carla. Elle n'était pas normale.

— Je m'attendais à ce que tu pleures, à ce que tu râles un peu !

— Pourquoi ? Ce n'est pas comme si je ne savais pas déjà que Carla a l'esprit tordu. Est-ce que cela me perturbe ? Oui, un peu quand même. Ce n'est pas facile d'apprendre que ta mère a voulu t'avorter. Mais bon, très honnêtement, j'ai toujours pensé que c'était étrange qu'elle ne l'ait pas fait, vu que cela aurait fait souffrir Lucian beaucoup plus que de m'abandonner sur le pas de la porte de Jolene. Je ne comprenais pas qu'elle décide de mener sa grossesse à terme. Tout cela ne m'étonne donc pas outre mesure.

— Et cela ne te perturbe pas qu'elle ait voulu emprisonner ton âme ?

Knox était vraiment furieux rien que d'y penser.

— Ouais, mais bon, elle ne me voyait pas comme une personne à part entière après tout. Un démon qui a perdu son compagnon peut devenir très dangereux. Et Carla considérait Lucian comme son compagnon mais il l'a rejetée. Il ne voulait même pas d'elle comme *alter ego*. Rien de ce qu'elle a fait ne me concernait. Elle ne pensait qu'à elle. Elle a subi le contrecoup, non ?

Tellement que la démone intérieure de Harper arborait un petit sourire narquois.

— Tu es tellement imprévisible, dit Knox en regardant sa compagne et en secouant la tête, perplexe.

— C'est simplement que j'estime que si quelqu'un a des problèmes par rapport à moi, dit-elle en haussant les épaules, c'est à lui de les régler. Pourquoi est-ce que je m'en ferais ? Je ne suis pas responsable des agissements ou des sentiments des autres. Carla ne voulait pas d'enfant, ce n'est pas ma faute. Elle voulait se venger, pas ma faute non plus. Alors pourquoi est-ce que je laisserais tout cela me tourmenter ? C'est Devon, dit-elle en entendant la sonnerie de son téléphone et en voyant le nom de son amie s'afficher sur l'écran. Je reviens tout de suite.

Raini avait sans doute informé Devon et Khloë que Harper avait pris Knox pour compagnon. Harper ne souhaitait pas que ses amies l'apprennent par la rumeur.

— Elle a une façon très personnelle de voir les choses, dit Knox à Jolene après que Harper fut partie dans la chambre pour prendre l'appel. Cela me plaît beaucoup.

— C'est en grande partie grâce à Lucian, expliqua Jolene. Il garde ses distances par rapport à tout ce qui ne le touche pas directement. Il ne se laisse jamais affecter par l'opinion des autres, par ce qu'ils font. Et puis il ne prend pas la vie très au sérieux.

— C'est un connard, grogna Knox.

— Vous considérez Lucian comme une personne foncièrement mauvaise, soupira Jolene en secouant la tête. Quoi que vous en pensiez, Harper n'a pas eu une enfance épouvantable. Différente, oui, mais pas épouvantable. Et puis son père lui a transmis toutes ses qualités : son indépendance, son assurance et sa franchise.

— C'est un homme égoïste et ignorant.

— C'est vrai.

— Il a toujours fait passer ses besoins avant ceux de sa fille.

— D'une certaine manière, oui. On vous a beaucoup parlé de son côté play-boy, fêtard. Mais il a tout arrêté dès l'instant où Harper est allée vivre avec lui, même la drogue. C'est vrai qu'il a vécu en nomade avec sa fille. Mais bon, il adore les voyages. À part Harper, c'est la seule chose qui le rende heureux. Il n'avait rien d'autre à lui offrir.

» Il croyait vraiment que le fait de l'exposer à des modes de vie différents et à toutes sortes de cultures serait bon pour elle. Si j'avais découvert qu'elle était malheureuse, je l'aurais reprise avec moi. Mais elle aimait les voyages, même avec les hauts et les bas que cette manière de vivre suppose. Elle a plein de petits souvenirs de partout dans le monde auxquels elle tient énormément.

— Elle méritait mieux, insista Knox.

— Elle ne serait sans doute pas la personne qu'elle est aujourd'hui si elle n'avait pas grandi avec Lucian. Il y a tant de gens dans le monde qui ont eu une enfance épouvantable, ou qui ont été victimes d'abus de toutes sortes, de négligence et même de cruauté.

Knox le savait pertinemment.

— Harper n'a rien connu de cela. Lucian est égocentrique et a l'âge émotionnel d'un enfant. Mais il ne l'a jamais fait souffrir et ne le fera jamais.

— Jolene, si je doutais un seul instant de cela, il serait déjà mort, déclara Knox en se penchant en avant.

— J'espère que je serai là pour assister à votre première rencontre, ricana Jolene.

— Quelle rencontre ? voulut savoir Harper en rentrant dans le salon.

— Quand Knox rencontrera Lucian pour la première fois.

— Je ne sais pas si je partage ton enthousiasme, dit Harper en fronçant le nez.

— Pour ma part, je me réjouis de faire sa connaissance, déclara Knox.

— Dans quinze jours alors, puisqu'il vient pour l'anniversaire de Harper, dit Jolene.

— *Quand allais-tu me dire que c'était bientôt ton anniversaire ?* demanda Knox.

— *Euh… eh bien, jamais. J'ai horreur qu'on en fasse des tonnes pour mon anniversaire.*

— *Il faudra que tu t'habitues, et vite.*

Il l'avait déjà prévenue de son intention de la gâter et il était sérieux. Harper n'avait pas d'autre choix que d'apprendre à aimer ça.

Chapitre 14

Raul, Tanya, Martina et Beck étaient déjà installés à la table quand Knox, Harper et Jolene arrivèrent. Raul lança immédiatement la conversation sur des banalités et Knox devina qu'il cherchait en fait à déterminer si lui et Harper étaient plus que des *alter ego*. Knox se doutait bien entendu que sa petite manifestation de possessivité à l'accueil avait vite fait l'objet de rumeurs rapidement retransmises à travers toute la Cité souterraine. Exactement ce qu'il souhaitait. Il voulait que tout le monde sache que Harper n'était plus à prendre.

Il était intimement persuadé cependant que personne ne pouvait deviner qu'ils s'étaient unis. Tout le monde savait qu'il était incapable de s'attacher. Difficile d'imaginer dans ces circonstances qu'il ait choisi Harper. Knox en avait d'ailleurs été le premier surpris, tout comme de l'arrivée de la jeune femme dans sa vie.

— Il arrive que des *alter ego* couchent ensemble, lança Tanya à Raul, exaspérée. La belle affaire. Pourquoi est-ce que ça t'intéresse autant ?

Knox connaissait déjà la réponse à cette question, de même que Tanya et toute la tablée, à l'exception de Harper parce qu'elle semblait incapable de détecter quand un démon la draguait. Sans doute parce qu'elle n'était sortie qu'avec des humains jusque-là.

— Harper, c'est chasse gardée, Raul, déclara Knox en passant la main dans la chevelure de sa compagne dans un geste de possessivité. Elle est mienne et je ne partage pas. Je ne laisse personne toucher ma compagne.

— Votre compagne ? répéta Tanya, abasourdie.

— Comme je vous comprends, intervint Raul en souriant après avoir lancé un long sifflement.

— Tu t'es unie à Knox et tu ne me l'as même pas dit ? geignit Martina.

— Beaucoup d'événements se sont produits au cours de ces douze dernières heures, soupira Harper, qui n'avait pas envie de tout raconter à ces gens.

— Je vous dirai tout, mais pas maintenant, déclara Jolene à Beck et Martina, et pas ici.

Harper articula silencieusement le mot « merci » à sa grand-mère, qui lui adressa un clin d'œil.

— Merci d'avoir tout déballé à Raul avant même que je n'aie eu le temps de prévenir ma famille, Knox.

La rumeur allait se répandre aussi vite qu'une traînée de poudre. Le commanditaire des attaques allait sans doute en vouloir à Harper et peut-être aussi à Knox. Puis Harper comprit tout d'un coup la stratégie de ce dernier. Elle commençait à appréhender son mode de fonctionnement.

— Tu espères que le commanditaire sera tellement furieux qu'il s'en prendra à toi.

La perspicacité de la jeune femme fit sourire Knox, même s'il la trouvait particulièrement irritante.

— Je veux débusquer le responsable de ces attaques contre toi, oui. Si la nouvelle de notre union le ou la contrarie suffisamment, il ou elle réagira peut-être de façon irréfléchie.

— C'est moi qui vais agir de façon irréfléchie s'il t'arrive quoi que ce soit, espèce d'enfoiré !

La réaction amusée de Knox qui lui caressa l'esprit l'agaça encore davantage. Mais les serveurs commencèrent le service et, comme les autres fois, chaque plat était plus délicieux que le précédent, et Harper sentit toutes ses tensions s'évanouir. Et, fidèle à ses habitudes, elle préféra le dessert.

Sentant la main de Knox lui effleurer tendrement le genou, Harper se tourna vers lui. Son regard était braqué sur elle avec l'intensité d'un rayon laser, ce qui était souvent le cas, et elle sentit un frisson d'anticipation lui parcourir l'échine même si elle persistait à croire qu'il était une espèce d'enfoiré.

— J'ai encore faim. Tu me donneras à manger tout à l'heure dans notre suite ?

Il ne parlait pas de nourriture, elle s'en doutait bien. Elle aurait pu se contenter de lui répondre par un « peut-être » et faire son indépendante mais elle aurait risqué qu'il s'amuse avec ses doigts psychiques. Elle préférait éviter cela avec sa grand-mère à son côté.

— Pas de souci, répondit-elle alors.

— Viens là, dit-il en lui tapotant doucement l'oreille.

— Mais je suis là !

— Je te veux plus près de moi. Viens, Harper.

— Je pense qu'on devrait se retrouver à mi-chemin, dit-elle.

Il lui adressa alors son petit sourire tordu plein de promesses sexuelles.

— J'adore cette robe, dit-il en lui attrapant le menton d'une main et en l'attirant à lui. Le problème, lui murmura-t-il à l'oreille, est qu'elle m'empêche de toucher ce qui est à moi. Elle me donne envie de glisser ma main dessous pour vérifier si tu es mouillée. Est-ce que tu l'es, Harper ?

Maintenant, oui. Il aurait pu lui parler par télépathie, il n'était pas obligé de chuchoter. Mais il savait que cela la titillait qu'il lui parle dans le creux de l'oreille.

— Ne m'excite pas trop, je n'ai pas mis de culotte.

Knox banda en entendant ces mots. Il n'avait plus qu'une envie, enfouir son sexe dans cette bouche moqueuse aux lèvres pulpeuses et sensuelles.

— Un obstacle de moins entre moi et ce qui m'appartient.

— Oui, je suppose, gloussa-t-elle.

Un raclement de gorge attira son attention et elle leva la tête. Dario s'était approché, raide comme un piquet. Knox ne bougea pas mais Harper devina qu'il gardait les yeux braqués sur elle. Il savait que Dario était là, il l'avait sans doute senti s'approcher. Knox savait toujours ce qu'il se passait tout autour de lui.

— C'est l'heure de votre discours, c'est ça ? lança-t-elle.

Knox fit glisser sa main du menton à la nuque de sa compagne avant de lever les yeux vers Dario. Il n'émettait plus de fantasmes concernant Harper, aussi Knox allait lui laisser la vie sauve.

— Avant de prononcer mon discours, je tenais à vous remercier pour votre hospitalité ce week-end, Knox. Tout s'est très bien passé, dans une ambiance paisible et agréable. Je doute fort qu'il en ait été de même avec un autre hôte que vous.

Effectivement, certains Grands Maîtres n'auraient pas hésité à créer une situation conflictuelle avec un autre organisateur. Dario adressa un hochement de tête à Knox avant de se retourner et de se diriger vers l'estrade.

— Je dois avouer que j'ai hâte de découvrir ce qu'il va nous promettre, déclara Harper.

— Parce que vous envisagez de voter pour un Monarque ? intervint Raul, choqué.

— Même pas en rêve ! pouffa Harper. Je voulais simplement dire qu'il va devoir faire des promesses différentes de celles d'Isla et de Malden, et je ne vois pas ce qu'il pourrait proposer d'autre qui serait susceptible de plaire à notre espèce.

— Tant mieux, parce que, comme ça, il y a de bonnes chances pour que sa proposition soit rejetée, intervint Jolene.

— Bonsoir, chers amis démons, commença Dario avec un grand sourire avenant. Si vous êtes là à m'écouter après deux jours de discours, c'est que vous n'êtes pas encore morts d'ennui. Je serai aussi bref que possible afin de minimiser les risques de vous assommer avec mes idées alors écoutez-moi bien.

» L'idée d'une structure hiérarchique a un certain mérite, à mon avis. En revanche, je ne crois pas qu'elle puisse s'appliquer à tous les Grands Maîtres ou à tous les clans. Certains démons sont tout simplement incapables de se soumettre et ce ne serait pas juste de les punir pour ce qu'ils sont.

— Je n'avais pas anticipé cela, lança Jolene.

— Soyons honnêtes, poursuivit Dario. Il n'est pas réaliste de penser que tous les Grands Maîtres peuvent être punis. Certains sont tellement puissants qu'il est impossible de les soumettre à une quelconque autorité. Toute tentative de les punir entraînerait des représailles et mènerait inéluctablement à la guerre. Ou, pire encore, à l'apparition des flammes des enfers si ce qu'on dit sur Knox et ses dons est vrai et, personnellement, je dois avouer que je n'ai pas trop envie de vérifier cette rumeur.

Cette déclaration fut accueillie par des éclats de rire ici et là dans la salle.

— Si je suis élu, poursuivit-il, je proposerai que tous les Grands Maîtres puissent opter de s'intégrer ou non à la nouvelle structure et de se soumettre à l'autorité du Monarque. Pour ceux qui choisiront de ne pas le faire, leur décision sera respectée et ils ne seront pas punis.

— Ça, c'est différent, observa Harper à mi-voix.

— Je ne suis pas tenté par une hiérarchie où les Grands Maîtres de petits clans ne jouiraient pas automatiquement des mêmes pouvoirs et prérogatives que leurs collègues à la tête d'un grand clan, poursuivit Dario en secouant la tête. La taille du clan ne devrait pas influer sur les droits ou la vie d'un Grand Maître, ni sur le respect qui lui est dû. C'est pourquoi je vais proposer qu'un conseil soit créé en plus du poste de Monarque.

» Les Grands Maîtres de tous les clans des États-Unis siégeront à ce conseil à condition bien entendu de m'accepter comme Monarque. Cela ne signifie pas cependant que ce conseil détiendra un pouvoir décisionnel. Son rôle sera de permettre aux Grands Maîtres de collaborer entre eux. Tout projet de changement important sera soumis à un référendum comme c'est actuellement le cas. Cela ne s'appliquera pas aux Grands Maîtres qui n'ont pas intégré la structure hiérarchique.

» Je voudrais maintenant aborder un dernier point, déclara Dario en balayant l'assemblée des yeux. À l'heure actuelle, nos clans occupent des villes et même des pays entiers, mais nous n'avons pas de territoires bien à nous. Les démons des différents clans se mêlent facilement et il arrive que des situations dégénèrent et mènent à des conflits. Je propose donc que chaque Grand Maître se voie accorder un territoire dont les frontières ne pourront être franchies que sur autorisation. Cela évitera beaucoup de différends et les démons se sentiront plus en sécurité, mieux protégés, à l'intérieur de leur propre territoire.

— Merde ! cette proposition va peut-être en tenter plus d'un, réagit Harper.

Les démons avaient un instinct possessif très développé. L'idée d'un territoire bien à eux allait sans doute leur plaire.

— En ce qui concerne les Grands Maîtres qui refusent de dépendre d'un Monarque, poursuivit Dario, les frontières de leur territoire seront respectées par ceux qui acceptent la nouvelle hiérarchie. Les contrevenants s'exposeront à des punitions et n'auront pas le droit de se venger. En revanche, ils devront s'engager à respecter les frontières des autres clans pour éviter les conflits.

» Ce système est viable, selon moi. Pourquoi ? Eh bien, parce qu'il profite à tous et ne lèse personne. Les démons seront invités à donner leur avis par référendum pour chaque décision importante. Aucun Grand Maître ne sera considéré comme plus important que les autres, seul le Monarque aura autorité sur eux. Tous les clans auront des territoires à eux où ils seront en sécurité. Les Grands Maîtres qui ne souhaitent pas intégrer la hiérarchie que je propose seront libres de continuer à fonctionner comme maintenant. Je leur demanderai seulement de respecter les frontières des autres Grands Maîtres, tout comme nous respecterons les leurs. Si vous souhaitez la mise en place d'un système fonctionnel pour tous, votez pour cette proposition, votez pour moi. Avez-vous des questions ? demanda-t-il après avoir expiré longuement.

— Vous avez dit que vous respecterez les choix des Grands Maîtres qui n'adhèrent pas à votre système, lança un Grand Maître à leur gauche. Qu'arrivera-t-il si aucun de nous ne décide de le faire ?

— C'est une excellente question et il se peut que cela se produise en effet, convint Dario. Tout ce que je demanderai à ces Grands Maîtres sera de respecter les frontières de mon territoire, rien de plus, rien de moins. Je constituerai un conseil avec des démons de mon clan et toutes mes décisions seront soumises à référendum.

— Vous entendez donc mettre en place un nouveau système même si c'est uniquement à l'intérieur de votre propre clan ? s'enquit un autre Grand Maître.

— Oui, parce que je crois sincèrement que c'est une bonne idée et que tous les démons devraient avoir voix au chapitre.

— Comment proposez-vous d'établir les limites des territoires des clans ? voulut savoir à l'arrière de la salle une personne dont le timbre de voix trahissait un intérêt quelque peu perturbant pour le sujet.

— Prenons le cas de démons membres d'un clan installé dans la moitié de Manhattan. Eh bien, cette zone serait considérée comme leur territoire. Ce pourrait être l'île entière si le clan est présent partout. Les limites du territoire dépendront du lieu de résidence des membres d'un clan.

— Que proposez-vous pour les démons qui vivent loin de leur clan ? Dans le territoire d'un autre clan, par exemple ? voulut savoir Malden. C'est assez rare parce que les démons préfèrent pour la plupart se regrouper entre membres d'un même clan, mais cela demeure possible.

— Le plus simple, selon moi, serait que les démons qui vivent loin de leur clan s'en rapprochent. Ils pourraient aussi demander à intégrer le clan du territoire où ils habitent ou encore simplement demander au Grand Maître de ce territoire l'autorisation d'y demeurer. Mais vous avez raison, c'est extrêmement rare et il ne devrait donc pas y avoir beaucoup de cas comme cela.

— Et des démons qui souhaiteraient déménager dans le territoire d'un autre clan ? Que devront-ils faire ? insista Malden.

— Ma réponse est la même que pour la question précédente. Ils devront demander à changer de clan ou solliciter l'autorisation de s'y installer sans s'intégrer au clan du Grand Maître en question.

— Le problème de cette proposition, selon moi, lança une autre voix après un court silence, c'est que, même si de nombreux démons l'apprécient, ils n'en tireront aucun avantage si leur Grand Maître refuse d'adhérer à votre structure.

— Ils seront libres d'intégrer un clan qui reconnaît l'autorité du Monarque.

— Beaucoup de démons voudront peut-être intégrer ces clans pour avoir plus de droits, dit Harper à Knox, qui acquiesça d'un signe de tête.

— J'ai une question, intervint Raul. Il y a des régions aux États-Unis où il n'y a aucun démon. Qu'adviendra-t-il si un Grand Maître décide tout d'un coup de revendiquer ces territoires ? Cela ne risque-t-il pas de mener à une guerre ?

— Non, déclara Dario catégoriquement. Le cas sera soumis au Monarque et au conseil, qui délibéreront sur la question avant de proposer un accord.

— Sans référendum ? s'enquit Raul en haussant les sourcils.

— Cette décision n'affecterait pas tout le monde. Ce n'est pas une bonne idée d'organiser des référendums sur tout. Le public finirait par se lasser.

Il avait tout à fait raison, et Malden et Isla ne semblaient pas avoir pris cela en compte.

— Bon, d'accord, rétorqua Raul. Mais il y a d'autres problèmes. Nous savons tous que les démons adorent Las Vegas. C'est là qu'habitent la plupart des membres du clan de Knox et on peut donc considérer que la ville deviendra son territoire. Est-ce que cela signifie qu'on ne pourrait plus y venir sans son autorisation ?

— Tout à fait, mais je doute qu'il nous la refuse parce que cela impacterait trop ses affaires.

— Et la Cité souterraine ? C'est lui qu'il l'a créée, elle est à lui, il la gère. Est-ce qu'elle ferait également partie de son territoire ?

— Oui et vous auriez besoin de son autorisation pour y entrer. Mais bon, je doute qu'il la refuse à qui que ce soit. Il a créé cet endroit pour tous les démons, pas pour son usage exclusif.

— Alors posons-lui la question, dit Raul en se tournant vers Knox. Laisseriez-vous des démons d'autres clans et territoires franchir vos frontières ? Est-ce que vous continueriez à nous garantir le libre accès comme c'est le cas aujourd'hui ?

— Cela dépendrait, répondit Knox.

— De quoi ?

— Si le fait d'avoir un territoire pousse les démons à considérer les membres d'autres clans comme des ennemis, expliqua-t-il. C'est vrai que les mélanges entre clans mènent parfois à des conflits. Et si en plus certains Grands Maîtres se mettent à revendiquer d'autres territoires, il y aura forcément des frictions. Les démons risquent de commencer à voir les membres des autres clans comme des ennemis en puissance. Je ne veux pas que la Cité souterraine et Las Vegas deviennent des champs de bataille.

— Knox a parfaitement raison, affirma un Grand Maître assis à leur droite. Vous prétendez que votre système nous unirait davantage, Dario, mais le contraire pourrait aussi bien se produire.

— Je comprends ce que dit Knox, rétorqua calmement Dario, sans qu'un quelconque jugement ou critique n'apparaisse dans le ton de sa voix. Je pense toutefois que ce système fonctionnerait bien. Les Grands Maîtres collaboreraient les uns avec les autres et tous les démons auraient les mêmes droits. Nous serions unis et donc plus forts. Ce ne peut pas être une mauvaise chose.

— Je croyais, dit Beck tandis que Dario quittait l'estrade, que seule Isla aurait présenté des propositions raisonnables puisque les deux autres refusent toute autorité supérieure à la leur. Mais là, tous les trois ont émis des idées susceptibles de plaire au public.

— Et, pire encore, le projet de Dario plaira peut-être aux Grands Maîtres, ajouta Martina.

— En effet. Si les Grands Maîtres craignent que le public vote pour l'élection d'un Monarque, ils choisiront Dario parce qu'avec lui ils obtiendraient à la fois un territoire et plus de pouvoir. Même Isla ne peut faire autrement que d'en avoir conscience, conclut Jolene en désignant de la tête la démone en question, visiblement furieuse, occupée à dévisager Dario qui ne semblait se douter de rien.

— Je vais dire quelques mots, chuchota Knox à Harper dans le creux de son oreille, pour rappeler à tout le monde la suite des événements.

Puis il se leva et se dirigea vers l'estrade, tous les regards braqués sur lui.

— Ce week-end, commença-t-il, vous avez entendu les propositions de trois Grands Maîtres et les avis des uns et des autres lors des séances de questions-réponses. Le moment est maintenant venu de vous faire votre propre opinion. La création d'un poste de Monarque présente de nombreux avantages et inconvénients, ainsi d'ailleurs que tous les projets qui vous ont été soumis. Un référendum sera tenu dans la Cité souterraine dans quinze jours. Les votants auront chacun une seule voix, qui demeurera anonyme. Si vous vous prononcez en faveur d'un Monarque, vous devrez ensuite voter pour un des candidats en lice. Réfléchissez bien et faites un choix judicieux, conclut Knox avant de descendre de l'estrade.

Les Grands Maîtres se mirent à défiler dès qu'il eut rejoint Harper. Knox aida la jeune femme à se lever et parla brièvement à tous les démons qui vinrent le remercier d'avoir organisé ces rencontres. Knox fit allusion à Harper comme étant sa compagne à plusieurs reprises. Il souhaitait que la nouvelle se propage rapidement.

Malden s'approcha, arborant un sourire très satisfait. Knox eut l'impression qu'il croyait que sa proposition obtiendrait le plus grand nombre de voix.

— Je suis content de vous avoir vu, Knox. Où est passé Raul ?

— Il est déjà parti avec son *alter ego*, expliqua Knox.

— J'espérais le saluer, mais bon, tant pis. Jolene, c'est toujours un plaisir de vous voir. Au revoir, Harper.

— À bientôt, Malcolm, lança-t-elle en hochant la tête et en souriant.

— Je m'appelle Malden, la corrigea-t-il, les lèvres serrées dans un rictus, son tic nerveux se manifestant immédiatement sur sa joue, pour le plus grand bonheur de Harper.

— Mais oui, c'est vrai. Désolée ! s'exclama-t-elle en se frappant le front du plat de la main.

— Quelle coquine ! rit Knox en plaquant la bouche sur les lèvres pulpeuses de la jeune femme tandis que le Grand Maître s'éloignait.

Il maugréa ensuite intérieurement en sentant Isla s'approcher d'eux. Elle n'était pas exactement la bienvenue.

— *Isla arrive.*

— *Génial. Il ne manquait plus que ça !*

— Bonsoir, Knox, lança-t-elle d'une voix faussement agréable.

— Isla, la salua-t-il succinctement en relevant la tête.

— Je voulais simplement te dire au revoir. On se reparle bientôt, d'accord ? Au fait, j'aimerais également te demander de réfléchir à l'opportunité d'élire un Monarque. Je pourrais apporter beaucoup à notre espèce.

— Tu perds ton temps avec moi, Isla, lança-t-il dans un sourire aussi forcé que celui de la Grande Maîtresse.

— Toujours aussi têtu, je vois, déclara-t-elle d'une voix empreinte de nostalgie. Je voulais t'offrir quelque chose, dit-elle alors en se tournant vers Harper et en lui tendant une pochette de velours noir.

— Ah ouais ? Qu'est-ce que c'est ? s'enquit Harper en arquant un sourcil.

— Ouvre et tu verras.

La curiosité l'emporta et Harper prit le petit sac et regarda à l'intérieur. Elle y découvrit une chaîne en argent et un médaillon. En l'examinant de plus près, elle constata qu'il était orné d'un triquetra et d'un dragon doré. Un énorme pouvoir s'en dégageait.

— C'est une amulette de protection, expliqua Isla. Assure-toi de toujours la porter.

Harper leva la tête en percevant une inquiétude manifeste dans la voix d'Isla, qui les salua d'un signe de tête hautain avant de leur tourner le dos et de s'en aller.

— Il y a de fortes chances que ce médaillon soit chargé d'une malédiction. Je ne crois pas un seul instant que cette femme désire me protéger.

— Il dégage effectivement un certain pouvoir, confirma Knox en le prenant dans sa main.

— Je sais, je l'ai senti aussi. Pourtant, je n'ai pas l'impression qu'il s'agisse d'une vraie malédiction.

— C'est vrai.

— Crois-tu vraiment qu'Isla veut protéger Harper ? demanda Levi, manifestement très sceptique.

— Non, je dis simplement que ce médaillon ne contient aucun pouvoir maléfique.

— Peut-être souhaite-t-elle seulement avoir l'air de s'inquiéter pour Harper en espérant que cela suffise pour nous faire croire qu'elle n'est pas responsable des attaques contre elle, supputa Tanner.

— Cela me semble plus vraisemblable que l'idée qu'elle offre une amulette de protection à Harper, dit Martina. Ne va pas penser, lança-t-elle ensuite sur un ton sec à Harper, que je n'ai pas remarqué que tu ne portes pas le collier que je t'ai offert avec une arête de poisson porte-bonheur.

— Comment ce collier peut-il être un porte-bonheur ? demanda Harper en fronçant les sourcils. Il n'a certainement pas porté bonheur au poisson !

Beck s'esclaffa, ce qui lui valut un regard assassin de la part de Martina.

— Ma chérie, on va devoir partir, dit Jolene en attirant Harper contre elle d'un bras. Viens me voir, avec Knox. Et Levi et Tanner aussi. J'aime bien me rincer l'œil, termina-t-elle en souriant.

— Quand nous aurons récupéré nos valises dans notre suite, dit Harper en se tournant vers Knox après avoir fait ses adieux à Martina et à Beck, j'aimerais aller chez moi pour voir ce qui a survécu au sortilège.

Knox replaça l'amulette dans sa pochette et la rangea dans sa poche, déterminé à l'oublier dans le fond d'un tiroir.

— D'accord, dit-il. Je vais demander à Keenan d'apporter nos affaires chez moi et on va passer chez toi. Ça ne sera pas très joli, la prévint-il. Prépare-toi au pire.

Knox avait raison. À peine était-elle entrée dans l'appartement que Harper s'arrêta et poussa un long gémissement. On aurait dit une maison abandonnée. Les meubles encore debout étaient recouverts de la cendre des objets pulvérisés par le venin. Il faisait sombre, humide et il y régnait une odeur de moisissure et de décomposition, pareille à celle d'une morgue.

— Je ne comprends pas pourquoi les adeptes de magie noire ont choisi de mettre autant de serpents à l'intérieur et seulement quelques-uns dehors. C'est la présence de serpents à l'extérieur qui nous a fait deviner qu'il y en avait dedans. Pourquoi me prévenir ?

— Les magiciens n'avaient sans doute pas imaginé que des serpents sortiraient de chez toi. Ils n'avaient pas dû envisager la possibilité que quelques-uns d'entre eux s'échappent par ta boîte aux lettres.

— Peut-être. Ils auraient pu tout aussi bien, il me semble, choisir un sortilège plus simple avec seulement quelques serpents à l'intérieur qui m'auraient surprise et mordue. Je n'ai pas compris tout de suite, mais je pense maintenant qu'ils ont mis un maximum de serpents pour tout détruire justement. Ils voulaient me faire souffrir, un moyen pour eux d'évacuer leur colère contre moi. Si c'est en réaction à ton annonce que nous avons décidé de nous unir, il semble que cela n'a pas suffi pour détourner leur rage sur toi.

Elle avait raison et Knox sentit la colère monter en lui.

— Allez, prends ce qui est encore intact et partons d'ici, dit-il.

Ce qu'ils firent. Ce fut un véritable soulagement de quitter l'appartement, qui avait été envahi par une énergie terriblement sombre. L'odeur de mort avait imprégné leurs vêtements. Harper dut se frotter longuement dans la douche de Knox pour s'en débarrasser. Mais elle persistait dans ses narines. Elle revêtit un survêtement et alla s'installer sur le canapé. Elle huma le café que lui avait préparé Meg, une vraie perle, dans l'espoir que son parfum chasse la puanteur qui la hantait. Selon Levi, l'incantatrice aurait besoin d'un peu de temps encore pour faire disparaître jusqu'aux derniers relents du sortilège.

À son côté, Knox regardait dans un carton les objets récupérés chez Harper. Meg les avait lavés avant de les replacer dans une autre boîte. Elle avait réussi à les débarrasser de leur vilaine odeur de moisissure. Elle était vraiment formidable.

— Qu'est-ce que c'est que tout ça ? voulut savoir Knox.

— Dcs babioles qui n'ont qu'une valeur sentimentale. Regarde, dit-elle ne lui montrant une petite boîte à bijoux peinte à l'effigie d'un squelette, cela vient d'un marché mexicain. On n'est pas restés très longtemps au Mexique mais j'ai beaucoup aimé ce pays. Et cela vient de Suisse, expliqua-t-elle en désignant un piano miniature. On n'y a fait aussi qu'un court séjour. Lucian me l'a offert parce que je réclamais un piano. Il avait trouvé cela drôle. Et ça, dit-elle après avoir rangé le piano et sortit une maquette du Colisée de Rome, ça vient d'Italie. On y a passé une année et j'ai adoré ce pays.

— Jolene a raison, dit-il en retournant à sa place pour lui faire face et en posant le coude sur le dossier du canapé.

— À quel propos ?

— Tu gardes de bons souvenirs de ta vie avec Lucian.

— Je t'ai déjà dit que j'aime beaucoup voyager et que je ne voudrais pas avoir vécu mon enfance autrement.

C'était vrai, elle le lui avait dit mais Knox ne l'avait pas crue, n'imaginant pas que cela était possible. Il ne pouvait pas concevoir qu'elle avait été heureuse pendant toutes ces années où elle n'avait pas pu choisir quelque chose d'aussi fondamental que l'endroit où elle habitait.

— Parle-moi un peu plus de Lucian, lui demanda-t-il en coinçant une mèche de ses cheveux derrière son oreille. J'ai besoin de raisons de ne pas le tuer.

— Lucian n'est pas cruel, répondit-elle en lui adressant une fausse œillade assassine. Il est égocentrique et distrait, c'est vrai. Mais au fond il souffre beaucoup de la solitude.

Comme tous les démons, mais Lucian encore plus que les autres, ce qui le rendait particulièrement nerveux.

— Malheureusement, il n'a pas la maturité nécessaire pour y remédier ou établir des liens avec les autres, poursuivit-elle. Il doit donc vivre avec ça. À une époque, il a cherché le réconfort dans la drogue, l'alcool, les femmes et le jeu, toutes choses hyper dangereuses. Heureusement, il a passé ce cap mais il ne parvient toujours pas à combler ce vide. Je ne suis pas sûre qu'il sache réellement ce qu'il veut, mais il n'arrête pas de chercher et jamais au bon endroit.

— Un homme aussi désorienté n'est pas capable de penser aux besoins des autres, conclut Knox, qui avait enfin compris Lucian.

— C'est tout à fait ça. Les démons ne sont pas faits pour vivre seuls. Et il l'est depuis tellement longtemps.

Knox aussi avait passé beaucoup de temps seul mais cela n'excusait pas, selon lui, le comportement de Lucian.

— Il t'avait, toi.

— Avoir un enfant, ce n'est pas comme d'avoir une compagne, n'est-ce pas ? Et il ne m'a jamais utilisée pour lutter contre sa solitude, ce qui est tout à son honneur. Il aurait pu s'accrocher à moi comme le font certains parents qui souffrent trop d'être seuls, pour se sentir aimé, choyé, pour se sentir important. Mais il ne l'a jamais fait. Je pense qu'il m'a élevée à n'avoir besoin de rien ni de personne pour compléter ma vie, mais juste pour l'améliorer, pour s'assurer justement que je ne finisse pas comme lui.

Knox suivait parfaitement le raisonnement de Harper mais il refusait d'y adhérer. Il ne voulait pas se libérer de sa colère contre Lucian.

— Il tient à toi, reconnut-il enfin.

— Oui, je pense. Quand je suis allée vivre avec lui au début, il m'a expliqué qu'il m'avait confiée à Jolene pour mon bien, qu'il valait mieux que je ne sois pas tout le temps avec lui. Il m'a prévenue qu'il se planterait souvent et il s'en est excusé d'avance. Lucian n'est pas une mauvaise personne, Knox. Il est simplement incapable de pourvoir aux besoins de quelqu'un d'autre, pas plus qu'aux siens d'ailleurs. Donc, s'il te plaît, ne le tue pas, ajouta-t-elle en souriant.

— C'est important pour moi de savoir que tu as eu une enfance heureuse. Je tiens simplement à m'en assurer.

— Mais toi, tu n'as pas eu une enfance formidable, c'est ça ? demanda-t-elle en l'examinant attentivement. Oh ! il se raidit ! gloussa-t-elle. Allez, raconte-moi un peu. Tu m'as dit une fois que tu ne faisais pas partie d'un clan quand tu es allé vivre à l'orphelinat. Où étais-tu ?

Knox passa la main dans la chevelure encore humide de Harper. Il n'avait vraiment pas envie de reparler de cette époque de sa vie. Mais c'était Harper qui lui avait posé la question.

— Aujourd'hui, on parlerait de secte. À l'époque, c'était juste une bande de démons qui avaient quitté leur clan pour former un groupe sans Grand Maître. Ils avaient mis leurs ressources en commun et s'étaient installés ensemble sur un terrain qu'ils avaient acquis.

— Pourquoi ce groupe a-t-il quitté son clan ? s'enquit Harper, abasourdie par sa réponse. Le Grand Maître était un enfoiré ?

— Je ne me souviens pas bien du Grand Maître, juste que tout le monde avait peur de lui. Un groupe de démons a alors choisi de partir, mais ils n'avaient pas envie d'intégrer un autre clan parce qu'ils ne voulaient surtout plus de Grand Maître. Ils refusaient l'autorité, ils désiraient une vie libre et paisible.

— Mais ils n'ont pas trouvé la paix, devina Harper. Tu m'as promis de répondre à mes questions, lui rappela-t-elle quand il resta muet, se contentant de la dévisager.

— Autant que je me souvienne, répondit-il en souriant, les choses n'allaient pas trop mal au début. Les femmes et les enfants étaient extrêmement bien traités. Tous les membres du groupe étaient heureux et vivaient en bonne entente. Ils se sentaient enfin libres.

— Qu'est-ce qui a changé ?

— L'un d'entre eux, Riordan, débuta Knox, furieux tout autant que son démon à la simple mention de son nom, s'est autoproclamé Grand Maître du groupe, à la grande surprise de tout le monde.

— Quel âge avais-tu quand cette secte a vu le jour ?

— J'avais trois ans. Quand j'ai eu cinq ans, le groupe était devenu une communauté totalitaire et isolée. Riordan a pris le contrôle petit à petit. Il a imposé à tout le monde un code vestimentaire, un organigramme, un emploi du temps, des règlements et des restrictions. Le groupe est devenu très dépendant de lui et il l'a coupé du reste du monde.

— C'était plus facile pour lui de laver le cerveau des membres du groupe et de les contrôler en les isolant.

Harper comprenait mieux pourquoi Knox avait tant besoin de tout contrôler et rechignait à accorder sa confiance. Il avait vécu une période où il avait dû obéir en tout à une sorte de gourou. Depuis, il avait repris le contrôle et était devenu très déterminé à ne jamais le reperdre.

— Personne ne s'est rebiffé ?

— Riordan et ses acolytes punissaient toute manifestation d'insubordination alors il y a eu très peu de plaintes. Riordan faisait tout ce qu'il pouvait pour garder le contrôle.

Il avait manipulé, intimidé, exploité et opprimé tous les membres de son clan.

Comme d'habitude, Knox maintenait un calme apparent et parlait sur un ton parfaitement neutre. Harper le connaissait assez bien cependant pour déceler sa fureur.

Elle devinait la réponse à la question qu'elle s'apprêtait à poser mais elle tenait à la soulever.

— Qu'est-ce qu'ils t'ont fait ?

— Peut-être devrais-tu plutôt demander ce que, moi, je leur ai fait ? lança-t-il en se penchant vers elle.

Chapitre 15

La démone intérieure de Harper se raidit en détectant l'éclair de menace qui s'était insinué dans la voix de Knox. La jeune femme le dévisagea avec méfiance. Il avait parlé si calmement, sans même ciller. Et pourtant elle pressentait dans tout son corps un grave danger et elle fut assaillie par une vague d'anxiété réelle. C'était une réaction totalement instinctive qu'elle ne put refouler même si elle était intimement persuadée que cette menace ne s'adressait pas à elle. Knox était un grand prédateur et elle ne devait pas l'oublier.

— Tu ne veux pas savoir ce qui est arrivé ? lança-t-il pour la défier et la narguer tout à la fois.

— Pas tant que tu n'auras pas répondu à ma question, rétorqua-t-elle en déglutissant pour masquer son appréhension.

— Il punissait tous ceux qui ne lui accordaient pas leur dévotion totale et ne se soumettaient pas à lui comme il l'exigeait.

Harper n'eut pas besoin de lui demander s'il s'était révolté.

— En quoi consistaient les punitions ?

— Il ne manquait pas d'imagination, expliqua Knox en passant la main dans les cheveux de Harper et en admirant ses yeux, qui étaient passés d'un magnifique vert jade à un bleu cobalt enchanteur. Il enfermait parfois des gens dans un placard pendant toute une semaine sans qu'ils puissent manger ou dormir et en les battant fréquemment, raconta Knox, son démon grondant à ce souvenir. Plusieurs de ses disciples l'aidaient à infliger ces châtiments. Ils y avaient pris goût, ils aimaient cela.

— Alors ces enfoirés n'ont eu que ce qu'ils méritaient, déclara Harper, dont l'appréhension avait été remplacée par une violente colère.

— Comment peux-tu en être sûre ? Tu ne sais pas ce qui leur est arrivé.

— Ils t'ont fait souffrir, alors je m'en fous.

— Je n'ai jamais dit qu'ils m'avaient fait souffrir, dit-il, soulagé par sa réponse, qui avait calmé son démon. J'ai simplement dit qu'ils punissaient ceux qui refusaient de se soumettre.

— Toi, tu as refusé.

Elle avait vu juste. Knox et son démon avaient résisté, refusant de se laisser contrôler par Riordan, de se soumettre à lui, quoi qu'il fît pour le faire plier. Cependant, il n'avait réellement éprouvé de la colère qu'une fois libre, après avoir découvert la véritable nature du monde extérieur, qu'on lui avait fait croire mauvais et dangereux, et avoir appréhendé tout ce dont on l'avait privé.

Il avait eu du mal à s'adapter mais il avait travaillé pour développer son estime de soi, que les enfoirés avaient tenté de lui ôter et de détruire. Après avoir quitté le clan, il avait utilisé ses talents pour obtenir tout ce dont il avait été privé. Il avait également juré de ne plus jamais laisser personne le contrôler.

— Tes parents ne t'ont jamais aidé ? Ils n'ont jamais essayé de l'arrêter ?

— Pas à partir du moment où ils ont découvert que ceux qui défiaient Riordan ou le remettaient en cause avaient la mauvaise habitude de disparaître. Ils ont donc commencé à se méfier et, quand j'ai eu douze ans, ils ont essayé de s'enfuir avec moi.

— Il les a tués, supposa Harper. Tu as essayé de les protéger.

— Non, chérie, dit-il à mi-voix. Je les ai vengés.

Riordan l'avait obligé à le regarder égorger ses parents. Alors il avait frappé à son tour. Il avait exercé sa vengeance sur tout ce qui l'entourait.

— Tu as vu ce dont je suis capable, tu connais mon pouvoir destructeur. Alors tu peux deviner ce que j'ai fait. J'ai dit aux innocents de fuir mais la majorité des disciples de Riordan ont choisi de rester avec lui. Il leur avait si bien lavé le cerveau qu'ils étaient devenus complètement dépendants. Ils l'ont donc suivi dans la mort. Moi, je m'en fichais. Je voulais le voir souffrir.

— Arrête d'essayer de me faire peur.

— Te faire peur ? répéta Knox en prenant le menton de sa compagne dans sa main et en lui caressant la lèvre inférieure du pouce. Je ne cherche pas à t'effrayer, ma chérie. Tu dois comprendre cependant que les réponses que tu cherches à toutes ces questions qui tournent en boucle dans ta jolie petite tête ne sont pas exactement ce que tu voudrais entendre. Elles risquent de te choquer, de te dégoûter, ou même de te terrifier. Ce n'est pas ce que je souhaite, mais je ne veux pas non plus te mentir. Ne me demande pas de te dire une vérité que tu préférerais ne pas connaître.

Or Harper était justement assez forte pour l'entendre. Elle décida donc de lui poser la seule question dont la réponse avait le potentiel de l'épouvanter.

— À quelle espèce de démon appartiens-tu ?

— Tu n'es pas encore prête à le savoir.

Knox ne souhaitait pas le lui révéler tant qu'elle n'était pas encore suffisamment attachée à lui pour refuser de le quitter quoi qu'il arrive. C'était peut-être impitoyable de sa part, mais il était plus que déterminé à la garder. Tout le reste lui était donc égal.

— C'est moi qui décide de ce que je suis prête ou non à entendre, grommela Harper.

— Non, la contredit-il en empoignant les cheveux sur sa nuque et en lui faisant pencher la tête en arrière pour l'embrasser.

Il adorait sa saveur et inséra sa langue entre ses lèvres tout comme il désirait enfouir son sexe en elle. Il lui mordit la lèvre et elle claqua des dents.

— Tu penses que j'aurai tellement peur que je voudrai m'enfuir si tu me le dis, devina Harper.

Elle était vraiment beaucoup trop perspicace.

— Je t'empêcherais de partir.

— Si je voulais partir, je le ferais.

Le démon de Knox rit, amusé par tant de cran. Son humeur passa de maussade à détendue en un clin d'œil. Personne d'autre ne le faisait réagir ainsi. Knox était complètement séduit par le « toupet » de la jeune femme, pour reprendre l'expression de Tanner.

— Tu n'es pas censé me sourire comme si je n'étais qu'un chaton qui se prend pour un grand fauve, regimba-t-elle.

Mais elle se réjouissait en secret d'avoir réussi à le dérider.

Knox l'attira sur ses genoux et l'y installa à califourchon.

— Comment ne pas sourire quand je te vois ainsi dans la tanière du grand méchant loup, à son entière disposition, mais quand même prête à l'affronter ?

— Hé ! tu es peut-être un super démon vachement puissant mais je suis loin d'être sans défense. Je pourrais aussi te faire souffrir si je le voulais. Pourquoi continues-tu à sourire ? Tu es censé craindre mon incommensurable colère.

— Pour le cas où tu ne t'en serais pas aperçue, je suis pétrifié, dit-il, les épaules secouées par un rire silencieux.

— Tu le seras si je décide un jour de donner libre cours à cette incommensurable colère. Arrête de rire !

Raini laissa échapper un soupir exaspéré quand la porte du studio de tatouage se referma derrière le client de Harper.

— Si j'entends encore un autre démon dire que la proposition de Malden est vraiment « cool », j'aurai du mal à m'empêcher de le tabasser, grogna-t-elle.

— J'espérais, dit Harper en commençant à ranger son poste de travail, qu'ils auraient compris que sa promesse de donner une voix à tout le monde n'est que du vent.

— Beaucoup de démons apprécient la proposition d'Isla, intervint Khloë en faisant pivoter sa chaise pour les regarder. Surtout parce qu'elle s'est engagée à créer des forces de défense pour lutter contre les adeptes de magie noire, un bon moyen de venger les démons tués par ces enfoirés.

— D'après Knox, renchérit Harper, le projet de Dario plaît beaucoup aux Grands Maîtres, même si la majorité semble opposée à l'élection d'un Monarque.

— Quand Knox va-t-il revenir de son voyage d'affaires ? demanda Raini, qui s'était adossée au mur à côté du poste de travail de Harper.

— Demain, répondit la jeune femme.

Elle avait trouvé cela un peu étrange de passer quatre jours chez lui en son absence. Il s'était pyrotransporté à quelques reprises pour la voir et la baiser comme un possédé. Elle ne le dit pas à ses amies cependant, respectant le désir de Knox de conserver le mystère quant à certains de ses dons.

— C'est comment la vie avec lui ? s'enquit Khloë en arrêtant de faire tourner sa chaise.

— Beaucoup plus facile que je l'avais appréhendé. Il est très dominant, passablement autoritaire mais pas dictatorial, du genre « Je suis le maître chez moi et tu dois m'obéir ». Il me laisse mon intimité quand j'en ai besoin et ne me traite pas comme une locataire. Il considère que je suis chez moi chez lui et que j'ai le droit de m'installer comme bon me semble, à mon goût.

Cela n'était pas évident pour un démon parce qu'ils avaient un instinct territorial très développé.

— Il te rend heureuse, déclara Raini en souriant.

— Oui, c'est vrai, reconnut Harper.

La porte s'ouvrit sur les entrefaites et Devon entra, portant un plateau chargé de quatre cafés de chez *Starbucks*. Elle avait les joues rosies par l'énervement.

— Harper, tu dois faire quelque chose à propos de ton garde du corps parce qu'il commence à m'énerver sérieusement.

Jetant un œil par la fenêtre, Harper vit Tanner qui avait sorti la main par la vitre latérale de la Bentley et agitait un collier pour chat rose avec une clochette.

— Il a choisi un joli collier, au moins.

— Ma démone a très envie de lui lacérer le visage de toutes ses griffes. Tu ne peux pas demander à Knox de le remplacer ?

— Devon, ne t'attends pas à ce que je te prenne en pitié. Tu es aussi mauvaise que lui ! Tu n'avais qu'à ne pas lui offrir un sac de croquettes pour chiens hier.

Devon ne put retenir un gloussement.

— Ouais, c'était trop drôle ! Enfin, de quoi parliez-vous ?

— Le fait que Knox rende Harper heureuse, expliqua Raini en acceptant le café que lui offrait Devon.

— Malheureusement, je doute que cela suffise pour calmer Lucian quand il va découvrir que Knox est ton compagnon, affirma Devon en prenant sa propre tasse.

— Je suis d'accord, déclara Harper. Il va péter un câble.

— Tant pis pour lui, dit Khloë en traversant la pièce pour prendre un café. Il a toujours été trop détaché pour avoir son mot à dire dans cette histoire.

— Peut-être aura-t-il assez peur de Knox pour préférer ne pas le contrarier, dit Raini sans avoir l'air trop convaincue.

— Lucian n'est pas assez intelligent pour avoir peur de lui, se moqua Khloë avant de s'interrompre pour siroter son café. Alors, dis-nous, le démon de Knox est-il vraiment si effrayant ? Je ne te demande pas ce qu'il est, je veux juste savoir s'il est terrifiant.

— Euh… eh bien, bafouilla Harper en se raclant la gorge.

— Il ne t'a pas dit de quelle espèce il est ? devina sa cousine, étonnée et perplexe. Vraiment ? Et tu ne lui en veux pas ? Cela ne t'inquiète pas de ne pas savoir à quelle espèce de démon appartient ton propre compagnon ?

— Oui, cela m'agace un peu mais je comprends que ce soit difficile pour lui de me révéler un secret aussi terrible.

— C'est exactement ce à quoi je voulais en venir, déclara Khloë. Il ne devrait pas y avoir de secrets dans un couple.

Raini et Devon hochèrent toutes les deux la tête en signe d'assentiment.

— Je suis sûre qu'il me le dira quand il sera prêt. Cela ne me gêne pas d'attendre. Pourquoi est-ce que vous me regardez comme ça ?

— Tu veux savoir ce que je pense ? demanda Khloë en s'approchant.

— Non. Je veux juste que tu répondes au téléphone. C'est pour cela qu'on te paie.

— Je pense, commença Khloë en esquissant un geste de la main qui montrait le peu de cas qu'elle faisait du téléphone qui sonnait, que le fait que tu ne lui en veuilles pas de ne pas te révéler quelque chose d'aussi important c'est que tout au fond de toi, tellement profondément que tu n'en as même pas conscience, tu ne prends pas cette relation au sérieux parce que tu t'attends à ce qu'il te quitte. Pas parce que tu n'as pas confiance en lui ou que tu ne te sens pas en sécurité, mais parce que tu as l'habitude des gens qui vont et viennent sans vraiment s'arrêter dans ta vie.

— Je ne pense pas qu'il va me quitter, dit Harper.

Elle était sincère en le disant.

— Mais ce qu'on pense est souvent différent de ce qu'on ressent au plus profond de nous-mêmes. La vie t'a conditionnée à croire que les gens sont juste de passage. C'est devenu une sorte de réflexe émotionnel pour toi de t'attendre inconsciemment à ce qu'ils te quittent.

Devon et Raini hochèrent la tête pour montrer qu'elle trouvait cette analyse tout à fait sensée.

— C'est du bla-bla de psy tout ça, renâcla Harper.

— C'est pas très sympa de ta part, lança Khloë, vexée.

— Veux-tu bien répondre à ce putain de téléphone !

Khloë poussa un soupir exagéré et retourna à l'accueil.

— Ce n'est pas faux ce que dit Khloë, déclara Raini. Tu penses que tout le monde passe dans ta vie en coup de vent. Cela t'empêche de t'investir avec les autres.

— Ce n'est pas du tout le cas avec Knox, je me suis installée chez lui après tout.

— Oui, mais soyons honnêtes, dit Raini. Ce n'est pas la première fois que tu vas vivre dans une nouvelle maison. Tu l'as déjà fait et souvent. Sur le plan émotionnel, cela ne signifie rien pour toi. Cela ne suffit pas pour te donner une impression de permanence. Pas avec ton passé en tout cas. Sois honnête : est-ce que c'était un grand pas pour toi ?

— Non, répondit Harper. Mais je l'ai pris comme compagnon et, ça, c'est un grand pas.

— Oui, c'est vrai. Et j'en déduis que tu tiens vraiment à lui. Mais si toi, une personne qui a horreur des conneries, tu ne lui en veux pas de ne pas te dévoiler quelque chose d'aussi important, si cela ne te blesse pas même un petit peu, c'est parce que tu ne t'attends pas à ce que cette relation dure. Dans ta tête, tu en es encore à l'étape « On verra bien où cela nous mènera ». Tu n'as pas encore accepté que cette relation est permanente.

— C'est encore du bla-bla de psy, répéta Harper.

— On ne dit pas cela juste pour te faire réagir, dit Devon en lui tapotant la main. On veut simplement que tu en prennes conscience pour que tu puisses régler tout ça dans ta tête.

Leur attention fut attirée par le bruit de la porte qui s'ouvrait.

— Désolée, gamin, déclara Khloë à l'adolescent qui venait d'entrer, mais tu es trop jeune.

— Je ne suis pas venu me faire tatouer. Je suis venu lui parler, déclara-t-il en désignant Harper.

Khloë n'avait entendu cette voix qu'une seule fois auparavant, mais elle l'avait reconnue. Elle fit volte-face et sourit au garçon, son demi-frère. Il lançait des coups d'œil nerveux aux trois autres démones qui le dévisageaient, l'ayant visiblement toutes reconnu.

— Si c'est Knox que tu cherches…

— Non, je…, dit Kellen en secouant la tête. Est-ce qu'on peut se parler seul à seul ?

— Il y a un problème ? s'enquit Harper en affichant une fausse nonchalance.

— Peut-être, dit-il.

En regardant dans ses yeux, Harper devina qu'il savait quelque chose de grave.

Génial. Vraiment, putain !

— Allons parler là-bas, dit-elle en indiquant le bistrot de l'autre côté de la rue. Je reviens tout de suite, lança-t-elle à ses amies avant de sortir avec Kellen.

Puis elle informa Tanner qu'elle allait discuter avec l'adolescent qui la précédait. Les yeux de son garde du corps se plissèrent en se posant sur lui. Puis Harper se hâta d'aller rejoindre son frère.

— Alors, pourquoi voulais-tu me voir ? demanda-t-elle après que la serveuse leur eut versé une tasse de café.

— Je sais qui tu es, dit-il.

Ses traits avaient revêtu une expression rebelle comme s'il la mettait au défi de nier la vérité. Or Harper ignorait l'étendue de ses connaissances.

— Ah oui ? Et qui suis-je ? demanda-t-elle en ouvrant deux petits sachets de sucre, en les versant dans son café et en le remuant avec sa cuillère.

— Ne me traite pas comme si j'étais un taré en plein délire, dit-il, ne semblant pas trop apprécier sa réserve.

— Tu t'appelles Kellen, c'est bien ça ? s'enquit-elle après avoir émis un long soupir en détectant une grande détermination dans son regard, la preuve qu'il n'allait pas laisser tomber. Laisse-moi te dire qu'il y a des histoires qu'il vaut mieux taire.

— Tu es ma sœur, déclara-t-il, affichant brièvement ses yeux de démon. Ne le nie pas, insista-t-il en faisant un effort manifeste pour prendre sur lui. Je ne le dirai pas à personne. Je veux juste en avoir confirmation.

— C'est vrai, reconnut-elle en soufflant sur son café. Je suis ta sœur. Mais Carla ne sera pas contente d'apprendre qu'on s'est parlé.

— Elle ne le saura pas, répondit-il en soulevant sa tasse. Elle a une photo de toi.

— Une photo ? répéta-t-elle, sceptique, ayant presque renversé son café sur la table d'étonnement.

— Oui, je l'ai trouvée dans une boîte qu'elle cache dans son placard.

— Laisse-moi deviner : il y avait aussi une liasse de billets dans cette boîte ?

— Il me fallait juste un peu…, répondit-il en rougissant.

— J'ai grandi avec des elfes, sourit-elle. Je ne juge personne.

— Dans la photo, tu portes une toge de diplômée.

Carla avait assisté à sa cérémonie de remise des diplômes ? Impossible.

— La photo est prise de loin, tu es avec quelqu'un d'autre et tu ris. C'est bien toi, cela ne fait aucun doute.

— Comment as-tu pu en déduire que je suis ta sœur ?

— Ce n'est pas juste la photo. En fait, parfois, quand je touche quelque chose, je sais, expliqua-t-il en fronçant les sourcils exactement comme son père à qui il ressemblait. Ce n'est pas toujours le cas et parfois mes impressions restent assez confuses. En revanche, quand j'ai pris cette photo dans mes mains, j'ai su que tu étais sa fille, qu'elle t'avait abandonnée et que tu lui faisais très peur.

— Je lui fais peur ? répéta Harper, ahurie.

— Pourquoi a-t-elle peur de toi ?

— Je l'ignore.

Harper doutait fort que cela ait à voir avec ce qui était arrivé quand elle était toute petite. Peut-être Carla ne la craignait-elle pas autant que la possibilité que la vérité sorte au grand jour.

— Je pense que tu le sais.

— T'es plutôt obstiné, gamin, dit-elle en esquissant un sourire.

— Je veux juste comprendre, rétorqua-t-il en haussant les épaules et en lui rendant son sourire, un peu forcé dans son cas.

— La seule personne qui comprend vraiment, c'est Carla. Tout ce que je sais c'est qu'elle n'a pas voulu de moi et m'a confiée à ma famille paternelle. Elle refuse tout contact avec moi. Et je sais qu'elle en veut beaucoup à mon père de l'avoir quittée, ajouta-t-elle après s'être interrompue le temps de boire une gorgée de café.

— Elle n'est pas… normale, expliqua Kellen. Elle est parfois très sympa, très douce. C'est vrai, ce n'est pas du cinéma. Et puis tout d'un coup, comme ça, elle pète un câble pour un rien. Elle a du mal à contrôler sa démone et ça l'épuise, à mon avis. Roan pense qu'elle est tordue à l'intérieur mais que ce n'est pas sa faute. Je ne comprends pas ce qu'il entend par là.

— Elle a peut-être eu une enfance difficile.

— Elle s'est fâchée quand elle a appris que, Knox et toi, vous vous étiez unis.

Ha, ha, ha! génial! La démone intérieure de Harper gloussa de plaisir, heureuse d'apprendre que quelque chose qu'elle avait fait avait énervé sa mère.

— Ah oui?

— Elle n'a rien dit, rien fait de spécial, mais c'était évident pour moi.

— Je suis son vilain petit secret, Kellen. C'est difficile pour elle de continuer à cacher mon existence maintenant que je suis la compagne du Grand Maître de votre clan, expliqua Harper.

— Mon père va s'énerver quand il l'apprendra.

— Je n'ai pas l'intention d'en parler à qui que ce soit.

— Tu ne veux pas que ça se sache? s'écria Kellen, vraiment choqué. Mais ce qu'elle a fait est très mal.

— Si elle était incapable de m'aimer, alors il valait mieux qu'elle me confie à quelqu'un d'autre. C'était la meilleure solution. Je ne lui en veux pas du tout. Si tu veux mon avis, on se détruit soi-même de l'intérieur en nourrissant de l'amertume.

— Est-ce que je peux venir te voir de temps à autre? demanda Kellen, l'air penaud, en rompant le long silence qui s'était installé entre eux. Je voudrais apprendre à mieux te connaître.

— Oui, répondit Harper en souriant. Je serai contente de te connaître aussi.

— Il vaut mieux ne pas en parler à Roan par contre. Il serait incapable de ne pas le dire à notre mère. Il fait tout pour lui plaire. Il lui colle constamment aux basques, un vrai lèche… euh… bottes.

Harper ne put contenir un éclat de rire devant ses efforts pour ne pas utiliser de gros mots avec elle. Il apprendrait bien assez vite qu'elle jurait comme un charretier.

— Très bien, on va garder ça pour nous.

Ils bavardèrent ensuite de choses et d'autres, et Harper retourna au studio après le départ de son frère.

— Il est au courant, n'est-ce pas ? lui demanda Tanner en sortant la tête par la vitre de la Bentley.

— Il sait uniquement qu'elle m'a abandonnée mais pas le reste, heureusement. Il est assez intelligent, ajouta-t-elle après lui avoir résumé sa conversation avec Kellen, pour ne pas en avoir parlé aux autres et il m'a juré de rien dire à personne, même pas à son frère ou à son père.

— Penses-tu pouvoir le fréquenter à l'insu de sa mère ?

— Je n'en ai aucune idée, répondit-elle en s'éloignant.

— C'était dur, soupira Harper en entrant dans le studio.

— Qu'est-ce qu'il s'est passé ? voulut savoir Raini. Qu'est-ce qu'il t'a dit ?

— Elle a une photo de moi, expliqua Harper, qui avait encore du mal à le croire. Elle est venue à ma cérémonie de remise des diplômes incognito. Et elle m'a prise en photo.

— C'est à n'y rien comprendre, lança Khloë en clignant des yeux.

Le bruit que fit la porte en s'ouvrant attira l'attention de Harper, qui se retourna et sourit en sentant ses terminaisons nerveuses et sa démone se réveiller.

— Je ne t'attendais pas avant demain, dit-elle.

Les lèvres de Knox s'incurvèrent en s'approchant d'elle de son pas de prédateur qui irradiait une telle sensualité que son corps ne pouvait pas s'empêcher de réagir.

— Je suis rentré plus tôt que prévu, expliqua-t-il en l'embrassant langoureusement. Qu'est-ce qu'il y a ? lui demanda-t-il, curieux.

— J'ai passé un après-midi bizarre.

— Tu me raconteras tout ça dans la voiture.

Exceptionnellement, ce fut Levi qui les conduisit, Tanner étant déjà parti en prétextant devoir se préparer pour quelque chose, allez savoir quoi.

— Dis-moi tout, insista Knox en se tournant vers Harper.

Harper s'exécuta et Knox ne l'interrompit pas une seule fois. Il l'écouta attentivement en lui passant la main dans les cheveux pour la calmer.

— C'est étrange qu'elle ait cette photo de toi, commenta-t-il quand elle eut terminé.

— Je n'y comprends rien du tout.

— Alors arrête de chercher, dit-il en lui caressant une dernière fois la tête. Elle ne présente aucun intérêt pour nous. C'est toi seule qui comptes. Oublie-la et profite de la vie.

— Qu'est-ce que tu me proposes pour profiter de la vie ? demanda-t-elle, curieuse.

— Je ne t'ai presque pas vue depuis quatre jours. Et avant ça notre vie a été très compliquée avec ces histoires de politique. Alors, ce soir, on va aller s'amuser un peu tous les deux dans la Cité souterraine.

Puis Knox se mit à lui lécher la lèvre inférieure. Il adorait la bouche de Harper, aimait sentir ses lèvres se refermer sur son sexe mais, plus que tout, il aimait qu'elle soit sienne.

Il l'embrassa de nouveau et ne se serait pas arrêté là si Levi n'avait pas été au volant. Il avait bandé dès que leurs regards s'étaient croisés dans son studio. Il avait certes passé quelques brefs moments avec elle au cours des derniers jours, mais cela ne lui suffisait pas. Il avait découvert que non seulement il était accro à son corps, mais aussi à son esprit, son rire et son imprévisibilité, sans oublier ses yeux à la couleur sans cesse changeante et son côté taquin. Chaque fois que ses subalternes avaient obéi sur-le-champ à un de ses ordres ces derniers jours, il avait repensé à la manière dont Harper se rebiffait quand il lui demandait quelque chose. Elle... lui avait manqué.

Son démon aussi s'était langui d'elle. Elle ignorait sans doute à quel point il était attaché à elle. Elle était son unique source de satisfaction, la seule capable de le distraire, de l'impressionner, de l'amuser. Loin d'elle, il s'était morfondu, ce qui l'avait rendu encore plus intolérant avec les autres.

— Ah ouais ? S'amuser comment ? insista-t-elle.

— Tu verras. Et puis tu verras Tanner courir.

— Mais encore ? demanda-t-elle, curieuse.

— Tu comprendras bien assez vite.

Un peu plus tard, Harper se retrouva installée derrière la vitre blindée d'une tribune VIP dans un stade de courses de chiens de la Cité souterraine. Et elle comprit enfin ce que Knox avait dit.

— Dis-moi, Tanner ne va pas participer à une des courses ? demanda-t-elle en se tournant vers Knox.

— Tu ne savais donc pas que les chiens des enfers aimaient courir ? rétorqua-t-il en haussant un sourcil.

Oui, elle le savait. Les pistes étaient situées non loin des casinos mais, comme elle n'était pas joueuse, elle ne les avait pas fréquentées. Le stade avait l'air tout à fait normal. Il était composé de gradins pour les spectateurs et de tribunes privées avec une vue imparable sur la piste en forme d'ovale.

— On dit que ces courses sont assez brutales.

— Parfois, confirma-t-il. Presque aussi brutales que les courses de chevaux des enfers.

Terrible, donc, pensa Harper. Les chevaux étaient des animaux doux et plutôt placides. Mais pas les chevaux des enfers. Leur instinct de prédation était très développé, comme chez tous les démons, et ils étaient hyper sauvages. Il fallait être vraiment barjot pour les monter.

— Et Tanner ? Il fait souvent la course ?

— Assez souvent, oui. Il aime ça autant que Levi le combat.

Harper s'apprêtait à l'interroger sur les activités préférées de Larkin et Keenan quand la cloche sonna et que huit chiens des enfers s'approchèrent de la piste. Manifestement déjà bien excitée, la foule les acclama. Harper se faisait un peu trop de souci pour le démon de Tanner pour partager leur liesse. C'était assez ironique qu'elle se sente ainsi protectrice envers son garde du corps, alors qu'il était chargé de sa propre protection.

Elle reconnut la forme canine de Tanner à sa cicatrice sur le museau. Il était beaucoup plus corpulent que ses concurrents et Harper craignit que sa masse ne le ralentisse. Les chiens prirent place en grognant et en montrant les crocs. Puis la situation prit un tour résolument étrange. En effet, des flaques d'huile, des petits feux et des mares d'eau bouillante apparurent subitement çà et là tout autour de la piste.

— Eh ben, merde ! s'exclama Harper.

— Ne t'inquiète pas, glousса Knox. Tout va bien se passer.

La cloche sonna une deuxième fois et les chiens s'élancèrent, Tanner en sixième position. Très rapides, les chiens évitaient facilement les obstacles. Tanner était concentré et avançait à une allure vive et constante mais Harper eut l'impression qu'il se retenait un peu.

Elle ne fut pas étonnée de constater que les chiens trichaient à qui mieux mieux. Ils se mordaient entre eux, se donnaient des coups de griffe et rentraient carrément les uns dans les autres pour prendre la tête du peloton. Un chien mordit même un de ses concurrents à la patte arrière et le projeta hors de la piste, ce qui lui fit perdre beaucoup de temps. Les autres en profitèrent pour courir de plus belle. Un des chiens hurla quand il fut propulsé par un autre dans une mare d'eau bouillante.

En moins de cinquante secondes, Tanner se retrouva à la troisième place. Un des autres chiens eut la mauvaise idée de le mordre au flanc. Tanner le poussa dans une flaque d'huile d'où il ne put s'extraire.

La foule était en délire. Les spectateurs poussaient des cris, hurlaient des noms, des paroles d'encouragement mais aussi quelques menaces. Chaque fois qu'un chien sortait de la course, ceux qui avaient parié sur lui se mettaient à taper du pied et à proférer des insultes, s'en prenant même parfois à leurs amis.

Tanner prit bientôt la seconde place. Tout avait l'air de bien se passer jusqu'au moment où…

— Quelqu'un vint de lui lancer une putain de boule de feu des enfers !

— Les spectateurs ont le droit de faire cela sur la dernière ligne droite de la course, lui expliqua Knox, qui se tenait derrière elle et l'entoura de ses bras avant de l'embrasser sur la nuque.

— Quoi ?

— C'est ce qui fait que cette course n'est jamais gagnée d'avance. Même un chien très rapide peut être blessé et ralenti sur la fin du parcours s'il est touché plusieurs fois.

— Tanner doit être vraiment énervé, dit-elle avant de se mordre les lèvres en voyant un autre chien s'approcher un peu trop de son garde du corps. Vas-y, plus vite ! hurla-t-elle. Il ne peut pas m'entendre, je le sais, dit-elle à Knox qui s'esclaffait. Cela ne m'empêche pas cependant de lui apporter mon soutien moral.

— Bien sûr que non.

— Merde ! il ralentit et voilà qu'il se fait doubler. Il a encore été touché ! s'écria-t-elle en lançant un juron. (Il avait été frappé à la jambe.) Merde ! ils sont presque à la ligne d'arrivée. Mais bon, la troisième place, c'est pas mal…

Puis Harper resta bouche bée en voyant Tanner accélérer soudainement de façon impressionnante. Il prit la première place et franchit la ligne d'arrivée. De joie, elle sauta dans les bras de Knox.

— Tanner a gagné !

— Je vois ça.

— C'est très excitant, admit-elle. Et puis ça m'a amusée. On peut aller manger ? Je meurs de faim.

— Pas encore, répondit Knox avant de lui mordiller le lobe de l'oreille. Pose les mains sur la vitre.

La jeune femme s'immobilisa en reconnaissant le ton autoritaire de sa voix. Elle savait exactement ce à quoi il voulait en venir. Son corps le devinait aussi et fondit littéralement en se préparant à le recevoir. Elle sentit ses jambes flageoler quand le doigt glacial s'insinua dans son intimité pendant que Knox glissait une main sous son chemisier pour étreindre un de ses seins.

— Merde ! s'exclama-t-elle. Rassure-moi : personne ne peut me voir ?

— Pas à moins que je n'allume en appuyant sur le bouton sur ce mur là-bas.

— Ne le fais surtout pas.

— Pourquoi ? Tu ne veux pas qu'on nous voie baiser ? Que tout le monde sache que tu es mienne ? Que tu m'appartiens totalement, jusqu'au dernier petit centimètre ? insista-t-il en lui retirant son tee-shirt et son soutien-gorge. Enlève tes chaussures !

Elle obtempéra, les lançant au loin tandis qu'il défaisait la braguette de son jean et le lui baissait prestement. Sa culotte suivit et deux doigts glacials la pénétrèrent. Elle ressentait toujours un choc au début mais la chaleur que dégageaient en même temps ces doigts magiques l'excita et son intimité se referma sur eux.

Elle envoya valser son jean et les doigts psychiques la titillèrent tant et si bien qu'elle se laissa aller contre Knox. Elle sentit un frisson d'anticipation lui parcourir l'échine en l'entendant baisser sa fermeture Éclair. L'enfoiré prenait son temps exprès. Les doigts psychiques disparurent en laissant derrière eux un intense besoin devenu familier.

— Les mains sur la vitre, Harper. Voilà, c'est très bien, dit-il en l'attrapant par les hanches pour la placer dans la bonne position avant de la pénétrer profondément.

Il sentit son intimité moite et chaude se refermer sur son sexe tellement violemment qu'il en eut presque mal. C'était vraiment trop bon. Il s'enfonça en elle en étreignant dans la main le sein qu'avait marqué son démon.

— J'avais besoin de toi.

Harper arqua le dos pour recevoir ses grands coups de boutoir. Il lui étreignait les hanches et le sein si fermement qu'elle en garderait des hématomes, c'était certain. Elle aperçut le reflet de son visage dans la vitre. Il avait les paupières baissées et les lèvres serrées en un rictus sauvage. Ses traits étaient déformés par son désir farouche.

L'agrippant par les cheveux, il lui tira la tête pour mieux lui mordiller et lui sucer le cou. Sa saveur et son odeur assaillaient ses sens et faisaient durcir son sexe de plus en plus. Il ne connaissait pas meilleure sensation que son intimité le retenant comme si elle avait voulu le garder en elle.

— Sais-tu ce que cela me fait de voir le reflet de la marque que t'a donnée mon démon autour de ton intimité ? lui susurra-t-il à l'oreille.

Cette marque exacerbait son instinct de possessivité, qui se manifestait violemment en présence de Harper.

— Quand tu la vois, est-ce que cela te rappelle ce que tu as ressenti quand mon démon te l'a faite ? Est-ce que cela te fait penser que tu m'appartiens ?

Elle cria de surprise quand il l'attira violemment par les cheveux pour rapprocher son visage du sien. Il ne l'embrassa pas, il la dévora. Il la mordit, la lécha et lui suça la langue. Son baiser passait de la plus grande brusquerie à la plus tendre et sensuelle des caresses. Elle se sentit déséquilibrée, ne parvenant plus même à penser. Elle ne savait plus qu'une chose : elle avait tellement besoin de jouir qu'elle en avait mal.

— Tu dois attendre que je te donne la permission pour jouir, chérie, tu le sais, dit Knox en sentant son intimité se resserrer autour de son membre.

— Je ne peux pas m'en empêcher, geignit-elle.

— Oui, tu le peux et tu vas le faire.

Puis il lui relâcha les cheveux, posa la main sur sa gorge et accéléra le rythme comme s'il la mettait au défi. Et elle se retint, comme il le lui avait ordonné.

— Allez, supplie-moi de te laisser jouir.

Quel putain d'enfoiré!

Elle savait cependant qu'il valait mieux ne pas l'injurier à voix haute au risque qu'il s'arrête, comme cela était déjà arrivé.

— S'il te plaît, dit-elle à contrecœur.

— Très bien, lança-t-il en caressant sa zone sensible de son autre main. Jouis, Harper.

Elle cria tandis que son intimité se refermait sur son sexe. Knox retint un juron et resserra la main sur la gorge de la jeune femme. Il s'obligea à la relâcher et lui caressa le cou tandis qu'elle redescendait peu à peu de son petit nuage.

— Comment peux-tu encore bander?

Knox se retira très lentement et l'intimité de la jeune femme l'enserra tellement fermement que c'était comme si elle ne voulait pas le laisser partir.

— Ne t'inquiète pas, ma chérie. Je n'ai pas fini, dit-il en plongeant en elle avec un grognement. Cette fois, je vais te demander de crier mon nom.

Chapitre 16

Knox sortit de son bureau à l'issue d'une interminable et ennuyeuse téléconférence et partit à la recherche de Harper, qu'il trouva installée en tailleur sur le canapé du séjour, occupée à une activité qui l'étonna au plus haut point. Jamais en effet il n'aurait imaginé que Harper aimait le bricolage ! Elle avait posé à côté d'elle une boîte remplie de colifichets : des pierres, des cristaux, des sequins, des perles, de la dentelle, des rubans et de petits ornements en tissu, et elle en décorait ses jeans, des jeans de marque !

— Hé ! la salua-t-elle succinctement en ne lui adressant qu'un bref coup d'œil tant elle était concentrée sur son travail, occupée à coudre des têtes de morts argentées sur un jean noir.

À côté d'elle sur le canapé se trouvait une pile de jeans déjà décorés. Certains avaient été entaillés au rasoir, d'autres ornés de bouts de dentelle sur la poche arrière et…

— Qu'est-il arrivé à celui-là ? s'enquit-il en pointant du doigt un jean tout délavé sur le bas des jambes.

— Celui-là ? Ah ! je l'ai trempé dans l'eau de Javel, répondit-elle distraitement.

— Tu l'as… quoi ? s'exclama-t-il. Je t'achète des vêtements de marque et toi, tu…

— Je te l'ai déjà dit, ces vêtements viennent tous de friperies, déclara-t-elle en levant les yeux vers lui.

— De friperies, oui, bon, répéta-t-il, incapable de contenir un sourire.

Il se versa un gin tonic avant d'aller la rejoindre pour mieux admirer ses talents de couturière.

— Tu fais souvent ça ?

— J'aime bien personnaliser mes vêtements. Quand je vivais avec Lucian, ma garde-robe était assez limitée. On n'avait pas toujours les moyens d'acheter des vêtements neufs alors je remodelais ceux que j'avais. Et puis, quand il m'énervait, ajouta-t-elle avec un sourire coquin, je collais des sequins roses sur ses pantalons.

— Tu es bien cruelle, lança-t-il en lui tapotant la lèvre inférieure.

— Je trouve aussi, rétorqua-t-elle, l'air plutôt satisfaite d'elle-même.

— Moi qui croyais que Meg avait acheté un manteau neuf. Tu as simplement cousu du strass et des cristaux sur son vieux manteau, c'est ça ?

— Elle m'a fait des muffins en échange. J'ai gagné au change, du coup.

— Tu n'as rien collé ou cousu sur mes vêtements, j'espère ? s'enquit-il soudainement en plissant les yeux, frappé par cette éventualité.

— Pas encore, répondit-elle, son sourire s'élargissant, comme pour le narguer.

Knox lui rendit son sourire. Très peu de gens auraient osé le taquiner ainsi. La plupart préféraient éviter soigneusement de le blesser. Harper ne s'en privait pas cependant, ce qui prouvait qu'elle était très à l'aise avec lui. Leurs échanges… revêtaient un caractère très intime qui lui plaisait énormément.

— Viens ici, lui dit-il en reposant son verre sur la table.

Il posa la main sur sa gorge et se pencha pour embrasser cette bouche qui l'obsédait. Son baiser se fit de plus en plus passionné, leurs langues s'emmêlant dans une danse effrénée. Sa saveur explosa en lui et il poussa un grognement. Il aurait toujours envie d'elle, il en était persuadé.

— Tout à l'heure, je vais m'enfouir dans ta bouche, déclara-t-il.

Il perçut alors une lueur de défi dans les yeux de Harper, qui avaient viré au bleu arctique.

— Je le ferai, affirma-t-il en resserrant son étreinte. Tu es mienne, Harper, ta bouche m'appartient. J'ai le droit de la savourer, je peux faire ce que je veux avec toi.

Il l'avait déjà prouvé. Il était dominant, un peu brutal même au lit, et il en avait pleinement conscience. Harper n'avait pas l'habitude d'être repoussée dans ses retranchements et il le savait. Elle ignorait sans doute à quel point cela l'excitait de lui apprendre ce qu'il aimait et, surtout, comment les démons faisaient l'amour. Elle n'avait fréquenté que des humains jusque-là et n'avait par conséquent aucune idée de l'intensité des rapports entre ceux de leur espèce, du plaisir qu'elle découvrirait avec lui.

— Reprenons depuis le début, proposa-t-il. Tout à l'heure, je vais m'enfouir dans ta bouche, répéta-t-il.

Agacée, Harper expira brusquement tout l'air que contenaient ses poumons quand il déplaça sa main de sa gorge à ses cheveux, tirant assez fort dessus pour que son cuir chevelu la picote. C'était sa manière de lui faire comprendre qu'il valait mieux pour elle ne pas résister. Il n'allait jamais jusqu'à la brutaliser cependant, ne faisait jamais rien qu'elle aurait réprouvé ou n'aurait pas toléré. Elle lui faisait par conséquent entièrement confiance au lit. Cela ne signifiait pas pour autant qu'elle était disposée à lui obéir en tout.

— Mais bon, il faudra que tu commences par m'attraper ! le nargua-t-elle en haussant les épaules.

Il la regarda alors en esquissant son sourire sensuel qui la faisait chaque fois craquer.

— Qu'est-ce que tu es rebelle !

— Cela te plaît, non ? Tu ne voudrais pas d'une nana trop docile, tu t'en lasserais, pas vrai ? Et puis… tu aimes bien me punir.

Les punitions qu'il lui infligeait allaient des débordements sensuels aux préliminaires interminables où il l'obligeait à attendre ce qui lui semblait être des heures avant de la laisser jouir. Il lui arrivait aussi parfois de la menotter avec des mains psychiques pour l'empêcher de le toucher.

— C'est vrai, j'aime ça, dit-il en plaquant sa bouche sur celle de la jeune femme. J'aime surtout te voir trembler tellement tu as besoin de jouir et t'entendre m'injurier en plusieurs langues parce que je ne t'autorise pas à le faire.

— Eh bien, c'est…, commença-t-elle en riant avant d'être interrompue par des bruits de pas.

Les sentinelles entrèrent alors dans la pièce, un air sinistre sur le visage, Keenan encore plus que les autres.

— Eh ben dis donc, s'exclama Larkin, dont les traits s'étaient un peu déridés en voyant le travail de Harper. C'est toi qui as fait tout ça ?

— J'ai toujours aimé remodeler mes vêtements, expliqua Harper en acquiesçant d'un signe de tête tandis que Knox lui relâchait la chevelure. Je t'en parlerai plus longuement après que Keenan nous a dit pourquoi il a l'air prêt à exploser.

Hésitant, Keenan se tourna vers Knox. L'incube n'avait pas encore pris l'habitude de parler d'affaires concernant le clan devant d'autres personnes que Knox et ses collègues.

— Tu peux parler librement devant Harper, affirma Knox. À moins que le sujet dont tu veux m'entretenir te concerne toi ou quelqu'un d'autre qui t'a demandé le secret, tu peux parler devant elle.

— Cela me concerne, je pense, affirma Harper, catégorique.

Keenan lui adressait des regards tellement étranges qu'elle avait deviné qu'il avait découvert quelque chose à son sujet. Elle fut très irritée de constater qu'il continuait à hésiter à parler.

— Est-ce que tes vêtements te plaisent tels qu'ils sont, Keenan ? Parce que j'ai une aiguille et du fil à la main ainsi que de la colle et des sequins, et je n'ai pas peur de m'en servir. Alors dis-moi ce qu'il se passe.

— Tu as raison, dit-il en soupirant. Cela te concerne. C'est juste que je trouve étrange de parler d'affaires du clan devant une étrangère.

— Harper est ma compagne et elle fait donc partie de notre clan, en plus du sien. Nos affaires la concernent, déclara Knox.

— J'ai demandé aux autres sentinelles de me retrouver ici, expliqua-t-il alors en acquiesçant d'un signe de tête avant de prendre place à côté de Larkin. J'ai pensé qu'il valait mieux qu'on discute de tout cela ensemble.

— Discuter de quoi ? intervint Levi, debout dos au mur.

— C'est au sujet de Kendra, répondit Keenan.

— Ouais, il s'est passé quelque chose ? demanda Harper en reposant le jean sur lequel elle travaillait.

— J'ai reçu un appel des démons chargés de sa surveillance, expliqua-t-il en sortant sa flasque de sa poche. Elle leur a faussé compagnie encore une fois.

— C'est possible qu'elle soit partie à la recherche de Lucian, lança Knox en entortillant distraitement une mèche des cheveux de Harper autour de son doigt, au vu des informations que lui a données l'elfe avec qui elle avait rendez-vous.

— J'ai pensé que ça pouvait être le cas après notre rencontre avec elle dans le hangar, répondit Keenan. Je suis donc allé chez elle pour voir si elle avait pris des affaires. Or il ne manquait rien et je n'ai pu m'empêcher de constater l'absence d'objets personnels. Il n'y en avait aucun. Cela a éveillé ma curiosité. J'ai décidé de la chercher et j'ai demandé à ses voisins s'ils l'avaient vue. Mais personne ne savait où elle était. J'ai pensé qu'elle était peut-être allée voir la mère qu'elle aime assez pour avoir envie de la venger. Je me suis donc rendu chez elle, raconta-t-il en prenant une longue gorgée de sa flasque. Vous pouvez imaginer ma surprise quand la jeune femme qui m'a ouvert et invité à entrer s'est présentée comme étant Kendra.

— Kendra ? répéta Tanner depuis le canapé où il s'était installé à la gauche de Harper.

— Ouais, confirma Keenan. Je lui ai parlé ainsi qu'à Béatrice, sa mère. Et laissez-moi vous dire que Kendra n'est jamais partie de l'Alabama pour venir ici. J'ignore qui est cette démone qui a squatté chez nous mais je sais que ce n'est pas Kendra Watson.

Cette nouvelle leur fit l'effet d'une bombe.

Le silence s'installa entre eux, suivi d'une volée de jurons.

— Tu en es sûr ? demanda Levi à Keenan.

— Complètement et absolument. En revanche, je ne comprends pas pourquoi cette pétasse s'est fait passer pour Kendra.

Knox n'en avait aucune idée non plus mais il était déterminé à élucider ce mystère.

— As-tu dit à Béatrice et à Kendra qu'une fille se servait de son identité ?

— Non, dit Keenan. Cette affaire concerne notre clan. J'ai donc inventé un prétexte pour expliquer ma visite et je suis reparti aussi vite que possible.

— Est-ce que la vraie Kendra ressemble à la fausse ? s'enquit Tanner.

— Un peu. La même coiffure, la même corpulence, la même couleur d'yeux. Je doute qu'elles soient parentes cependant. Je dirais plutôt que cette fille a usurpé l'identité de Kendra parce qu'elle lui ressemble vaguement, ce qui l'arrangeait.

— Pourquoi est-ce qu'une fille voudrait intégrer notre clan en se faisant passer pour quelqu'un d'autre ? demanda Larkin en croisant les bras.

— Et si c'était une espionne ? lança Knox, sentant la colère monter en lui. Il y a beaucoup de démons qui sont curieux de savoir ce qu'il se passe chez nous.

— C'est vrai, convint Levi en se déplaçant. Elle a tout fait pour t'approcher. Peut-être a-t-elle été envoyée pour te séduire et découvrir tes secrets, renâcla la sentinelle, trouvant l'idée ridicule.

— Je ne serais pas étonné que ce soit Isla qui l'ait envoyée, dit Keenan en prenant une autre rasade de sa flasque.

— Pourquoi est-ce que cette… fille chercherait Lucian si son rôle était de t'espionner ? demanda Larkin à Knox.

— C'est vrai, observa Knox. « Kendra » est allée à un rendez-vous à North Las Vegas. Jolene m'a confirmé qu'elle y avait rencontré un elfe pour parler de Lucian.

— Peut-être était-ce une sorte d'agent infiltré, avança Levi. Et on lui avait dit de raconter cette histoire si elle se faisait surprendre dans le quartier de Harper.

— Peut-être qu'on se trompe depuis le début, supputa Harper. Peut-être que ce n'est pas elle qui a recruté les adeptes de magie noire mais le contraire. Elle aurait pu être embauchée par les magiciens. Après tout, de nombreux démons proposent leurs services de cette façon, ajouta-t-elle quand personne ne dit mot. Ils sont prêts à servir l'ennemi pourvu qu'il y mette le prix.

— C'est possible, dit Tanner, l'air songeur. Les magiciens te considèrent peut-être comme un moyen d'atteindre Knox, de l'affaiblir.

— Cette fille me déteste vraiment par contre, je l'ai senti quand je l'ai rencontrée, ajouta Harper.

— Peut-être qu'elle a un problème avec ta famille ou avec les elfes, lança Keenan. Et n'oublie pas ses talents de comédienne. Dans le hangar, elle a réussi à me convaincre de sa haine pour Lucian et de son chagrin pour sa mère.

— Bon, on est d'accord pour dire que la fausse Kendra est une espionne, dit Knox. Mais on ne sait pas qui l'a envoyée.

— Je pense que c'est Isla, déclara Keenan. Elle a l'air au courant de tout, d'en savoir même un peu trop. Elle a peut-être mis des espions partout, pas seulement chez nous.

— Ou un des autres Grands Maîtres, supposa Larkin. On dit que savoir c'est pouvoir.

— Peut-être, déclara Levi, mais Harper a raison, je pense. La fausse Kendra a probablement été embauchée par les adeptes de magie noire. Cela expliquerait pas mal de choses.

— Si c'est vrai, elle est encore plus dangereuse qu'on le pensait. Elle est sans doute en lien avec nos ennemis, dit Larkin en croisant les jambes.

— Deux possibilités s'offrent à nous, à mon avis, conclut Tanner en se penchant en avant et en posant les coudes sur ses genoux. Soit on met sa tête à prix, soit on fait comme si on n'avait rien vu.

— Je penche pour la deuxième solution, répondit Knox après avoir réfléchi. Peut-être reviendra-t-elle vers nous. Et si on ne la voit pas d'ici à quarante-huit heures, on met une prime sur sa tête. Dans l'intervalle, on essaie de découvrir l'identité de cette pétasse.

— Ça va ? demanda Knox à Harper en se tournant vers elle, après le départ des sentinelles.

— Je suis soulagée d'apprendre que je ne me battais pas contre ma demi-sœur, répondit-elle en soupirant. Je n'aime pas trop l'autre possibilité par contre. Ce n'est pas très drôle d'affronter des adeptes de magie noire et ils semblent vraiment vouloir ma mort.

— C'est bien toi qu'ils visent, déclara Knox en attirant Harper tout contre lui, ce qui signifie que cette fausse Kendra a raison : ils s'attaquent à toi pour m'atteindre.

— Ils m'ont prise pour cible parce qu'ils sont vraiment idiots et qu'ils croient pouvoir t'affaiblir assez pour t'empêcher d'agir et t'utiliser pour renforcer leurs sortilèges, le corrigea-t-elle.

C'était bien possible en effet. Auquel cas ils ne seraient pas les premiers à penser qu'il était possible de capturer Knox et de se servir de lui et de ses pouvoirs.

— Tu ne leur as rien fait. Ils t'ont attaquée sans raison.

— Et ils se servent de toi pour m'atteindre, ce que je trouve complètement inadmissible.

Ils pensaient le faire souffrir en attaquant Harper, en la blessant, et ils avaient raison. Il ne savait pas depuis quand au juste elle avait pris une telle importance dans sa vie, mais il l'avait tellement dans la peau qu'il ne pourrait jamais l'oublier. Quand un démon tombait amoureux, c'était rapide, brutal, intense. Il n'avait jamais imaginé que cela lui arriverait un jour, jamais pensé qu'il pourrait tenir autant à une femme. Or cela ne lui faisait pas peur. Loin de là. Au contraire, il était ravi. Il désirerait toujours la compagnie de son petit sphinx et il en avait pleinement conscience.

Il avait cru qu'un tel attachement le rendrait vulnérable. Ce n'était pas le cas cependant, il le voyait bien. Oui, Harper détenait un certain pouvoir sur lui, mais il savait qu'elle n'en abuserait jamais. Il pouvait lui faire confiance, tout comme elle lui faisait confiance quant à ce même pouvoir qu'il avait sur elle. Il avait tout fait pour l'attirer, la manipuler, mais il était tombé raide dingue de cette démone.

— Levi a raison : tu es ma faiblesse.

— Et moi, rétorqua-t-elle en fronçant les sourcils, je sais au moins une chose et c'est que je n'aime pas t'entendre tenir ce genre de propos.

— J'ai besoin de tout contrôler, Harper, c'est essentiel pour moi, pour plusieurs raisons. Si quelque chose t'arrivait, si on t'enlevait à moi, je ne me contrôlerais plus. Ce que j'ai fait à Riordan et à ses disciples, eh bien, ce ne serait rien comparé à ce que je ferais si quelqu'un t'ôtait la vie.

S'il pensait lui faire peur, il se trompait.

— Parce que tu penses que je ne chercherais pas à te venger si quelque chose t'arrivait ? demanda-t-elle en l'attrapant par la chemise. Je m'occuperais de faire payer les enfoirés qui s'en seraient pris à toi.

— Tu ferais ça ? demanda-t-il, curieux.

— À ton avis ?

Comment pouvait-il s'en étonner ?

— C'est justement là le problème, ma chérie. Tu traquerais les responsables et tu me vengerais, mais ça s'arrêterait là. Tu retiendrais ta démone même si elle en réclamait plus.

— Toi aussi, tu contrôles ton démon.

— Je ne chercherais même pas à le contrôler, mon cœur, dit-il en esquissant un pâle sourire, refusant de lui mentir. Je les ferais tous payer. En revanche, je ne m'en tiendrais pas là. Cela ne suffirait pas, ni à moi, ni à mon démon. Il y aurait beaucoup de morts, des tas de choses seraient détruites. Tu n'as pas le droit de mourir, conclut-il en pensant que c'était un fardeau trop lourd pour elle.

Il plongea son regard dans le sien et Harper sentit qu'il s'attendait à être rejeté, même si c'était inconsciemment. Il pensait sans doute que ses aveux lui flanqueraient la trouille ou la rebuteraient. Il aurait peut-être mieux valu que ce fût le cas ! Mais bon, même si cela la perturbait un peu de savoir qu'il tenait autant à elle, elle ne pouvait pas s'empêcher de se sentir flattée. Elle lui avait apporté quelque chose qu'il n'avait jamais connu jusque-là, lui avait-il expliqué : son acceptation totale. Mais bon, il lui avait également donné quelque chose de nouveau, le fait de se savoir indispensable.

Elle s'installa alors sur lui à califourchon et passa les bras autour de son cou avant de s'abandonner contre son torse. Knox lui cala la tête sous son menton. Elle était parfaitement bien installée, comme si elle était faite pour lui. Il lui caressa le dos et il comprit qu'elle voulait le rassurer et lui faire comprendre qu'elles les acceptaient, lui et son démon, tels qu'ils étaient.

Il faisait partie d'une espèce redoutable qui n'aurait même pas dû évoluer sur terre. Cependant, il n'éprouvait aucune haine pour ce qu'il était. Au contraire, Knox aimait le pouvoir, la montée d'adrénaline et la force qui étaient siens, sans parler de son invulnérabilité. Il acceptait la créature en lui qui l'avait protégé et sauvé quand personne d'autre ne lui tendait la main. Knox n'avait jamais imaginé cependant qu'une femme apprendrait à supporter son démon. Il valait même mieux que ce ne soit pas le cas. Il n'avait rien demandé à Harper mais elle l'avait quand même accepté, lui, un enfoiré des plus cruels, en plus de son démon. Elle l'étonnerait toujours.

— Même si tu me suppliais de te laisser partir, je ne le ferais pas.

Il l'avait prévenue qu'il ne lui rendrait pas sa liberté, mais il avait besoin de lui faire comprendre qu'il était vraiment sérieux quand il disait cela. Si elle lui annonçait sa décision de le quitter, il trouverait le moyen de la convaincre de rester.

— D'accord, dit Harper en reculant pour le regarder bien en face. Qu'il soit dit que je ne supplie qu'au lit et très, très rarement. Ne va pas imaginer que je vais le faire dans d'autres circonstances. Ensuite, personne ne pourra jamais me retenir prisonnière. Personne ne peut m'enfermer sans mon consentement. (Après tout, elle avait grandi avec des elfes et pouvait s'échapper de n'importe quelle prison.) Enfin, si tu fais des grosses conneries et que tu me fais souffrir, si tu me trompes, je pars, Thorne. Mais si tu t'attends encore à ce que je me barre uniquement à cause de ton démon, eh bien, laisse-moi te dire que cela me rend furieuse de penser que tu as une si piètre opinion de moi.

— Je vais aborder tous les points que tu as soulevés un par un, affirma Knox après un bref silence, abasourdi par sa réaction. C'est vrai que tu me supplies parfois au lit et que j'aime ça. En revanche, je ne m'attends pas à ce que tu le fasses en d'autres circonstances. Tout ce que tu veux, tu l'auras. À part bien entendu ta liberté. Pour ce qui est du point suivant, tu n'aurais pas dû utiliser le mot « prisonnière », parce que cela m'a fait drôlement fantasmer. Alors prépare-toi à en subir les conséquences et n'oublie surtout pas que tu es la seule responsable de ce qui t'attend.

» Troisièmement, dit-il après lui avoir mis un doigt sur la bouche pour l'empêcher de parler, je veux que tu saches que jamais je ne te trahirai, jamais je ne te ferai volontairement souffrir. Je veillerai toujours sur toi. C'est une véritable idiotie de croire que je pourrais un jour en désirer une autre que toi. Et enfin je n'ai pas une piètre opinion de toi. Je ne t'aurais pas choisie pour compagne si c'était le cas, n'est-ce pas ? Par contre, je suis et serai toujours difficile à vivre. Je veux tout contrôler, je suis possessif, égoïste, très porté sur la chose et sans expérience aucune de l'intimité émotionnelle. En outre, je suis très impatient et j'exige que tous mes désirs soient satisfaits sur-le-champ. Je te l'ai déjà dit, je ne suis pas un mec bien. Tu ne fais pas une bonne affaire avec moi, ma chérie.

— Ah ? Parce que moi, je suis une pauvre vierge effarouchée ? (La vie serait beaucoup trop assommante si c'était le cas.) Regardons un peu en face cette petite chose qu'on nomme « réalité ». Tout le monde a des défauts, Knox. La vie de couple n'est facile pour personne. Tu ne sembles pas comprendre à quel point je risque de te faire tourner en bourrique. Je suis incontrôlable, j'ai mauvais caractère, je jure comme un putain de charretier, je suis casse-pieds et, la plupart du temps, c'est voulu. Je n'accorde pas facilement ma confiance et je suis mal à l'aise quand on me fait des cadeaux ou de simples compliments. C'est étrange et j'en ai pleinement conscience. Je n'ai pas beaucoup d'expérience non plus en matière d'intimité émotionnelle. Mais tu m'acceptes avec tous mes défauts comme moi je t'accepte totalement. C'est comme ça que ça marche.

» Et si continues d'avoir peur que je te quitte, ajouta-t-elle sur un ton plus grave en se redressant, quand tu auras eu le courage de me dire ce que tu es, je vais m'énerver. Je tiens beaucoup à toi tel que tu es et l'espèce de ton démon fait partie de toi et ne change en rien qui tu es. Cette déclaration me fait rougir et c'est ta faute, merde !

— Je savais déjà que tu tenais à moi, déclara Knox après l'avoir embrassée sur la bouche. Tu ne m'aurais pas accepté comme compagnon si cela n'avait pas été le cas. Les démons ne s'unissent pas à moins d'éprouver un attachement profond.

— Ce n'est pas une façon bien élégante de me dire que tu tiens aussi à moi, lança-t-elle en se croisant les bras.

Elle avait raison.

— Tu n'entendras pas souvent des belles paroles venant de moi, dit-il, préférant la prévenir.

— Je sais.

Knox avait beaucoup de charisme, mais il n'était pas flatteur de nature et il avait énormément de mal à exprimer des sentiments profonds. Il souffrait de carence émotionnelle presque autant que son démon.

— Je ne m'attends pas à ce que tu me cajoles constamment, je n'en ai pas besoin. Les compliments et les mots doux me font rougir et j'ai horreur de cela, c'est très gênant. Tout ce que je te demande, c'est de ne pas jouer les machos en évitant toute preuve d'affection.

Il aurait pu profiter de la perche qu'elle lui tendait et simplement promettre de ne pas le faire mais cela ne lui aurait pas ressemblé. Elle méritait tellement mieux.

— Je parcours le monde depuis plusieurs siècles déjà. Je suis devenu quelque peu blasé, vide, solitaire, mais je me réjouis d'éprouver cela parce que sont des sentiments réels. Je commençais à éprouver une certaine torpeur depuis un an environ. Plus rien ne semblait compter pour moi. Tu as bouleversé ma vie. Tu comptes tellement pour moi que tu m'as rendu vulnérable, faible même. Je te garde.

» Tu es ce qui compte le plus pour moi, continua-t-il en prenant le visage de la jeune femme entre ses mains. Je suis prêt à buter tous ceux qui voudraient t'éloigner de moi. Tu devras t'habituer au fait que tu contrôles mon démon plus que moi parce qu'il détruirait tout sur son passage si quelque chose t'arrivait. Je ne pourrais pas l'arrêter même si je le voulais.

Il attendit alors impatiemment la réaction de sa compagne, curieux de savoir ce que recélaient ses traits inexpressifs.

— Et tu t'attends, je suppose, à ce que je prenne mes jambes à mon cou ? C'est ça ? Je ne suis pas sûre d'avoir compris. Peux-tu me donner un indice ? Je pense que tu oublies quelque chose, dit-elle en levant les yeux au ciel et en soupirant. Et c'est que tu contrôles aussi ma démone d'une certaine manière. Tu es son compagnon, ce qui signifie qu'elle ne pensera à rien d'autre qu'à te venger si tu es blessé. Autant j'aimerais être capable de dire que ma conscience interviendrait dans ce genre de situation et essaierait de contrôler ma démone, autant je ne suis pas sûre que ce serait le cas. Je serais anéantie si quelque chose t'arrivait parce que tu es tout aussi important pour moi. Je n'aime pas non plus avoir une faiblesse comme celle-là. Ça m'énerve. Mais tu ne pourras pas te débarrasser de moi.

Un long silence suivit ces déclarations. Harper ouvrit la bouche pour ajouter quelque chose mais Knox l'en empêcha en l'embrassant passionnément comme s'il en avait besoin pour survivre. Son baiser était ravageur, dominateur, brûlant. Elle se sentit mouillée, ses terminaisons nerveuses réagirent et…

Ils durent se séparer, car quelqu'un arrivait en se raclant la gorge pour annoncer sa présence.

— Monsieur Thorne, dit Dan, le fax que vous attendiez est arrivé dans votre bureau.

— Merci, Dan, dit Knox après avoir pris une longue inspiration.

Puis, repoussant les cheveux de Harper qui lui couvraient le visage, il l'embrassa passionnément une dernière fois.

— Je reviens, dit-il en se levant.

Elle ne put s'empêcher de lui mater les fesses tandis qu'il sortait de la pièce. Sa démone avait envie de le mordre et elle trouvait cette idée intéressante. Peut-être le ferait-elle plus tard. Elle reprit le jean qu'elle était occupée à décorer et se remit au travail.

— Des têtes de morts ? Joli !

Cette voix inconnue et surtout inattendue qui s'adressait à elle la fit sursauter. Paniquant, elle balança un grand coup de poing dans la mâchoire de l'intrus et le mit KO. Il s'affala de tout son long au sol.

— Merde ! tressaillit-elle, en reconnaissant l'étrange visiteur.

— Euh… Knox… je viens d'assommer le diable.

— Peux-tu répéter ? demanda-t-il en levant la tête du fax qu'il lisait pour regarder la jeune femme.

— Il m'a surprise, expliqua-t-elle, sur la défensive. Tout mon pouvoir a reflué vers mes mains, alors, quand je lui ai balancé mon poing dans la figure, il est tombé au sol comme un sac de patates.

Knox sortit de son bureau et, Harper sur les talons, retourna au séjour où il trouva Lucifer allongé sur le plancher. Harper avait manifestement atteint son âme en lui balançant un coup de poing et il s'était évanoui.

— C'est bien lui, non ? s'enquit Harper en se rongeant l'ongle du pouce. J'étais toute petite la dernière fois que je l'ai vu alors je ne suis pas sûre de le reconnaître.

— Oui, lui confirma Knox. Tu l'as déjà vu ?

— Oui. Il est déjà venu chez Jolene pour l'engueuler alors elle lui a donné des cookies pour se faire pardonner. Mais elle y avait incorporé des stupéfiants et Lucifer a vite été défoncé. Il a fait un striptease et s'est mis à chanter *Baby Got Back*.

— C'est pour cela qu'il en veut à mort à ta grand-mère ? demanda Knox, qui ne put retenir un sourire.

— Non, pas vraiment. Mais cet incident a certainement exacerbé ses sentiments, même si je pense qu'il admire Jolene pour son ingéniosité. Il va m'en vouloir.

Enfant, elle avait été étonnée de découvrir que le visiteur de sa grand-mère était bien Lucifer. Il était déjà habillé à peu près de la même manière à l'époque, en tenue décontractée, avec une casquette de base-ball vissée sur la tête.

— Même s'il t'en veut, il ne te fera pas de mal.

— Ah non ? s'étonna-t-elle, pas vraiment convaincue.

— Non, parce qu'il aurait affaire à moi, sinon.

Dans beaucoup de religions humaines, Lucifer était considéré comme le maître des enfers. Mais ce n'était pas vraiment le cas. Il était certes descendu aux enfers après avoir quitté le ciel et y avait rétabli l'ordre. Il avait même invité toutes les âmes qui le souhaitaient à l'y rejoindre au moment de leur décès. Mais il y avait bien pire en enfer que Lucifer.

Une petite tape psychique de Knox suffit à le réveiller.

— Tu m'as fait mal, geignit-il en ouvrant les paupières.

Il se releva en un clin d'œil et lança un regard curieux à Harper.

— Tu as le don d'infliger des douleurs à l'âme, c'est ça ? C'est une première pour moi et j'aime bien vivre de nouvelles expériences.

— Qu'est-ce que tu es venu faire ici ? demanda sèchement Knox.

— J'ai entendu dire que tu t'étais choisi une compagne. Je suis tellement cynique que je ne l'ai pas cru tout de suite, mais j'étais curieux. Elle me plaît bien, continua-t-il en souriant. Elle m'a surpris et cela est très rare.

Knox ricana. Lucifer n'aimait personne. Il était abrasif, direct, impoli, un vrai cauchemar sur le plan social, en plus d'être psychotique : il se croyait tout permis, pire qu'un enfant gâté ; il était très sarcastique et lunatique, par-dessus le marché, passant d'un état émotionnel à un autre à la vitesse de l'éclair.

— Je ne connais même pas ton nom, dit-il à Harper en se tournant vers elle.

— Je m'appelle Harper, répondit-elle en le saluant d'un signe de tête.

— Tu peux m'appeler Lulu, dit-il. Tu me fais penser à quelqu'un. Serais-tu une Connell, par hasard ? demanda-t-il en claquant des doigts à plusieurs reprises.

— Non, une Wallis, rétorqua-t-elle en souriant, curieuse de voir sa réaction à cette information.

— Une Wallis ? répéta-t-il, ses lèvres s'étirant en un rictus tandis qu'il serrait les mâchoires.

— Je suis la petite-fille de Jolene, expliqua-t-elle en reprenant sa place sur le canapé.

— Ah, cette femme ! s'exclama-t-il en frissonnant. Elle est sournoise et dangereuse, des qualités que j'admire beaucoup habituellement.

— Elle te rit au nez quand tu lui donnes des ordres, c'est ça ? demanda Knox.

— Tout le temps, grogna Lulu.

— C'est dans leurs gènes, dit Knox, qui comprenait les frustrations du diable.

— Tu es un sphinx, dit Lulu en examinant Harper. Tu es la fille de Lucian, j'imagine.

Il rejoignit alors Harper sur le canapé et se mit à fouiller du doigt dans sa boîte de colifichets tout en marmonnant des jurons.

— Qu'est-ce que tu fais ? s'enquit-elle, perplexe.

— Tu as tout mélangé, dit-il, l'air vraiment agité. Regarde, il y a du strass là avec les sequins.

Ah oui ! Jolene lui avait bien dit qu'il avait des TOC.

— Est-ce que ma grand-mère t'envoie encore des chaînes de lettres ?

— Ouais. Elle sait que je suis incapable de les rompre. Ça porte malheur.

— Pas vraiment, tu sais. Les TOC, ça se soigne, dit Harper en secouant la tête.

— C'est ce qui dit mon psy.

— Tu vois un psy ?

— Il paraît que j'ai des problèmes de colère réprimée et d'angoisse de l'abandon à la suite des événements avec Dieu, poursuivit-il, l'air véritablement vulnérable. Tu l'as bien vu avec Carla et Lucian, ce genre de situation laisse des traces, non ? On peut en rester profondément marqué.

Cette conversation prenait une tournure résolument surréaliste. Trop pour Harper.

— Je ne sais vraiment pas que penser de toi.

— Lui as-tu dit de quelle espèce tu étais ? demanda Lucifer à Knox en poussant un grognement.

— Pas encore, répondit Knox en plissant les yeux.

— Ah ! mais quel suspense ! s'exclama le diable, tout excité, en se frottant les mains.

— Lulu ! lui assena Knox, méfiant, craignant qu'il lui dise la vérité tout de go.

— D'accord, d'accord, dit-il, son humeur sombre revenue au galop. J'ai entendu dire que ta compagne avait des soucis.

Knox lui décrivit les derniers rebondissements.

— Soit on a affaire à des adeptes de magie noire, soit c'est le fait d'Isla Ross ou de Carla Hayden.

— Je n'aime pas beaucoup Carla, lança Lucifer. Elle est d'humeur trop changeante.

C'est l'hôpital qui se moque de la charité, pensa Harper.

— Je penche pour les adeptes de magie noire, dit-elle. Mais toi tu continues à penser que ce pourrait être Isla, non ? demanda-t-elle à Knox en se tournant vers lui.

— Elle est assez tordue pour en être capable, déclara celui-ci en haussant les épaules.

— C'est vrai, concéda Lulu en acquiesçant de la tête.

— Il y a même des rumeurs qui circulent selon lesquelles elle louerait les services de démons de son clan à des adeptes de magie noire, dit Knox. Seul un barjot ou alors quelqu'un qui aurait complètement perdu le contrôle de son démon serait capable de faire un truc pareil.

— Peut-être qu'elle fume du crack ? proposa Lulu.

— Je ne comprends vraiment pas, dit Harper en se tournant vers Knox et en ne prêtant aucune attention à ce que venait de dire Lucifer, pourquoi elle prend ce risque, sachant que ses propres troupes pourraient se retourner contre elle pour cela. Quelque chose ne tourne pas rond dans sa tête.

— Le crack peut-être ? insista Lucifer.

— Ce n'est pas sensé, je sais, dit Knox en ne faisant pas plus de cas du diable, et c'est pourquoi je me suis toujours méfié de ces rumeurs. C'est comme je disais, ajouta-t-il en se tournant vers Harper. Elle est assez froide et avide de pouvoir pour en être capable. Elle n'a pas toujours été comme ça. Elle a changé.

— Cela vient étayer ma théorie sur le crack, déclara Lulu en levant la main.

— Oh mon Dieu ! s'écria Harper, exaspéré.

— S'il te plaît, est-ce qu'on pourrait éviter de le mêler à ça ? demanda Lulu en fronçant les sourcils.

— Tu as dit « s'il te plaît », intervint Knox en clignant des yeux d'étonnement. Tu deviens poli ! Même quand tu es de mauvais poil !

— J'ai décidé d'élargir mon registre, de ne pas me limiter au mal pur et simple.

Harper n'avait jamais rencontré personne de plus frappadingue que ce mec, elle en était sûre.

— Il y a une véritable guerre des rumeurs en ce moment, lança Lulu en s'étirant les jambes. Les candidats à cette élection extraordinaire font circuler toutes sortes de potins les uns après les autres pour se faire valoir.

— Eh oui ! Il y a même une rumeur selon laquelle Malden aurait banni toutes les harpies de son clan par pur racisme.

Larkin avait été très en colère de l'apprendre.

— Je ne tolère pas le racisme, je trouve cela repoussant, déclara Lulu en reniflant.

Qui aurait imaginé que le diable avait des principes ?

— Est-ce que cela t'inquiète de savoir qu'Isla fait peut-être des choses horribles dans son propre clan ? s'enquit Harper en arquant les sourcils.

— Elle n'a violé aucune de mes règles.

Knox savait qu'elle avait toujours fait très attention à cela. Les règles de Lulu étaient assez simples : ne jamais se faire prendre à transgresser les lois des humains, ne jamais révéler l'existence des démons, et ne jamais faire du mal à un enfant d'aucune espèce. Le diable n'était pas non plus unidimensionnel.

— On dit que Dario participe à des rituels sexuels vaudous avec le harem qu'il s'est constitué avec des représentants de toutes les espèces de démons et de démones, raconta Knox.

— Des rituels…, répéta Lucifer, l'air dégoûté. Je n'ai jamais beaucoup aimé ça.

— Alors tous ces humains, ne put s'empêcher de demander Knox, qui s'adonnent à des rituels prétendument sataniques…

— Ils m'énervent. Comme un téléphone qui sonnerait tout le temps, avec uniquement des appels rasoirs de démarcheurs qui vous demanderaient de payer pour leur boniment. Et que me promettent-ils en échange de ce que je leur donne ? Leur âme. Mais elles sont déjà à moi, leurs âmes, pour la simple raison qu'ils ont sacrifié une vierge et bu son sang, s'agita-t-il en secouant la tête et en se relevant. Bon, maintenant que j'ai satisfait ma curiosité, je retourne chez moi. Penses-tu que tu pourrais coudre quelques-unes de ces têtes de morts sur le col de ma veste la prochaine fois que je viendrai te voir ? demanda-t-il à Harper.

Il devait sûrement plaisanter, là… mais il n'en avait pas l'air !

— D'accord, dit-elle.

— Génial, se réjouit-il en souriant avant de disparaître.

Harper leva les yeux vers Knox, se doutant que son étonnement devait être visible sur ses traits.

— On dirait un gamin psychotique bipolaire avec un TOC.

— C'est une bonne description, répondit Knox en soupirant.

— Ai-je tort d'éprouver une sorte de fascination morbide pour lui ?

Knox se pencha et posa les mains sur le dossier du canapé de chaque côté de la tête de la jeune femme.

— Si tu dois être fascinée par quelqu'un, il vaudrait mieux que ce soit par moi, déclara-t-il.

— Ce n'est pas la même fascination, la rassura-t-elle en souriant et en lui caressant le torse. Toi, tu es canon, vraiment. Tu as un cul sublime, une voix superbe, comme du velours, un peu rocailleuse et grave. Ai-je déjà dit que je te trouvais canon ?

— Tu t'en sors bien, dit-il en lui mordillant le menton.

— Oh, que vous êtes mignons tous les deux !

— Lulu ! grogna Knox en fermant les yeux.

— T'inquiète. J'apportais seulement ma veste à Harper, dit-il en la posant sur le canapé. Tu étais très poli avec moi tout à l'heure et, tout d'un coup, te voilà grognon, c'est à n'y rien comprendre. Je ne sais jamais où en j'en suis avec toi, termina-t-il avant de disparaître de nouveau.

— Je ne sais pas que penser de tout ça, déclara Harper en riant.

Cette rencontre avait quelque chose de surréaliste.

— Tu sais quoi ? C'est peut-être mieux de ne pas y penser, en fait.

— Ouais, tu as sans doute raison !

Chapitre 17

— J'ai obtenu les infos que tu m'as demandées, annonça Khloë. Mais cela n'a pas été facile.

— Ça ne va pas me plaire, c'est ça ? s'enquit Harper en soupirant et en se carrant dans son fauteuil derrière son bureau.

— C'est cela. Ça ne va pas te plaire du tout.

Jolene avait inculqué à Harper l'importance de toujours connaître son ennemi. La jeune femme avait donc décidé plusieurs semaines auparavant de contacter ses sources pour en apprendre un peu plus sur Isla. Les informations qu'elle avait glanées ici et là étant contradictoires, elle avait soupçonné Isla de les avoir semées exprès afin de conserver le mystère. Harper s'était donc adressée à Khloë, la seule capable de découvrir absolument tous les secrets.

— Il m'a fallu beaucoup de temps pour trouver des infos sur elle, révéla cette dernière en s'installant sur une chaise en face de Harper, parce que son cercle restreint lui est entièrement dévoué, tellement que c'en est étrange. Comme si elle était une sorte de déesse.

— Qu'as-tu découvert ?

— Pour résumer, Isla est une garce ambitieuse, cupide, et avide de pouvoir, et elle est parvenue à son poste à force de chantage, d'intimidation, d'arnaques et de coucheries.

— J'ai du mal à l'imaginer, dit Harper en clignant des yeux, se servant du sexe pour parvenir à ses fins. Elle ne semble pas vraiment portée sur la chose. Elle est plutôt apathique comme fille, on dirait un robot.

— Peut-être, mais le sexe est souvent un bon moyen pour contrôler les gens, non ? Elle l'utilise sans doute comme une arme.

Cela ressemblait beaucoup à Isla en effet.

— Elle ne connaît aucune limite et se croit intouchable. Elle a des accès de colère qui feraient peur à Lucifer lui-même.

— De colère ? Vraiment ?

Harper avait du mal à le concevoir, tant Isla semblait imperturbable. Et même quand elle s'était énervée à Manhattan elle n'avait pas perdu le contrôle.

— Ah ouais ! Sous cette apparence de grand calme se cache une femme parano, cinglée, et corrompue. Elle a aussi un petit secret qu'elle croit bien protégé, mais elle se trompe. Elle pense que seul son cercle rapproché de démons, qui la croient parfaite et qui feraient tout pour elle parce qu'ils la vénèrent, est au courant.

— Et en quoi consiste ce petit secret ? s'enquit Harper en s'inclinant un peu vers l'avant.

— Elle a un penchant pour le sadisme sexuel.

Alors là, pour une surprise, c'en était une !

— Vraiment ? s'étonna Harper.

— Personnellement, je ne parlerais peut-être pas de sadisme sexuel. Je dirais plutôt que cette fille est sérieusement désaxée. Elle ligote des femmes non consentantes et leur fait subir toutes sortes de sévices mais elle ne les tue pas. Puis elle se lasse et demande à un de ses sbires de les buter.

C'est étrange qu'elle ne le fasse pas elle-même, d'autant plus qu'elle n'hésite pas à torturer ses victimes.

— Et ces femmes… est-ce que ce sont des membres de son clan ?

— Oui. Les autres savent qu'elle punit des femmes mais ignorent en quoi consistent les punitions qu'elle leur inflige, pour des crimes imaginaires, il semblerait. Selon moi, poursuivit Khloë en retroussant la lèvre supérieure, il ne s'agit pas de châtiments mais bien de sa manière de prendre son pied.

— Tu avais commencé par parler de sadisme sexuel.

— Parce qu'elle les agresse sexuellement.

— J'en suis malade, dit Harper en lançant un juron et en se frottant la figure.

— D'après mon informateur, elle s'en prend à des femmes parce qu'elle les déteste.

— Pourquoi ? Est-ce que tu le sais ? Sa mère a-t-elle abusé d'elle ?

— Non, pas sa mère. Son père. Mais sa mère a fini par se suicider. C'est tout ce que mon informateur a pu me dire sur son passé.

— Il doit y avoir autre chose, dit alors Harper en haussant les épaules. Peut-être qu'elle ne s'aime pas elle-même et qu'elle projette cela sur toutes les autres femmes, surtout celles qui ont l'air sûres d'elles-mêmes, heureuses ou encore celles qu'elle envie parce qu'elles ont quelque chose qu'elle n'a pas.

— C'est une possibilité en effet.

— On n'a aucun moyen de leur venir en aide. Les clans ne s'immiscent jamais dans les affaires les uns des autres. Malheureusement, continua Harper en poussant un long soupir, elle n'est pas la seule à faire souffrir son clan. D'autres Grands Maîtres le font aussi ailleurs dans le monde.

— Ouais. Et la promesse qu'a faite Malden de donner une voix à tous les démons va plaire à ceux qui sont victimes de mauvais traitement, ajouta Khloë.

— Ce n'est que du vent, il ne le fera pas.

— On le sait, nous. Mais j'ai l'impression que le grand public le croit. Et ça, c'est dangereux.

— En effet, soupira Harper.

Le vote aurait lieu sous quarante-huit heures dans l'hôtel de la Cité souterraine où avaient été organisées les rencontres avec les Grands Maîtres.

— Les campagnes de diffamation ont certes fait passablement de tort aux uns et aux autres mais pas autant que les Grands Maîtres l'auraient souhaité, ajouta-t-elle.

En effet, au lieu de porter son choix sur un Grand Maître en particulier, le public avait décidé de ne faire confiance à aucun d'entre eux. En réalité, les démons ne semblaient pas trop désireux d'effectuer des changements.

— Il faut que je te dise, Harper, je ne suis plus trop convaincue que ce sont des adeptes de magie noire qui ont commandité ces attaques contre toi. Comme toi, je supposais que c'était le cas au début, mais maintenant que je sais de quoi Isla est capable je commence à penser comme Knox, qu'il y a des chances que ce soit elle la coupable.

— C'est tout à fait le genre de chose qui l'excite, mais cela ne signifie pas nécessairement qu'elle soit responsable de ces attaques.

— Au fait, en parlant de coupables éventuels… est-ce que Knox a découvert qui avait usurpé l'identité de Kendra ?

— Non, dit Harper en secouant la tête. Et ils n'ont pas réussi à la retrouver. Même en ayant mis sa tête à prix.

— Elle a sans doute encore changé d'identité. Je parie qu'elle se cache au nez et à la barbe de tout le monde.

— Je le pense aussi.

— Assez parlé de tous ces sujets déprimants, lança Khloë en posant les coudes sur le bureau et en jouant avec l'agrafeuse de Harper. Comment vas-tu fêter ton anniversaire demain ?

— Knox fait le mystérieux, révéla Harper, heureuse de passer à autre chose. Tout ce que je sais c'est qu'on va quelque part ensemble tous les deux.

Au contraire des humains, les démons n'étaient pas très portés sur les cartes de vœux et les cadeaux, mais ils fêtaient tout de même leur anniversaire. Certains aimaient marquer l'occasion en s'adonnant à une activité excitante, tandis que d'autres préféraient une sortie dans la Cité souterraine. Les elfes, pour leur part, étaient plus attirés par l'idée de dévaliser le coffre d'une banque juste pour le plaisir.

— Et Lucian ?

— Il a téléphoné hier. Il ne pourra venir que dans quelques jours. Il n'a trouvé personne pour garder son émeu en son absence.

— Son émeu ? s'étonna Khloë. Ce mec est barjo !

— Je suis plutôt contente qu'il ne vienne pas tout de suite, gloussa Harper. Je n'ai pas vraiment hâte de lui présenter Knox.

— Knox ne va pas se gêner pour lui botter les fesses, sourit Khloë en reposant l'agrafeuse. Tu t'en doutes un peu, n'est-ce pas ?

— Ouais, je sais, soupira Harper. J'ai bien essayé de lui faire comprendre que Lucian n'est pas un aussi mauvais père qu'il le pense, mais le message ne passe pas.

— C'est ton compagnon, il veut te protéger. C'est normal. Alors, est-ce qu'il t'a dit à quelle espèce de démon il appartient ? ou pas encore ? lança-t-elle, l'air de prévenir sa cousine qu'il y aurait des répercussions s'il ne l'avait pas encore fait.

— Ne te mêle pas de ça. Il me le dira quand il sera prêt à le faire.

— Mais…

— Khloë !

— Très bien, très bien, comme tu veux. On ne peut pas trop lui en vouloir, je suppose, puisque tu lui caches aussi quelque chose de super important.

— Ah ouais ? dit Harper, ne voyant pas du tout à quoi sa cousine faisait allusion.

— Oui, à moins que tu lui aies enfin dit que tu l'aimais.

— Mais… je ne t'ai jamais dit que c'était le cas, bafouilla Harper.

— Sois honnête ! C'est vrai, non ?

Khloë poussa un grognement en voyant Harper refuser de répondre, la suppliant du regard.

— Allez ! tu peux me le dire, insista-t-elle. Je sais que je suis parfois énervante, Harper, et que je te donne plein de conseils que tu n'as pas nécessairement envie de suivre, mais on s'est toujours tout dit toutes les deux.

— Oui, je l'aime et, non, je ne le lui ai pas dit, avoua Harper sans reprendre son souffle.

— Et tu n'as pas l'intention de le lui dire tant que tu ne seras pas sûre s'il t'aime aussi, devina Khloë.

— Je ne sais pas si l'amour fait partie du registre émotionnel de Knox, avoua-t-elle.

Harper ne lui en voulait pas. Elle l'acceptait tel qu'il était.

— Au moins, tu ne nies pas que tu l'aimes.

— Maintenant que tu as la réponse à tes questions, est-ce qu'on peut passer à quelque chose de moins sérieux ?

— Je veux juste que tu sois heureuse, dit Khloë en adressant un sourire confus à sa cousine.

— Mais je le suis, imbécile.

— *Harper ?* l'appela la voix de velours de Knox en lui caressant la peau au passage.

— *Ouais ?*

— *J'ai envoyé Tanner te chercher. Viens vite*, dit-il avec un relent de frustration dans la voix.

— *Que se passe-t-il ?*

— *C'est au sujet du secret de Carla… Tout le monde est au courant maintenant.*

Putain !

Il ne fallut que peu de temps à Harper et Tanner pour rejoindre Knox dans son bureau de la Cité souterraine, situé juste en haut de l'aire de combat. En y entrant, ils trouvèrent Knox debout près de la vitre tandis que Levi et Keenan se prélassaient sur le canapé.

— Qu'est-ce qui s'est passé exactement ? Qui a vendu la mèche ? lança Harper en se demandant si c'était Kellen mais…

— En fait, on l'ignore, répondit Knox en s'approchant d'elle, tous les muscles tendus, en mode attaque.

Il avait l'air parfaitement calme cependant, comme toujours, en dépit de la colère qu'elle sentait pulser dans l'air.

— Comme pour la campagne de diffamation, l'info semble être apparue de nulle part. Elle s'est propagée dans toute la Cité souterraine comme une traînée de poudre.

Harper laissa échapper un juron. Elle se doutait bien que la vérité sortirait un jour mais elle ne s'était pas attendue à ce que ça se fasse aussi vite. En la voyant passer avec Tanner, les passants l'avaient dévisagée en chuchotant. Tout le monde était au courant et… elle détestait cela.

— Il y a beaucoup de colère dans l'air, déclara Tanner, debout dos au mur.

— Il y a énormément de mécontents, en effet.

— Mais pourquoi ? demanda Harper en fronçant les sourcils. Carla a mal agi et je le sais, mais ma famille était au courant. Qui d'autre est-ce que cela peut intéresser ?

— Notre clan, répondit Levi. Tu es l'*alter ego* de Knox, sa compagne, et tous les membres du clan se sentent très protecteurs envers toi. Ils te voient à son côté, tu le soutiens à toutes les rencontres ou conférences. Ce que tu fais pour lui, tu le fais pour nous tous. Larkin a été obligée de sauver Carla d'une foule de démons en colère qui voulaient la tabasser.

C'était une blague ?

— Une foule en colère ?

— Avec Mona à sa tête, ajouta Knox en entortillant une mèche des cheveux de Harper autour de son doigt, une habitude qu'il avait prise quand il était énervé ou songeur.

Harper éclata d'un rire nerveux en entendant cela, ce qui irrita Knox encore davantage.

— Allez ! tu ne trouves pas cela ironique qu'une démone que j'ai affrontée là en bas dans l'aire de combat soit devenue ma plus grande supportrice ?

— C'est ironique en effet, reconnut Keenan en serrant les lèvres.

— Cette situation n'a rien de drôle, déclara Knox en s'approchant de Harper et en posant les mains sur ses bras. Je ne peux pas faire disparaître cette rumeur. Elle s'est propagée trop vite, trop loin. Il faudra juste attendre que ça passe.

— Est-ce que Carla a nié les faits ? voulut savoir Harper.

— C'est étrange, mais non.

Harper avait imaginé que Carla protesterait de son innocence, partant du principe que sa fille préférerait également démentir cette rumeur.

— Son compagnon est-il au courant ? demanda-t-elle.

— Oui. Il m'a appelé un peu plus tôt pour me demander si je savais où était Carla.

— Il ne t'a pas demandé si la rumeur était fondée ? s'enquit Levi, curieux.

— Il préfère peut-être que ça vienne d'elle, supposa Harper.

Le téléphone de la jeune femme sonna alors et elle le sortit de sa poche. Le nom de sa grand-mère s'afficha sur l'écran.

— C'est Jolene, expliqua-t-elle en sortant de la pièce pour prendre l'appel.

— On ne sait pas d'où est sortie la rumeur, dit Knox à ses sentinelles. Ceux qui l'ont lancée savent donc très bien comment s'y prendre, autant que les responsables des campagnes de diffamation.

— Tu penses à Isla, c'est ça ? demanda Keenan.

Knox la soupçonnait de plus en plus d'être la coupable.

— Quelqu'un a pris la peine de bien fouiller dans la vie de Harper, affirma Keenan. Pourquoi ? Dans quel dessein ?

— Pour détourner l'attention des élections, suggéra Levi. Ce n'est peut-être pas leur principale motivation par contre. La divulgation de ce secret fait du tort à Harper, non ?

Knox se tourna vers sa compagne. Toujours au téléphone, elle essayait d'empêcher sa grand-mère de réduire la maison de Carla en gravats. Elle n'avait pas l'air trop malheureuse mais elle cachait bien son jeu et il le savait. Il n'aimait pas qu'elle soit le « vilain petit secret de Carla », il ne trouvait pas cela juste, mais il savait également que Harper était une personne très secrète qui ne voulait pas exposer sa vie personnelle au vu et au su de tout le monde. Il se sentait très frustré de ne pas avoir pu la protéger contre ce qu'il se passait.

— Je ne sais pas qui cherche à lui faire du tort, mais ils n'ont pas réussi jusqu'à maintenant, poursuivit Levi. Peut-être ont-ils fini par l'accepter et par chercher un autre moyen de la faire souffrir.

— On fait quoi maintenant ? demanda Keenan en haussant les épaules.

— La seule chose qu'on puisse faire : limiter les dégâts, dit Knox. Entrez, cria-t-il en entendant frapper à la porte.

Larkin pénétra dans la pièce, traînant derrière elle Carla, manifestement réticente à l'idée de parler à tous ces gens. Sa démone intérieure grognait. Knox s'enorgueillissait de ses capacités à décrypter les gens mais il n'avait jamais réussi à cerner les sentiments de Carla pour Harper. Il était sûr d'une chose cependant : Carla n'avait jamais été honnête dans aucune de leurs conversations concernant sa fille. Il comprit en la regardant qu'elle avait enfin abandonné son masque. Peut-être à cause des événements. Il n'en savait rien. Elle n'était plus aussi gracieuse et timide. Elle avait plutôt l'air terrifiée et démolie. Et ça, ce n'était pas du cinéma.

— Elle ne sait pas qui a lancé la rumeur, expliqua Larkin en guidant Carla vers une chaise placée devant le bureau de Knox. Je n'ai pas réussi à découvrir d'où elle venait.

Carla vit alors Harper et un éclair fugace de chagrin et de nostalgie traversa son regard. Ce n'était pas parce qu'elle avait essayé de cacher ses sentiments, mais plutôt comme s'ils n'occupaient qu'une toute petite place en elle, trop petite pour changer quoi que ce soit.

— Et quelle est au juste cette rumeur ? demanda Knox à Larkin.

— Juste que Carla a confié Harper à Jolene quand elle était toute petite.

La version fictive de Jolene était préférable à la dure vérité.

— Rien d'autre ?

— Parce qu'il y a autre chose ? voulut savoir Larkin en fronçant les sourcils.

— Il y a plein d'autres choses, n'est-ce pas, Carla ? dit Knox en se tournant vers la mère de Harper.

Carla déglutit bruyamment.

— Jolene est furieuse, annonça Harper en s'approchant de Knox après un rapide coup d'œil à sa mère. Elle essaie de découvrir qui est à l'origine de la rumeur mais elle n'a encore rien trouvé.

— La foule s'est dispersée, dit Larkin, mais les gens sont mécontents.

— Cela m'horripile d'avoir à te protéger, lança Knox à Carla. Tu mérites d'être vertement réprimandée par la foule. Et pire encore. Mais je ne veux pas de conflit au sein de mon clan. Je vais donc devoir prendre des mesures pour calmer la situation.

— Je pourrais faire une déclaration, proposa Harper. Dire que je ne suis pas fâchée.

— Cela ne suffirait pas, répondit Larkin en secouant la tête. Ils le sont pour toi.

— Je pourrais l'escorter publiquement hors d'ici.

— Je ne veux pas que tu la protèges, déclara Knox en se tournant vers sa compagne. Elle ne l'a jamais fait pour toi, n'est-ce pas, Carla ? lança-t-il en se tournant vers la mère de Harper.

— Non, chuchota Carla d'une si petite voix qu'ils l'entendirent à peine.

— Même que c'est grâce à un sortilège si Harper a eu la vie sauve pendant ta grossesse, pas vrai ?

— Knox, l'interrompit Harper d'une voix sèche.

Déjà qu'elle n'appréciait pas que les gens en sachent autant sur sa vie, elle n'avait pas envie qu'il déballe tout le reste.

— Tu ne sauras jamais à quel point j'ai envie de t'étrangler, grogna Knox à l'endroit de Carla. Je ne vais pas te buter, mais c'est uniquement parce que Harper ne souhaite pas se venger. Je tiens à préciser cependant que j'ai envisagé de ne pas tenir compte de son désir et de te faire subir les souffrances que tu voulais lui infliger.

— Je ne voulais pas qu'elle souffre, riposta Carla à voix basse.

— Mais tu voulais faire souffrir Lucian. Penses-tu que cela excuse ton comportement ?

— Non, reconnut-elle d'une toute petite voix.

Des coups résonnèrent, martelant impatiemment la porte, et ils entendirent la voix de Bray qui demandait à entrer. Carla pâlit davantage, au grand étonnement de Knox qui ne l'aurait pas cru possible. Knox le pria de les rejoindre mais Carla ne regarda même pas son compagnon. Hirsute comme s'il venait de se passer la main sur sa tête à plusieurs reprises, il avait le regard fou, désespéré, désirant sans doute que sa compagne nie ce qu'il venait d'entendre, lui dise que ce n'était qu'un tissu de mensonges.

— C'est vrai ? demanda-t-il à Carla d'une voix rauque en s'approchant d'elle après avoir lancé un bref coup d'œil à Harper.

— Oui, confirma-t-elle en évitant son regard.

— Pourquoi ne m'en as-tu jamais parlé ? grogna-t-il en crispant les mâchoires. Pourquoi ? insista-t-il.

— Parce que j'avais honte, rétorqua-t-elle en se tournant vers lui. Je m'en veux terriblement, ajouta-t-elle dans un souffle. Harper n'était qu'un bébé parfaitement innocent qui n'avait jamais rien fait à personne. J'ai souffert quand Lucian m'a quittée, j'allais très mal. J'étais incapable de penser à autre chose qu'à mon propre chagrin, ma propre souffrance. Lucian était mon *alter ego*, l'homme que je souhaitais avoir pour compagnon, et il m'a quittée. J'étais très perturbée, ma démone le réclamait tandis que, moi, je ne demandais qu'à le faire souffrir pour lui rendre la monnaie de sa pièce. Mon besoin de vengeance était ma seule préoccupation !

Elle disait enfin la vérité, Knox le sentait. Si Carla avait éprouvé pour Lucian ne serait-ce que la moitié de ce qu'il ressentait pour Harper, il comprenait qu'elle ait été malheureuse et que sa colère et son désespoir aient été tels que ni rien ni personne n'ait compté pour elle. Pour Knox, en revanche, rien n'excuserait jamais ce qu'elle avait fait à Harper.

— Tu aurais dû tenir, pour elle, insista Bray en désignant Harper d'un geste de la main. Elle aurait dû compter pour toi plus que ta vengeance.

— Oui, chuchota Carla. Malheureusement, quand je l'ai enfin compris, il était trop tard. J'ai essayé de te reprendre une fois, dit-elle à Harper en se tournant vers elle.

— Seulement parce que tu m'avais vue avec Lucian et que tu me considérais comme un moyen de le faire souffrir, affirma Harper, qui avait uniquement retenu un ricanement méprisant parce que sa mère avait manifesté une certaine émotion.

— J'étais jalouse, expliqua Carla en secouant la tête. Il t'avait et moi j'étais seule. J'ai essayé d'arrêter de penser à toi quand je t'ai confiée à Jolene à ta naissance. Le jour où je t'ai vue avec ton père, j'ai dû assumer la réalité de ton existence. J'ai compris que j'avais fait quelque chose d'extrêmement cruel. Je voyais tes yeux changer de couleur. Tu tiens cela de ma jeune sœur, tu sais. Elle est morte. Par ma faute. Je la poussais trop fort sur une balançoire et elle est tombée… (Elle s'interrompit pour prendre une longue inspiration.) Et puis je vous ai vus toutes les deux dans ce magasin et vous fixiez sur moi un regard accusateur. J'ai éprouvé une profonde douleur et j'en avais le droit.

— Après, tu as simplement continué à faire comme si elle n'existait pas, c'est ça ? s'enquit Bray, manifestement dégoûté.

— J'allais te voir de temps à autre, dit Carla en continuant à s'adresser à Harper. Chaque fois que Lucian t'emmenait chez Jolene. Je n'approchais jamais, je gardais mes distances. Je voulais simplement te voir, expliqua-t-elle, l'air d'ignorer pourquoi.

— Tu as quand même fait comme si tu ne l'avais pas vue quand tu l'as croisée dans la rue, lui rappela Knox. Je n'arrive pas à m'expliquer ton comportement.

— J'ai croisé une de tes tantes une fois, dit Carla à Harper. Elle m'a vertement reproché de t'avoir abandonnée sur le pas de la porte de Jolene quand tu étais tout bébé et j'ai compris que ta grand-mère n'avait pas tout raconté. J'avais peur que Jolene te dise tout ce que j'avais fait si tu venais me voir, pour t'ôter toute envie de revenir. Je ne voulais pas que tu saches à quel point j'avais été cruelle envers toi. Je faisais donc mon possible pour avoir l'air complètement désintéressée.

— Tu aurais quand même dû m'en parler, Carla, affirma Bray en passant les deux mains dans ses cheveux.

— J'avais peur que tu me quittes, répondit Carla en jetant un rapide coup d'œil à son compagnon.

— Tu n'as pas l'air fâchée, dit Bray à Harper, perplexe.

— J'ai eu une enfance heureuse, déclara Harper en haussant les épaules. C'était loin d'être une vie idéale, mais c'était bien. Si ta compagne allait vraiment aussi mal qu'elle le dit quand je suis née, elle n'aurait pas pu me donner la vie que j'ai eue. Il valait mieux pour toutes les deux qu'on soit séparées.

— Mais Carla est ta mère.

— J'ai beaucoup voyagé avec Lucian dans plein de pays différents. Ce n'était pas toujours rose. J'ai vu des gens qui souffraient tellement qu'ils trouveraient que notre vie ressemble à un conte de fées. Une de mes copines… sa mère a fait le contraire de Carla. Elle a gardé sa fille mais elle la détestait et elle était cruelle envers elle tout en étant très gentille avec ses autres enfants. Je n'aurais pas voulu être à sa place.

— Tu es très mûre, très sage, pour une jeune femme de ton âge. On va rentrer maintenant, Carla, dit Bray en se tournant vers sa compagne, une expression dure sur le visage. Et tu vas tout me raconter. Absolument tout.

— D'accord, répondit Carla en se levant.

— Larkin et Keenan vont vous raccompagner jusqu'à la sortie, dit Knox.

— Je regrette vraiment de ne pas avoir été la mère dont tu aurais eu besoin, affirma Carla en se retournant avant d'ouvrir la porte et de s'en aller.

— Ça va? demanda Knox à Harper, inquiet de son manque de réaction.

— Je veux rentrer, dit-elle, se doutant bien qu'elle avait l'air un peu perdue car elle se sentait profondément perturbée par ce qu'elle venait d'entendre.

— Alors on y va, déclara-t-il.

Assis à table en face de Harper, Knox la regardait pousser distraitement ses aliments dans son assiette. Quand ils étaient rentrés un peu plus tôt, elle lui avait dit qu'elle voulait juste se reposer. Elle s'était installée sur le canapé devant la télé mais sans vraiment se concentrer sur l'écran. Le regard vide, elle avait passé plusieurs heures sans presque dire un mot. Cela ne lui ressemblait pas du tout de ressasser ainsi les choses.

— Mange, ma chérie.

— Je n'ai pas très faim, répondit-elle en plissant le front.

— Mange ou Meg sera vexée. C'est ça, dit-il en haussant un sourcil quand il la vit prendre une bouchée, tu veux bien manger pour faire plaisir à Meg mais pas si c'est moi qui te le demande.

— Je ne voudrais pas qu'elle arrête de me faire des muffins.

Knox s'apprêtait à esquisser un sourire mais n'en eut pas le temps, Harper ayant reposé ses couverts dans un grand soupir. Il alla donc s'asseoir à son côté, piqua quelques pâtes sur sa fourchette et la lui présenta. Elle consentit à manger après lui avoir lancé un regard acerbe.

— Très bien. Dis-moi maintenant ce qui t'agace au point de te faire perdre l'appétit.

— C'est stupide, dit-elle après avoir avalé sa bouchée et bu une gorgée de vin.

— Si c'est important pour toi, ça l'est tout autant pour moi, dit-il. Et donc ce n'est pas stupide. Dis-moi tout.

— J'avais rangé Carla dans une petite case dans ma tête étiquetée « égoïste et insensible ». Elle était la méchante dans l'histoire et je n'avais donc pas à me préoccuper d'elle et de ce qu'elle faisait. Ce qu'elle a dit tout à l'heure… ne change rien à son égoïsme, mais elle n'est peut-être pas aussi insensible que je le croyais. Alors je me demande si je dois changer d'idée à son sujet, mais, le souci, c'est que je ne sais pas comment faire.

Parce que, si Carla n'était plus la méchante dans l'histoire, elle serait obligée de revoir son analyse du passé et risquerait alors de souffrir.

— Elle aurait dû t'accorder la priorité, déclara Knox en posant la main sur le menton de Harper. Même si elle traversait une période difficile. Mais elle ne l'a pas fait. Elle ne mérite pas que tu lui pardonnes, alors n'essaie même pas. Carla a fait de grosses bêtises et elle n'a jamais essayé de les réparer, insista-t-il en obligeant la jeune femme à manger un peu plus. La situation n'était peut-être pas aussi claire que tu le croyais, c'est vrai, mais cela ne t'oblige pas à faire preuve d'indulgence. (Personnellement, il n'avait aucune intention d'en montrer.) Rien n'excusera jamais ce qu'elle a fait.

— Je ne sais plus dans quelle case la ranger maintenant.

— Personne n'est tout blanc ou tout noir, ma chérie. Tous les êtres ont des personnalités complexes, multidimensionnelles et nous avons tous des motivations différentes. Les gens changent parfois, pour le meilleur mais aussi pour le pire. La nature humaine est très fluctuante.

Elle savait qu'il avait raison.

— Je t'aime, dit-elle.

Il la regarda, les yeux écarquillés, abasourdi.

— Le moment n'est peut-être pas bien choisi pour te faire cette déclaration, j'en ai conscience. Je comprends. Quand j'étais petite, je me demandais toujours si les gens autour de moi m'aimaient et je ne veux pas que tu te poses ce genre de question.

Harper se leva de table et Knox sortit de son ébahissement. Il attrapa la jeune femme par le poignet.

— Tu ne peux pas me dire ça et te barrer.

— Oh que si ! lança-t-elle en se dégageant de son étreinte et en se dirigeant vers la chambre.

Elle était au bord du fou rire d'avoir ainsi réussi à faire réagir l'imperturbable Knox Thorne. Elle n'avait pas attendu qu'il lui renvoie la balle, se doutant bien qu'il ne le ferait pas. De nature plutôt pratique, elle n'était pas du tout fantasque. Elle pensait vraiment ce qu'elle avait dit à Khloë, que l'amour ne figurait pas dans le registre émotionnel de Knox. Même s'il en avait été capable, il avait été seul trop longtemps pour reconnaître des sentiments que d'autres tenaient pour acquis. Il tenait à elle, elle le savait et cela lui suffisait.

Elle s'assit sur le lit et retira ses chaussures. Il apparut dans l'embrasure de la porte, l'air sombre, et elle fut troublée.

— Tu fais une drôle de tête. Ouais, je sais, c'est étrange. Je déballe mon truc et je me barre. Mais on sait tous les deux que je suis une fille bizarre, alors tu dois apprendre à accepter que je fasse parfois de drôles de choses, sans me juger.

— Tu as fait quelque chose de difficile pour toi, je le sais, déclara-t-il en pénétrant dans la chambre de sa démarche souple de grand prédateur. Tu n'aimes pas te rendre vulnérable, je le sais aussi. Le meilleur moyen pour toi de te protéger contre les autres est donc de demeurer invisible, de ne pas leur montrer à quel point tu tiens à eux.

— Tu lis en moi comme dans un livre ouvert et je n'aime pas ça du tout, je tiens à ce que tu le saches ! grommela-t-elle.

— Je ferais preuve d'égoïsme et de lâcheté si je ne te répondais pas. Je reconnais être égoïste mais je suis tout sauf lâche.

Harper s'immobilisa en percevant un bourdonnement dans l'air, comme celui qu'elle avait ressenti dans la ruelle avec les adeptes de magie noire. C'était comme si quelque chose se chargeait, accumulait du pouvoir. Elle devina qu'il allait lui révéler à quelle espèce il appartenait. Ou plutôt, il allait le lui montrer. Sa démone intérieure se mit en alerte, curieuse et méfiante à la fois.

Comme dans la ruelle, le pouvoir dans l'air ambiant lui caressa la peau et lui brûla les yeux. Elle claqua des dents, elle entendit des sifflements et sa poitrine se serra. Knox concentra sur elle son regard de prédateur et tout dans ces traits annonçait un danger imminent. Ce n'était plus le même homme, il lui était devenu étranger. Le cœur de Harper battit la chamade. Elle n'était plus sûre de vouloir savoir ce qu'il était, là tout de suite.

Des flammes surgirent du sol en vrombissant. Elles entourèrent Knox de lueurs rouge, noir et or, l'engloutirent puis le masquèrent à la vue de la jeune femme. Putain ! c'était quoi ce bordel ? Jamais il n'en sortirait vivant !

Désespérée, elle s'approcha mais la chaleur l'empêcha de l'atteindre et…

Ce fut alors qu'elle le vit : une silhouette de flammes vives au beau milieu du feu. Elle ne put s'empêcher de demeurer bouche bée devant ce spectacle, son cœur battant à cent à l'heure tellement il lui faisait mal. Une seule espèce était capable de résister ainsi aux flammes des enfers.

— Tu es un archidémon, dit-elle enfin d'une voix rauque.

Tout comme les archanges naissaient au paradis pour servir Dieu, les archidémons voyaient le jour en enfer. Leur rôle n'était pas, comme le prétendaient plusieurs religions à tort, de servir seulement Lucifer, mais plutôt les enfers dans leur totalité. Ils étaient nés de leurs flammes et ils avaient été créés pour commander, contrôler et détruire.

Elle devina alors ce que signifiait ce bourdonnement. Il ne correspondait pas à une charge mais plutôt aux efforts que devait déployer Knox pour contrôler son pouvoir qui cherchait à se libérer. Elle ne comprenait pas comment un être vivant parvenait à canaliser un si grand pouvoir. Mais bon, Knox était un archidémon.

Un putain d'archidémon.

Les flammes s'estompèrent lentement et disparurent, ne laissant apparaître qu'une silhouette de feu. Puis le feu se retira de la peau de Knox et il se tint devant elle parfaitement indemne, et, plus étonnant encore, ses vêtements ne montraient aucune trace de brûlure.

— Je ne contrôle pas les flammes des enfers, Harper, dit-il en tournant la tête d'un côté puis de l'autre comme pour soulager la tension dans son cou, les yeux pleins d'éclairs de danger. Je suis les flammes des enfers.

Chapitre 18

Qu'était-elle censée dire en réponse à cela, merde ? Harper n'était même pas certaine d'être capable de parler. Profondément choquée, elle demeurait figée sur place, bouche bée, pas vraiment à son mieux. Depuis sa première rencontre avec Knox, elle avait élaboré des dizaines d'hypothèses sur son espèce. Pas très créatives pour la plupart, elles lui semblaient tout de même plus vraisemblables que ce à quoi elle venait d'être confrontée. Knox était un archidémon et sa démone intérieure était sérieusement perturbée de l'apprendre.

Cette espèce avait été jugée trop puissante pour continuer à vivre sur terre après qu'un archidémon marginal avait presque détruit la planète. Il avait donc été décidé de les cantonner dans les enfers qui les avaient vus naître. Or Knox était bien là en chair et en os, un putain d'archidémon !

Même en se repassant le mot en boucle dans sa tête un nombre incalculable de fois, elle ne parvenait pas à appréhender la vérité. Elle avait beaucoup de mal à accepter que le Knox qu'elle connaissait et aimait soit un de ces êtres froids et dépourvus de conscience, tout comme leur démon intérieur, à en croire tout ce qu'elle avait lu sur le sujet.

— Tu ne l'avais pas deviné, n'est-ce pas ? Personne ne le soupçonne jamais. Pauvre petite Harper qui n'est pas certaine d'apprécier ce que je suis, la nargua-t-il.

Harper plissa les yeux. Il voulait lui faire peur, elle l'avait compris. Il lui mettait un peu la pression pour voir si elle allait être tentée de s'enfuir. La jeune femme n'aimait pas cela et sa démone partageait ses sentiments.

— Moins on en sait, mieux on se porte, non ? poursuivit-il en inclinant la tête sur le côté. Ton cœur bat tellement vite et fort qu'on croirait entendre le martèlement des sabots d'un cheval emballé.

Ouais, mais bon, il était normal après tout qu'une fille qui venait d'apprendre que son compagnon était fait de la matière même des enfers ait un peu les jetons.

— Regarde comment tu es : les yeux écarquillés, figée sur place. Comme une gentille petite proie.

— Je ne suis la proie de personne, lança-t-elle sèchement, comprenant qu'il l'asticotait pour la faire réagir.

— Ah ouais ? dit-il en arquant un sourcil.

— Et tu te comportes comme un connard.

Il l'attaquait pour mieux se défendre, supposa-t-elle. Elle comprenait pourquoi il agissait comme cela, bien entendu. Il s'était attendu à ce qu'elle ne le croit pas, à ce qu'elle ait tellement peur qu'elle cherche à s'enfuir. S'il ne lui avait rien dit jusque-là, ce n'était pas parce qu'il ne la tenait pas en haute estime mais bien parce que la vérité était incroyablement obscure et effrayante.

— Un connard ? lança-t-il en éclatant d'un rire amer dépourvu d'humour. Je suis bien pire que ça, non ?

— Oui, tu es un salaud aussi.

— Qu'est-ce que je suis, Harper ? Dis-le, reconnais-le, allez ! insista-t-il, la défiant d'oser lui répondre.

— Tu es un archidémon.

Et donc, par définition, un être cruel, insensible, impitoyable et implacable.

— Et je m'en fous. Complètement.

— Je suis né des flammes de l'enfer, poursuivit-il, manifestement sceptique, en s'approchant d'elle comme un grand fauve, les yeux grands ouverts et braqués sur elle. Et tu t'en fous ?

Harper secoua la tête. Il tendit la main pour lui caresser le visage et elle sut qu'il la mettait à l'épreuve. Elle resta donc immobile. Elle réussit également à ne pas réagir en voyant des flammèches danser sur le bout de ses doigts. C'était aussi un test.

— Joli, dit-elle. Tu as d'autres tours comme ça dans ton sac ?

— Tu as peur, je le sens, dit-il alors en la contournant. Mon démon n'aime pas sentir cette odeur sur toi.

— Je n'ai jamais dit que je n'avais pas peur, rétorqua-t-elle. (Il faudrait avoir le QI d'une miette de pain pour ne pas avoir peur d'un archidémon.) J'ai dit que je m'en foutais.

Quoi qu'il fût et quoi qu'il fît, il n'en demeurait pas moins lui-même. Sa démone intérieure avait beau être perturbée, elle finirait bien par l'accepter.

— Tu as peur mais tu t'en fiches ?

— Je sais que tu ne me feras jamais de mal.

— Comment peux-tu en être aussi sûre ? lui demanda-t-il en s'arrêtant devant elle tout en continuant à la narguer.

— J'ai confiance en toi.

— Ce n'est peut-être pas une bonne idée, dit-il après une courte pause.

— Arrête de faire l'andouille ! Je t'ai dit que je m'en fichais. Tant pis pour toi si tu ne me crois pas, tu n'as qu'à aller te faire voir ailleurs. En attendant, moi, je vais regarder la télé ! s'exclama-t-elle en se retournant pour se précipiter hors de la chambre.

Mais Knox l'arrêta en enroulant fermement un bras autour d'elle et en l'attirant contre son torse musclé.

— Je n'arrive jamais à prévoir tes réactions, lui chuchota-t-il à l'oreille en souriant. Cela me plaît beaucoup.

Puis il leva l'autre bras, un bourdonnement de pouvoir se fit entendre, et des flammes apparurent autour de son poignet.

Holà ! Harper se raidit involontairement, son instinct de préservation la poussant à s'enfuir. Elle ne bougea pas cependant, ne recula même pas. Cet homme, c'était Knox, son Knox. La main en flammes qu'elle voyait devant elle l'avait déjà touchée un millier de fois sans jamais lui faire de mal.

Elle n'avait jamais imaginé qu'un feu puisse être aussi beau. Elle trouvait ces flammes noir, rouge et or particulièrement hypnotiques. Une autre preuve de son manque de jugeote sans doute, mais elle tendit la main pour les toucher et ne put s'empêcher de refermer le poing.

— Ces flammes ne te brûleront pas, Harper. Elles font partie de moi et, tu as raison, jamais je ne te ferai de mal.

Ne tenant aucun compte de la chaleur qui s'en dégageait, Harper passa les doigts au-dessus. Knox avait raison, elle n'eut pas mal, les flammes ne la brûlèrent pas. C'était soyeux, doux et chaud à la fois. Elle eut envie de lui demander si les flammes lui brûlaient la peau puis elle se souvint qu'il était fait de la même matière.

— C'est donc vrai, tu as confiance en moi, s'émerveilla Knox.

Il se demandait vraiment comment elle pouvait réagir aussi bien à la vérité, comme elle pouvait le laisser la tenir dans ses bras malgré sa frayeur. Mais bon, il ne comprenait toujours pas comment fonctionnait sa petite tête fascinante. Puis les flammes s'estompèrent et disparurent.

— Cela ne change rien pour toi, c'est vrai. Même si tu as peur de ce que je suis, tu t'en fiches.

— Tu es ce que tu es, dit-elle en se retournant pour le regarder et lui caresser le torse.

Comme si c'était la seule chose qui comptait pour elle. Avec ces mots, elle prenait possession de son âme sans même s'en douter. Il l'attrapa fermement par les cheveux. Il aurait aimé pouvoir lui murmurer des mots doux mais ce n'était pas dans sa nature.

Quand elle lui avait dit qu'elle l'aimait, Knox ne l'avait pas crue tout de suite. Il était réaliste et parfaitement conscient de tous ses défauts. Il ne se sentait pas particulièrement aimable dans le sens propre du terme mais il ne s'en était jamais inquiété. Pourquoi ? Pour la même raison que la déclaration de Harper l'avait fait un peu paniquer : il ne pensait pas avoir les capacités émotionnelles nécessaires pour éprouver de l'amour.

Il avait parfois perçu cette émotion chez les autres quand ils regardaient un être aimé, un membre de leur famille. Il comprenait le sentiment qu'ils éprouvaient alors. Il était très conscient également du fait qu'il n'avait jamais lui-même ressenti cela. Et s'il en était incapable ? Qu'avait-il à lui proposer en réponse à sa déclaration ?

La seule chose qu'il pouvait lui donner en retour était la vérité qu'il lui avait cachée jusque-là de crainte que sa révélation anéantisse les sentiments qu'elle avait pour lui. Après tout, n'était-il pas l'incarnation du pire cauchemar imaginable ? Il avait pris ce risque cependant, parce que c'était tout ce qu'il avait à lui offrir.

Il s'était attendu à ce qu'elle soit choquée, terrorisée, qu'elle soit obligée de lutter pour accepter la terrible réalité de la nature de son compagnon. Cela était normal après tout, non ? La réaction de Harper ne l'avait pas vraiment étonné par conséquent. En revanche, il n'avait eu aucune idée de la tournure que prendraient les événements après cela car il était incapable de prédire les réactions de sa compagne.

Il avait envisagé quelques possibilités. Qu'elle essaie de s'enfuir, par exemple. Ou alors qu'elle lui demande de la laisser seule un moment pour réfléchir. Ou même que la frayeur la rende muette.

Jamais il n'aurait imaginé qu'elle lui aurait tenu tête de cette façon. Il l'avait bousculée et elle l'avait carrément remballé. Fidèle à ses habitudes, elle refusait de se laisser intimider. Elle était même allée jusqu'à l'injurier quand il lui avait dit qu'il refusait de croire que la vérité ne faisait vraiment aucune différence pour elle. Son démon intérieur avait gloussé.

Il n'y avait personne d'autre comme elle. Elle était unique au monde. Délicieusement complexe. Et il avait besoin d'elle.

Il la prit sur le plancher où le sol dur lui permit de s'enfouir très profondément dans son merveilleux petit corps. Ce fut bref, brutal, et elle jouit en hurlant son nom tandis qu'il répandait sa semence en elle.

Plus tard, allongé sur le dos dans son lit, il passa les doigts dans les cheveux de Harper, blottie contre lui, pour les démêler.

— Je suis presque déçu que tu n'aies même pas essayé de t'enfuir. J'aurais bien aimé me lancer à ta poursuite, te rattraper et te garder captive ici. Tu aurais été sans défense, vulnérable, entièrement livrée à ma merci.

— Quel coquin tu es ! s'exclama-t-elle en posant le menton sur son torse. C'est un fantasme d'archidémon ?

— Pas que je sache, dit-il en souriant. Tu sais, Harper, ajouta-t-il en prenant un air sérieux, tu ne dois pas le dire à personne, d'accord ? Même pas à Jolene ni à aucun de tes amis.

— Je comprends. Si les gens apprenaient ton secret, les démons risqueraient de vouloir unir leurs forces contre toi.

— Tout à fait.

Mais ils seraient impuissants contre lui. Il n'aurait aucun mal à les anéantir, tous autant qu'ils étaient. Il n'avait pas envie cependant de se débarrasser de ses congénères.

— Je suis curieuse. Si les archidémons naissent des flammes des enfers, est-ce que cela signifie que tu n'as pas de géniteurs ?

— Oui. Les archidémons vivent en hordes et les adultes s'occupent ensemble des enfants.

— Donc tu es venu sur terre avec ta horde ?

— Oui. Puis la horde s'est séparée. Certains sont partis à l'aventure, d'autres ont intégré des clans, expliqua-t-il en regardant les yeux de Harper passer de la couleur des abricots à un gris fumé. Je suis resté avec un couple et on a intégré un clan ensemble.

— Tu étais comme leur fils.

— Oui. Ils m'avaient bien prévenu de ne pas révéler notre nature. Et de cacher mes dons. J'étais loin d'être aussi puissant que maintenant. Les pouvoirs d'un archidémon croissent avec l'âge.

Et ne cessaient pas de croître. Cela expliquait qu'ils soient tellement dangereux.

— Est-ce que Lucifer sait ce que tu es ?

— Oui.

— Je croyais qu'il avait accepté de garder les archidémons en enfer.

— Oui, et il le fait. Mais il ne s'est jamais engagé à ramener en enfer tous les archidémons qui vivaient déjà sur terre.

Maintenant qu'elle connaissait Lucifer, elle n'avait aucun mal à imaginer à quel point il devait être content d'avoir trouvé cette échappatoire.

— Je comprends maintenant pourquoi tu préfères cacher tes pouvoirs et laisser planer le mystère sur ce dont tu es réellement capable. Tu ne veux pas que qui que ce soit soupçonne la vérité.

— Il vaut mieux que tu ne le dises à personne, Harper. Les femmes aiment parler entre elles, je le sais, et tu es très proche de tes amies. Elles te demanderont sans doute à quelle espèce j'appartiens. Ce sera difficile pour toi, je suppose, de détenir un secret que tu ne pourras jamais leur confier. Il ne faut pas qu'elles le sachent, tu ne dois pas le leur dire.

— C'est vrai, je n'aime pas l'idée de pas pouvoir leur confier un secret, surtout quelque chose d'aussi grave. Mais ta sécurité passe avant tout pour moi. Tu passes avant tout.

Même si elle doutait que ses amies le craignent au point de dévoiler son secret, le fait de posséder une information aussi sensible les mettrait en danger.

— Qu'est-ce qu'il y a ? voulut-elle savoir en détectant une drôle d'expression sur le visage de Knox.

Sidéré, Knox ne savait que dire. C'était la première fois qu'on lui accordait cette attention. Personne n'avait jamais fait de lui une priorité. Il n'avait pas de mots pour décrire les émotions qu'il sentait monter en lui : le soulagement, l'incrédulité, la satisfaction et un sentiment d'adoration pour Harper. Il l'allongea sur le dos et glissa le long de son corps puis la savoura jusqu'à ce qu'elle explose, si fort qu'elle faillit sombrer dans l'inconscience.

— Pourquoi refuses-tu de me dire où on va ?

— Je t'ai déjà dit que c'était une surprise. Je ne pensais pas devoir t'expliquer ce que cela signifie. Profite de ces moments d'anticipation.

Knox ne put réprimer un sourire en la voyant s'agiter sur son siège dans l'avion. Elle lui adressa même un regard assassin, ce que personne d'autre n'aurait osé faire. Et d'ailleurs cela ne l'aurait pas amusé venant de quelqu'un d'autre. Son démon adorait la voir réagir ainsi.

— Je suis trop impatiente de nature pour apprécier l'attente.

La lueur taquine dans le regard de Knox commençait à l'agacer au plus haut point. Il ne voulait pas la voir excitée par l'aventure qu'ils s'apprêtaient à vivre mais plutôt par l'impatience de découvrir de quoi il s'agissait.

— Allez, dis-moi.

— Non, répondit-il après avoir bu une gorgée de son gin tonic.

— Tu es cruel.

— Oui.

— C'est mon anniversaire. J'ai le droit de faire ce que je veux.

Il l'avait réveillée en la prenant brutalement, puis lui avait souhaité un bon anniversaire avant de s'enfouir en elle si passionnément qu'elle fut même incapable de crier son nom.

— Ah bon ? Désolé, mais je ne vais pas t'accorder cela, déclara-t-il en arquant un sourcil.

— Knox, dit-elle, de plus en plus agacée, tu aurais pu nous pyrotransporter n'importe où. Au lieu de quoi nous avons pris l'avion pour un vol interminable, et ce uniquement pour me faire bisquer.

En effet.

— Je vais nous pyrotransporter, tu verras.

— Est-ce qu'on va en enfer ?

— Je n'ai jamais entendu personne auparavant évoquer cette éventualité avec autant d'enthousiasme.

— J'ai toujours aimé partir à la découverte d'endroits exotiques.

— Je sais.

Le sourire tordu qu'il lui adressa excita la jeune femme tout en l'inquiétant un peu.

— Allez, c'est insoutenable. Sois gentil et abrège mes souffrances ! Dis-moi quelle est notre mystérieuse destination ou mieux encore, allons-y directement !

— Bon, allez, j'ai pitié de toi ! dit-il en se levant et en l'étreignant.

— *Tanner, Levi, on part maintenant. On revient dans une petite heure*, lança-t-il aux sentinelles, restées dans l'autre cabine.

Il prit alors sa compagne dans ses bras et l'embrassa tendrement. Elle s'immobilisa en sentant la chaleur des flammes l'entourer sans toutefois la brûler. Puis le feu disparut et ils se retrouvèrent seuls sur une drôle de montagne.

— Mais… c'est un volcan ! s'exclama-t-elle, ne s'étant pas du tout attendue à cela.

— Oui, répondit-il en lui prenant la main et en se dirigeant vers le cratère.

— Je n'en ai jamais vu d'aussi près.

C'était effrayant et magnifique à la fois. Et drôlement impressionnant.

— Et on va aller le voir de beaucoup, beaucoup plus près.

— Je n'aime pas la manière dont tu dis cela, lança-t-elle, tendue, en s'arrêtant soudainement.

— As-tu déjà fait du saut à l'élastique ?

— Quoi ? s'exclama-t-elle, son cœur se mettant à battre la chamade.

— C'est « non », si j'ai bien compris, dit Knox en souriant. Ne t'inquiète pas, tu vas adorer.

— Attends… tu veux faire du saut à l'élastique dans le cratère de ce volcan ? demanda-t-elle, sidérée.

Était-il fou ? Apparemment. C'était peut-être quelque chose de propre aux archidémons. Il lui faudrait faire quelques recherches sur la question.

— On va effectivement sauter, mais pas dans la chambre magmatique. On va s'arrêter bien au-dessus.

Il en parlait comme quelque chose d'ordinaire, comme d'un trajet en bus, plutôt que comme d'un défi lancé à la mort.

— Mais comment va-t-on faire ? On n'a pas d'équipement…

Harper s'interrompit en voyant Knox déployer de grandes ailes dans son dos.

— Oh, mon Dieu ! s'écria-t-elle.

Les plumes de ses ailes étaient rouge, noir et or, et recouvertes de flammes. Harper tendit la main, en effleura une et constata qu'elle était immatérielle, semblant faite d'une sorte d'énergie magmatique. Elle éprouva un peu de jalousie en pensant à sa propre absence d'ailes. Knox ne cessait pas de l'épater.

— Est-ce que tous les archidémons ont des ailes ?

Il acquiesça d'un signe de tête et les fit battre pour elle.

— Allez, on y va.

— Attends, Thorne. Tu veux dire qu'on va voler ?

— Oui. Puis on va se laisser tomber mais je vais bien te tenir.

— C'est vrai ?

— Ça t'excite, avoue !

Oui, c'était vrai, cette perspective l'excitait. C'était une idée absolument terrifiante mais excitante aussi. Tous les démons étaient accros à l'adrénaline. Mais bon, Harper tenait aussi à la vie.

— Des villes entières ont été rasées par des éruptions volcaniques de lave, de gaz et de cendres et, toi, tu veux aller sauter dans un cratère ? Tu l'as déjà fait ?

— Oui, plusieurs fois. Allez, cela va te plaire. Ce volcan n'entre en éruption que la nuit, la rassura-t-il. Et puis la lave et la chaleur ne nous affectent pas. (Effectivement, leur peau était insensible au feu.) Allez, fais-moi confiance.

— Mais j'ai confiance.

Elle s'approcha donc de lui et il la prit dans ses bras. Puis il s'envola à la vitesse de l'éclair, histoire de lui faire peur.

— Enfoiré ! cria-t-elle et il éclata de rire.

Elle garda les yeux fermés et il s'élança à l'horizontale avant de s'arrêter et de les maintenir en vol stationnaire. Harper se força à ouvrir les yeux et constata qu'ils étaient au-dessus d'un nuage de cendre.

— On va se laisser tomber dans la gorge du volcan, expliqua-t-il.

Il descendit alors doucement et s'arrêta juste sous le nuage. Harper fut ébahie par le spectacle qui s'offrait à eux. *Merde!* Elle s'agrippa fermement à la chemise de Knox et enroula ses jambes autour de lui.

— Regarde!

Oh oui! elle admirait le paysage. Il n'y avait rien comme de voler au-dessus du cratère d'un volcan. Mais, pire que la descente, il y avait ce vaste lac de lave incandescente au-dessous d'eux.

— Prête? lança-t-il.

Elle ne l'était pas vraiment. Elle avait le cœur dans la bouche plutôt que dans la poitrine où il aurait dû être, elle l'aurait juré. Elle se prépara mentalement et prit une longue inspiration.

— Je ne te laisserai pas tomber, tu peux me faire confiance, lui dit-il à l'oreille. La première fois, on va sauter les pieds en avant.

— La première fois?

Merde! que faisait-elle là? Pourquoi avait-elle accepté de mettre sa vie entre les mains d'un archidémon manifestement cinglé? Son cœur battait à cent à l'heure, elle claquait des dents et ses mains étaient prises de tremblements.

— Tu n'es pas obligée de regarder en bas. Tu peux regarder devant toi.

— Allez, on y va. Plus j'y pense, plus j'ai peur.

Sa démone était complètement partante; elle ne trouvait pas l'idée déplaisante et se sentait parfaitement à l'aise.

— À trois on y va!

Pourquoi lui faisait-il subir cela?

— Un.

Est-ce que ses amies la pleureraient si elle mourait?

— Deux.

Non, elle allait cesser de s'inquiéter. Elle conserverait sa dignité jusque dans la mort.

— Trois.

Elle sentit les ailes de Knox battre et ils entamèrent leur descente. C'était comme si le temps s'était arrêté. Plus rien n'exista pendant un court instant. Puis ils commencèrent à tomber.

Encore.

Et encore.

Le vent soufflait dans ses cheveux et son estomac fut tout chamboulé, comme dans des montagnes russes. Oh merde ! ils approchaient beaucoup trop rapidement de la lave incandescente.

— Arrête, Knox ! hurla-t-elle.

Mais il n'obtempéra pas.

— Arrête ! répéta-t-elle.

Et ils tombaient toujours.

Ils s'arrêtèrent enfin à quelques mètres à peine au-dessus de la surface du lac de lave bouillonnante.

— Enfoiré ! cria-t-elle, mais elle riait.

Puis ils remontèrent et survolèrent de nouveau le nuage de cendre, et Harper sut qu'un immense sourire traversait son visage. Cette aventure avait été extraordinairement grisante, elle devait le reconnaître. Ses mains tremblaient encore, un des effets secondaires de la poussée d'adrénaline.

— Je t'avais dit que cela te plairait, déclara Knox en continuant de battre des ailes.

— Oui, c'était chouette.

— Si ça t'a plu, alors tu vas adorer la suite.

Et ils basculèrent.

— Oh non ! pas la tête à l'envers ! hurla-t-elle en s'agrippant encore plus fermement à lui. Qu'est-ce que je t'ai fait pour que tu me détestes autant ?

La vue était pire encore dans cette position. Harper sentit une nouvelle poussée d'adrénaline la parcourir. Sa démone avait l'impression d'être complètement shootée.

— À trois, dit-il en resserrant son étreinte. Un. Deux. Trois.

Et ils se mirent à tomber une nouvelle fois vers le cratère, mais la tête la première. Harper aurait voulu pousser un long hurlement mais la peur l'avait rendue muette. Ils s'approchèrent une nouvelle fois de la lave incandescente.

— Arrête ! Arrête ! Arrête ! hurla-t-elle, mais il n'en fit rien.

Cet homme était foncièrement cruel, elle en avait maintenant la preuve.

— Knox !

Puis il arrêta enfin et il était temps.

Ils étaient beaucoup trop près de la lave, elle n'aurait eu qu'à tendre la main pour la toucher.

— Il faudra bien que tu dormes à un moment donné et je vais en profiter pour te tuer, je te le jure !

Knox éclata d'un grand rire qui ne contribua en rien à améliorer l'humeur de la jeune femme.

— Ça t'a plu, avoue, dit-il après qu'ils furent remontés une nouvelle fois au-dessus du nuage de cendre, toujours à la vitesse de l'éclair.

Elle souffla longuement, mais Knox vit une lueur d'excitation dans ses yeux bleus comme la mer.

— Encore ? Il y a beaucoup de façons de faire, tu sais. Je promets de ne pas te lâcher, à moins que l'expérience te tente ?

— Non, ne me lâche pas.

— Jamais.

— Tu avais dit que tu ne me lâcherais pas !

Knox réprima difficilement un sourire. Harper le fusillait du regard depuis qu'ils étaient retournés dans l'avion. Assise en face de lui, elle tremblait de fureur. Il continuait à lui trouver une nette ressemblance avec un chaton qui aurait fait le gros dos. Il jugea plus prudent cependant de ne pas le lui dire.

— Je t'ai rattrapée, lui rappela-t-il.

— Là n'est pas la question.

— C'est différent de tomber quand on est dans les bras de quelqu'un. Je voulais que tu voies ce que c'était que de le faire toute seule. Et puis, ajouta-t-il en remontant une épaule, tu m'avais dit que tu avais envie de savoir quelle impression cela faisait de voler.

— Je te déteste.

— Je ne te crois pas, gloussa-t-il. Allez, viens, je vais te faire mes excuses.

— Non, grogna-t-elle. Tu vas juste en profiter pour me peloter.

— Ça aussi, reconnut-il en se fendant d'un sourire. Allez, viens.

Cette requête faite d'une voix rauque aux accents autoritaires lui noua l'estomac. Elle devinait parfaitement ce qu'il voulait lui faire.

— Tu sais quoi ? Je préfère rester où je suis.

Harper sursauta cependant quand elle sentit un doigt glacial lui caresser sa zone sensible.

— Arrête, dit-elle.

— Alors viens ici, dit-il en souriant de la voir plisser les yeux avec défiance. D'accord, si c'est ce que tu veux.

Sidérée, elle ouvrit la bouche d'étonnement en sentant le doigt psychique s'insérer entre les replis de son intimité. Glacial, il dégageait néanmoins une chaleur intense. Le doigt la caressa et recommença son manège. Il s'arrêtait parfois sur sa zone sensible, qu'il caressait jusqu'à ce qu'elle réagisse. Harper se retint fermement aux accoudoirs de son siège pour se stabiliser. Elle se raidit et résista à l'envie de se tortiller. C'était difficile cependant tant sa chair lui démangeait et réclamait toujours plus.

— Arrête, réitéra-t-elle.

— Tu sais ce que tu dois faire si tu veux que j'arrête, ma chérie.

Elle ne devait pas se douter à quel point cela l'excitait de la voir ainsi les yeux brillants et les joues rouges de désir. Sa respiration devint plus haletante à mesure qu'elle se rapprochait de l'explosion. Knox bandait tellement qu'il en avait mal. Il défit sa braguette et empoigna son sexe qui émergea, lourd et douloureux.

— C'est ça que tu veux, Harper ? demanda-t-il en se caressant.

Elle le regarda, les yeux chargés de désir.

— J'en ai bien l'impression. Viens ici alors et tu pourras avoir ce que tu veux.

La jeune femme laissa échapper un gémissement en sentant le doigt glacial plonger en elle. Elle ne put s'empêcher d'arquer le dos pour l'accueillir. Elle était mouillée et brûlante. Elle avait les cuisses qui tremblaient d'excitation, elle était au bord de…

Le doigt disparut, la laissant toute tremblante d'un désir non assouvi. Elle était brûlante et se sentait tellement vide qu'elle avait mal. Elle réussit à peine à contenir un sanglot.

— Je suis le seul à pouvoir te satisfaire, Harper.

C'était lui qui avait créé ce besoin en elle et lui seul pouvait la soulager.

— Allez, viens, insista-t-il.

Harper aurait pu lui balancer une volée d'injures mais, si elle le faisait, il prolongerait son agonie. Il n'était pas capable d'accepter trop de défiance de sa part et elle venait d'explorer ses limites.

Elle se leva donc et se mit debout entre ses jambes.

— Très bien, dit-il.

Il défit alors la braguette de la jeune femme et baissa son jean et sa culotte. Elle lança ses vêtements et ses chaussures au loin, il l'agrippa par les hanches et la souleva, l'installant à califourchon sur lui.

— La marque que t'a faite mon démon à l'entrejambe est la chose la plus excitante que j'ai vue dans ma vie. Ne bouge pas, dit-il avant de caresser son intimité de la langue.

— Knox, lança-t-elle en passant la main dans ses cheveux.

Sa langue soulageait la brûlure qu'elle sentait dans son intimité. Il en lécha les doux replis, la caressa et la suça mais cela ne fit qu'exacerber son désir. Elle rejeta la tête en arrière.

— Je vais jouir, dit-elle.

— Pas tant que je ne me serai pas enfoui en toi, déclara-t-il en l'installant bien sur lui. Vas-y, Harper, fais comme tu veux maintenant, dit-il en passant les bras derrière le dossier de son siège.

Elle l'inséra alors en elle et se laissa retomber sur lui en se tortillant légèrement, ce qui le fit presque jouir.

— Donne-moi ta bouche, lui ordonna-t-il.

Harper s'agrippa à ses épaules et l'embrassa tandis qu'elle se lançait dans un mouvement de va-et-vient, appréciant la manière dont son sexe l'emplissait complètement. La langue de Knox s'insinua dans sa bouche, lui faisant goûter sa propre saveur tandis qu'il la dévorait passionnément.

— Tu veux que je jouisse en toi, Harper ? lui demanda-t-il après lui avoir mordu la lèvre. Alors vas-y, n'arrête pas.

Leurs lèvres demeurèrent soudées tandis qu'elle augmentait la cadence à grands coups de reins. Leur respiration haletante, leurs gémissements et leurs grognements se mélangèrent. Il la sentit au bord de l'explosion.

— Attends, dit-il.

— Me laisseras-tu un jour jouir quand je suis prête ? grommela-t-elle en plantant les ongles dans ses épaules.

— Attends, répéta-t-il d'une voix rauque tandis qu'elle resserrait ses muscles pour le punir, ce qui amusa et agaça tout à la fois son démon.

Harper s'immobilisa au beau milieu d'une poussée en voyant les yeux de Knox virer au noir. Son démon apparut, un peu vexé, mais il n'avait pas l'air trop fâché. Merde !

— Tu es une coquine, petit sphinx, observa-t-il.

— J'ai le droit de faire ce que je veux, non ? C'est mon anniversaire après tout.

Le démon éclata d'un rire étrange, plat et dépourvu d'humour. Puis Knox reprit sa place. Elle voulut dire quelque chose mais il arqua un sourcil, l'air mécontent.

— Qui t'a dit d'arrêter ? rouspéta-t-il en lui tapant sur les fesses tandis que son intimité se refermait sur lui en le baignant de sa douceur soyeuse. Je t'ai dit d'attendre, pas d'arrêter. Allez.

Harper lâcha un juron mais il ne réagit pas, surtout parce qu'elle avait repris ses mouvements de va-et-vient. Elle était si chaude, si mouillée et si serrée qu'il en avait presque mal. C'était trop bon et il n'allait pas pouvoir tenir bien longtemps.

— Fais-moi jouir, Harper, vas-y, gronda-t-il. Et tu pourras jouir aussi.

Ses mouvements devinrent moins réguliers. Elle passa une main sur la nuque de Knox et l'embrassa passionnément. Elle ne le tenait pas très fermement mais il sentit comme une brûlure sous sa main dans son cou, comme si de petites aiguilles lui trouaient la peau. La douleur se transforma vite en sensation agréable. Il ouvrit les yeux et remarqua que les prunelles de Harper avaient viré au noir. Sa démone avait décidé de le marquer.

Merde !

Harper reprit sa place, Knox l'étreignit par les hanches et la fit retomber sur son sexe. Il explosa littéralement en plantant les doigts profondément dans la chair de la jeune femme tandis qu'il se répandait en elle. Elle jouit à son tour et le mordit au cou pour étouffer son cri. Repue, elle se laissa retomber contre lui, les bras sur les côtés.

— Ta démone m'a marqué, dit-il.

— Ouais. J'espère que ça ne te gêne pas trop ? s'enquit-elle, légèrement anxieuse.

— Mais non, absolument pas, la rassura-t-il.

La démone de Harper avait tout à fait le droit d'agir ainsi. Cela l'excitait même terriblement. Il aimait bien que la jeune femme et sa démone se sentent possessives avec lui.

— Je suis très curieux de savoir à quoi ressemble cette marque.

Harper examina sa nuque une fois qu'ils furent tous les deux rhabillés.

— Je ne suis pas sûre que ça te plaise, dit-elle.

— Décris-la-moi.

— C'est comme un tatouage tribal, avec des lignes noires pleines et des courbes avec des pointes. (Elle avait elle-même fait des tatouages qui ressemblaient un peu à cela.) L'une des courbes est ornée d'ailes et surmontée d'une tête de sphinx. C'est étrange mais on dirait moi. Attends un instant.

La jeune femme prit une photo avec son téléphone et la montra à Knox.

— Ça me plaît bien, dit-il après s'être retourné pour l'examiner.

— Heureusement, parce que c'est trop tard. Tu devras vivre avec, à moins bien entendu de te débarrasser de moi. Auquel cas je te l'inciserai dans la peau par dépit.

— Je ne pourrai pas dire que je n'aurai pas été prévenu, rit-il en l'étreignant. Alors que veux-tu faire maintenant ? C'est encore ton anniversaire.

— Aller voir Jolene, je le lui ai promis.

— Alors je t'accompagne.

— D'accord. Mais je préfère te prévenir, dit-elle en esquissant une grimace, ma famille est foldingue.

— C'est normal, ce sont des elfes.

— J'aimerais pouvoir dire que ceci explique cela, mais… bon, tu verras. Prépare-toi au pire.

Quelques heures plus tard chez Jolene, Knox commença à se demander s'il n'était pas entré dans une clinique psychiatrique par erreur. Tous les membres de son clan étaient passés voir Harper pour lui souhaiter un bon anniversaire, les uns après les autres. Certains étaient restés, d'autres non. À l'exception de Jolene, Beck, Marina et Harper, tous avaient regardé Knox comme s'il envisageait de leur couper la tête pour l'exposer sur un pieu.

Ils trouvaient Knox cinglé, mais ils semblaient très bien accepter les comportements étranges des membres du clan. Un des elfes était revêtu uniquement d'un kilt et d'un collier de fleurs et avait recouvert son visage de maquillage bleu. Un autre était déguisé en Harry Potter et jetait périodiquement des sorts sans queue ni tête. Un autre encore discutait avec un hérisson en se plaignant que la petite bête ne l'écoutait jamais. Il y avait aussi un groupe qui prenait des paris sur la capacité d'un ado qui bouffait un oignon cru à se retenir de vomir.

— Tu es vraiment le compagnon de Harper ?

Knox se pencha vers l'enfant à la voix cristalline qui venait de s'adresser à lui. Il se retrouva nez à nez avec un adorable angelot aux longues boucles dorées, aux yeux bleu azuréen et aux joues roses. La fillette ne devait pas avoir plus de quatre ans.

— Oui, répondit-il.

— Tu es vraiment très grand, dit l'adorable petite d'une voix chevrotante en se mordillant la lèvre inférieure.

Knox s'accroupit pour se mettre à sa hauteur et éviter de l'intimider.

— C'est mieux comme ça ? lui demanda-t-il.

La gamine sourit, hocha la tête timidement, et Knox admira ses jolies fossettes.

— Je m'appelle Knox, dit-il.

— Et moi, Heidi. Harper m'appelle Heidi-ho.

— Je suis ravi de faire ta connaissance, poursuivit Knox.

— Je vais avoir cinq ans dans quatre mois. Tu peux venir à mon anniversaire si tu veux.

— Merci, je…

— Heidi-ho, l'interrompit Harper. Rends-lui son portefeuille.

— Mon portefeuille ? dit Knox, étonné, en clignant des yeux et en fronçant les sourcils.

Abasourdi, il vit l'expression de pure innocence de la petite fille se transformer en grimace furieuse qui semblait accuser Harper de trahison.

— Ne te laisse pas duper par cette apparence angélique, Knox, lui dit Harper tandis qu'il se relevait. Cette gamine est un fin stratège. Elle est aussi manipulatrice que Jolene et est capable de pleurer sur demande.

Heidi tendit son portefeuille à Knox et se mit à sangloter à chaudes larmes de manière tout à fait convaincante. Puis elle se fendit d'un grand sourire.

— Je suis très douée, non ? demanda-t-elle en s'enroulant autour des jambes de Harper.

Impressionné, le démon de Knox ricana.

— Elle fait ça à tout le monde, c'est ça ? Elle leur dit : « Tu es si grand ! », supposa Knox en se tournant vers Harper. Elle prend une toute petite voix, son interlocuteur craque et se penche vers elle. C'est ça, non ?

— Ouais, et elle en profite pour lui faire les poches.

Ils entendirent alors une seconde voix derrière eux et Knox en conclut qu'un autre membre du clan venait d'arriver, mais Harper fit rapidement volte-face tandis que Heidi la relâchait en lançant un « Oh ! Oh ! » de surprise.

Knox devina assez facilement l'identité de ce nouvel arrivant. Il se retourna et vit un grand elfe aux cheveux poivre et sel tendre les bras à Harper avec un large sourire.

— Je pensais que tu n'allais pas arriver à temps, lui dit-elle.

— Bon anniversaire, ma fille ! dit Lucian en la prenant dans ses bras. J'ai vendu mon émeu, expliqua-t-il en reculant d'un pas. Je ne pouvais pas louper ça, n'est-ce pas ?

Knox ne pouvait pas ne pas voir l'affection véritable que Lucian vouait à sa fille. C'était évident, tant dans son regard que dans sa voix. Knox aurait bien aimé, dans l'intérêt de Harper, que cela suffise à calmer la colère qu'il ressentait contre cet elfe, mais ce n'était pas le cas.

Il donna un peu de temps au père et à la fille pour se retrouver avant de s'approcher.

— Vous êtes Lucian, je suppose, dit Knox tandis que l'elfe l'examinait, l'air de l'évaluer du regard, conscient du silence qui s'était installé entre eux. Je m'appelle Knox Thorne.

— Je sais qui vous êtes, rétorqua Lucian. Je ne m'attendais pas cependant à vous voir chez ma mère. Qu'a-t-elle encore fait ?

— Je ne suis pas venu voir Jolene, répondit-il. J'accompagne mon *alter ego*, qui est également ma compagne.

— Ah oui ? Et qui…, commença-t-il avant de s'interrompre en remarquant que Knox s'était rapproché de Harper.

Le rouge lui monta aux joues, ses lèvres se serrèrent et ses narines se dilatèrent.

— Votre *alter ego* ? Votre compagne ?

— C'est cela.

— Tu t'es unie à lui ? s'exclama-t-il en se tournant vers Harper et en tapant du pied, donnant libre cours à son immaturité émotionnelle. Sais-tu à quel point il est dangereux ? Tu ne tiens pas à la vie ?

— Knox ne me fera jamais aucun mal, déclara Harper en grognant intérieurement.

— Comment peux-tu croire cela ? Tu as certainement dû entendre des tas d'histoires sur lui ! C'est un homme cruel, une brute ! Il n'a pas la moindre pitié.

— Tout à fait, confirma Knox. En outre, la plupart des histoires me concernant sont vraies. Je suis un danger pour tous les démons, sauf pour Harper.

— Pardonnez-moi si je ne trouve pas ces mots rassurants, vu qu'ils sortent de la bouche d'une brute impitoyable et dépourvue de conscience.

— Lucian, dit Harper en levant une main, je ne veux pas me disputer avec toi. Vraiment pas. J'ai choisi Knox comme compagnon et je ne te donne pas le droit de l'insulter.

Elle aurait pu tout aussi bien s'adresser à un mur et elle le savait. Lucian avait l'air prêt à pousser un coup de gueule et rien ne l'arrêtait quand il se lançait.

— Comment as-tu pu le choisir ? Je ne comprends pas. Ce n'est pas comme si tu ne connaissais pas d'autres hommes. Pourquoi lui ?

— N'est-ce pas évident ? Je tiens à lui et c'est tout.

— Et lui ? Est-ce qu'il tient à toi ? C'est cela que tu dois te demander. Ne me dis pas que c'est le cas. Ce démon est incapable de penser à personne d'autre qu'à lui-même.

Knox éclata d'un rire dépourvu d'humour. Tout le monde s'immobilisa en l'entendant.

— Ça, c'est l'hôpital qui se moque de la charité ! Et il faut vraiment que vous arrêtiez de lui parler comme ça. Je ne le tolérerai pas. (Son démon avait sérieusement envie de l'étriper.) Je comprends que vous soyez surpris. Mais bon, si vous faisiez réellement partie de sa vie, vous auriez déjà été au courant.

— Si vous avez quelque chose à me dire, allez-y franchement, lança Lucian en plissant les yeux. Pas besoin de tourner autour du pot ou de jouer les hypocrites.

— Très bien, rétorqua Knox en envahissant l'espace personnel de l'elfe. Vous êtes un enfoiré, un fêtard égoïste, un être irresponsable et immature. Oubliez immature, vous n'êtes même pas encore arrivé à ce stade…

— Espèce de…

— Harper a été abandonnée par sa mère. Avez-vous essayé de compenser ce vide dans sa vie ? Avez-vous veillé à ce qu'au moins un de ses parents s'occupe d'elle depuis le début ? Non. Vous avez préféré la confier à votre mère et vous avez repris votre mode de vie nomade et égocentrique. Et puis, soyons honnêtes ! vous n'auriez même jamais gardé le contact avec elle si Jolene n'avait pas insisté.

— Elle a vécu avec moi à partir de l'âge de quatre ans, rétorqua Lucian en serrant les poings et en relevant le menton.

— Parce que Jolene vous a obligé à prendre la responsabilité de votre fille, ce que vous auriez dû faire depuis le début, depuis sa naissance.

— Quoi ? Comment est-ce que j'aurais pu faire le tour du monde avec un bébé ?

— Vous auriez dû rester avec elle, vous occuper d'elle. Mais pour cela il aurait fallu que vous soyez capable de penser à une autre personne que vous. Et vous en êtes incapable, n'est-ce pas ? lança Knox en secouant la tête. Je suis sidéré que Harper soit devenu ce qu'elle est aujourd'hui avec des parents comme Carla et vous !

— Vous pensez tout savoir de notre vie ! Mais vous ne savez rien du tout, renâcla Lucian dédaigneusement.

— Vous vous trompez, Lucian. Je sais tout.

— Alors vous savez que je me suis occupé d'elle.

— Non, Lucian. Je sais qu'elle s'est occupée de vous.

— Vous n'avez pas le droit de me juger, éructa l'elfe en serrant les mâchoires.

— Harper est ma compagne, j'ai tous les droits.

— Tu le laisses me parler comme ça ? dit Lucian à Jolene en se tournant vers sa mère comme un enfant gâté, ne sachant plus que dire.

— Tu avais besoin d'entendre la vérité, Lucian, déclara Jolene en haussant les épaules. J'ai souvent essayé de t'aider à regarder les choses en face mais tu as toujours refusé de m'écouter. Peut-être l'écouteras-tu, lui.

— On n'a pas eu une trop mauvaise vie, pas vrai ? demanda Lucian à sa fille, le regard voilé d'incertitude.

— Non, c'est vrai, répondit Harper.

— Mais elle a manqué de stabilité et de sécurité, n'est-ce pas, Lucian ? lança Knox. Ce qu'elle aurait eu en restant près de son clan. Vous auriez dû penser à elle d'abord et arrêter de voyager pour lui donner tout ce dont elle avait besoin. Vous ne l'avez pas fait et je vous en voudrai toujours pour ça. J'accepte que vous fassiez partie de la vie de Harper et je ne lui demanderai jamais de choisir entre nous. Mais ne vous attendez à rien d'autre de ma part.

Son démon intérieur n'accepterait jamais Lucian.

— Allez, vous vous êtes dit ce que vous aviez sur le cœur tous les deux, affirma Harper en s'interposant entre son père et son compagnon. Ça suffit maintenant. Ça suffit, répéta-t-elle en voyant Lucian s'apprêter à ajouter quelque chose.

Vexé, il s'éloigna. Il avait encore l'air de bouder quand Harper et Knox partirent une demi-heure plus tard.

— Tu m'en veux d'avoir insulté Lucian, supposa Knox, assis à l'arrière de la Bentley avec Harper tandis que Levi les ramenait à la maison, Tanner occupant la place du passager à l'avant.

— Non, répondit-elle. Ne va pas croire cependant que j'ai passé un bon moment. C'est juste que, si les rôles étaient inversés, je sais que je voudrais donner une raclée à quiconque t'aurait maltraité.

— Je n'ai pas pu m'empêcher de remarquer que Khloë semblait apprécier notre altercation, ajouta-t-il en esquissant un sourire en voyant Harper prête à le protéger.

— Elle n'a jamais aimé Lucian, expliqua-t-elle en haussant les épaules.

Le téléphone de Knox bipa, interrompant ce qu'il s'apprêtait à dire.

— Est-ce que tout est prêt pour le vote demain ? s'enquit Harper en voyant les doigts de Knox pianoter fébrilement sur l'écran de son portable.

— Presque, répondit-il.

— Comment penses-tu que les démons vont voter ?

— C'est difficile à dire. Les trois candidats ont tous fait des propositions intéressantes. Je garde l'espoir que les démons voteront contre parce qu'ils n'aiment pas les grands changements. La campagne de diffamation a fait beaucoup de dégâts.

— Il ne reste plus qu'à s'interroger sur l'étendue de ces dégâts.

Ils ne connaîtraient pas la réponse à cette question avant le lendemain.

Chapitre 19

Knox avait installé le bureau de vote dans l'hôtel de la Cité souterraine où les candidats avaient fait leur discours et avait prévu qu'il resterait ouvert de 6 heures à 22 heures. Pour voter, les démons allaient utiliser un système électronique qui leur était familier puisqu'il avait déjà servi pour d'autres élections. Les votants exerçaient leur droit dans un isoloir équipé d'un ordinateur programmé de manière que chacun ne puisse voter qu'une seule fois.

D'après Larkin, le taux d'abstention serait très élevé parce que les démons se sentaient incapables de se prononcer. Pourtant, Knox et Harper avaient l'impression que tous leurs congénères des États-Unis étaient venus suivre les résultats du vote à l'hôtel tant il y avait foule. Les démons avaient sans doute hâte que les Grands Maîtres aient terminé leur dîner de gala pour découvrir le résultat de ce référendum.

Le plan de table était le même que pour les discours des candidats. Harper était magnifique avec sa robe fuchsia dos nu assez décolletée pour laisser entrevoir la marque de son démon dont la vue fit bander Knox même s'il avait pris sa compagne à peine une heure plus tôt. Il repensa à la marque qu'il portait lui-même à la nuque et en ressentit une satisfaction toute masculine. En le marquant, sa compagne montrait clairement au monde entier qu'il était pris. Son démon intérieur s'en réjouissait.

Il observa avec grand intérêt Harper qui léchait sa cuillère nappée de chocolat. Elle était incroyablement sensuelle mais ne semblait même pas s'en rendre compte.

— Quand je te vois lécher ta cuillère, je ne peux m'empêcher de penser à la sensation que j'éprouve quand tu me caresses le sexe de la langue, lui susurra-t-il à l'oreille.

— C'est si romantique ce que tu dis là ! Tu devrais mettre ça sur une carte de vœux !

Knox ne put retenir un éclat de rire rauque.

— Je pense qu'on a tous fini notre dessert, observa Harper en repoussant son assiette. Dans combien de temps vas-tu annoncer le résultat du vote ?

— Dans quelques minutes.

Il balaya la salle du regard et dévisagea un à un les trois candidats. Isla avait l'air très satisfaite, confiante de son élection. Dario semblait calme mais il buvait beaucoup de vin, comme s'il mourait de soif. Il fut cependant incapable de déterminer dans quel état d'esprit se trouvait Malden car ses traits ne révélaient rien.

Knox et son démon intérieur supportaient difficilement de voir Isla dans la même pièce que Harper. La Grande Maîtresse semblait garder ses distances. Elle s'était contentée de le saluer d'un petit signe de tête. Il était difficile d'imaginer que cette femme froide et posée était en réalité une démone qui prenait plaisir à torturer et à agresser sexuellement des femmes de son clan.

Quand Harper avait fait part à Knox des découvertes de Khloë, il avait été choqué puis consterné d'apprendre que l'enfant maltraitée, la petite fille vulnérable qu'il avait connue jadis, était elle-même devenue un bourreau. Le fait d'apprendre qu'elle était capable d'une telle cruauté lui donnait encore plus de raisons de la soupçonner d'avoir commandité les attaques contre Harper. Si c'était le cas, Isla n'en avait plus pour bien longtemps.

— Pourquoi fais-tu cette tête ? Comme si tu avais avalé quelque chose d'amer ! lança Harper, dont les yeux avaient pris la couleur de l'or.

Knox était incroyablement fasciné par ses prunelles, qui changeaient tout le temps de couleur.

— Je n'aime pas te voir aussi près d'Isla, dit-il en effleurant une des deux épingles à cheveux métalliques qu'elle avait insérées dans son chignon.

La proximité de la candidate au poste de Monarque ne lui plaisait pas trop non plus même si elle ne soupçonnait pas comme lui qu'Isla était responsable des attaques contre elle. Cela ne signifiait pas pour autant qu'elle se sentait à l'aise avec cette démone cinglée.

— Des nouvelles de la fausse Kendra ?

— Non, répondit Knox. On n'a pas encore découvert où elle se cache ni même qui elle est.

— Sa disparition ressemble à un aveu de culpabilité, si tu veux mon avis.

— Tu as raison.

— Tu as rayé Carla de ta liste de suspects, non ?

— Je ne crois pas qu'elle veuille ta mort.

Harper était d'accord avec lui sur ce point.

— Lucian est mécontent que j'aie découvert toute la vérité sur ma mère. Il aurait préféré que je continue à croire qu'elle n'était qu'une sale garce.

— Est-ce qu'on pourrait éviter de parler de cet être immature, négligent et égocentrique ?

— Tu pourrais peut-être lui trouver un petit nom un peu moins malveillant.

— Que dis-tu d'abruti ?

— Oublie ça, soupira Harper.

— Qu'est-ce qu'il y a ? s'enquit Jolene.

— J'ai horreur de m'avouer vaincue, mais il se peut fort bien que Lucian et Knox ne s'entendent jamais, expliqua Harper.

— Lucian ne sera jamais capable d'apprécier ton compagnon, point à la ligne, affirma Jolene en secouant la tête. Et Knox n'arrêtera pas de fantasmer sur la meilleure manière de le buter. C'est sans issue, la consola-t-elle en lui tapotant la main. Mais bon, je suis convaincue que Knox voudra mettre de côté ses ressentiments envers lui pour toi, pour te faire plaisir. Je suis persuadée qu'il a à cœur de faire passer tes désirs avant les siens pour ce qui est de Lucian. Je pense…

— Arrête d'essayer de me manipuler, Jolene, l'interrompit Knox. Cela ne marchera pas, ajouta-t-il en embrassant Harper sur la joue. L'heure est venue d'annoncer le résultat du vote. Si la situation dégénère, Tanner t'aidera à t'éclipser.

Avant même que la jeune femme ait pu protester et lui faire comprendre qu'elle était tout à fait capable de veiller sur sa propre sécurité, Knox s'était déjà levé et se dirigeait vers l'estrade.

Harper fronça les sourcils en voyant Isla le suivre comme si elle s'attendait à être appelée à le rejoindre. Dario et Malden s'avancèrent à leur tour.

— As-tu remarqué tous les regards mauvais braqués sur elle ? demanda Jolene à Harper. Il y a beaucoup de mécontents dans cette salle ce soir et ils semblent lui en vouloir.

Harper s'en était également aperçu.

— Je ne sais pas ce qu'elle a fait, mais beaucoup de gens semblent avoir une dent contre elle.

Knox prit alors la parole, brisant le silence qui s'était fait quand il était monté sur l'estrade.

— Comme vous le savez tous, le bureau de vote a fermé il y a deux heures. Les voix ont été entrées dans le logiciel et nous recevrons le résultat d'ici à quelques minutes. Avant de vous l'annoncer, je tiens à dire que, dans l'éventualité de l'élection d'un Monarque, je ne lui reconnaîtrai aucune autorité sur moi ni sur la Cité souterraine. Qu'il n'envisage donc pas de me donner des ordres. Je l'ai déjà dit et je le répète : il ou elle n'aura aucun pouvoir sur la Cité souterraine.

— Isla n'est pas contente, remarqua Jolene tandis que Knox allait se placer à côté de l'écran blanc qui occupait le fond de la scène.

Puis Knox adressa un signe de tête à Levi, occupé à un ordinateur portable posé sur une table devant l'estrade. L'image du portable s'afficha alors sur le grand écran de l'estrade. On y voyait une case marquée « Total des voix ». Levi cliqua dessus après un autre signe de tête de Knox et les mots « Veuillez patienter » s'affichèrent avec un indicateur de durée restante.

Le silence se fit plus lourd, plus grave. Le suspense devenait presque tangible et donna la chair de poule à Harper.

Quatre-vingts pour cent.

Anxieuse, la jeune femme se lécha les lèvres. Si les démons avaient choisi d'élire un Monarque, ils en seraient tous affectés, même ceux qui n'acceptaient pas le résultat du vote. Harper pourrait très bien décider de ne pas obéir au Monarque mais d'autres démons le feraient. Ce changement aurait des répercussions importantes.

Soixante pour cent.

Harper scruta les candidats un à un. Ils étaient étrangement calmes. Isla surtout semblait très contente d'elle. Savait-elle quelque chose qu'ils ignoraient encore ?

Quarante pour cent.

Harper but une gorgée de champagne et se tourna vers Knox. Elle était très tendue, mais elle ne put s'empêcher de constater qu'il était l'illustration parfaite de l'assurance et d'une virilité sauvage. Il lui rendit son regard.

Vingt pour cent.

— *Pars avec Tanner, s'il le faut. Avec ta famille aussi*, insista-t-il.

Elle ne lui assura pas qu'elle obtempérerait ; elle n'aimait pas mentir. Si les choses tournaient mal, elle resterait à son côté. Il devait savoir aussi que Jolene ne fuyait jamais devant une rixe. Elle préférait et de loin y participer.

Puis le mot « Terminé » apparut à l'écran avec une case marquée « Voir le résultat ».

Harper comprit alors l'expression « retenir son souffle ». En effet, elle fut incapable de respirer tant elle était anxieuse et, quand elle put enfin le faire, sa respiration était superficielle, haletante, comme si elle manquait d'oxygène. Ils auraient beaucoup de problèmes à affronter si les démons avaient fait le mauvais choix.

— Levi, dit simplement Knox.

La sentinelle cliqua sur la case et l'image d'une balance s'afficha à l'écran avec un plateau marqué « Oui » et l'autre,

« Non ». Quelques secondes plus tard, des pourcentages apparurent.

Seuls quarante-trois pour cent des votes exprimés étaient en faveur de l'élection d'un Monarque.

Une vague de soulagement aussi grande qu'un tsunami assaillit Harper. Elle balaya l'assemblée du regard et remarqua que tout le monde semblait partager son avis, ou presque. Malden avait l'air déçu mais pas furieux. Elle eut l'impression qu'il était capable d'accepter le verdict à condition qu'il n'y ait pas de Monarque. Dario s'était raidi et sembla retenir une volée de jurons, mais il restait digne dans l'épreuve. Isla par contre…

Elle se redressa et serra les poings. Son beau visage se transforma en un masque de colère intense.

— Non ! éructa-t-elle. Je refuse d'accepter ce résultat.

— Les démons se sont prononcés, dit Knox en haussant les épaules comme s'il ne faisait aucun cas de sa réaction.

— J'exige le recomptage des voix ! s'exclama-t-elle, ayant manifestement perdu son sang-froid.

— Qui es-tu pour exiger quoi que ce soit ? s'enquit Knox, dont les yeux avaient viré au noir tandis qu'un silence pesant se faisait autour d'eux.

Il avait prononcé ces quelques mots d'une voix de velours mais chargée d'une menace bien réelle.

Isla ne recula pas et ce fut tout à son honneur. Mais peut-être était-elle simplement trop stupide pour se rendre compte de ce qu'elle faisait.

— J'ai beaucoup de sympathisants, Knox. Je ne comprends vraiment pas le résultat de cette élection.

— Ils ne sont manifestement pas aussi loyaux que tu le croyais.

— Mais ils ne m'auraient pas trahie, insista-t-elle. Les résultats ont été truqués ! s'écria-t-elle, laissant paraître les tendances paranoïaques qu'avait mentionnées Khloë.

— C'est une accusation très grave que tu lances là, Isla, déclara Knox d'un air réprobateur. Fais attention, lança-t-il sur un ton coupant.

— N'as-tu pas assez de pouvoir comme cela ? intervint Levi. Pourquoi en veux-tu davantage ? Que cherches-tu vraiment ? Encore plus de pouvoir ? poursuivit-il en la voyant garder le silence. Ou l'autorité sur Knox ?

Isla ne pipa mot et se contenta de serrer les lèvres.

— Tu te doutais bien que Knox ne se soumettrait jamais à une autorité supérieure à la sienne, poursuivit Levi. Tu n'aurais pas pu le contrôler, même si tu avais été élue Monarque. Tu espérais sans doute te débarrasser de lui. Tu pensais qu'en ayant autorité sur les autres Grands Maîtres tu aurais pu tous les unir contre lui, c'est ça ? Tu dois être vraiment furieuse que ton plan ait échoué.

— J'aurais dû être élue ! cria-t-elle, hors de contrôle après avoir perdu tout ce pour quoi elle travaillait depuis un moment. J'avais énormément de sympathisants ! Cette élection a été truquée !

— Pourquoi dis-tu cela ? s'enquit Knox.

— Tu avais manigancé quelque chose, comme d'habitude, c'est cela, Isla ? lança Harper en éclatant de rire parce qu'elle venait de comprendre de quoi il retournait. Dis-moi combien de gens tu as menacés, manipulés ou fait chanter pour gagner cette élection ? Est-ce qu'il y en a ici dans cette salle ? (Cela aurait expliqué tous les regards assassins dirigés vers elle au cours de la soirée.) Je parie que c'est toi qui as lancé la campagne de diffamation.

— Je ne t'ai pas parlé, rétorqua Isla en lui adressant un regard méprisant.

— Je m'en fiche éperdument, déclara Harper en haussant les épaules.

— Facile d'être courageuse avec Knox pour te protéger.

— Je n'ai pas besoin de Knox ni de qui que ce soit d'autre pour me protéger, déclara-t-elle simplement, refusant de mordre à l'hameçon.

Harper n'avait pas l'habitude de se cacher derrière les autres. Si Isla avait envie de la croire faible, c'était son problème.

— Ah oui ? éructa Isla, l'air de l'évaluer. Tu ne manques pas d'assurance, continua-t-elle en esquissant un sourire. On devrait peut-être se rencontrer dans l'aire de combat toutes les deux. Je suis curieuse de voir si tu es vraiment aussi forte que tu le prétends.

— Tu la défies ? Tu veux vraiment la rencontrer en duel ? intervint Raul en manquant de s'étrangler sur son champagne.

— Je ne te savais pas suicidaire, dit Knox en s'approchant d'Isla, l'air dangereux. Je t'ai déjà prévenue pourtant que, si tu lui faisais du mal, je te détruirais.

— C'est juste pour s'amuser un peu, Knox, rétorqua Isla en haussant délicatement une épaule.

— T'inquiète, Tanner, dit Harper à son garde du corps qui s'était rapproché d'elle pour la protéger. Ses grimaces ne vont pas me tuer. J'ai une question par contre à te poser, dit-elle en levant la main. Est-ce que tu me proposes ce duel parce que tu persistes à croire que tu es l'*alter ego* de Knox ? ou simplement parce que tu as besoin de faire passer ta colère d'avoir perdu cette élection qui te tenait à cœur ? J'aimerais bien le savoir.

— Je suis son *alter ego*, affirma-t-elle sèchement.

— Oh, Isla ! s'exclama Harper. Tu te fais trop d'illusions, soupira-t-elle. Et moi qui croyais que tu étais motivée par la colère. Mais bon, il paraît que tu aimes te défouler sur les femmes.

Cette accusation fit cligner des yeux à Isla.

— C'est vrai ça que tu aimes infliger des souffrances aux démones de ton clan ? reprit Harper. Que tu les agresses sexuellement ? Il paraît que tu es devenue accro au plaisir que cela te procure.

— Ce sont des mensonges, éructa Isla, sans tenir compte des murmures désapprobateurs qui circulaient dans la salle.

— C'est plutôt toi qui préfères une version imaginaire de la réalité en continuant d'insister que Knox est ton *alter ego* en dépit de toutes les preuves du contraire.

— Va-t'en, Isla, grogna Knox, ou je te tue. Je t'aurai prévenue. Je ne le répéterai pas.

— Vous dramatisez un peu, là, vous ne trouvez pas ? réagit Isla en levant les yeux au ciel. J'ai proposé un duel. Pas un combat à mort.

— Moi, ça me tente, déclara Harper en se levant.

— C'est hors de question, mon cœur, déclara Knox. Tanner, emmène-la loin d'ici.

— Nan, hors de question. Je ne recule jamais devant un défi.

— *Knox, je sais que tu te fais du souci pour moi, que tu veux m'éviter toutes les souffrances. Je comprends et je ne t'en aime que davantage. Je te l'ai déjà dit cependant : je refuse de me cacher derrière toi. Je ne suis pas comme ça. J'en ai assez que les gens me prennent pour une cible facile.*

— Tu es très forte, ma chérie, je le sais, déclara Knox à voix haute pour que tout le monde sache qu'il avait entièrement confiance en elle. Je sais que tu n'as pas besoin que je te protège. Mais tu es mon *alter ego* et ma compagne, et je n'autorise personne à te faire du mal. Cela n'a rien à voir avec tes capacités physiques.

— *Knox*, intervint alors Jolene par télépathie, l'obligeant à arrêter et à l'écouter. *Écoute Harper. Elle sait ce qu'elle a à faire. Elle doit montrer sa force. Les gens pensent qu'elle est ton point faible. Il faut qu'ils voient qu'elle est aussi une force pour toi et qu'elle est loin d'être sans défense.*

Knox comprenait ce qu'il se passait mais il était incapable de laisser sa compagne se mettre en danger. Il ne le pouvait pas. Isla n'était pas qu'une simple banshee, elle était aussi une vampire.

— Tanner, lança Knox.

La sentinelle comprit ce que son Grand Maître lui demandait et guida Harper hors de la salle.

— Non ! hurla Isla. Elle est à moi !

Puis Harper perçut quelques mouvements très rapides dans son champ de vision périphérique et elle ressentit une vive douleur au cou. Choquée, elle aperçut devant elle la démone que Knox maintenait par le cou d'une poigne de fer.

— Tu m'as mordue, grogna Harper.

— Ce n'était pas une simple morsure, s'esclaffa Isla. C'est un truc de vampire. Je peux affaiblir une personne en lui pompant un peu de son sang. Tu mettras des heures à t'en remettre.

Aiguillonnée par la rage de sa démone, Harper sortit de son hébétement, se rua sur Isla et lui assena un grand coup de poing à la mâchoire, lui infligeant en même temps une intense douleur à l'âme. Isla poussa un long hurlement.

Malheureusement, Harper n'eut pas le temps d'en profiter, Tanner l'ayant ramassée et jetée sur son épaule.

— Lâche-moi ! cria-t-elle en martelant son garde du corps de coups de poing dans le dos.

— Plusieurs membres du clan d'Isla sont venus assister aux résultats des élections dans la Cité souterraine, expliqua Tanner en empruntant une issue de secours qui donnait sur une ruelle latérale. Ils vont voir Knox tuer Isla de façon atroce. Son cercle rapproché la vénère et réclamera vengeance. Tu t'affaiblis rapidement et il faut t'éloigner avant qu'ils t'attrapent.

Il avait raison. Elle se sentait de plus en plus amorphe, comme si elle avait dépensé énormément d'énergie psychique, mais c'était dix fois pire. Sa vision commençait déjà à s'obscurcir sur les bords.

— Je ne sais pas combien de temps je vais pouvoir tenir, marmonna-t-elle.

— Ne t'inquiète pas, je vais...

Puis Tanner s'arrêta subitement et Harper, curieuse, regarda tout autour d'elle et constata qu'ils étaient encerclés.

— Trop tard, dit-elle avant de sombrer dans l'inconscience.

Knox fusilla du regard la démone gémissante qu'il tenait fermement par la gorge. Il avait eu énormément de mal à résister à la tentation de lui briser le cou, d'autant plus que son démon l'incitait à le faire. Mais s'il l'avait écouté il aurait fait preuve d'un manque de contrôle. C'était très important pour Knox que les autres démons sachent qu'il ne perdrait jamais le contrôle à cause de Harper. Sinon, il risquait que ses ennemis s'en prennent constamment à elle. En outre, il voulait faire souffrir Isla, voulait que tous soient témoins du sort qu'il réservait à ceux qui osaient s'en prendre à sa compagne. Son démon intérieur ne pouvait pas faire autrement que de reconnaître qu'il avait raison.

Isla se débattait entre ses mains en sanglotant, souffrant des douleurs à l'âme que lui avait infligées Harper. Sa compagne n'avait plus besoin de s'inquiéter qu'on puisse la croire faible.

— Tu ne peux pas me tuer, Knox, insista-t-elle, je suis ton *alter ego*.

— Tu n'es rien pour moi, articula-t-il, ses yeux ayant viré au noir, son démon ayant émergé pour manifester son soutien. Et même si tu l'étais, quiconque s'en prend à ma compagne mérite la mort.

— Mon clan me vengera, dit-elle, la lèvre inférieure tremblante.

— Demande-moi plutôt si cela me fait peur !

Knox fit apparaître une boule de feu des enfers, lui renversa la tête en arrière et la lui fit avaler. Le feu lui illumina le corps de l'intérieur en descendant dans son gosier jusqu'à son estomac et prit de plus en plus d'ampleur. Isla hurla, se griffa la peau comme si elle essayait d'éteindre les flammes qui la consumaient. Knox n'éprouva aucun remords, aucune pitié.

Elle poussa un dernier long soupir avant de s'écrouler, morte. Knox relâcha son corps boursouflé, décomposé et fumant, avec un rictus de mépris. Son démon intérieur le trouvait trop clément, il était déçu qu'elle meure si vite. Mais Knox avait tenu à montrer au monde entier à quel point il lui était facile de donner la mort rapidement.

— Non ! s'écria un des compagnons d'Isla, un jeune démon manifestement très attaché à elle, vite rejoint par un autre de ses acolytes auprès de la dépouille de la banshee-vampire.

— Je les guiderai vers la sortie quand le corps se sera volatilisé, dit Keenan.

— *Knox, j'ai besoin d'aide ici*, intervint Tanner.

— Est-ce que Tanner a emprunté la porte latérale avec Harper ? demanda Knox à Keenan.

— Oui, répondit-il.

Knox se précipita à l'extérieur et s'arrêta devant la sentinelle, entourée de quatre démons morts.

— Que s'est-il passé ? Où est Harper ? s'enquit-il, sous le coup d'une soudaine appréhension.

— Elle a été kidnappée, grogna Tanner.

Un muscle se mit à tressaillir dans la mâchoire de la sentinelle.

Knox ressentit plusieurs émotions très vives en même temps : la colère, un sentiment de panique et d'impuissance, mais aussi le besoin de cogner, de faire payer quelqu'un. Son démon se mit à rugir ; il voulait émerger.

— Par qui ? éructa-t-il d'une voix anxieuse et insistante.

— Un démon et des adeptes de magie noire, répondit Tanner, l'air méfiant. J'ai senti leur magie. Le démon les a téléportés pendant que je me défendais contre ceux-là.

Knox dut faire appel à toutes ses forces pour reprendre le contrôle de son démon. Il lui faudrait faire preuve de la plus grande lucidité pour retrouver sa compagne et son démon était incapable de réfléchir ou de planifier dans son état actuel. Il détruirait tout sur son passage.

— *Harper ? Harper ?* l'appela-t-il par télépathie.

Mais pas de réponse.

Knox se passa un poing sur le torse, à l'endroit où il ressentait une douleur si forte qu'elle le laissait pantois. Il ne s'était jamais senti aussi impuissant depuis sa plus tendre enfance. La dernière fois qu'il avait été ainsi angoissé, c'était le jour où ses parents avaient été assassinés pour avoir tenté de fuir le clan de Riordan avec lui. Le Grand Maître avait surtout voulu faire la démonstration de son pouvoir, montrer qu'il contrôlait la situation. Knox lui avait alors révélé, ainsi qu'aux autres membres du clan, l'étendue de ses propres pouvoirs. Il avait ensuite repris le contrôle de son démon et de sa puissance. Il était devenu un parangon de self-control, jurant que rien ni personne ne lui dicterait plus jamais sa conduite. Or le kidnapping de sa compagne risquait de lui faire perdre sa légendaire maîtrise de soi.

— As-tu une idée de l'endroit où ils l'ont emmenée ?

Tanner secoua la tête, l'air de s'en vouloir.

— Je l'avais allongée sur le sol derrière moi pour me battre et…

— Ce n'est pas ta faute.

Ses paroles auraient semblé sincères s'il n'avait pas eu la voix aussi rauque. Cependant, il ne tenait pas vraiment Tanner responsable de l'enlèvement de Harper et savait qu'il l'aurait protégée s'il en avait été capable.

— *Harper ? Harper ? Réponds-moi, merde !*

— Elle ne répond pas mais elle est encore en vie, je le sens.

— Elle s'est évanouie au moment même où ces démons nous encerclaient.

La porte s'ouvrit alors et Levi les rejoignit. Il lui avait suffi de balayer les alentours du regard pour comprendre ce qu'il s'était passé.

— Harper a été kidnappée, dit-il.

— Tu ne peux pas la retrouver avec votre lien d'*alter ego* ? s'enquit Tanner en se passant une main sur le visage.

— Non, répondit Knox en faisant les cent pas pour essayer de se calmer. Ça ne marche pas comme ça.

Ses doigts émettaient des flammèches. Les sentinelles lui lançaient des regards précautionneux. Il se rappelait la réaction de Harper quand il les lui avait montrées la première fois : « *Joli. Tu as d'autres tours comme ça dans ton sac ?* » Elle l'acceptait comme personne d'autre avant, ni, il en était persuadé, après. Il refusait d'envisager la possibilité de la perdre. Il en était incapable.

— On va la retrouver, le rassura Levi.

— Tu l'aimes, remarqua Tanner.

Non, ce n'était pas le cas. Chaque fois qu'il avait perçu cette émotion chez les autres, c'était quelque chose de doux et de profond tandis que le sentiment qu'il éprouvait pour Harper était sombre, dangereux, inextinguible et allait bien au-delà de l'amour.

— Cela risque de ne pas lui plaire, déclara le chien des enfers, mais tu pourrais t'insinuer dans sa tête et la forcer à reprendre conscience.

— Ses boucliers sont impénétrables. Je ne peux pas les traverser, au risque d'écorcher mon propre psychisme.

Il ne serait plus en mesure de lui venir en aide s'il le faisait.

— *Harper ! Harper ! Mais réponds-moi, merde ! Allez !*

Toujours rien. Le démon de Knox lui insufflait sa rage, essayant par tous les moyens de lui faire céder le contrôle comme il l'avait fait durant son enfance. Mais Knox était devenu un adulte depuis. Il prit une longue inspiration, cherchant au fond de lui la force de résister à la colère et à l'angoisse pour garder sa lucidité.

— Elle est plus forte du fait de notre lien. Elle devrait donc récupérer beaucoup plus vite de la morsure d'Isla. Tout ce que je peux faire en attendant, c'est essayer de la contacter pour la réveiller. Elle pourra alors me dire où elle se trouve.

Enfin, si elle savait où elle était.

La porte s'ouvrit de nouveau et Jolene, Neck et Martina s'approchèrent d'eux. Jolene s'immobilisa en voyant les quatre cadavres de démons et l'expression sinistre sur les visages de Knox, Tanner et Levi.

— Où est ma petite-fille ? demanda-t-elle.

— Entre les mains d'adeptes de magie noire. Un démon, sans doute un marginal qu'ils ont recruté, les a téléportés ici pour kidnapper Harper.

— On n'a aucune idée d'où elle se trouve, expliqua Levi. On ne sait donc pas comment la libérer de sa prison.

À leur grande surprise, Jolene s'esclaffa.

— Pensez-vous vraiment que ma petite-fille peut être retenue quelque part contre son gré ? Elle a beau ne pas être une elfe, elle n'en demeure pas moins une Wallis. Alors arrête de te faire des idées noires, Knox. Tu dois garder ton calme. D'ici que tu trouves où ils la gardent, elle se sera déjà libérée. Pense plutôt à ce que tu vas faire aux enfoirés qui ont osé l'enlever.

— Ça, c'est facile, gronda Knox. Ils vont mourir.

Chapitre 20

— *Harper ! Harper ! Réponds-moi.*

Ce serait vraiment génial si Knox cessait de gueuler et la laissait dormir un peu ! Harper avait la tête lourde et les membres comme des chiffes molles.

— *Harper ! Réveille-toi, ma chérie.*

La voix de Knox s'était radoucie et il avait l'air presque désespéré. C'était étrange.

— *Il faut que tu te réveilles*, insista-t-il.

— *Laisse-moi dormir*, grommela-t-elle avant de sentir le vif soulagement de son compagnon lui caresser l'esprit.

— *Dis-moi où tu es, ma chérie. Je n'arriverai pas à te trouver tant que je ne saurai pas où ils t'ont emmenée.*

Harper sentait bien que Knox était très anxieux mais elle ne comprenait pas pourquoi, lui toujours si calme d'habitude.

— *Pourquoi es-tu si…*

Quelques bribes de souvenirs lui revinrent alors en mémoire : Isla l'avait mordue, puis Tanner l'avait portée sur son épaule jusque dans la ruelle, où ils avaient été encerclés et elle s'était évanouie.

Harper retrouva enfin ses esprits et se força à ouvrir les yeux avant d'essayer de se redresser et…

— *Merde !*

— *Quoi ?*

— *Je suis ligotée sur une sorte de table, les quatre membres écartés.*

Elle était également retenue à la taille par une corde qui l'empêchait de gigoter. Bon, au moins ils ne l'avaient pas foutue à poil. Cela ne suffit pas cependant à calmer sa démone intérieure, plus qu'en pétard. Harper balaya la pièce du regard et sentit son ventre se nouer.

— *Putain!* s'exclama-t-elle.

— *Merde! Harper, dis-moi où tu es.*

— *Je ne sais pas. On dirait une sorte de temple. Il y a des bougies partout, des symboles rituels sur les murs et un autre, énorme, sur le plancher. Ça sent la magie noire à plein nez.*

Elle avait été attachée sur une sorte d'autel sacrificiel, supposa-t-elle. Génial!

— *On dirait bien que ce sont des adeptes de magie noire qui s'en prenaient à moi, au bout du compte. Tanner va bien?*

— *Oui, il va bien. Est-ce que tu reconnais quelque chose?*

— *Non. Il y a un escalier au fond de la pièce. Je dois être dans un sous-sol. Je ne sais rien d'autre. Je n'ai aucune idée d'où je suis.*

Knox laissa échapper une volée de jurons.

— *Ne t'inquiète pas, je vais m'en sortir.*

— *Comment est-ce que je pourrais ne pas m'inquiéter? Tu es ligotée!*

— *Tu dis cela comme si c'était grave. Tu me sous-estimes tout le temps, je ne comprends pas pourquoi.*

En fait, elle était plutôt contente qu'il ne puisse pas la rejoindre. Elle ne doutait pas un seul instant que ses ravisseurs se servaient d'elle comme appât pour l'attirer dans un piège. En effet, s'ils avaient voulu la tuer, ils l'auraient déjà fait. Ils auraient profité qu'elle soit inconsciente pour l'abattre. S'ils espéraient attirer Knox dans un traquenard, elle ne pouvait qu'en conclure qu'ils savaient comment le contrôler. Et ça, elle ne le permettrait pas. Jamais.

Elle entendit des voix qui s'approchaient et referma les yeux pour faire croire à ses ravisseurs qu'elle était encore dans le cirage. Elle perçut une sorte de vrombissement, très léger, comme si un mécanisme s'était mis en marche. La porte était peut-être pourvue d'un verrou électronique. Puis le silence se fit et des pas résonnèrent dans l'escalier. Ils semblaient se diriger vers elle. Elle compta quatre personnes.

— C'est étrange qu'elle soit encore inconsciente, observa une voix d'homme dans un langage châtié.

— *Tu es très forte, Harper, et je le sais. Mais…*

— *Chut, je ne suis plus seule et j'essaie d'écouter ce qu'ils racontent.*

— Cela veut peut-être dire que le fait d'être son *alter ego* ne lui a pas donné autant de forces qu'on le supposait, poursuivit le même homme. Vous êtes sûrs qu'ils ont noué leur lien ?

— Il la présente à tout le monde comme son *alter ego*, rétorqua une voix plus grossière.

— D'accord, Jacques, mais cela ne signifie pas pour autant qu'ils ont noué le lien.

— Je pense que si, insista le dénommé Jacques.

— Peut-être, mais elle n'est pas encore réveillée.

— Cela ne veut rien dire, Alton, intervint la fausse Kendra. On n'en sait pas assez sur les morsures d'Isla pour prédire combien de temps ses victimes restent inconscientes. On n'a aucune donnée à ce sujet.

— *La garce est ici*, expliqua Harper à Knox. *La fausse Kendra. Elle doit travailler pour les adeptes de magie noire. Donc j'avais raison.*

— *Comment peux-tu te réjouir d'avoir raison alors que* TU ES LIGOTÉE SUR UN PUTAIN D'AUTEL SACRIFICIEL *!*

— *Je n'aime pas quand tu me parles sur ce ton !*

— Anton, quand veux-tu que j'envoie un message à son clan ? demanda une autre voix.

— Bientôt, Ezra. Je dois m'assurer que tout est prêt avant de leur faire parvenir un message anonyme sur le lieu où elle est retenue prisonnière, rétorqua Alton.

— Est-ce que je pourrai la faire crier un peu avant ? voulut savoir la fausse Kendra, que cette idée faisait presque ronronner de plaisir.

— Tu lui en veux toujours d'avoir préféré Harper ? la taquina Jacques.

— Cela n'a rien à voir avec lui. Elle mérite la mort pour la douleur à l'âme qu'elle m'a infligée.

— Sois honnête, Jeanna. Tu as été blessée dans ton orgueil quand Knox l'a choisie. Et ça, tu ne le lui pardonneras jamais.

— Je l'avais déjà quitté quand il l'a rencontrée, souviens-toi.

— Ouais, mais tu étais persuadée qu'il te courrait après, sauf qu'il a dragué Harper à la place. Tu as dû lui en vouloir. D'autant plus que tu as le don de séduction. Mais, dis-moi, as-tu essayé de la séduire, elle ?

— Elle ?

— Ne prends pas cet air horrifié, Jeanna. Chaque fois qu'un gars en couple refuse tes propositions, tu séduis sa copine par dépit.

— Je ne les séduis pas. Je fais en sorte qu'elles me désirent tellement qu'elles me supplient de leur accorder au moins une caresse et puis je m'en vais.

Jeanna était vraiment une petite chose délicieuse, non ? La démone intérieure de Harper voulait lui exploser la tête.

— Comme si c'était mieux ! s'esclaffa Jacques. Allez, dis-moi, tu as essayé avec elle ?

— Oui, une fois, mais ça n'a rien donné. Cette nana est bizarre.

Cela expliquait sans doute la chaleur que Harper avait ressentie quand Jeanna l'avait attrapée par le bras dans les toilettes.

— Penses-tu vraiment réussir à piéger Knox Thorne ? demanda Jacques.

— On peut piéger n'importe quel prédateur avec le bon appât, répondit Alton.

— Mais sauras-tu refermer le piège sur lui et l'empêcher de se rouvrir ? Là est la question.

— Votre rôle dans cette histoire se termine ici, chers amis démons, déclara Alton. Vous avez déjà été rémunérés fort généreusement pour vos services.

— Je veux rester jusqu'à la fin, intervint Jeanna.

— Je ne comprends absolument pas que tu puisses croire que tu as de l'autorité ici. Ezra, je te prie de bien vouloir escorter les démons jusqu'à leur véhicule pendant que je vérifie que tout est prêt.

— *Un membre de ton clan va recevoir un message anonyme révélant l'endroit où je me trouve*, dit Harper à Knox tandis que les voix s'estompaient peu à peu. C'est un piège…

— *Je me doute bien que c'est un putain de piège. J'arrive.*

La jeune femme comprit à son ton de voix qu'il s'en fichait.

Il fallait donc qu'elle réussisse à se sortir de ce guêpier avant que cet idiot se pointe.

Dès qu'elle fut persuadée d'être seule, Harper fit venir le feu des enfers dans ses mains. Puis elle réussit à les tortiller suffisamment pour mettre le feu à la table en bois. Les flammes brûlèrent ses liens et elle se libéra. Heureusement, elle n'était pas sensible au feu qu'elle faisait elle-même apparaître. Si cela n'avait pas été le cas, elle aurait subi d'atroces souffrances.

Elle était sincèrement vexée que quiconque puisse penser que de simples cordes suffiraient à l'immobiliser. Tous les Wallis sans exception savaient parfaitement se libérer de n'importe quel lien.

Harper se laissa glisser de la table dans un mouvement souple. Elle se mit debout et vérifia la force de ses jambes. C'était peut-être grâce à l'adrénaline ou bien le fait d'être l'*alter ego* de Knox, mais bon, elle avait presque complètement récupéré, même si elle ressentait encore un peu les effets de la morsure d'Isla.

Avec la furtivité qu'elle avait développée depuis sa plus tendre enfance, elle se hâta vers l'autre bout de la pièce. Elle escalada rapidement l'escalier de bois et tressaillit quand une marche grinça. Ce bruit lui fit l'effet d'une bombe explosant dans le silence du sous-sol mais personne ne réagit.

Elle parvint à la dernière marche mais ne vit pas de porte. Perplexe, elle cligna plusieurs fois des yeux. Où était la putain de sortie ? Il n'y avait presque pas de mur. Le plafond était en pente et cinquante centimètres à peine le séparaient du pied du mur. Et pas de porte. Elle avait peut-être été placée sous l'escalier dans le cadre de travaux de rénovation mais elle avait bien entendu ses ravisseurs descendre ces marches un peu bancales.

Puis elle se rappela avoir discerné une sorte de vrombissement. Il devait y avoir une porte électronique. Mais où ?

Harper passa les doigts sur le mur à la recherche d'un mécanisme quelconque. Son index s'arrêta sur un bouton dur, circulaire. Elle retint son souffle et appuya. Le plafond en pente sur le haut de l'escalier commença à se soulever. Elle tendit l'oreille pour voir si quelqu'un venait, mais elle n'entendit aucun bruit.

Le plafond s'arrêta enfin et Harper se hâta de monter. Elle comprit que ce qu'elle avait pris pour le plafond était en fait le dessous de l'escalier menant aux étages supérieurs. Les enfoirés avaient bien camouflé leur petit temple. Harper activa alors un autre mécanisme et vit disparaître l'escalier qu'elle venait d'emprunter. Personne ne pouvait soupçonner l'existence d'un accès à cette pièce secrète. Elle ne put qu'admirer l'ingéniosité du système.

Des voix vinrent alors interrompre ses observations.

Putain ! Supposant que les portes avant et arrière de la grande maison étaient surveillées, elle décida de continuer à monter. Parvenue tout en haut de l'escalier en colimaçon, elle s'arrêta pour vérifier si elle avait été suivie, mais elle était toujours seule. Elle aperçut une petite volée de marches qui menaient sans doute au grenier. Elle espéra ne pas se retrouver dans une autre salle de sacrifice rituel.

Elle fut soulagée de découvrir qu'il s'agissait d'une sorte d'entrepôt. Elle contourna silencieusement des piles de cartons et de meubles, et se dirigea vers une fenêtre qui s'avéra être vraiment très petite, ce qui la déçut terriblement. Non pas qu'elle s'arrêterait à ce genre de détail. Après tout, elle avait déjà réussi à entrer dans la chambre forte d'une banque et à en sortir sans être vue. Elle ne s'en faisait donc absolument pas.

Elle eut beaucoup de mal à ouvrir la fenêtre, et n'y serait sans doute pas parvenue sans sa force accrue. Elle parvint enfin à sortir le haut de son corps et constata qu'il faisait nuit. Elle fut assaillie par des odeurs d'herbe mouillée et de magie noire.

— *Knox, je suis dans une maison quelque part au beau milieu de nulle part. C'est génial!*

— *Je n'ai pas encore reçu de message anonyme me révélant où tu étais retenue*, lança-t-il impatiemment. *J'arrive dès qu'on me le transmet.*

Harper entendit des bruits de voix étouffés. Désirant avoir une vue plus dégagée des environs, elle réussit à se faufiler entièrement par la fenêtre et émergea sur un toit plat. La grande maison était en réalité une construction écologique faite de panneaux métalliques, de bois et de fibre de verre. Percevant qu'elle n'était plus seule, elle s'immobilisa comme son instinct le lui dictait. Puis elle entendit des applaudissements moqueurs.

— Qu'est-ce que tu es forte!

Jeanna sortit de l'ombre. Elle était très différente, plus du tout aussi élégante. Elle portait une tenue décontractée, avait les cheveux rouges et les yeux bleu clair. Elle tenait à la main une dague noire à lame sinueuse.

— J'étais sûre que tu allais réussir à t'évader. Tu es une Wallis après tout. Ne t'inquiète pas pour eux là en bas, ils ne peuvent pas nous entendre à travers mon bouclier. En revanche, ils me verront te buter.

— Tu es restée dans l'espoir de te venger, lança Harper.

C'était typique de leur espèce. Harper serra les poings et sentit son pouvoir protecteur monter en elle.

— Oui… mais aussi pour voir si leur sortilège fonctionne. Ils sont persuadés qu'ils réussiront à piéger Knox. Un adepte de magie noire est posté à chaque coin de la maison et, ensemble, ils vont ériger une sorte de cube magique. Dès que Knox sera à l'intérieur, les murs se rapprocheront et le cube se rapetissera jusqu'à ce qu'il atteigne la taille d'un placard.

Ce n'était pas bon du tout, ça.

— *Knox, ne t'approche surtout pas de la maison !* lança Harper. *Les magiciens veulent t'enfermer dans une sorte de prison psychique. Knox ? Knox ?*

L'appel de Harper resta sans réponse. Le bouclier de Jeanna empêchait peut-être les communications télépathiques. Si c'était effectivement le cas, cela pourrait être grave.

— C'est toi qui as jeté les sortilèges de compulsion ?

— Il ne fallait pas que ces gens puissent révéler mon identité, tu comprends ? lança Jeanna en haussant une épaule.

— Les serpents, c'était toi aussi ?

— Un des magiciens s'en est chargé mais c'était mon idée. J'étais là, sur place. Comment as-tu survécu à cette attaque ? demanda-t-elle, curieuse.

— Quelques serpents se sont échappés par la boîte aux lettres. Alors c'était exactement comme si tu avais mis une grande enseigne lumineuse pour me prévenir du danger. Qu'est-ce que tu fais avec ces enfoirés ?

— Je fais cela pour le fric. Mais sois honnête, Harper, notre espèce est beaucoup plus dangereuse que ces adeptes de magie noire.

C'était assez vrai.

— Les rumeurs au sujet de Carla, c'est toi aussi ?

— Je suis assez fière de ce coup-là. C'était une revanche personnelle. As-tu déjà toi-même éprouvé une douleur à l'âme ? C'est une expérience unique. Tu as mal partout, cela va de tes terminaisons nerveuses en passant par chaque organe, chaque os, sans oublier le moindre recoin de ton âme. Ton don est très néfaste, surtout sur le plan émotionnel.

— Tu voulais me faire souffrir autant que toi tu as souffert, c'est ça ? en déduisit Harper.

— Ouais. Alors j'ai fouillé dans ta vie et dans ton passé. J'ai été très agacée de découvrir que tu n'étais pas une elfe. Je n'aime pas me tromper. Tu es donc un pauvre sphinx sans ailes, ironisa Jeanna. C'est un peu comme un chien qui n'aboie pas.

— Tu penses qu'il te suffit de m'asticoter pour que je t'attaque, réagit Harper, parfaitement calme et sans montrer aucune émotion. Mais toi, quel caractère tu as ! s'esclaffa-t-elle pour la narguer en voyant Jeanna s'énerver et resserrer la poigne sur sa dague.

— Ta mort me procurera le plus vif des plaisirs.

Un frisson de peur parcourut l'échine de Harper. Merde ! que se passerait-il si elle ne parvenait pas à arrêter cette folle ? Si elle échouait et que Knox se faisait prendre ? Et puis merde ! elle n'avait aucune chance de réussir, faible et pathétique comme elle était. Elle ne pourrait pas…

Harper secoua la tête. Elle n'avait jamais pensé à cela avant. Puis elle comprit ce qu'il se passait.

— Tu as le don de déclencher la peur, dit-elle.

Mauvaise nouvelle.

— Allez, qu'on en finisse.

Harper n'éprouverait aucun regret si elle parvenait à infliger toutes les souffrances du monde à cette salope. Sa démone avait très envie de lui arracher les yeux et de les lui faire gober. Par contre, elle devait absolument s'éloigner de la maison avant l'arrivée de Knox pour qu'il ne pénètre pas dans le cube magique.

— Réfléchis un peu, Jeanna. Knox va arriver d'une minute à l'autre et il ne sera pas seul. Tu ne t'en sortiras jamais vivante.

— Bien sûr que si. Jacques m'attend dans les bois et il va nous téléporter loin d'ici.

— Méfie-toi, Jeanna, dit Harper d'une voix hypnotique. Je ne suis pas celle que tu crois.

— C'est donc vrai ce qu'on dit des sphinx, qu'ils sèment la confusion.

Merde ! son don n'avait pas de prise sur Jeanna, sans doute parce qu'elle avait été affaiblie par la morsure d'Isla. En outre, elle dépensait énormément d'énergie psychique pour lutter contre la peur artificielle que tentait de lui inculquer son adversaire et qui risquait de la priver de tous ses moyens, et surtout de lui faire oublier pourquoi il fallait à tout prix qu'elle sorte victorieuse de ce duel. Knox avait besoin d'elle, et elle lutterait pour continuer à vivre avec lui.

Résignée à croiser le fer avec Jeanna, Harper cessa de l'écouter et se concentra sur la démone, qui appartenait à l'espèce des cauchemars. Elle semblait très à l'aise avec son arme. Elle était grande et avait donc un avantage certain au niveau de l'allonge. En revanche, ses longues jambes étaient très exposées.

— Je voudrais que tu me dises, avant que je te tue, de quelle espèce est Knox ? Tu dois bien le savoir. C'est un excellent amant, non ? la nargua-t-elle en constatant que ses questions demeuraient sans réponse.

Jeanna croyait vraiment éveiller sa jalousie ? se pensait capable de lui faire perdre aussi facilement le contrôle ?

— Ça ne va pas marcher, Jeanna. Tu nous insultes toutes les deux en t'abaissant à de telles mesquineries. Ils nous ont vues, dit-elle, ayant entendu des voix qui s'approchaient. Ils vont venir ici.

— Ils ne pourront pas traverser mon bouclier, affirma Jeanna, imperturbable, en haussant les épaules. Il est inexpugnable.

— Si tu me tues, Knox te bute.

— Oui, s'il me trouve. Mais cela ne te fera ressusciter pour autant, n'est-ce pas ?

Elle avait raison.

— Comment la trouves-tu ? demanda-t-elle en lui montrant sa dague. Je l'ai achetée aux magiciens.

— Je comprends mieux alors pourquoi elle ressemble à la baguette magique de Harry Potter.

— Elle est ensorcelée. La poignée est faite avec un os d'un démon mort dans d'atroces souffrances. Chaque fois que je te toucherai avec, tu l'entendras hurler sa douleur.

— Ouais, si tu réussis à m'atteindre, lança Harper avec un sourire narquois.

Impatiente d'en découdre, Jeanna se rua sur Harper. Avec la célérité propre aux sphinx, Harper se pencha et s'empara du stylet qu'elle portait toujours dans sa botte, y fit apparaître des flammes des enfers et para le coup de son ennemie. Les lames résonnèrent en se touchant. Les yeux écarquillés, Jeanna virevolta et recula d'un pas.

— Tu ne croyais quand même pas que tu étais la seule à avoir une lame, j'espère ? gloussa Harper.

Il semblerait que si. Jeanna avait cru qu'elle n'aurait aucun mal à buter Harper, le meilleur moyen d'assouvir sa vengeance. Son hypothèse se révélait erronée. Harper avait appris l'art du combat et le maniement de l'épée avec des elfes, et ces démons ne savaient pas se battre à la loyale. Ils trichaient tout le temps et étaient particulièrement sanguinaires.

— Tu es sûre de vouloir faire cela ?

L'expression sur le visage de Jeanna ne laissait aucun doute sur son état d'esprit. Harper attaqua d'un geste souple et visa les points faibles de son adversaire, son visage, son cou et sa poitrine. Elle était rapide, précise. Elle ne cessait pas de bouger et maintenait la pression. Les lames s'entrechoquaient dans un grand bruit métallique.

Jeanna ne montrait aucune hésitation. Elle était aussi douée pour la parade que pour l'attaque et évitait que Harper ne la touche de ses mains. Harper remarqua sa grande assurance et son aisance avec son arme. Elle ne commettait pas l'erreur de débutant qui consistait à chercher à toucher la lame de son ennemie. Elle tentait plutôt de faire mouche à chacune de ses attaques.

Et elle réussit quelques instants plus tard. Harper eut mal quand la lame pénétra dans ses chairs comme un couteau dans du beurre. Le premier coup était toujours un choc, allez savoir pourquoi. Ce qui la surprit le plus en revanche fut le cri qui lui résonna dans la tête.

Putain de dague magique !

Harper entendit les magiciens qui arrivaient tels des vautours. Or le bouclier de Jeanna les empêchait de s'approcher plus près. La situation était désespérée. Ce serait génial de tuer Jeanna et d'éviter de se faire empaler sur sa dague, sauf qu'elle ne bénéficierait alors plus du bouclier qui les protégeait contre les adeptes de magie noire.

Hautement déterminée, Harper se rua une nouvelle fois sur Jeanna. Elle l'attaqua sans relâche, refusant de se laisser distraire par les cris du démon mort chaque fois que son ennemie la touchait. Une odeur de chair cuite se répandit dans l'air, tandis que le feu des enfers qui continuait à jaillir du stylet de Harper brûlait Jeanna en la touchant, ce qui ravissait sa démone inférieure.

— On dirait que tu as la lèpre, Jeanna, lui dit-elle.

— Tu vas mourir ! s'exclama celle-ci en giflant Harper.

Putain ! Les larmes lui montèrent aux yeux, obscurcissant sa vision. Jeanna en profita pour frapper Harper à la poitrine, lui entaillant profondément la peau. L'impact et le cri de la dague de Jeanna la firent tressaillir. Merde ! la blessure était profonde et elle sentait son sang refluer vers la surface, mais elle refusa de s'arrêter le temps d'examiner la plaie. Elle détourna le regard de Jeanna, dont le visage avait revêtu une expression de profonde satisfaction. Elle allait bientôt mourir.

La peur s'insinua en elle. Elle allait perdre. Jeanna était plus forte, plus rapide qu'elle. Harper ne parviendrait jamais à la vaincre, elle ne réussirait pas…

Harper repoussa ces pensées défaitistes que lui inculquait son adversaire. Elle virevolta et assena un grand coup à Jeanna en plein ventre. Cette dernière riposta d'une estocade que Harper évita en se retournant et en enfonçant son stylet dans les côtes de la jeune femme, faisant jaillir le sang, qui imprégna vite son tee-shirt.

— Voilà, on est quittes.

La peau de Jeanna crépitait sous les flammes des enfers. Trépignant de rage, elle lança plusieurs boules de feu des enfers à Harper, dont une l'atteignit à la jambe et une autre lui effleura la tempe.

— Ça t'amuse de lancer ça, je vois. Et bien, regarde ce que moi je sais faire !

Sentant l'adrénaline couler dans ses veines, Harper arracha une de ses épingles à chignon, fit jaillir le feu des enfers à sa pointe, la lança et atteignit la garce à l'épaule.

Le choc et la colère arrachèrent un grand cri à Jeanna.

— Ça fait très, très mal, déclara-t-elle en arrachant l'épingle et en la jetant au loin.

Euh… c'était le but recherché !

Harper éprouva alors une vague appréhension et même une certaine angoisse. Elle comprit que Jeanna redoublait d'efforts pour faire monter la peur en elle. Elle crispa les mâchoires et lutta pour se protéger. C'était très dur. Pas encore complètement remise de la morsure d'Isla, elle sentait son énergie psychique diminuer rapidement. Mais bon…

— Ça ne marchera pas, Jeanna. Tu ne réussiras pas à me réduire en une pauvre petite loque larmoyante comme toi dans les toilettes l'autre fois. Quoi ? Ce n'est pas vrai ? la nargua-t-elle en l'entendant lancer une volée d'injures.

Jeanna l'attaqua encore une fois. Harper parait chacun de ses coups. Elle sentait que les magiciens les observaient, qu'ils s'attendaient à ce qu'elle perde, qu'elle meure entre les mains de Jeanna. Ou alors, qu'elle gagne et qu'ils réussissent à s'emparer d'elle. Quelle que soit l'issue du combat, Harper se retrouverait perdante.

Jeanna se retourna pour éviter un coup de Harper et la heurta à la cuisse. *Merde !* pensa-t-elle, *je vais avoir un bleu et Knox ne sera pas content.*

Ne faisant aucun cas de la douleur et des gouttes de sueur qui ruisselaient sur ses tempes, Harper tenta de contrôler un peu mieux sa respiration, qui était devenue superficielle. Elle commençait à ressentir la fatigue tant physique que psychique. Elle perdait aussi beaucoup de sang de toutes les estafilades et les plaies que lui avait infligées son ennemie sur les joues, la poitrine et les bras. Jeanna aussi avait pris des coups. Sa peau était marquée de cloques là où elle avait été brûlée par le feu des enfers qui jaillissait à la pointe du stylet de Harper. Une odeur horrible régnait.

— Merde ! Jeanna, tu es tout simplement dégoûtante.

Furieuse, hors de contrôle, Jeanna se mit à l'attaquer n'importe comment. Elle aurait dû se méfier, faire preuve d'un peu plus de discernement. Jacques avait sans doute raison : elle était trop orgueilleuse. Harper lui donna un coup de pied au genou et la jambe de Jeanna flancha. Puis elle planta sa lame dans le ventre de la pouffiasse. Sidérée, celle-ci laissa tomber son arme, écarquilla les yeux et prit une longue inspiration. Harper tourna son stylet avant de le retirer puis le ficha dans son cou en même temps qu'elle lui assenait un grand coup de poing dans le plexus solaire pour lui infliger une douleur à l'âme.

Son visage exprimant une atroce souffrance, Jeanna émit quelques gargouillis et leva les mains vers le couteau tandis que son sang jaillissait. Elle vacilla une fois avant de tomber au sol, le regard vide. Harper reprit son stylet et l'essuya sur le tee-shirt de son adversaire, qui expira quelques instants plus tard. Le bouclier disparut ensuite assez rapidement.

Les adeptes de magie noire l'encerclèrent, prêts à lui sauter dessus. Harper avait saisi sa deuxième épingle à chignon et avait fait venir les feux des enfers. Si elle devait mourir là, ce ne serait pas avant d'avoir buté au moins un de ces connards avant. Les six magiciens échangèrent de longs regards. Elle supposa qu'ils allaient lui lancer un sort, qu'ils…

Mais elle sentit un esprit venir caresser le sien.

— *Knox ?*

— *Je te vois*, dit-il d'une voix rauque et grave.

Son instinct lui dicta de regarder vers la gauche et elle l'aperçut, au milieu du champ, l'air décontracté.

— *Ne t'approche pas de la maison.*

— Il est là ! entendit-elle quelqu'un crier d'en bas. (Tous les magiciens ne se trouvaient donc pas sur le toit avec elle.) Prenez vos positions, vite.

Ils disparurent alors tous, sauf un.

— Si tu la veux, viens la chercher, dit ce dernier magicien avec un sourire narquois avant d'être interrompu par une énorme bête noire qui venait de sauter sur le toit et de se ruer sur lui.

C'était Tanner. Il déchiqueta littéralement le magicien de ses griffes et de ses crocs.

— Allez, le sphinx, on y va, lui dit une voix familière.

Harper sourit en voyant Larkin en vol stationnaire avec ses belles grandes ailes noires comme la nuit.

— Il était temps que vous arriviez, bande de nazes.

Larkin gloussa, attrapa Harper par la taille et décolla du toit pour s'éloigner et…

Bordel de merde ! elles étaient rentrées dans un mur. Elles retombèrent lourdement au sol. Mais il n'y avait pas de mur, découvrit Harper en fronçant les sourcils. Elle tendit la main et heurta quelque chose de solide qui émit une lumière blanche, comme une ampoule. Elles étaient enfermées derrière un mur d'énergie, prisonnières du cube prévu pour Knox. Deux magiciens s'approchèrent d'elles tandis qu'elles se relevaient. Harper avait perdu ses armes en tombant. Merde !

— On détient ta compagne et deux de tes sentinelles. Veux-tu qu'on les libère ?

Knox ne répondit pas. Il ne bougea pas, l'air calme, comme à son habitude. Ses yeux sombres ne révélaient rien.

— Si tu veux qu'on les libère, tu n'as qu'à changer de place avec eux ! continua le magicien.

Il était nerveux, cela se voyait, mais content aussi, confiant qu'il allait obtenir ce qu'il voulait. C'était cela qui angoissait le plus Harper, car cela signifiait que leur cube devait être vraiment très solide.

— Leurs vies en échange de la tienne.

Knox ne réagissait toujours pas. Il n'avait même pas l'air perturbé.

— Si tu ne nous accordes pas ce qu'on te demande, déclara le magicien en se léchant les lèvres nerveusement, on va les tuer.

— Non, dit Knox sur un ton froid mais terriblement menaçant, vous ne le ferez pas.

Chapitre 21

Le passé et le présent entrèrent en collision pour Knox quand il aperçut Harper, blessée, qui risquait de mourir sous ses yeux. Il eut du mal à contenir sa furie. Il avait été le témoin de l'assassinat de ses parents et n'acceptait pas de revivre cela avec Harper. Il ne permettrait à personne de lui ravir sa compagne. Le danger qu'elle courait mettait son démon dans une grande colère, et il ne connaissait qu'un seul exutoire.

— Rends-toi et nous les libérerons, cria le magicien, qui tenait un couteau sur la gorge de Harper. Sinon, elle mourra.

— Relâche-la, ou vous mourrez tous, gronda Knox, sentant la colère monter en lui et se mêler à la furie de son démon.

— Nous savons ce que tu es, hurla le magicien avec un sourire suffisant mais un peu incertain tout de même. Tu es Lucifer en personne !

Knox aurait assurément ri s'il n'avait pas été tellement furieux qu'il risquait d'en perdre la tête. Harper et Larkin ne se privèrent pas de s'esclaffer.

— Non, rétorqua Knox, je ne suis pas Lucifer. Je suis cent fois pire que lui.

Il libéra le pouvoir qui circulait dans ses veines, laissant l'air ambiant s'emplir de ce qui lui avait donné naissance, de ce qui vivait en lui. Le sol trembla et des flammes apparurent, lui entourant le corps et lui léchant la peau. Le feu dont il était la source apparut et l'engouffra.

— Vous allez mourir.

— *Merde!* pensa Harper.

Tous ses poils se hérissèrent tandis qu'un gros nuage épais et gris, l'air presque vivant et agressif, s'élevait au-dessus de Knox en tourbillonnant et en bouillonnant. Puis une brume rouge apparut et la lune, qui était jusque-là du blanc lumineux le plus pur, se voila de la couleur pourpre du sang. Pire encore, les flammes qui avaient encerclé Knox commencèrent à se diriger vers la maison, laissant derrière elles un sillage de cendres rouge et noir. La silhouette de feu s'avançait.

— Les flammes des enfers! s'exclama le magicien qui retenait Harper en essayant de l'attirer à sa suite.

Harper se laissa tomber de tout son poids, et le magicien vacilla et bascula vers l'avant. Elle lui balança un grand coup de poing sur un pied, laissant le pouvoir protecteur qui l'habitait l'atteindre et lui infliger une violente douleur à l'âme. Il cria et elle en profita pour récupérer son stylet sur le sol, y faire apparaître le feu des enfers et lui en assener un grand coup porté vers le haut qui l'atteignit droit au cœur.

Elle retira son poignard, recula d'un pas et du sang lui éclaboussa le visage. Quelle horreur! Le magicien chuta lourdement au sol. Harper se tourna alors vers Larkin et la vit achever le second adepte de magie noire à mains nues.

Harper aurait exprimé toute son admiration pour la harpie si son attention n'avait pas été attirée par autre chose.

— On est encerclées, observa-t-elle.

Le cube magique érigé autour de la maison était entouré de flammes hautes d'au moins trois mètres. Plus étrange encore, ce feu n'émettait aucune fumée.

— Le cube résiste aux flammes, constata-t-elle.

Personne n'avait donc pu s'échapper.

— Les magiciens voulaient l'emprisonner dans ce cube mais ils se sont fait prendre à leur propre piège.

C'en était presque risible.

— Penses-tu que les flammes vont entamer le cube ? s'enquit Larkin en essuyant le sang qui lui coulait du nez.

— Rien ne peut résister aux flammes des enfers. Où est Tanner ?

Harper leva les yeux vers le toit pour essayer de le voir ou de l'entendre. Difficile cependant de capter quoi que ce soit avec le rugissement des flammes qui attaquaient le cube magique.

— Les magiciens se sont tous réfugiés là-haut. Ils doivent penser qu'ils y sont plus en sécurité.

Mais il n'existait aucune protection contre les flammes des enfers.

— *Tanner ? Tanner ?* appela Harper.

— Il ne répond pas à mes messages télépathiques, dit-elle.

— Ni aux miens. Il doit être encore sous sa forme démoniaque, déclara Larkin en s'envolant à la verticale, battant gracieusement des ailes pour se maintenir en vol stationnaire. Je le vois. Il est allongé sous une sorte de filet magique, mais il est conscient, et très en colère.

— Peux-tu le rejoindre ?

— Pas sans approcher les magiciens d'un peu trop près. Ils risquent de m'attaquer.

— Ils ont des problèmes un peu plus urgents, je pense, dit Harper en observant le mur psychique à côté d'elle. Regarde.

— Quoi ? demanda Larkin en se tournant vers l'endroit qu'indiquait Harper, où elle remarqua des trous qui ressemblaient à des brûlures de cigarettes. Les flammes sont hors de contrôle, ajouta-t-elle en se posant lentement à côté de la jeune femme.

Le feu, magnifique et létal, avait effectivement l'air incontrôlable.

— Knox ne nous fera pas de mal.

— Sauf que ce n'est pas Knox.

— C'est vrai, constata Harper en apercevant une silhouette de feu à travers les flammes qui les encerclaient. Il faut aller chercher Tanner, dit-elle en voyant les trous s'élargir sur le haut du cube.

— Je refuse de te laisser seule, déclara Larkin d'une voix ferme, implacable. Tu es la compagne de Knox et j'ai juré de te protéger.

— C'est super, vraiment, mais je n'aime pas savoir Tanner là-haut avec eux.

Elles virent alors les magiciens former un cercle et scander quelque chose, main dans la main.

— Que font-ils maintenant ? demanda Larkin.

— Ils sont sans doute en train de lancer des contre-sortilèges, dit Harper, qui jugeait cette tentative futile. Espérons que cela les distraira assez longtemps pour qu'on puisse rejoindre Tanner. S'ils ont besoin de se tenir les mains pour faire leurs simagrées, ils ne rompront pas leur cercle pour lui.

Détectant un mouvement dans sa vision périphérique, Harper tourna la tête et se retrouva face à face avec la silhouette de feu de son compagnon. Même sa démone se méfiait de lui. Ils n'étaient plus séparés que par les flammes et la paroi du cube qui se désintégrait. Elle ne distinguait ni les yeux ni les traits du démon, mais elle savait qu'il la voyait.

— *Knox ? Knox ? Tu m'entends ?*

Mais seul le silence lui répondit. Ses paroles ne semblaient pas capables de pénétrer le bouclier que le feu avait érigé entre eux. La silhouette recula lentement d'un pas et fut engloutie par les flammes.

— Où sont passés Levi et Keenan ?

— Ils n'ont pas pu nous accompagner. Les démons du clan d'Isla ont disjoncté et Knox ne voulait pas rester là-bas pour régler ce problème tandis que tu étais entre les mains des magiciens. Les trous semblent s'élargir encore là-haut, dit Larkin en levant les yeux. Je t'emmène avec moi dès qu'on peut sortir.

— Pas sans Tanner, dit Harper. On ne le laisse pas.

— Je reviendrai le chercher.

— On part avec lui, Larkin. Allons le chercher maintenant. Je sais que c'est dangereux. Les magiciens pourraient être tentés de me capturer de nouveau s'ils me voient. Mais Tanner risque d'y passer s'il est encore là-haut quand les flammes traverseront le cube.

— Comme tu veux, grogna Larkin. Si ces enfoirés te font prisonnière, je te buterai moi-même.

— Tu peux toujours essayer.

Larkin poussa un nouveau grognement et s'envola jusqu'au toit en portant Harper.

Heureusement, Tanner n'était pas dans le cercle qu'avaient formé les magiciens, mais l'un d'entre eux aperçut les deux filles qui essayaient de soulever le filet psychique qui recouvrait la sentinelle.

Il rompit le cercle et s'avança vers elles mais Harper se redressa rapidement, tenant à la main son stylet à la pointe duquel jaillissaient des flammes des enfers.

— Si tu essaies de me retenir, tu seras le premier que Knox tuera quand il arrivera.

— À quelle espèce appartient-il ? voulut savoir le magicien. Tu veux mourir, c'est ça ? grogna-t-il devant son silence. Regarde autour de nous. Si tu nous le dis, on pourra l'arrêter.

Les parois du cube étaient criblées de trous. Il commençait à ressembler à un morceau de gruyère.

— Allez tous vous faire voir, articula-t-elle en détachant bien toutes les syllabes.

Le chien des enfers, qui avait réussi à se libérer, poussa alors un grognement qui fit sursauter les magiciens.

— Peut-être qu'il arrêtera si on lui propose de lui rendre sa fiancée ? proposa un des magiciens.

— Il ne nous entendra pas avec le bruit des flammes. On est tous morts, conclut un autre quand les parois du cube se mirent à émettre des flashs avant de se désintégrer entièrement.

Tout le monde s'immobilisa sur place.

Les flammes attaquèrent alors la maison, et Harper, Larkin et le chien des enfers s'éloignèrent rapidement. Elles étaient si hautes qu'elles passaient par-dessus le toit, et si épaisses et hors de contrôle que Larkin ne voyait pas comment les en éloigner tous.

— On serait plus en sécurité à l'intérieur, dit un vieux magicien, l'air effrayé. La maison est protégée, elle résistera aux flammes.

— Non, fit un de ses collègues en secouant la tête. Le sortilège de protection ne fera que retarder la fin. Si tu ne nous dis pas ce qu'il est, si nous ne l'arrêtons pas, tu mourras avec nous. Tu…

Il s'interrompit pour pousser un long hurlement tandis qu'une flamme s'élevait soudainement dans les airs et s'enroulait autour de lui tel un boa constricteur.

Une deuxième flamme attrapa une magicienne par la gorge et la propulsa dans le feu. Puis une troisième, noire, se dressa et tel un fouet agrippa par la cheville un magicien qui tentait de scander une incantation. Il tomba à plat ventre, appela au secours et s'éloigna en rampant, mais les flammes l'attirèrent inexorablement vers le feu.

— Harper, on va mourir aussi si les flammes continuent ! cria Larkin, le visage rougi par la chaleur.

Elle avait raison, mais le démon qui les contrôlait ne semblait pas pressé de les arrêter. Il restait là debout calmement à regarder la destruction qu'il semait autour de lui. Les flammes léchaient les murs de la grande maison, prêtes à l'engloutir. À chaque inspiration, Harper sentait l'air brûlant entrer dans ses poumons et sa poitrine se resserrer.

— Dis-lui d'arrêter ! Gueule un bon coup par télépathie !

— Il a érigé un bouclier de feu que mon esprit ne parvient pas à pénétrer.

Harper essaya une nouvelle fois de le joindre, mais en vain.

— S'il n'arrête pas, on va tous y passer.

Harper s'apprêtait à la rassurer, à lui dire que Knox allait arrêter quand elle se rappela qu'il lui avait dit : « *Si quelque chose t'arrive, si on t'enlève à moi, je perdrai le contrôle.* » Et aussi : « *Je les ferai tous payer. Et je ne m'arrêterai pas là. Cela ne suffira pas. Ni pour moi, ni pour mon démon. Il y aura beaucoup de morts, de destruction.* »

Elle venait enfin de comprendre la gravité des propos qu'il lui avait tenus. Là, avec les flammes qui engloutissaient tout, les cris des magiciens agonisants et la maison qui commençait à vaciller sous leurs pieds.

Désespérée, Harper se rua psychiquement contre le bouclier de feu qu'avait érigé Knox. Elle en souffrit, mais ne s'arrêta pas. Son esprit cogna contre le sien, elle lança son propre bouclier contre le mur de feu, fit appel à toutes ses dernières ressources et…

Harper se recroquevilla quand une fêlure apparut dans son bouclier. Son esprit fut envahi par une chaleur suffocante qui s'insinua en elle en brûlant tout sur son passage. Une douleur atroce lui fit arquer le dos tandis qu'elle descendait le long de sa colonne vertébrale, lui brûlant la peau au point qu'elle se mit à grésiller. Elle eut mal partout, à chacune de ses vertèbres, chaque nerf, chaque muscle et chaque ligament.

Des larmes lui brûlèrent les yeux. Elle allait mourir. Elle en était sûre. Personne ne pouvait survivre à cela.

Sa démone paniqua et voulut émerger pour lui porter secours. Mais elle était prisonnière. Harper poussa un nouveau cri et éprouva une douleur fulgurante dans le dos entre les omoplates. Puis elle sentit ses os grincer et sa peau se boursoufler, se craquelant sous l'assaut des flammes. Elle percevait même l'odeur de sa chair brûlée. Puis elle sentit sa peau se soulever dans son dos. Elle poussa un long hurlement et…

La douleur s'était arrêtée. Elle n'avait plus mal.

— Oh mon Dieu !

Harper s'apprêtait à dire quelque chose en réaction à l'exclamation de Larkin quand elle se rendit compte qu'un grand changement s'était produit. Quelque chose de particulièrement étrange et inattendu. Qui n'émeut pas sa démone cependant.

— Tu as des ailes, Harper !

Euh… quoi ? Larkin devait faire erreur. Harper jeta un œil derrière elle et…

— Oh, mon Dieu ! s'exclama-t-elle.

Elle avait vraiment des putain d'ailes. Des ailes arachnéennes, légères comme l'air, rouge, noir et or. Eh ben, dis donc.

La maison trembla encore une fois. Elle n'allait plus tenir très longtemps.

— Harper, si tu peux faire quelque chose, fais-le maintenant.

Il ne lui restait plus qu'une chose à tenter. Peut-être que ça ne marcherait pas mais elle n'avait pas d'autre idée. Elle prit donc une longue inspiration et se releva, partit en courant et se jeta dans les flammes, sur la silhouette de feu. Parce que Knox lui avait aussi dit autre chose : *« Ces flammes ne te brûleront pas, Harper. Elles font partie de moi et, tu as raison, jamais je ne te ferai de mal. »*

Elle aurait aimé pouvoir dire qu'elle s'était envolée mais il aurait été plus juste de dire qu'elle monta en flèche à travers les flammes, et, putain, quelle chaleur ! Elles lui brûlèrent la peau et chacune de ses terminaisons nerveuses. Mais elles ne lui firent aucun mal. Elle percuta sans grâce la silhouette de feu, prête à l'emporter au loin. Pas encore très expérimentée en matière de vol cependant, elle perdit l'équilibre et ils se retrouvèrent au sol où ils roulèrent plusieurs fois sur eux-mêmes.

Quand enfin ils s'arrêtèrent, Harper se retrouva à califourchon sur Knox et sentit qu'elle s'était sans doute fracturé une ou deux côtes et peut-être même le crâne, mais elle préféra se concentrer sur la silhouette de feu.

— Knox, arrête ! l'exhorta-t-elle.

Mais il resta silencieux et le feu ne s'estompa pas.

— Arrête, hurla-t-elle.

Elle s'apprêtait à le marteler de coups de poing quand les flammes se mirent à se dissiper lentement, en commençant par sa tête, et disparurent peu à peu du reste de son corps.

— Merci, merde, quoi !

Des prunelles noires croisèrent son regard.

— Tu es mienne, éructa le démon qui avait émergé, comme si elle était la seule chose qui comptait pour lui.

— Oui, d'accord, dit-elle. Mais ce n'est peut-être pas le plus important juste là maintenant. Knox, merde ! réponds-moi.

Le démon cligna des yeux puis Knox reprit sa place et la regarda en fronçant les sourcils.

— Harper, fit-il dans un grognement guttural.

— Knox, arrête le feu tout de suite !

Elle se demanda si cela était toujours vraiment aussi facile pour lui. En effet, il n'avait eu qu'à balayer les environ du regard et les flammes s'étaient estompées rapidement, disparaissant presque à vue d'œil.

— J'ai eu si peur, dit-elle, émotionnellement chamboulée en posant le front sur son torse et en haletant. Je craignais que tu ne reviennes jamais.

— C'était dangereux en effet, dit-il en s'asseyant et en l'embrassant sur la tempe.

Il ne désirait qu'une seule chose, récupérer Harper. Et pour l'obtenir il était prêt à tout détruire sur son passage.

Sa colère lui avait embrouillé les idées et il était incapable de penser à autre chose qu'à elle. Il en avait oublié jusqu'à ses sentinelles.

Seuls l'odeur de Harper, le son de sa voix, son contact avaient pu le sortir de cet état. Même alors que la jeune femme était en sécurité dans ses bras, son démon avait refusé de céder la place, prisonnier de sa rage et rendu ivre par son pouvoir. Il était né pour détruire et, lancé dans cette voie, ne pouvait plus s'arrêter. Cependant, son union avec Harper avait beaucoup stabilisé Knox et lui avait donné la force de le maîtriser et de reprendre le contrôle.

Les flammes disparurent enfin entièrement et Harper sentit son ventre se nouer et son cœur battre la chamade. Il n'y avait plus rien. La maison avait entièrement disparu. Il n'y avait aucune trace de Larkin, ni de Tanner. Pas même un cadavre carbonisé. Il ne restait plus que des cendres noir et rouge. Non, non, non…

— Vous n'avez pas vraiment bonne mine, tous les deux.

Harper suivit le regard de Knox et aperçut la harpie et le chien des enfers, qui avait repris sa forme humaine. Ils s'approchaient en titubant. Heureuse de les voir sains et saufs, Harper eut envie de sourire.

— Je vous croyais morts tous les deux, putain ! grogna-t-elle à la place.

— Quand les flammes ont commencé à s'estomper, j'en ai profité pour m'extirper de ce brasier avec Tanner, expliqua Larkin.

— Ça va ?

— Ce n'est pas comme si c'était la première fois qu'il essayait de nous cramer, rétorqua Tanner en esquissant un geste désinvolte de la main.

Harper ne sut que répondre.

— Quelles belles ailes, chuchota Knox en les caressant du bout des doigts. Elles sont si douces et brûlantes ! Je me souviens du moment où tu as réussi à traverser mon bouclier, dit-il, ses souvenirs embrouillés par la colère qui l'avait assailli. Mon pouvoir s'est déversé en toi.

Et avait donné à ses ailes l'impulsion nécessaire pour se matérialiser enfin.

— C'est très courageux ce que tu as fait, Harper. Stupide, mais courageux, déclara Tanner d'une voix sévère.

— Les flammes ne peuvent pas me faire de mal, ni dedans, ni dehors, rétorqua-t-elle en se frottant le nez contre celui de Knox. Et si on rentrait à la maison maintenant ?

— Comme tu veux, répondit Knox en l'embrassant sur le front.

Allongé sur son côté du lit, Knox regardait sa compagne aller et venir, revêtue uniquement d'une culotte et d'un débardeur. Elle parlait à Jolene au téléphone. Une autre personne aurait sans doute souhaité passer un moment seule pour assimiler ce qu'elle avait vécu. Après tout, sa vie avait été menacée et elle avait vu son compagnon détruire presque tout autour de lui. Mais pas Harper. Elle ne l'avait pas quitté d'une semelle depuis leur retour à la maison, avait même insisté pour qu'il la rejoigne dans son bain. C'était peut-être sa manière à elle de le rassurer, de lui montrer qu'il ne l'effrayait toujours pas ou, à tout le moins, pas assez pour qu'elle le quitte.

— Mamy, je vais bien, je te le jure. Bien sûr que je suis sortie de la maison par mes propres moyens, pour qui tu me prends ? Il ne reste plus qu'un tout petit tas de cendres. Trop tard pour réduire cette baraque en gravats. D'après Levi et Keenan, les démons du clan d'Isla sont tous partis et l'ordre a été rétabli à l'hôtel. D'accord, passe-le-moi, l'entendit-il dire au téléphone en soupirant exagérément. Salut, Lucian. Je vais bien. Knox est venue me chercher. Non, Knox n'est pas un psychopathe.

Elle loucha pour faire rire Knox.

— Je vais passer demain, promis. Tu verras que tout va bien. Mais là je suis fatiguée et j'ai besoin de dormir. Toi aussi, d'ailleurs, si les rumeurs qui circulent à ton sujet disent vrai. Toi et la tante de Raini. Arrête, épargne-moi les détails, je ne t'ai jamais dit que je voulais savoir si c'était vrai. Je te reparlerai demain. Au revoir, dit-elle avant d'expirer longuement et de reposer son téléphone sur une commode.

— Viens là, l'appela Knox.

Il poussa un grognement sourd de satisfaction quand elle se glissa sous les couvertures et se blottit contre lui. Une si petite chose et il avait failli perdre son légendaire self-control pour elle. Mais bon, elle l'avait aussi aidé à le retrouver quand le pouvoir et la rage avaient pris le dessus.

Harper ferma les yeux en sentant les mains de son compagnon la caresser de manière à la fois possessive et révérencieuse, comme s'il avait juste besoin de ce contact.

— Isla est morte, je suppose.

— Je lui ai fait bouffer une boule de feu des enfers, expliqua-t-il, son démon esquissant un sourire à ce souvenir. Je suis arrivé chez les magiciens juste au moment où tu transperçais le cou de la fausse Kendra avec ton stylet.

— Elle s'appelait Jeanna, répondit Harper en rouvrant les yeux. Elle est bien morte. Ah oui ! le démon qui m'a kidnappée, il s'appelle Jacques, il me semble, dit-elle en claquant des doigts comme si elle se rappelait quelque chose. Il l'attendait…

— Dans les bois, oui. Tanner l'a buté.

— Bien, dit-elle tandis qu'il caressait du doigt une plaie à moitié guérie. Je vais bien, tu sais, le rassura-t-elle, la plupart de ses blessures ayant déjà presque entièrement disparu.

— Tu aurais pu ne pas t'en sortir. Les magiciens auraient pu te tuer avant même que je me rende compte que tu n'étais plus là, s'ils l'avaient voulu.

— Mais ils ne l'ont pas fait. Je ne suis pas si facile que ça à tuer, tu sais.

Knox glissa une main sous son débardeur et la referma sur son sein.

— Je voudrais que tu sois encore plus difficile à tuer.

Elle arqua le dos tandis qu'il lui caressait le sein presque distraitement.

— Tu as raison, dit-elle.

Puis elle sourit quand il déplaça sa main pour la passer sur la trace de ses ailes dans son dos.

— Elles sont vraiment géniales, mes ailes, je trouve.

Elles s'étaient résorbées une vingtaine de minutes après leur retour à la maison. Il lui faudrait demander aux autres sphinx de sa famille comment les contrôler.

— Oui, c'est vrai, convint-il.

Il avait évidemment remarqué qu'elles étaient de la couleur des flammes des enfers. Il ignorait cependant ce que cela signifiait. Peut-être un simple reflet de son pouvoir à lui. Rien de bien inquiétant dans tous les cas. Il aurait du mal à trouver le repos tant que sa peur de la perdre ne se serait pas entièrement dissipée.

— C'est bon, je suis en sécurité maintenant, dit-elle en l'entendant grincer des dents.

— Quand j'ai vu que tu avais disparu, dit-il en appuyant son front contre celui de sa compagne, j'ai failli perdre la tête. Cela faisait une éternité que je n'avais pas éprouvé de la peur.

Il avait toujours su, intellectuellement parlant, qu'il perdrait le contrôle si elle disparaissait. Sauf qu'il n'avait pas imaginé à quel point il aurait peur et combien il paniquerait en apprenant qu'elle avait été enlevée.

— J'ai trouvé que tu avais très bien réagi, répondit-elle en l'embrassant sur la bouche. Tout bien considéré.

Il esquissa un sourire, comme elle l'avait espéré.

— Ouais, mais bon, j'ai fait apparaître les flammes des enfers.

— Merci d'être venu me chercher, gloussa-t-elle en l'embrassant de nouveau.

— Je ne pouvais pas ne pas le faire, dit-il. Tanner pense que je suis amoureux de toi. Mais est-ce de l'amour que je ressens ? Je ne sais pas. Ce que j'éprouve pour toi n'est pas du tout romantique, ni tendre ou sentimental. C'est sombre, violent et beaucoup plus intense que les notions qu'on associe habituellement avec le mot « amour ». Quoi qu'il en soit, poursuivit-il en lui caressant le bras puis en lui prenant la main et en lui effleurant la paume du pouce, ce que j'éprouve pour toi est assez fort pour que tu tiennes mon âme dans ta main.

— Ce n'est que justice, rétorqua-t-elle, les larmes lui montant aux yeux, vu que je t'ai déjà donné la mienne.

Il était beaucoup plus doué pour les belles paroles qu'il ne le prétendait.

Knox l'embrassa alors passionnément, avec cette émotion qu'il ne savait pas nommer, pour la lui communiquer. Levi lui avait dit qu'il ne vivait plus que pour elle. L'Ankou ne s'était pas trompé. Knox était très âgé et savait ce qu'était la vie sans Harper. Il refusait de retourner à cette sorte de torpeur qu'il avait éprouvée avant de la connaître. Son démon aussi d'ailleurs.

Il passa la main dans sa chevelure soyeuse et l'embrassa de nouveau, goûtant intensément sa saveur avant de la retourner sur le dos. Puis il lui suça la lèvre inférieure.

— Tous les hommes fantasment sur ta bouche, mais elle m'appartient. Je suis le seul à pouvoir la prendre, la baiser.

Et comme pour souligner ce qu'il venait de dire il inséra la langue entre les lèvres pulpeuses de sa compagne pour caresser la sienne. Son baiser était dominant, possessif, marqué par la peur et l'appréhension qui continuaient de bouillir en lui. Il avait besoin de la prendre, de la revendiquer et de la posséder si totalement qu'elle ne serait plus jamais libre, pas plus qu'il ne l'était.

Il remonta sa main sous son débardeur, lui empoigna le sein dans un geste possessif et serra. Elle gémit doucement, et son sexe déjà dur et prêt à s'enfouir en elle réagit encore davantage.

— Je veux que tu sois bien excitée, dit-il.

Il lui pinça alors le téton et dirigea sa main vers son ventre musclé avant de la glisser sous sa culotte et de caresser son intimité. Il allait se passer des doigts psychiques. Il voulait sentir sa peau sous ses mains.

Harper enroula les jambes autour de lui quand il inséra deux doigts en elle et commença à masser sa zone sensible. Il y passait et repassait les doigts de manière experte, la contournait et s'y arrêtait, lui procurant des sensations absolument extraordinaires.

De sa main libre, il releva son débardeur et admira la généreuse poitrine de sa compagne.

— Mes marques commencent à s'estomper, il faudra les rafraîchir.

Puis il aspira un de ses tétons et le suça fortement.

Harper gémit, retira son débardeur et le lança au loin. Chacune des succions sur son téton envoyait des éclairs de plaisir intense jusque dans son intimité. Il lui mordilla le sein et elle tressaillit. Elle ne lut aucun regret dans le regard sombre qui croisa le sien, uniquement de la possessivité pure et dure. Elle ne put réprimer un sanglot quand il retira ses doigts.

— Assez de préliminaires. Baise-moi, souffla-t-elle.

Elle sentait son ventre se nouer du désir de sentir son sexe la remplir.

— Non, je veux prendre mon temps.

Knox la suça, la mordilla sur tout le corps. Chaque petit bout de sa peau était gravé dans sa tête, pas uniquement sa saveur, son odeur ou sa douceur, mais aussi chaque courbe, creux, tache de rousseur ou de naissance. Il lécha les contours de la marque de son démon sur son intimité.

— Je vais te goûter, te prendre et tu jouiras sous moi.

Knox planta alors les doigts dans ses cuisses et inséra sa langue dans son intimité. Sa saveur explosa en lui et fit réagir son sexe déjà si dur qu'il en était douloureux. Il la lécha, la suça et la titilla goulûment. Il ne se repaîtrait jamais d'elle. Jamais. Il aurait toujours besoin d'elle.

— Baise-moi, dit Harper en lui tirant sur les cheveux tandis que sa langue s'insérait entre les doux replis de son intimité.

Il sortit un peu la langue et caressa sa zone sensible. Elle se rendit compte qu'il écrivait son nom du bout de la langue.

— Allez, Knox, baise-moi.

Il se mit sur les genoux et avança sur elle, une expression de désir à l'état pur sur ses traits virils.

— Mouille-moi, dit-il.

Il avait proféré sa requête avec tellement de force et de domination qu'elle en frissonna. Elle ouvrit la bouche et il inséra son sexe entre ses lèvres pulpeuses. Il enroula ses cheveux autour de ses poings et fit glisser son membre dans la bouche de Harper tout en la regardant comme si elle était la chose la plus fascinante qu'il avait vue dans sa vie.

Il lutta contre le désir de rester dans la chaleur de sa bouche, cessa de bouger et s'installa entre les jambes de la jeune femme.

— Prête ? demanda-t-il.

Elle acquiesça d'un signe de tête et il s'enfouit en elle atrocement lentement. Elle planta les ongles dans son dos pour l'exhorter à se hâter mais il n'obtempéra pas. Il continua ainsi jusqu'à ce qu'il soit entièrement en elle.

— Vas-y, baise-moi fort.

Knox se releva et ne donna qu'un tout petit coup de reins.

— Quand je serai prêt, rétorqua-t-il.

Il imprima un rythme lent et sensuel à ses va-et-vient, ne détachant jamais son regard de sa compagne. Plongeant en elle profondément, il l'embrassa et mit toute sa passion dans son baiser. Elle le reçut avec la même intensité en émettant des petits gémissements et des grognements qui l'excitèrent davantage. Il la huma, la goûta et la sentit dans ses veines, dans ses os.

— Plus fort, demanda-t-elle en sursautant tant il s'abattit violemment sur elle. Merde !

Il plaça une de ses jambes sur son épaule et accéléra la cadence jusqu'à lui assener des coups de boutoir sauvages, comme pour la marquer. Elle sentit les muscles lisses de son dos se gonfler sous ses mains dans l'effort. Croisant son regard, elle y lut du plaisir, l'âpre désir de la posséder et l'intensité de son besoin violent, passionné. Toutes ces émotions étaient exacerbées par son propre désir à elle et elle se sentit au bord de l'explosion.

— Ne me demande pas d'attendre, j'en serai incapable.

— Alors jouis maintenant, murmura-t-il, les lèvres soudées aux siennes.

Il plaqua ensuite sa bouche contre celle de sa compagne et étouffa le cri qu'elle poussa, son intimité se resserrant sur lui au même moment. Son explosion se répercuta en lui et il se répandit en elle avec une force nouvelle.

Il la sentait prise de tremblements sous lui tandis qu'il l'embrassait dans le cou, humant son doux parfum de miel chaud.

— Ça va mieux, dit-il.

— Ah ouais ? Et ton démon ? Il s'est un peu calmé ?

Il rit dans sa barbe.

— Il a eu ce qu'il voulait, expliqua-t-il en l'embrassant. Toi.

— Eh bien, prépare-toi au pire ! Je vais t'agacer, je ferai comme si tu n'existais pas et continuerai à te surprendre toute ma vie.

— Et moi, je ne vais pas arrêter de te gâter, de te baiser et… ah oui ! et de te donner des ordres.

— Tu vas essayer, tu veux dire, le corrigea-t-elle.

— Avec toi, la vie ne peut être que plus intéressante, gloussa-t-il avant de l'embrasser.

— En as-tu déjà douté ?

Jamais.

Chapitre 22

— Quand as-tu révélé à Harper à quelle espèce de démon tu appartiens ? demanda Levi à Knox tandis qu'ils bavardaient dans la cuisine bondée de Jolene le lendemain matin.

— La veille de son anniversaire, répondit Knox en regardant sa compagne rire d'une remarque de Khloë. Et elle l'a bien accepté, comme en témoigne ma présence ici à son côté. Elle l'a même très bien pris.

— Il suffit de balayer cette pièce du regard, remarqua Larkin, pour comprendre pourquoi cela n'a pas été un trop grand choc pour elle. Elle ne peut faire autrement que d'avoir les idées larges après avoir grandi dans une famille d'êtres aussi complètement disjonctés.

— C'est vrai, dit-il en essayant de suivre un conflit apparemment récurrent entre un elfe qui se prenait pour la réincarnation de Tupac et un autre qui prétendait que le rappeur n'était pas mort et qu'il vivait en réalité sur une île avec Elvis et Michael Jackson.

En arrivant chez Jolene un peu plus tôt, ils y avaient trouvé les membres du clan de Harper venus prendre de ses nouvelles. Ils voulaient tous l'embrasser et la chouchouter, mais Lucian encore plus que les autres. Sa fille ayant refusé de changer de compagnon, il boudait dans son coin.

— Est-ce qu'elle sait qu'en te prenant pour compagnon elle devient automatiquement la Grande Maîtresse associée de ton clan ? demanda Tanner à Knox.

— Elle l'apprendra bien assez vite, rétorqua-t-il.

C'était assez rare qu'un Grand Maître prenne une compagne car cela l'obligeait à partager son pouvoir. Knox ne s'était pas précipité pour lui annoncer qu'elle avait désormais autant d'autorité que lui pour tout ce qui concernait son clan. Il soupçonnait en effet que cela ne lui plairait pas du tout. Très individualiste, elle n'avait pas envie d'imposer sa volonté aux autres. Elle n'aspirait pas à exercer le pouvoir, ce qui expliquait qu'elle avait refusé de remplacer Jolene à la tête de son clan.

— Sois sympa, annonce-le-lui devant moi ! lança Tanner en souriant. Ses réactions sont toujours très intéressantes.

— Si tu ne l'as pas encore informée qu'elle était ta Grande Maîtresse associée, je présume que tu ne lui as pas dit non plus que tu souhaitais lui implanter une puce psychique de manière à toujours savoir où elle est et ce qu'elle fait.

— Ça, je le lui en ai parlé. Pour toute réponse, elle m'a conseillé d'aller me faire foutre avec un objet assez volumineux. Elle refuse catégoriquement d'être suivie vingt-quatre heures sur vingt-quatre.

— Je comprends très bien, déclara Keenan en soupirant, qu'elle n'en ait pas envie. Elle doit savoir cependant qu'il y a des choses, comme sa survie, plus importantes que sa vie privée.

— C'est très compliqué pour une fille comme Harper, qui protège sa vie privée aussi jalousement, ricana Larkin. Je suppose que Knox va continuer à essayer de lui faire changer d'avis.

C'était le cas. Sa sécurité comptait énormément pour lui même s'il respectait son désir de ne pas être placée sous étroite surveillance.

— Jusqu'à ce qu'elle l'accepte, il nous faudra redoubler de vigilance.

Les sentinelles opinèrent de la tête, ce qui équivalait pour eux à un serment.

— Qui étaient exactement Jeanna et Jacques ? demanda Raini en prenant un gâteau sur la table de cuisine de Jolene avant de se tourner vers Harper.

— Des marginaux qui bossaient ensemble et étaient prêts à faire tout et n'importe quoi à condition d'être bien payés, expliqua Harper en terminant un cupcake. Même quelque chose d'aussi idiot que de s'en prendre à Knox Thorne.

— « Idiot », c'est un euphémisme, lança Devon en secouant la tête, abasourdie. J'ai vu ce qu'il a fait à Isla. Et sans jamais se départir de son calme. C'était très étrange.

— Knox est la dernière personne que je contrarierais, déclara Khloë. Et je suis pourtant du genre à courir après les ennuis. Je suppose que tu sais de quelle espèce de démon il est, dit-elle en regardant sa cousine. Tu ne peux pas nous le dire, je comprends. Je n'insiste pas. Je veux juste m'assurer que tu sais avec qui et avec quoi tu t'es unie.

— Laisse-moi te rassurer à ce sujet, se contenta de dire Harper.

Entendant fuser un rire rauque et sensuel, elle se retourna et vit Keenan, manifestement ravi, entouré de filles, toutes des elfes.

— Il est vraiment canon, déclara Devon.

— Si tu aimes les alcoolos, renâcla Khloë, pas du tout attirée par ce genre de mec. Quand vas-tu me montrer tes ailes ? demanda-t-elle à Harper.

— Quand j'aurai appris à les contrôler, lui répondit-elle.

— Je vais t'aider. Les premières fois, c'est très dur et vraiment douloureux. Puis cela devient vite plus facile. Au fait, je voulais te demander si vous aviez fixé une date pour la fête ?

— Quelle fête ? voulut savoir Harper.

— Tu m'as dit que vous vous étiez unis avec Knox. Vous allez donc devoir organiser une fête pour célébrer l'événement.

Harper n'y avait pas du tout pensé.

— Oh ! elle n'a encore rien fait, dit Khloë en se frottant les mains et en se tournant vers Raini et Devon. Je pense qu'elle va avoir besoin de nous.

— Bonne idée, lança Raini. Harper ne manque pas de créativité mais elle est beaucoup trop sérieuse pour organiser une grosse fête.

— Ce sera mieux si on s'occupe de tout, convint Devon.

— Oh, je suis juste là ! intervint Harper.

— On sait, ma chérie, fit Devon en lui tapotant la main. Sois belle et tais-toi, d'accord ? On gère. Bas les pattes, chien-chien, lança-t-elle en sifflant et en se retournant.

— Du calme, minette, dit Tanner.

Harper s'éloigna, préférant ne pas assister à leur échange de piques. Elle alla retrouver son compagnon et l'embrassa. Les sentinelles s'éloignèrent pour leur laisser leur intimité.

— Je ne sais pas pourquoi ils sont tous venus, remarqua Harper.

— Ils ont eu très peur quand tu as été enlevée, lui répondit Knox en l'embrassant sur le front. Tu comptes beaucoup pour eux.

— Lulu n'est peut-être pas là pour moi, dit-elle en voyant Lucifer en grande discussion avec Jolene.

— Personne ne compte réellement pour lui, répondit Knox en haussant les épaules. Il est venu uniquement pour satisfaire sa curiosité et connaître tous les détails de l'histoire.

— Si j'avais des TOC, expliqua Lucifer à Jolene, cela m'agacerait que les lettres de cet acronyme ne soient pas dans l'ordre, tu ne crois pas ?

— Allez, avoue que cela t'agace, le nargua Jolene.

— La chose qui m'irrite le plus, c'est que les scientifiques trouvent des noms très compliqués pour désigner des syndromes ou des difficultés d'apprentissage, des termes qui ne peuvent qu'irriter les personnes qui en sont justement atteintes. Comme TOC, dont les lettres ne sont pas en ordre alphabétique ou le mot « zézayer », un des seuls mots qui s'orthographient avec deux « z », ou encore « dyslexie », un mot absolument impossible à épeler. C'est cruel, si tu veux mon avis.

— Je me demande encore que penser de ce mec, dit Harper à Knox.

— Oublie-le, répondit celui-ci en l'attirant à lui et en souriant de voir que ses yeux avaient pris la même teinte de miel chaud qu'ils avaient lors de leur première rencontre. Oublie-les tous et rentrons.

— As-tu l'intention d'abuser de mon corps ?

— Tu sais que je n'aime pas beaucoup les questions rhétoriques.

Harper sourit en raclant des ongles sa marque sur la nuque de Knox. Elle savait qu'il y était très attaché.

— *Je t'aime, Knox Thorne.*

Elle vit briller dans son regard des lueurs d'adoration qui l'enchantèrent totalement. S'il pouvait exprimer ce qu'il ressentait, il le ferait, elle en était persuadée. Et elle avait conscience que cela l'irritait de ne pas y parvenir.

— *Cela me suffit que tu me regardes ainsi, comme si rien d'autre ne comptait pour toi.*

— *Rien d'autre ne compte pour moi.*

Elle était tout pour lui, plus importante que tout, comme jamais il n'aurait imaginé possible.

— *Alors rentrons, et je te laisserai abuser de mon corps, archidémon.*

Ce qu'il fit.

Remerciements

Merci à mon mari et à mes enfants pour leur soutien sans faille. Je en sais pas comment ils supportent de me voir disparaître dans mes pensée sans cesse, mais ils vivent avec. Je les adore !

Un grand merci également à ma relectrice, Andrea Ashby, qui est extraordinaire et prend toujours le temps de m'aider. Je lui en suis éternellement reconnaissante.

Enfin, merci à tous mes lecteurs. Merci d'avoir essayé cette nouvelle série sans savoir si elle allait vous plaire. J'espère que ça a été le cas !

Si pour une quelconque raison vous souhaitez me contacter, n'hésitez pas à m'envoyer un mail (en anglais) à suzanne_e_wright@live.co.uk

Achevé d'imprimer en février 2022
Par CPI Brodard & Taupin à La Flèche
N° d'impression : 3047460
Dépôt légal : avril 2017
Imprimé en France
81120457-5